岩 波 文 庫

37-206-2

真夜中の子供たち

（下）

サルマン・ラシュディ作
寺 門 泰 彦 訳

岩 波 書 店

MIDNIGHT'S CHILDREN

by Salman Rushdie

First published 1981 by Jonathan Cape,
an imprint of Penguin Random House UK, London.

This Japanese edition published 2020
by arrangement with The Candide Corporation
c/o The Wylie Agency (UK) Ltd, London.

真夜中の子供たち（下）

目次

真夜中の子供たち(上)　目　次

真夜中の子供たち（下）

第 2 巻（承前）

コリノス・キッド

子守女《アーヤ》の時代から〈未亡人〉の時代まで、私はいつも〈事件にまきこまれる〉人物であった。だがサリーム・シナイは、長らく犠牲者であり続けたけれども、自らを主人公と見なすことにあくまでこだわる。メアリーの犯罪にもめげず、チフスと蛇毒にも目をつぶり、洗濯物入れの事故とサーカスリングの事故（錠前破りの大家《たいか》ソニー・イブラヒムが鉗子《かんし》のくぼみへ私のこめかみの小突起を突き刺すことを許してくれ、この結合のおかげで真夜中の子供たちへの扉が開かれることになった、あの事件のことだが）をも忘れ、エヴィの横暴と母の裏切りをも無視し、エミール・ザガロの酷薄な暴力によって髪をむしり取られ、マーシャ・ミオヴィックの嬉々とした激励に乗って指をもぎ取られたことにも懲りず、ありとあらゆる逆の徴候を尻目に、私は今、科学者の流儀と厳格さでもって、自分を事物の中心に位置づけることを強く求める。

「……貴君の行く末はある意味で、私たちみんなの鏡となるでしょう」と書くことによって、首相は私に、いかなる意味で、という問いに科学的に取り組むことを強いた。いかにして、いかなる点で、一個人の生涯が一国の運命に影響を与えると言えるのか。私は副詞とハイフンを使って答えなければならない。私は字義的にも比喩的にも、積極的にも消極的にも、歴史につながっていた。こうしたつながり方をわが国の（あっぱれにも近代的な）科学者たちなら、前記二組の対立的副詞の「二元論的組合せ配置」による「関係様式」とでも名付けるかもしれない。だからハイフンが必須なのである。積極的‐字義的に、消極的‐比喩的に、積極的‐比喩的に、そして消極的‐字義的に、私はがんじがらめに自分の世界にからめとられていた。

科学とは縁のないパドマの当惑に気づいて、私は日常語の不正確さに戻ることにする。「積極的」と「字義的」の組合せによって私が言おうとしているのは、もちろん、歴史的事件の萌芽に直接――字義的に――影響を与えた、あるいはその流れを変えた、私のすべての行動、たとえば私が言語行進者たちに鬨《とき》の声を上げさせたやり方のことだ。「消極的」と「比喩的」の結合は、単に存在することによって私に比喩的に影響を与えた社会的・政治的傾向や出来事のすべてである――たとえば「漁師の人差指」と題されたエピソードの行間を読めば、読者は、生まれたての国家が一人前の大人の国になることを目指して突進するさまと、私自身の幼時における成長のための激烈な奮闘との間の、不可避の関係を感じとることができるだろう……次に、ハイフンでつないだ「消極的」と「字義的」は、国家の出来事が自分や家族の生活に直接の関係を持つに至ったあらゆる場合のことである――この項目に入るのは、私の父の凍結とか、猫族大移動の引金となったワルケシュワル貯水池の爆発とかである。最後に、「積極的‐比喩的」という「様式」であるが、これは私によって、あるいは私に対してなされたことが、公的問題という大宇宙に映し出され、私の私的存在が象徴的に歴史と一体になってしまうような出来事をすべて含む。私の中指切断はまさにこれに該当する事例である。というのは、私の指先がもぎ取られ、（アルファでもオメガでもない）血が噴水のように迸《ほとばし》った時、よく似たことが歴史にも起こっていて、ありとあらゆるものが私たちの頭上に溢れ出ていたのだ。しかし歴史はいかなる個人よりも壮大な規模で動いているので、それを復元し、混乱を一掃するには時間がかかる。

「消極的‐比喩的」「消極的‐字義的」「積極的‐比喩的」――〈真夜中の子供たち会議〉はこの三つに該当する。だがそれは私が最も望んでいたようなものにはならなかった。私たちは第一の、最も重要な「関係様式」において活動することは決してなかったのだ。「積極的‐字義的」は私たちの前を通り過ぎて行ってしまったのだ。

果てしない変身。恐るべき不誠実を絵に描いたような笑みをいつも浮かべている、ずんぐりした金髪の看護師によって、九本指のサリームはブリーチ・キャンディ病院の玄関へと運ばれた。彼は外界の暑い日差しのなかで瞬きし、日光のなかからまるで泳ぐようにに近づいてくる二つの人影に焦点を合わせようとする。「ね」と看護師は甘ったるい声で言う、「誰がお迎えに来てくれたのか分かる？」サリームは何か恐ろしいことが起こり、世界を悪い方へ変えてしまったと理解する。当然迎えに来てくれるはずの母と父が、どうやら途中で、子守女《アーヤ》のメアリー・ペレイラと叔父のハーニフに変身してしまったのだ。

ハーニフ・アジズは港の船の汽笛のようなよく通る声をし、古いタバコ工場のような臭いがした。私がこの叔父を大好きだったのは、彼の笑い方、剃っていない顎ひげ、大ざっぱな雰囲気、一挙手一投足に危なっかしさが伴う不器用さのためだった。（彼がバッキンガム荘《ヴィラ》に訪ねてくると、母はカットグラスの花瓶を隠したものだ。）大人たちは彼が行儀よく振る舞うとは信じず（「共産党を見ていてくれ！」と彼がどなったりすると、一同赤面した）、それが彼と子供との間の絆になった――だが、子供といっても他人の子供のことで、ハーニフとピアの間には子供がなかった。このハーニフ叔父はある日、予告もなく、自分の住居の屋上から飛び降りるだろう。

……彼は私の背中を叩いて、メアリーの腕のなかへと突きとばす。「やあ、チビッ子レスラー君、元気そうだな！」しかしメアリーはせかせかと、「でも痩せたわ、ああ《ジーザス》！ちゃんと食べさせてくれなかったんじゃないの？　コーンスターチのプリン、欲しい？ミルクをかけてつぶしたバナナは？　チップスは食べさせてもらえた？」……すべてのものがあまりに速く動いているように見えるこの新しい世界をサリームは見回す。やっとのことで声を出してみると、それはかん高くて、まるで何者かによって急き立てられているかのようだ。「お母さん《アンマ》とお父さん《アッバ》は？」と彼は訊ねる。「モンキーは？」するとハーニフがよく通る声で、「ああ、元気もりもりだ！　この子はほんとにしっかりしてる！　さあ、レスラー君《バヘルワン》、ぼくのパッカードに乗るんだ、オーケー？」メアリー・ペレイラが同時に喋っていた、「チョコレートケーキがあるわよ。お菓子《ラドゥー》も、ピスタチオのお菓子も、ミート・サモサも、クルフィ（インドのアイスクリーム）も。まあこんなに痩せちゃって。坊《バーバ》や、風に吹きとばされてしまいそう」パッカードは走っている。ウォーデン・ロードから二層の丘へ向かう道を曲がらずに行ってしまう。サリームは、「ハーニフ叔父さん《マームー》、どこへ行くの……」言い終らないうちに、ハーニフが大声で、「ピア叔母さんがお待ちかねだぞ！　さあさあ、すっごく楽しいことがあるよ！」そして何か企んでいるかのように声を落として、暗い語調で言う、「いろいろと面白いことがあるからね」そして メアリーが、「ねえ、坊《バーバ》や、本当よ！　ステーキもあるし、グリーン・チャツネもあるわ！」……

「焦げ茶色のじゃないんだね」と、私はついに二人のペースにのせられる。うまくのせることに成功した二人の頬に安堵の色が現われる。「違うわよ」とメアリー。「薄いグリーンよ、坊《バーバ》や。あなたの好きな色」そこへハーニフが大声で、「黄緑だな。バッタのような緑だ！」

呆気《あっけ》なく……ケンプス・コーナーに着くと、そこには車が弾丸のように飛び交い……しかし一つだけ変わらぬものがある。広告掲示板の上で笑っているコリノス・キッドだ。緑の葉緑素《クロロフィル》色の帽子をかぶった少年の永遠にいたずらっぽい笑顔、時間を越えたキッドの狂った笑顔。このキッド、無尽蔵の練り歯みがきを明るいグリーンのブラシの上に果てしなく絞り出している。〈歯を清潔に、歯をピカピカに、歯をコリノスで真っ白に！〉……読者はこの私をも無意識のコリノス・キッドと考えたくなるかもしれない。底なしのチューブから危機と変身を絞り出し、隠喩の歯ブラシの上に時間を吐き出しているのだから。緑の葉緑素《クロロフィル》色の縞の入った、清潔な白い時間を。

さて、これが私の最初の追放の始まりだった。〈やがて第二、第三の追放がやってくるだろう。）私は泣きごとを言わずに、それに耐えた。もちろん私は推測していた、決してしてはならない質問が一つあるのだ、自分はスキャンダル・ポイント古本ライブラリーの漫画本のように無期限に借り出されたのだ、親たちが返してほしくなれば迎えに来るだろうと。だがそれはいつのことか。そもそもいつかしら迎えに来てくれるのか。何しろ私はこの追放の責任はむしろ自分にあると思っていたのだ。ガニマタ、キュウリ鼻、こめかみの突起、頬のあざに加えて、もう一つの不具をつくりだしてしまったのではなかったか？　指をもがれたことは（例の声たちのことを公表した時すでに危なかったように）苦労の連続を経てきた両親にとって我慢の限界を超えるものではなかったろうか？　私はもはや前途有望な子供ではなく、愛情と保護の投資には値しない、ということではなかろうか……私は叔父と叔母が私のような困り者を引き取ってくれたことに報いよう、模範的な甥を演じ、成り行きを待とうと決心した。モンキーが会いに来てくれるか、あるいは少なくとも電話をくれるといいのだが、と思った時もある。しかしこんなことをいくら考えていても私の平静という気球に穴があいてしまうだけなので、私は何とかしてその種のことを忘れることにした。その上、ハーニフとピアのアジズ夫妻と暮らしているうちに、この生活はまさに叔父が約束してくれた通りのものであることが分かった。つまり、とても面白かったのである。

二人は私のために、子供が子供のない大人に期待し、また彼らからありがたく受け取るような大歓迎をしてくれた。マリーン・ドライヴを見おろす二人のアパートは大きくはなかったが、歩行者の頭上にモンキーナッツ（ピーナッツ）の殻を落とせるようなバルコニーがあった。余分な寝室はなかったが、私は緑の縞入りのふわふわした白いソファを当てがわれた（私がコリノス・キッドに変身したことの最初の証拠である）。私の追放に同情してついてきたらしい子守女《アーヤ》メアリーは私のかたわらの床の上に寝た。昼間は、約束のケーキと菓子を私の胃に詰め込んでくれた（その代価は母が払ったのだろうと、今の私は信じている）。おかげでべらぼうに肥え太ってしまうところだったが、実はまたしても別方向に成長しはじめたのだ。そしてあの、歴史が加速された年の暮（私は十一歳半だった）には、私は本当に大人の背丈になってしまった。まるで誰かが私の幼な太りの肉をぎゅっと摑んで、練り歯みがきを出す時にもまして強く絞ったせいで、何インチ分も縦に伸びてしまったような具合だった。コリノス効果によって肥満から救われて、私は叔父と叔母の、子供を家に持つことができたという喜びにあやかっていた。私がセブンアップを絨毯の上にこぼしたり、夕食の上にくしゃみを吐きかけたりした時、叔父の言う一番ひどい科白《せりふ》は、「いやあ、これはこれは、色黒君！」だった。船の汽笛のようなよく通る声だったが、あまりにこにこ笑うものだから、効果は失せてしまった。他方、叔母のピアは私をとりこにした挙句こっぴどい目に遭わせた数々の女たちの、次の一人になった。

(ついでながら、マリーン・ドライヴのアパート滞在中に、私の睾丸は骨盤からとびだして、早くも何の予告もなく陰嚢のなかに降りてきた。この一件もまた、次の出来事に一役買ったのだった。)

眩しい叔母《ムマーニ》ピア・アジズ。彼女と暮らすことは、ボンベイ・トーキーの熱くどろどろとした中核で生活することであった。その頃、叔父の映画人としての地位は急落期に入っていた。そして浮き世のならわしの通り、ピアの人気は彼の人気と共に落ち目になっていた。だが彼女の前にいると、落ち目などとはとても思えなかった。映画の役を失うとピアは自分の生活を長篇映画に仕立て、そのなかで私は次々と端役を与えられた。私は〈忠実な従者〉だった。ペチコートをまとったピアは婀娜《あだ》っぽい笑みを浮かべながら、柔らかいヒップを、懸命に避けている私の目の方に突き出してきた。アンチモン系化粧品に映えて目は尊大に輝いていた——「さあ坊や、何を恥ずかしがってるの、わたしがサリーを畳んでいる間、ひだのところを持っていてちょうだい」私は彼女の打明け話の〈聞き役〉でもあった。叔父が葉緑素色の縞の入ったソファに坐って、誰も撮ろうとしない台本をタイプで叩いている間、私は叔母のノスタルジックな独白を聞かされていたが、その間も、メロンのように丸く、マンゴーのような金色をした二つの信じがたい球体からは目をそむけようとしていた。ご推察の通り、ピア叔母《ムマーニ》のすばらしい乳房のことだ。彼女はベッドの上に坐って、片腕を額に当てながら、弁じ立てた。「ねえ坊や、分かるでしょ、わたしは大女優なのよ。いくつも主役をこなしてきたわ。なのに、何てむごい運命でしょう。かつてはあなた、誰だか知らない人までが是が非でもこのアパートへお訪ねしたいなんて駄々をこねたわ。かつては『フィルムフェア』や『スクリーン・ゴッデス』の記者たちが裏金を使ってまでこの部屋に入りたがったわ。そう、それにダンス。わたしはヴェネツィア・レストランでも有名で――あの立派なジャズマンたちがわたしの足もとへ来て坐ったわ。そう、あのブラジル人さえ。ねえ、坊や、『カシミールの恋人たち』以降、わたしにまさる女優がいた？　ポピーもだめ、ヴィジャヤンティマラもだめ。一人もいないわよ！」私は、そうさ、当然、一人もいないさ、という思いをこめて、大きくうなずいてみせた。すると彼女のすばらしい肌に包まれたメロンがぐっと盛り上がるのだった……芝居がかった声をはりあげて、彼女は続けた、「ところがその頃、つまり、すべての作品が五十周年記念映画になった、わたしたちの名声が世界中に轟いていた全盛期にあってさえ、この、あなたの叔父さんときたら、しがない事務員みたいに二部屋のアパートに住みたがるんですからね！　でもわたしは騒ぎはしないわ。わたしはそこいらの安っぽい女優たちとは違いますからね。わたしは質素に暮らしてます。ロキャデラックや冷房装置や英国のダンロピロ社のベッドが欲しいなんて言いません。ロクシー・ヴィシュワナタムが持ってるような、ビキニの形をした水泳プールが欲しいとも言いません！　ここで庶民の妻らしく辛抱してきました。でも、ここで今、わたしは腐りかけています！　腐りかけてるのよ、まったく。でもこのことは分かってるわ。わたしの顔が財産だということよ。この上、ほかにどんな財産が必要だというの？」私は熱烈に賛意を表わして、「叔母さん《ムマーニ》、その通りさ、何も必要ないよ」すると彼女は逆上してわめいた。びんたを喰らってばかになった私の耳にさえその声は聞こえた。「もちろん、そうなんでしょう。あなたまでがわたしの貧乏暮らしを望んでるのよね！　誰もかも、ピアがぼろを纏うことを望んでいるのよ。あの男さえも。退屈きわまる台本を書いているあなたの叔父さんもよ！　じれったいわ、まったく。わたしはあの人に言うのよ、ダンスを入れなさい、それともエキゾチックな風景を入れなさいって。悪人を悪人らしくしなさいって。だって、そうじゃないの。主人公を男らしくしなさいって！　ところがあの人ったら、そんなものは屑だと言うのよ。今はそんなふうに考えてるのよ――昔はそこまで傲慢じゃなかったのに！　今は普通の人のことを、社会問題のことを、書かなくてはならないんだって。わたしは言うのよ、そうよ、ハーニフ、それはいいわ、その通りよ、でもちょっとはコメディーの要素も入れてよ、少しはピアが踊れるようなダンスも入れてよ、悲劇やドラマも加味してよ、〈大衆〉が望んでいるのはそういうものよ、とね」彼女は目にいっぱい涙をためている。「で、坊や、あの人が今、何を書いてるか、知ってる？　それはね……」彼女はまるで心臓が破れそうだとでもいうような顔をした。「……『あるピクルス工場の平凡な生活』というのよ！」

「しーっ、叔母《ムマーニ》さん、しーっ」と私は哀願する、「ハーニフ叔父《マームー》さんに聞こえるよ！」

「あの人に聞かせましょうよ！」と彼女は派手に泣きじゃくりながら叫んだ、「アーグラのお母さんにも聞かせましょう。あの親子のせいで、わたしは恥ずかしくて死にそうな目に遭ってるんだもの！」

　修道院長は女優である義理の娘を決して好かなかった。ある時、私はこの祖母が母にこう言っているのを漏れ聞いた。「女優と結婚するなんて、何て言ったらいいかね、溝《どぶ》のなかへ寝床をこさえるようなものさ。そのうち、何て言ったらいいかね、あの女はあの子にアルコールを飲ませたり、豚を食べさせたりするようになるでしょう」結局、祖母はこの結婚をやめさせることはできないとしぶしぶ認めたが、すると今度はピアに説教じみた手紙を書くようになった。「いいですか、娘や」と彼女は書いた、「女優稼業だけはやめて下さい。どうしてあんな恥知らずな振舞いができるのです。働くのもいいでしょう。そりゃ、若いかたがたはモダンな考え方を持つものだから。でもスクリーンの上で裸で踊るなんて、あんまりですよ！　ちょっとお金を出せば、立派な給油スタンドの店を手に入れることができます。今すぐにも、わたしのお金で買ってあげますよ。あなたはオフィスに坐って、給油の方は従業員にまかせなさい。これこそあなたにふさわしい仕事です」修道院長がどこから給油スタンドの夢を仕入れてきたものか、誰も知らなかった。おおかたは齢とともにつのってきた妄想なのだろう。しかし彼女はピアにこの話をしつこく持ちかけて、女優の嫁をうんざりさせた。

「なぜあの人はわたしにタイピストになれと言わないんでしょう」とピアは言って、朝食の時ハーニフとメアリーと私をつかまえて泣いた。「なぜタクシー運転手や機織り女ではないの？　いいかげんこの給油スタンドの話には頭に来るわ」

叔父は(生涯においてこの時だけ)こみ上げてくる怒りで震えた。「子供の前だよ」と彼は言った、「それにお母さんに対して何て言い草だい。少しは敬意を払ってもらいたいね」

「敬意なら払ってるわ」と言って、彼女は部屋から飛び出し、「でもお母さんはガスを欲しがっているのよ」

……私の最も大事にしていた端役は、ピアとハーニフが例によって友人たちを集めてカードゲームをしている間に、私が昇格して、彼女が持ったことのない息子という神聖な地位を占めることになった時、演じられた。(未知の結合の落とし子である私は、たいていの母親たちが持つ子供の数よりも多くの母親を持った。親を産むことは私の風変わりな才能の一つだった——避妊の統制を超えた、〈未亡人〉の統制をも超えた、逆多産の一形式だ。) 客たちの前でピア・アジズは叫ぶのだった。「さあ、皆さん、わたしの皇太子です！　指輪の宝石です！　首飾りの真珠です！」彼女は私を引き寄せ、頭をかき抱くのだった。私の鼻は彼女の胸に押し当てられ、柔らかい二つの枕の間にいい気持ですり寄っていった。それはえもいわれぬ……かくも濃厚な悦楽に耐えることができず、私は頭をのけぞらせた。しかし私は彼女の奴隷だった。彼女がなぜ私をあれほど近づけたのか、今の私は知っている。早熟な睾丸を持ち、急速に大人になりながら、なおも私は(詐欺的に)性的無邪気を装っていた。サリーム・シナイは叔父宅に滞在中も半ズボンをはいていたのだ。裸の膝小僧がピアに対して私の子供らしさを証明してくれていたのだ。短いソックスに騙されて、彼女は私の顔を胸に押し当てながら、シタールのような美しい声で私の聞こえる方の耳にささやいた。「坊や、坊や、怖がらなくていいのよ。雲はすぐ晴れるわ」

芝居がかった叔母に対しても、叔父に対しても、私は(ますます巧みに)代理息子の役を演じた。ハーニフ・アジズは昼間は縞のソファに坐り、鉛筆と雑記帳を手に持って、ピクルスの叙事詩を書いているはずだった。彼はいつものように腰布《ルンギー》をゆるく腰に巻いて巨大な安全ピンで留めており、そのひだから毛深い脚がつき出ていた。指の爪には長年吸いつづけてきたゴールド・フレークのやにが染《し》みついていた。足の指も同様に変色しているように見えた。私は叔父が足の指でタバコを吸っているところを想像した。この空想が気に入った私は、本当にこんな芸当ができるだろうかと叔父に訊いてみた。すると叔父は黙ったままゴールド・フレークを一本、足の親指と隣の指の間にはさみ、おかしな恰好に体を丸めてみせた。私は激しく手を叩いたが、叔父は一日中体が痛かったようだ。

私は灰皿を空けたり、鉛筆を削ったり、飲み水を運んできたりして、よい息子らしく彼の欲求を充たしてやった。叔父は売れそうもないシナリオを営々と書き続けていた。彼はもともと作り話の書き手として出発しながら、父親の息子であることを思い出し、非現実の香りのするもの一切に逆らって生きるようになったのである。

「いいか、坊主」と叔父は言った、「この国は五千年も夢を見ていたんだ。もうそろそろ目覚めていい頃だよ」ハーニフは王子や悪鬼、神々や英雄を、ボンベイ映画の図像学全体に抗って、罵るのが好きだった。幻影の寺院のなかで彼は現実主義の高僧になった。

私はといえば、（ハーニフが軽蔑する）インドの神話生活のなかに私を容赦なく巻き込むことになった自分の奇跡的な性質を意識して、唇を噛み、目を伏せた。

ボンベイの映画産業に働く唯一のリアリズム作家であるハーニフ・アジズは、女性だけで創業し、経営し、働いているピクルス工場の話を書いていた。労働組合の形成を描いた長いシーンがいくつもあった。ピクルスの製造過程の詳しい叙述があった。その製法に関して彼はメアリー・ペレイラにいろいろと訊ねていた。二人はレモンとライムとガラム・マサラ（一種の混合香辛料）の理想的な混ぜ方について何時間も論じあった。このコチコチの自然主義信奉者がわが一族の運命の巧みな（無意識的とはいえ）予言者であったとは、皮肉な話だ。『カシミールの恋人たち』の間接キスによって、彼は私の母とナディル＝カシムのパイオニア・カフェでの密会を予言した。さらに映画にならずじまいのチャツネ製造に関するシナリオにも、恐ろしく正確な予言が隠されていたのだ。

彼は次々と台本をホミ・キャトラックのところへ持ち込んだ。しかしキャトラックは一つ残らずボツにした。これらの台本はちっぽけなマリーン・ドライヴのアパートの隙間という隙間を占拠し、便器の蓋をあけるにも、まず原稿を取りのけなければならないほどになった。しかしキャトラックは（慈悲心から、それともまもなく明らかにされるはずの理由から？）叔父に撮影所の給料を払っていた。ハーニフとピアはこうして生きながらえたのだ。つまり急激に成長するサリームによって殺される第二の人物となるはずの男の施しによって、生活していたのだ。

ホミ・キャトラックはたのんだ、「一つくらいラヴシーンを入れてくれよ？」そしてピアも、「何を考えてるのよ。田舎の人たちが、アルフォンソ（インドで人気のあるマンゴーの一種）のピクルスを作っている女たちの姿を見るためにルピーを投げ出すと思ってるの？」だがハーニフは頑固に、「これはキスではなくて労働に関する映画だ。それに誰もアルフォンソを漬けたりはしない。アルフォンソよりも大きな種《たね》を持ったマンゴーを使わなければならないのだ」

私の知る限り、ジョー・ドゥコスタの幽霊はメアリー・ペレイラの亡命先までついて来はしなかった。しかし彼の不在は彼女の不安をいっそう強めるばかりだった。このマリーン・ドライヴ滞在中に彼女は、ジョーの姿が自分だけでなくほかの人たちの目にも見えるようになるのではないか、そして自分の留守中に、インド独立の夜、ナルリカル産院で起こったことの恐ろしい真相を明かすのではないか、と恐れるようになった。そこで彼女は毎朝わなわな震えながら、もう少しで倒れそうな状態でバッキンガム荘にたどり着き、ジョーがあいかわらず姿を見せておらず、沈黙を守っていると分かった時はじめてほっとするのだった。だがサモサとケーキとチャツネをかかえてマリーン・ドライヴに戻ると、また不安が高まるのだった……しかし私は（自分の悩みだけでいっぱいなのだから）真夜中の子供たち以外の人のことは考えないようにしようと決めていたので、メアリーの不安の理由が分からなかった。

パニックはパニックを呼び寄せる。往復の途中、満員バスに坐りながら（市電はちょうど廃止になったばかりだった）、メアリーはありとあらゆる噂話や無駄話を小耳にはさみ、それをゆるぎのない事実として私に報告するのだった。メアリーによれば、この国は超自然的な存在の侵略をうけているのだった。「そうなのよ坊や《バーバ》、クルクシェートラ（古代叙事詩『マハーバーラタ』のパンダヴァ家とクル家の長い争いのクライマックスをなす戦いの戦場）では、あるシク教徒の老婆が小屋で目を覚ますと、すぐ外でクル家とパンダヴァ家の大昔の戦争が始まっているじゃないの！　新聞にも載っていたけど、老婆はアルジュナとカルナ（アルジュナはパンダヴァ家の五人兄弟の一人。カルナはクル家のドゥルヨーダナに忠誠を尽す若者。アルジュナはカルナの隙に乗じて彼を斃す）の戦車を見た地点を指差して見せたのよ。そうしたら泥のなかに本当に車輪のあとがついていたんですって！　なんておそろしいこと《バーブ・レ・バーブ》、ほんとにひどい話ね。グワーリオル（マディヤ・プラデシュ州北部の都市）ではジャーンシーの女王《ラーニ》（十九世紀中葉の対英ゲリラ指導者、ラクシュミー・バーイーのことと思われる）の幽霊が見えたのよ。ラクシャサ（ヴェーダ神話に登場する変幻自在の魔神）がラーヴァナのような多頭の姿をして、女の人にわるさをしたり、一本指で樹木を倒すところが目撃されたのよ。わたしは善良なキリスト教徒の女のつもりだけどね、坊《バーバ》や。主イエスのお墓がカシミールに見つかったという話を聞いて、恐ろしくなったわ。墓石に二本の刺し傷のある足が彫られていて、近所に住む漁師の女房が言うところでは、聖金曜日にはその足から血が流れるんだって――それが本物の血なのよ！――いったい何が起こっているのかしらね、坊《バーバ》や。こんな昔のものは死んだままでいて、善良な人たちを苦しめないようにしてくれてればいいのに、どうして？」私は目をぱっちり開けて聞いていた。ハーニフ叔父は大声で笑っていたけれども、私が今日に至るまでなかば確信しつづけているところでは、出来事のテンポが速くなり、日々の時間が病んでいたあの時期に、インドの過去が甦ってきて、現在を混乱させていたのだ。新生世俗国家は途方もない古代の恐ろしい相貌を与えられ、民主主義と女性参政権は見当違いのものに見えはじめ……民衆は先祖返り的な憧憬にとらえられて、新しい自由の神話を忘れ、古いしきたりに、古い地域主義的忠誠と偏見に戻り、政体は崩壊しはじめたのだ。前にも言ったように、一つの指先が切り取られると、それだけでもうどんな混乱が起こるか分かったものではない。

「それにね、牝牛がどんどん消えてしまっているのよ、坊《バーバ》や、スーッとね。そして村ではお百姓たちがひもじい思いをさせられているわ」

ちょうどこの時、私も奇妙な悪鬼にとり憑かれていたのだ。しかしちゃんと理解してもらうために、ハーニフとピアがカード仲間を集めた罪のない晩のことから始めなければならない。

私の叔母は誇張癖があった。『フィルムフェア』と『スクリーン・ゴッデス』こそ来ていなかったが、叔父の家は今なお人気のある溜まり場であったのだ。カードの晩には、アメリカの雑誌に載った論争や批評についてお喋りするジャズマンとか、ハンドバッグのなかに喉用スプレーを持ち歩いているシンガーとか、西洋バレエをバラタナーティヤム（インド南部、タミルナードゥ州を中心に発達した舞踏）と融合させることによって新しいダンスを創ろうとしているウダイ・シャンカル舞踊団のメンバーとかが集まってきて、この家はミリミリと裂けてしまいそうだった。全インド放送音楽祭〈サンギート・サンメラン〉に出演契約を結んでいたミュージシャンたちがいた。激論を交わしている画家たちがいた。室内は政治論をはじめとする談笑で溢れていた。「実のところ、真の意味でイデオロギー的にコミットして描いてる画家は、インド広しといえどもぼく一人だよ！」――「へえ、そいつはファーディには気の毒だな。もう二度とバンドを持つことはできまい」――「メノンだって？　クリシュナの話なんてやめてくれ。彼が主義主張を持っていた頃のことをぼくは知ってる。ぼく自身はね、決して捨てなかったよ……」「……おい、ハーニフ、近頃はどうして赤い《ラール》カシムの奴、ここへ来ないんだい？」叔父は不安そうに私を見ながら、

「しーっ、カシムって誰だ？　そんな名前の人間は知らないな」

……アパートのなかの人声に混じって、マリーン・ドライヴの夕映えとざわめきがあった。犬を連れた散歩者たちが呼び売りからチャンベリとチャナ豆を買っていた。乞食とベール・プーリー売りの声。マラバルの丘まで大きく首飾りのような弧を描いて灯がともる……私はメアリー・ペレイラとバルコニーに佇みながら、彼女の小声の噂話に悪い方の耳を傾けた。街に背中を向けて立って、ひしめき合いながら談笑し、トランプに興じる人たちを目の前にしていた。ある日私はトランプをする人のなかにホミ・キャトラック氏の、目の落ちくぼんだ禁欲的な姿を認めた。彼は照れ隠しの陽気さで私に挨拶した、「おや、坊や。元気かね？　もちろん元気だろうね！」

ハーニフ叔父は真剣にラミーをやっていたが、彼は奇妙な妄想のとりこになっていた——ハートの十三枚の続き札が出来るまでは勝負をやめないと心に決めていたのだ。いつでもハート、すべてのハート。どうしてもハートばかりで揃えなければ気がすまなかった。この到達不能の完璧を追求したために、絶好の同数の三枚セットや、スペード、クラブ、ダイヤの続き札のセットを、一切無視した。おかげで彼の友人たちは嗄《しわが》れ声をあげて喜んだ。高名なシェーナイ（一種の管楽器）奏者のウスタド・チャンゲス・カーン（この人は髪を染めていたので、暑い晩には耳のてっぺんが、流れ出した黒い液で汚れていた）

が叔父に言うのを、私は小耳にはさんだ。「さあ、アジズさん、そんなハート集めなんかいい加減にやめて、ぼくらと同じようにやったらどうです」叔父は誘惑に出会ったわけだが、やがてざわめきのなかでもよく響く声で答えた、「いやだよ、ちくしょう。うるせえな。放っといてくれ！」彼はとり憑かれたようにトランプをした。だが私はこれほど一つの目的を追求する人を見たことがなかったので、拍手してやりたい気持だった。

　ハーニフ・アジズの伝説的なカードゲームの夕べの常連の一人は『タイムズ・オブ・インディア』のスタッフ・カメラマンで、この人は口がわるく、下品な噂話をした。叔父は私を彼に紹介した。「ほら、君を第一面に載せてくれた人さ、サリーム。カリダス・グプタさんだ。ひどいカメラマンで、まったくのゴロツキさ。あまり長くこの人と話をしてはいけないな。スキャンダルをうんとこさ聞かされて、頭がふらふらになっちまうからな！」カリダスは銀髪で、鷲鼻だった。すばらしい人だと私は思った。「本当にスキャンダルを知ってるんですか？」と私は訊ねたが、彼の答えはただ「坊や、おじさんの話を聞いたら、君の耳はやけどしちゃうだろうよ」だった。だが、ボンベイ始まって以来の最大のスキャンダルの背後にいる悪霊、黒幕は洟《はな》たれサリームにほかならないことを、彼は見つけ出すことができなかった……とはいえ今その話を始めるわけにはいかない。サバルマティ海軍中佐の奇妙な指揮棒のエピソードは、しかるべき場所で語られなければならない。結果を原因に(一九五八年という年は変節の機であったとはいえ)先行させてしまうわけにはいかないのだ。

私はひとりでバルコニーにいた。メアリー・ペレイラは台所でピア叔母さんを手伝って、サンドイッチやチーズ・パコラを用意していた。ハーニフ・アジズは十三枚のハートを集めることに熱中していた。するとホミ・キャトラックが私のそばにやって来て、立った。「新鮮な空気を吸っているのかね」と彼は言った。「そうです」と私は答えた。「そうか」彼は深く息を吐いた。「そうか、そうか。毎日が楽しいかね？　ところで秀才君、握手しようじゃないか」十歳の手が映画王の拳のなかに飲み込まれた(左手だ。指をもがれた右手は何も知らずに脇に垂れたままだった)……するとびっくり仰天。左の手のひらに紙きれが押し込まれるのが感じられた——器用な握り拳によってはさみ込まれた不吉な紙きれ！　キャトラックの指に力が籠められる。彼の声は低くなり、しかもコブラのような歯擦《しさつ》音になる。緑の縞の入ったソファの置いてある部屋のなかまでは聞こえない彼の言葉が、私の聞こえる方の耳に侵入してくる。「これを君の叔母さんに渡してくれ。そっと、そーっとだよ。いいね？　それに他言無用。お喋りなんかすると、「よし！　警察を差し向けて、舌を引き抜いてもらうぞ！」そして楽しげな大声に戻ると、「よし！　こんなおりこうな子に会えてうれしいよ！」ホミ・キャトラックは私の頭をぽんと叩く。そしてゲームに戻ってゆく。

警官が怖いあまり、私は二十年も黙っていた。だがもう大丈夫だ。今は何もかも吐き出さなければならないのだ。

カードゲームの集いは早目にお開きになった。「坊やは眠らなければならないわ」とピアが小声で言っている、「明日はまた学校だもの」私は叔母と二人きりになる機会がなかった。手紙を左手に握りしめたままソファに寝かされた。メアリーは床《ゆか》の上に寝ていた……私は悪夢にうなされている振りをすることにした。（回りくどいことはどうも私の肌には合わなかったのだが。）しかし残念ながら、とても疲れていたので、眠り込んでしまった。結局、振りをする必要はなくなった。というのは、私は級友のジミー・カパディアを殺害する夢を見ていたからだ。

……私たちは学校の正面階段吹き抜けの赤タイルの上で、つるつる滑りながらフットボールをしていた。血のように赤いタイルのなかに黒い十字架が配されている。階段のてっぺんにいるクルーソー先生が、「手摺の上を滑り降りてはいかんよ、君たち。ちょうどその十字架のある所へ、ある生徒が落ちたんだ」ジミーは十字架の上でフットボールをしている。「十字架なんて嘘っぱちだ」とジミーが言う、「楽しみを台なしにするために、奴らは嘘をついたんだ」彼の母が電話をよこす。「そんな遊びをしてはいけません、ジミー。心臓にわるいから」ベル。電話を置く。するとまたベル……インクの飛沫が教室の空気を汚す。でぶのパースと甲状腺《グランディ》キースが面白がる。ジミーは鉛筆が必要になり、私の脇腹をつつく。「おい、鉛筆あるか。貸してくれ、早く」私は渡す。ザガロが入って来る。ザガロは手を上げて静粛を求める。ほら、やっぱりあいつの手のひらにぼくの髪の毛が生えてるぞ！　ザガロはブリキの兵隊のとんがり帽子をかぶっている……私は鉛筆を返してもらわなければならない。指を伸ばしてジミーをつつく。「先生、先生、ジミーが倒れました！」「ぼくは洟たれ君がつついたのを見ました！」「洟たれ君がカパディアを撃ったんです！」「そんな遊びをしてはいけません、ジミー。心臓にわるいから」「静かにしろ」とザガロが叫んだ、「ジャングルの汚物ども、黙らんか」ジミーは床の上に丸くなっている。「先生、先生、どうか十字架を立ててくれませんか」ジミーは鉛筆を借り、私はつつき、彼は倒れた。彼の父親はタクシー運転手だ。今そのタクシーが教室に入ってくる。洗濯物の大きな包みが後ろの座席に積み込まれ、ジミーは消える。ベルが鳴り響く。ジミーの父親は〈空車〉の標示板を倒す。ジミーの父親は私を見る。「洟たれ君、料金はあなたから頂きます」「だってお金を持ってないんです」するとザガロが、「お前の付けにしとくからな」ザガロの手からぼくの髪の毛が生えている。ザガロの目から炎が噴き出している。「五億ゥ、いるんだ。一人の死が何だ？」ジミーは死んだ。五億人がまだ生きている。私は数えはじめる。一、二、三。数がジミーの墓の上を歩いている。百万、二百万、三百万、四百万。誰かが、誰かが死んでも、どうということはない。一億、そして、一、二、三。数が教室を通り抜けている。足を踏みならし、とびはね、二億、三億、四億、五億。五億がまだ生きている。そしてたった一人の自分……

……夜の闇のなかで、叫びわめき悲鳴をあげながら、私はジミー・カパディアの死の夢、それにつづく数による殺戮の夢から覚めた。手にはまだ紙きれを握りしめていた。ドアがぱっと開いて、ハーニフ叔父とピア叔母が入ってきた。メアリー・ペレイラが私を労《いた》わってくれようとしたが、ピアがそれを押しのける。ピアのペチコートとドゥパッタ(スカーフ)が艶《なま》めかしくゆれる。彼女は私を抱き上げて、「大丈夫よ、わたしのかわいこちゃん。何も怖いものなんかいないわよ！」ハーニフ叔父は眠そうに、「おい、レスラー《パヘルワン》君、もう安心だぞ。さあ、叔父さんたちのところへ来い。その子を連れて来いよ、ピア」という次第で、私は今ピアの腕のなかにいる。「今夜だけはね、坊や、わたしたちと一緒におネンネするのよ」――そして私は叔母と叔父の間にはさまれ、叔母さん《ムマーニ》のいい香りのするまろやかな曲線に寄り添って寝ることに相成った。

降って湧いたような私の悦びを想像してみるがいい。叔母のえもいわれぬペチコートに寄り添いながら、悪夢はたちまち雲散霧消だ！　叔母が体をらくにしようとして向きを変えると、片方の金色のメロンが私の頬を撫でた！　ピアの手が私の手を求め、それをしっかりと握った……そこで私はようやく役目を果すことができた。叔母の手が私の手を包み込んだ時、紙きれは手のひらから手のひらへと移った。彼女が無言のまま硬直するのが感じられた。私はどんどんにじり寄っていったが、もうあのやさしさは消えていた。彼女は暗がりで読んでいて、体のこわばりは増していった。そして突然、私は悟った。私は騙されていたのだ、キャトラックは私の敵なのだと。警官をよこすという脅しがなければ、叔父に話していただろう。

（翌日学校へ行くと、ジミー・カパディアの悲劇的な死を知らされた。家で突然、心臓麻痺を起こしたのだという。ある人が死ぬ夢を見ることによって、その人を殺すことができるだろうか？　そういうことがあるのだと母はいつも言っていた。だとすると、ジミー・カパディアは私の最初の殺しの犠牲者だったことになる。ホミ・キャトラックは第二の犠牲者になるはずだ。）

復学初日、でぶのパースと甲状腺キースは打って変わって殊勝な態度を示し（「分かってくれよ、君《ヤール》、君の指がはさまってるとは知らなかったんだ……ところで明日、映画の招待券があるんだけど、行かないかい?」)、そしてこれまた意外なことに私は人気者になっていた(「ザガロはもう来ないんだ。よかったなあ! ほんとに君は髪の毛を犠牲にして、ありがたいものを獲得してくれたわけだ!」)。帰宅してみると、ピア叔母さんは留守だった。私はハーニフ叔父さんと黙って坐り、メアリー・ペレイラは台所で夕食の仕度をしていた。のどかな家庭の情景であった。だがこの平和はけたたましく開くドアの音で突然うちこわされた。ハーニフは鉛筆を落とした。ピアが玄関のドアをパタンと閉めたあと、居間のドアを同じくらい乱暴に開けたからだ。ハーニフは陽気に、「何だ、君か。何事が起こったかと思ったよ」……だがピアの剣幕《アッラー》は収まらなかった。「書きなさいよ」と彼女は手で空を切りながら言った、「どうぞ、わたしのためにやめることないでしょ。たいした才能をお持ちでいらっしゃるんだもの。この家じゃ、トイレのなかでまであなたの天才を発見させられる始末ですものね。幸福でしょ、あなた。お金、儲かってる? 神様のお恵みにあずかってる?」ハーニフはまだ陽気だった。「さあ、ピア。小さなお客さんがいるんだよ。坐って、お茶でも飲んだら……」女優ピアは不信の態度を崩さなかった。「あーあ! まったく何という一族に嫁いでしまったんでしょう! わが人生、破滅なり。あなたはお茶をすすめ、お母さんはガソリンをすすめる!

みんな狂ってるわ……」するとハーニフ叔父は顔をしかめて、「ピア、坊やが……」悲鳴。「アアアア！　坊や――かわいそうに、坊やは苦しんだわ。今だって辛いでしょう。失うということ、見捨てられるということがどんなものかを、この子は知ってる。わたしも見捨てられたわ！　わたしは大女優なのに、自転車に乗った郵便配達夫やロバのひく車の駅者の物語なんかに囲まれて、こんなところに坐り込んでいるのよ！　女の悲しみについて、あなたは何を知ってるというの？　じーっと坐り込んで、でぶで金持のパルシー教徒のプロデューサーが恵みを施してくれるのを待ってるのよね。女房が模造の宝石をつけ、二年間も新しいサリー一枚買えずにいても、平気ですものね。女は耐える、と言うけど、でもあなた、よくもわたしの一生を台なしにしてくれたわね！　さあどうぞ、いくらでもわたしをないがしろにするといいわ。わたしが窓から飛び降りるのをじっと見ているといいわ！　わたし、寝室へ行きます」そしていよいよ捨て科白だ、「わたしの声が聞こえなくなったら、それは、傷心のあまり死んだということよ」ドアがけたたましく開閉した。凄まじい退場だった。

ハーニフ叔父は放心したように鉛筆を二つに折った。そして驚いて頭を振った。「いったいあいつ、何を考えているのかな？」しかし私は知っていた……秘密の運搬人であった私は、警官が怖いので、真相を知っているのに、唇を噛むばかりだった。叔父と叔母の結婚生活の危機をまのあたりにして、私は最近つくったルールを破って、ピアの頭のなかへ入ってみたのだ。彼女がホミ・キャトラックを訪ねるところを見たし、彼女が何年も彼の愛人だったことも知っていた。ホミが彼女の魅力に飽き始めていたことも、そして今、彼がほかに女が出来たのだと言っているのも聞いた。私は大好きな叔母さんを誘惑したことで彼を憎んでいたが、今度は捨てられるという屈辱をなめさせたことで、二倍も憎んだ。

「叔母さんのところへ行ってあげなさい」と叔父は言った。「君なら慰めてあげられるだろうからな」

サリーム少年は何度も大きな音で開閉されたドアを通って、悲劇の只中にいる叔母の私室へ入った。そして、こよなく美しい彼女の体が驚くばかりに淫らな恰好でダブルベッドの上に伸びているのを見つけた――ここでつい昨夜、体と体をすり寄せたのだ――ここで紙きれを手から手に渡したのだ……一つの手が彼女のハートの上にひらりと舞う、彼女の胸が盛り上がる、サリーム少年は口ごもる、「ああ、叔母さん、かわいそうに」

ベッドからバンシー（家族の死を予告して泣く女の幽霊）の泣き声が起こる。悲劇女優の腕が私の方に伸びる。「ハイハイハイ！　アイハイハイ！」これ以上の招きを待たずに、私はその腕の方に飛んでゆく。その胸のなかに飛び込み、悲嘆に暮れている叔母の上に重なる。彼女は私に腕を巻きつけ、固く抱きしめ、通学用の白いワイシャツに爪を立てる。しかしそんなことはどうでもいい！――S字型バックルのベルトの下で、何かがぴくりと動きはじめていたのだ。絶望にかられてピア叔母さんは私の下でもがき、私も一緒にもがく。右手だけはこの行為から外しておくように注意し、騒ぎの間中、固く握りしめている。私は自分のしていることの意味も分からずに、片手で叔母を愛撫しはじめる。私はまだ半ズボンをはいている十歳の少年だ。しかし叔母が泣いているので、自分も泣いている。部屋中に泣き声が溢れる――そしてベッドの上の二つの体はのたうち回り、二つの体は名付けようもない、考えようもない一種のリズムをおびる。彼女はヒップをぐっと持ち上げながら、「あー、だめね、だめだわ、あー！」と叫ぶ。私も叫んだようだが、よく分からない。ここでは何かが悲しみに取って代わっている。叔母が私の下で身をもがきくねらせているうちに、何かがいっそう激しさを増し、縞のソファで仕事をしている叔父が鉛筆の芯を折る。そしてついに、私の力よりも強い力で抱きしめられて、私は指のことも忘れて右手をおろし、その手が彼女の乳房に触れたとたんに、傷口が肌にこすれて……

「イテテー！」私は痛さに悲鳴を上げる。叔母はしばしの間の悪魔に魅せられたような状態から脱け出して、私を押しのけ、私の顔を思い切り殴る。幸いにして左の頬だった。聞こえる方の耳をいためる危険は避けられた。「ろくでなし！」と叔母は叫ぶ、「気違いと変態の一族よ。悲しいわ。こんなに辛い思いをしている女なんて、ほかにいるかしら？」

戸口で誰かが咳をする。私は痛みに震えながら立ち上がる。ピアも立ち上がる。髪が涙のように垂れている。メアリー・ペレイラが戸口に佇み、咳をしている。当惑して真っ赤になりながら、両手に褐色の紙包みをかかえている。「ほら坊《バーバ》や、忘れていたわ」と彼女はようやく口をきく、「もう大人だから。お母さんがすてきな白い長ズボンを二着も送って下さったのよ」

叔母を慰めようとして不謹慎にも調子にのりすぎた日のあと、私はマリーン・ドライヴのアパートに留まることが難しくなった。それから二、三日つづけて、決まった時間に電話で長い長い話が交わされていた。ピアが手真似をするのを見ながら、ハーニフは、もう五週間になるんだと誰かを説得していた……そしてある晩、私が学校から帰ったあと、母が古いローヴァーで私を迎えに来た。こうして私の最初の追放は終りを告げた。

車のなかでも、そのあとも、私は追放の説明を与えられなかった。だから、こちらからは訊ねないことにしようと心に決めた。私は今、長ズボンをはいていた。それゆえもう大人で、したがって悩みに堪えなければならないのだった。私は母に言った、「指はそんなにひどくはありません。ハーニフ叔父さんがペンの別な握り方を教えてくれたんです。だからちゃんと書けるんです」母は運転中、真剣に何かを思いつめている様子だった。「いい休日でした」と私は丁寧につけ加えた。「迎えに来てくれてありがとう」「ああ、お前」と母は沈黙を破った。「お前の日の出のような顔を見ると、何も言えないわ。お父さんにやさしくしておあげ。お父さんは近頃、幸福じゃないのよ」そうします、と私は答えた。母は運転のコントロールを失ったかに見えた。すんでのところでバスにぶつかりそうになった。「何て世の中でしょう」としばらくして母は言った、「恐ろしいことが起こっても、実態も分からないのよ」

「ぼくは知ってます」と私は言った、「子守女《アーヤ》が教えてくれたんです」すると母は怯えたように私を見つめ、それから後ろの席のメアリーを振り返って睨みつけた。「お前は」と母は叫んだ、「いったい、何をお喋りしたの？」私はメアリーが聞かせてくれた不思議な出来事の数々について説明したが、その陰惨な噂が母を落ち着かせたようだった。「まあ、何を知っているの？」と母はため息をついた、「あなたはまだ、ほんの子供なのよ」

何を知ってるのだって、お母《アン》さん《マ》？　パイオニア・カフェのことを知ってるよ！　わが家に近づくにつれて突然、私はまた再び不実な母に対するいつぞやの復讐心でいっぱいになった。それは追放生活のまばゆい輝きのなかでいったん消えてはいたが、今またホミ・キャトラックに対して新しく生まれた憎悪と一つになった。双頭の復讐心は私をとりこにし、私に自分にとって最悪のことをさせた悪鬼だった……「何もかも、そのうちによくなるわ」と母は言った。「ゆっくり見てらっしゃい」

はい、お母さん。

この章全体のなかで、〈真夜中の子供たち会議〉についてはまったく触れなかったことに気がつく。だが実は、この当時、それは私にとってあまり重要なことに思えなかったのだ。私はほかのことを考えていたのだ。

サバルマティ海軍中佐の指揮棒

数ヵ月後、メアリー・ペレイラがついにおのれの犯罪を告白し、十一年にわたってジョーゼフ・ドゥコスタの幽霊に憑きまとわれていたという秘密を打ち明けた。亡命先からもどってきた彼女は、留守の間に幽霊が陥っていた状態を見て、ひどいショックを受けたのだという。その幽霊は腐りかけていて、体のあちこちが消えてしまっていたのだ。片方の耳、両足の指何本か、ほとんどすべての歯などがである。おなかには卵より大きな穴があいていた。このぼろぼろの亡霊に悩まされた彼女は(誰も聞いていないのを確かめてから)訊ねた。「まあ、ジョー、あなたは自分の体をどうしたの?」彼は答えて、彼女の犯罪の責任は、彼女が告白をするまで自分の肩にのしかかっていて、それが自分の肉体を蝕んでいるのだ、と言った。その時から、いずれ彼女が告白してしまうことは、もはや不可避となった。だが私を見ると、できなくなった。とはいえ、それは時間の問題であった。

他方、自分が偽者として暴かれるのも間近いことを知らずにいた私は、いろいろと変化の起こっていたメスワルド屋敷と折り合いをつけようとしていた。第一に、父は私とは一切関わりたくないというように見えた。これは私にとって辛かったが、(私の切断された体のことを考えれば)よく分かることだった。第二に、ブラス・モンキーの運命に際立った変化が見られた。「ぼくの家庭内での地位は横取りされた」と、私は認めざるを得なかった。今や父が彼の観念的聖堂である事務所に招き入れるのも、でっぷりしたおなかに抱きしめるのも、父の未来の夢をになわされているのも、モンキーだった。かつては私のためのものであった歌をメアリー・ペレイラがモンキーに歌ってやっているのも聞こえてきた。「なりたいものに、あなたはなれる。どんなものでも、思いのままに!」母までがこのムードに感染したかに見えた。今では妹は夕食の時いつもチップスを一番たくさんよそってもらい、特上のナルギシ・コフタ(スコッチエッグのようなゆで卵入りミートボールのカレー)と極上のパサンダ(生クリームとアーモンドペーストを使った煮込み料理)をもらっていた。それにひきかえ私は――家族の誰かがふと私を見たりする時に――彼らの眉間に深い縦皺が寄っていること、そして当惑と不信の空気が立ちこめていることに、気がついた。だからといって、どうして不平が言えようか? モンキーは長年、私だけが特別扱いされることに甘んじてきたのだ。

私を庭の木から突き落とした一件(あれも結局、ただの事故であったかもしれない)だけがおそらく唯一の例外で、彼女はあっぱれな度量と忠誠をもって私の優位を認めていたのだ。今度は私の番だった。長ズボンをはいた私は、降格を大人しく受け入れることを求められていた。「これが大人になることなら」私は自分に言いきかせた、「思っていたより辛いものなんだ」

特権的な子供の役まわりに昇格したモンキーも、私と同様に驚いたにちがいない。好かれないようにしようとして最善を尽していたが、さりとて悪いことはできないようであった。当時は彼女がキリスト教とたわむれていた時期だった。それは一つにはヨーロッパ人の学友の影響だったが、また一つにはロザリオを手にしているメアリー・ペレイラの存在にも負うところがあった(メアリーは告解室が怖くて教会へは行けないので、そのかわりに聖書の物語を語りきかせて、私たちを楽しませてくれていた)。だがそれは何よりも、モンキーが家庭という犬小屋のなかで幼児期の快適な地位を回復するための努力であったと思われる(犬といえば、シムキ男爵夫人は私の留守の間に死んでしまっていた。相手かまわずの交尾が命取りになったのだ)。

妹はやさしく温和で静かなイエス様を声高に誉めたたえた。母はにこっと笑って妹の頭をそっと叩いた。妹は賛美歌を口ずさんで家中を歩き回った。母はその曲を覚えて、一緒に歌った。妹は気に入りの看護師の服は飽きたから尼僧服が欲しいと言って、それをかなえられた。彼女はひもに通したヒヨコマメをロザリオとして使いながら、恵み深きマリア様、などとつぶやいた。両親は彼女の手のさばきを誉めた。罰を受けられないことを苦にして、彼女は宗教的情熱を極端まで募らせ、明けても暮れても主の祈りを唱えたり、ラマダーンの代わりに四旬節《レント》に断食したりして、思いもよらないファナティシズムの傾向を現わした。のちにこれが彼女の人格を支配しはじめることになる。ここまでやってもまだ、彼女は大目に見られているようだった。ついに彼女はこの問題を私と話し合うことにした。「あのね、兄さん」と彼女は言った、「これからはあたしは良い子にしていなくちゃいけないみたい。そのぶん兄さんは好きなことができるわよ」

おそらく彼女の言う通りだった。私は両親から完全に見放されることで、より大きな自由を手に入れたのだ。しかし私は身辺のあらゆる局面に起こっていた変化に呆然としていた。こんな状態では、好きなことなどできそうになかった。私は身体的にも変わりつつあった。あまりに早く顎にひげが生えはじめていた。声は急に高くなったり低くなったり、調節がきかなかった。私はひどい不条理感を覚えた。四肢が伸びて不恰好な体つきになり、シャツやズボンが小さくなり、衣服の端からぶざまな手足を突き出していたので、道化のように見えたことだろう。足首や手首に衣服がぱたぱたとおどけたように揺れているのを見て、私は衣服までが自分を欺いているという気がしてきた。そして内面を向いて秘密の子供たちのことを考えてみても、そこには変化が見てとれ、しかもそれが気に入らなかった。

〈真夜中の子供たち会議〉のゆるやかな崩壊――それは中国軍がヒマラヤ山脈を越えて押し寄せてきて、インド軍に屈辱をなめさせた日に最終的に完了したのだが――は、すでに始まっていた。もの珍しさが終ると必ずそのあとに退屈が生じ、やがて内輪もめが起こるものだ。あるいは（換言すれば）指が切断され、血の噴水が噴き出した時、あらゆる堕落が可能になったのだ……会議の分裂が私の指喪失の（積極的－比喩的）結果であるにせよないにせよ、割れ目は確実に大きくなっていった。カシミール高地のナラダ＝マルカンダヤは、たえざる性転換のエロティックな快楽のみを追求する正真正銘のナルシストの唯我論的夢想におぼれ、また時間旅行者のスーミトラは、彼の未来についての話を私たちが聞こうとしないので、傷ついていた。（彼の予言によれば）未来においてこの国は、決して死なない、尿を飲む、よぼよぼの老人によって統治され、人びとは学んだことをすべて忘れ去るだろう、パキスタンはアメーバのように分裂し、両翼の首相たちはその後継者たちの手で暗殺されるだろう、その後継者は――私たちの不信をよそに彼は誓った――同じ名前をもった人たちであろう、というのだった……傷ついたスーミトラは毎夜の会合に欠席し、時間という蜘蛛の巣のような迷路のなかに長いこと隠れていた。バウドの姉妹は女好きの若者や老人を惑わす能力に満足していた。「この会議は何の役に立つの？」と彼女たちは訊ねた。「あたしたち、恋人にならなら不自由しないのよ」そして錬金術に取り組むメンバーは、父親の建てた実験室で研究にいそしんでいた（彼は父親に自分の秘密を明かしていた）。賢者の石のことであまりに多忙で、彼は会議に出てくる時間はなかった。黄金の魅力が私たちから彼を奪ってしまったのだ。

他の要因もあった。子供たちはいかに魔力を持っていても、両親の影響から自由ではなかった。大人の偏見と世界観が彼らの精神をとらえるにつれ、マハラシュトラの子供たちがグジャラート人を嫌い、白い肌の北部人がドラヴィダ系の「黒い肌」を嫌うことに私は気がついた。宗教的対立があったし、階級問題も会議に入り込んできた。金持の子供はこんな下々の会議に出ることを軽蔑した。バラモンたちは自分の意識を不可触民の意識と接触させることに不安を覚えた。他方、下層民の間では、貧乏も辛いがコミュニズムも辛いということが明らかになっていた……そして何よりも、性格の衝突があったし、半人前の子供たちばかりの会議にあっては避けられない、どなり合いの喧嘩が百ほどもあった。

かくして〈真夜中の子供たち会議〉は首相の予言を実現し、真の意味で、国の鏡となった。消極的－字義的な様式がはたらき、私は毒づいたが、内心ではますますやけくそな、あきらめの気持が強まっていた……「兄弟たちよ、姉妹たちよ！」と私は肉体の声と同じく抑制のきかない精神の声で演説した。「こんなことはあってはならない。われわれを分断する、大衆と上流階級、資本家と労働者、彼らとわれわれ、といった果てしない二元性を認めてはならない！　われわれは」私は熱く声をはりあげた、「第三の原則でなければならない。ディレンマの二本の角の間ではたらく力でなければならない。なぜなら他なるものであることによって、新しいものであることによって、われわれは出生時の約束を果すことができるのだ！」私には支持者もおり、なかでも一番熱烈なのが魔女パールヴァティだった。だが私は彼らが私から離れていくのを感じた。それぞれ自分の生活に引きずられていったのだ……ちょうど私が自分の生活に引きずられたように。それはこの輝かしい会議が子供時代の玩具の延長という枠には収まりきらないものと分かったと言うべきか、あるいは長ズボンが真夜中の創造したものを壊していったのだと言うべきか……「われわれは一つの綱領を定めねばならない」と私は訴えた、「われわれ自身の五ヵ年計画をだ」だが私は自分の熱烈な演説の背後に、私の最大のライバルの愉快そうな笑いを聞くことができた。私たち全員の頭のなかにシヴァがいて、侮辱的なことを言っていたのだ。「いや、金持の坊っちゃん。第三の原則なんてものはありゃしない。金持と貧乏人、持てる者と持たざる者、右翼と左翼があるだけだ。世界に立ち向かう自分があるだけだ。世界は観念ではないぜ、金持の坊っちゃん。世界は夢想家と連中の夢の住み処じゃない。世界とは物だよ、洟たれ君。物とその製造者が世界を支配しているんだ。ビルラやタータ（ともに近代インドの代表的な実業家）のような有力者を見ろ。彼らは物をつくる。物のために国は動いている。人間のためにじゃない。物のためにアメリカとロシアは援助をよこす。ところが五億の民は飢えたままだ。物を持っていれば、夢のための時間も出来る。物がない時は、人間は闘うのさ」私たち二人が論争している間、会議の子供たちは魅せられたように耳を傾けていた……いやそうじゃない、二人の問答に彼らは関心さえ持たなかったのだ。私は反論する。「しかし人間は物ではない。われわれが集まって互いに愛し合うなら、これこそ、まさにこの人間の集まり、この会議、さまざまな強弱の度合はあるとはいえ、この子供たちの結びつきこそ、第三の道であることを示すなら……」だがシヴァはけらけらと笑った。「金持の坊っちゃん、そんなのたわごとだよ。個々人の重要性とやらも、人間の可能性とやらも、ぜーんぶたわごとさ。今日じゃ、人間の現実はまったく別のところにあるんだ」そこで私サリームは、「しかし……自由意志がある……希望がある……人類の大いなる魂、つまりマハトマというものがある……そして詩や芸術はどうだ、それに……」ここでシヴァは勝利をつかんだ。「いいかい？

おれはお前さんがそんなふうになることはとっくに分かっていたんだよ。炊きすぎた米のごはんのようにふにゃふにゃで、お婆さんみたいにセンチメンタルときている。お前さんのデタラメなんか、誰がありがたがるものか。われわれはみな自分の生活がある。まったくキュウリ鼻君よ、おれはお前さんの会議には飽き飽きしたぜ。そいつはただ一つの物ともかかわりがないんだからな」

これがみな十歳の子供たちなのか、と読者は訊ねるだろう。私は答える、その通り、しかし。また読者は訊ねるだろう、十歳の子供が、いや別に十一歳に近くたっていいが、社会における個人の役割を議論したというのか？　それに資本家と労働者の対立だって？　農業地帯と工業地帯の内部緊張が明らかにされたかだって？　いくつもの社会的・文化的遺産の間の葛藤はどうかだって？　それに、生まれて四千日も経たない子供がアイデンティティだとか、資本主義に内在する矛盾だとかを論じたっていうのか？　十万時間も生きていない彼らがガンディーとマルクス＝レーニンを、権力者と無力な大衆を比較してみせたんだって？　神は子供らに殺されたんだって？　君のいう奇跡なるものは百歩譲って真実と認めるとしても、ガキどもがひげ面の老人のような話をするということを信じられるかい？

私はこう答えよう。たぶんそんな言葉で話されたわけではない。たぶんいかなる言葉で話されたわけでもなく、思考の純粋言語で話されたのだ。しかしたしかに、根底にあったのはこういうことだ。子供は大人が毒を注ぎ込む器であり、私たちを抹殺したのは大人の毒だ。それは毒だった。そして何年も経ったのちには、それはナイフを持った〈未亡人〉だったのだ。

要するに、私がバッキンガム荘へ帰ったあとは、真夜中の子供たちの塩までが味を失った。今ではわざわざ全国ネットワークを張ることさえしない夜もあった。そして私のなかにひそんでいる悪鬼(双頭の怪物である)は自由にわるさを続けた。(私はシヴァが娼婦殺しの犯人なのかどうか、知らずじまいだった。しかしともかく暗黒時代《カリ・ユガ》の影響たるやたいへんなもので、善人にして生まれながらの犠牲者である私でさえ、二人の死に責任を負う身となってしまったのだ。まずジミー・カパディアの、それからホミ・キャトラックの。)

もし第三の原理があるとすれば、その名は子供時代だ。しかしそれは死ぬ。いやむしろ、殺される。

当時、私たちはみな自分の悩みを持っていた。ホミ・キャトラックには知能の低いトクシーがおり、イブラヒム夫妻にはまた別の苦労があった。つまりソニーの父イスマイルは長年にわたって判事や陪審員を買収してきたので、法曹委員会によって調査される危険があったのだ。ソニーの伯父イスハクはフローラ・ファウンテンの近くでエンバシーという二流のホテルを経営していたが、噂によれば、この町のギャングから大金を借りていて、「ぶっ殺される」ことをいつも恐れていた(この頃、暗殺は熱波と同じくらいありふれたものになっていた)……だから私たちがシャープシュテーケル博士の存在をすっかり忘れていたとしても、驚くには当らなかったろう。(インド人は年をとるにつれて大きく強くなる。ところがシャープシュテーケルはヨーロッパ人で、彼のような人は不幸なことに年と共に霞《かす》んでゆき、やがて完全に消えてしまうことが多い。)

しかし今、おそらくは悪鬼に駆りたてられて、私はバッキンガム荘の最上階へと足を運び、そこに一人の狂った老人を見つけた。信じられぬほど小さく縮んでいて、唇の間から細長い舌がたえず出たり入ったりしている——ひらっと出ては唇をなめまわしているのだ。かつての抗蛇毒素の研究家であり馬の殺戮者であるシャープスティッカー氏《サヒブ》は今や九十二歳で、もはや彼の名にちなむ研究所にはおらず、熱帯植物と塩水に漬けた蛇がたくさん置かれている暗いアパートの最上階に隠退していた。年をとっても歯は抜けず、毒袋もとれないとあって、彼は蛇的なものの権化となりきっていた。他の長く滞在しすぎたヨーロッパ人と同様、インドの古い狂気に脳をすっかりおかされて、その結果、彼は研究所の雑役夫たちの迷信を信じるようになっていた。この連中によれば、彼はコブラが女と交わって人間の子供(蛇の子供でもある)を生ませたことに始まる一つの血統の、最後の末裔なのであった……一生涯、私は角を曲がるだけでもう一つの新しい、とてつもなく変わった世界に入り込むという運命にあるらしい。梯子を登る(あるいは階段を登る)、するとそこに蛇が待っているのだ。

カーテンはいつも引かれていた。シャープシュテーケルの部屋では太陽は昇りもしないし、沈みもしない。時計が時を刻むこともない。彼と私を引き合わせたのは悪鬼だろうか、それとも互いに共通の孤立だろうか……モンキーが上昇し、会議が衰退したこの時期に、私は可能な時にはいつも階段を昇って行った。そして狂った、歯擦音をさせる老人のたわごとに耳を傾けるようになった。

彼の鍵のかかっていないねぐらに入ってみると、聞こえてきた第一声は、「あ、君か――チフスは治ったんだな」であった。この言葉はゆっくり舞い上がる埃の雲のように時間をかき回し、私を一歳の頃に連れ戻した。私はシャープシュテーケルが蛇毒で命を救ってくれたという話を思い出した。それから何週間も私は彼の足もとに坐った。すると彼は、私の内部にとぐろを巻いているコブラがいると教えてくれた。

蛇のオカルトな力の数々を、私のためにと列挙してくれたのは誰だろう。(蛇の影は牝牛を殺す。ある男の夢のなかに蛇が現われたら、彼の妻は妊娠する。誰かが蛇を殺したら、この蛇殺しの家族は二十世代にわたって男の子孫を持てない。）また——書物や剝製の死骸を用いて——コブラの宿敵のことを説明してくれたのは誰だろう。「汝の敵を研究せよ、だよ、君」と彼は強い歯擦音を交えて言った、「さもないと敵が君を殺すからね」……シャープシュテーケルの足もとで私が研究したのは、マングースと猪、剣のような嘴をしたハゲコウと蛇の頭を足でつぶすバラシンハ鹿、それにエジプト・マングースとトキ、四フィートの背丈があり、恐れを知らず、長い嘴を持つ書記官鳥（ヘビクイワシ）——その姿と名前から私は父の秘書のアリス・ペレイラについてよからぬことを想像してしまう——それにジャッカル・バザード、スカンク、山のミツアナグマ、ミチバシリ（飛翔力のない地上性ホトトギス）、ペッカリー、恐ろしいカンガンバ・バードといったところだ。シャープシュテーケルは老齢のどん底から私に人生のことを教えてくれた。「賢くやることだ、君。蛇の行動を真似ろ。こっそりとやることだ。藪陰から襲え」

　かつて彼は私に言った。「君は私を第二の父親と思わなくちゃいけない。君の命がなくなった時、この私が取り戻してやったのだからな」この言葉によって彼は、私が彼の魔法にかかっていたように、彼も私の魔法にかかっていたことを証明した。彼は私だけが産み出すことができる一連の親たちの一人であることを自認したのだ。しばらくして私は室内の空気を重苦しく感じて、彼を二度と破れることがないであろう孤独のなかに置き去りにしたのだが、彼は私に出撃の仕方を教えてくれていた。双頭の復讐の悪鬼によってすっかり心をのっとられていた私は、テレパシーの能力を（はじめて）武器として使った。こうして私はホミ・キャトラックとリラ・サバルマティの関係をくわしく探り出した。リラとピアはいつも美を競い合っていた。この、海軍元帥の称号を受け継ぐはずの人の妻こそが、映画王の新しい愛人になっていたのだ。サバルマティ海軍中佐が海上で演習を行なっている時、リラとホミも彼ら流の演習を行なっていた。この海の勇者は当時の提督の死を待ち望んでいたが、ホミとリラも死神と会う約束をしていた。（私の助けをかりて。）

「こっそりとやるんだ」とシャープスティッカー氏《サヒブ》は言った。だからこっそりと、私は敵のホミと尻軽女をスパイした。尻軽女は〈片目〉と〈ヘアオイル〉の母親だ（ところでこの二人は最近うぬぼれが強くなっていた。サバルマティ海軍中佐の昇格は発令を待つばかりになっており、時間の問題……という新聞報道があって以来のことだ）。「ふしだら女め」と私のなかの悪鬼が声なくささやいた。「母親としての最悪の裏切りをやってのけた！　お前を恐ろしい見本に仕立て上げてやろう。好色者に対する見せしめにしてやろう。迂闊ものの姦婦よ！　かの有名なシムキ・フォン・デア・ハイデン男爵夫人があちこち寝歩くことによってどんな末路をたどったか、お前は知らないのか？——これ以上うってつけの言葉はない——牝犬《ビッチ》だ、お前と同じだ」

リラ・サバルマティに対する私の見方は年齢と共に円熟した。結局、彼女と私は一つの共通点を持っていたのだ——つまり彼女の鼻は私の鼻と同じくたいへんな威力を持っていた。とはいえ、彼女の力なるものはまったく世俗的な魔力だった。鼻の皮膚の皺が、謹厳この上なしの提督を魅きつけ、小さく開いている鼻孔が、映画王の心に不思議な炎を点じたのだ。私はその鼻を持つ人の秘密を暴いたことをいささか後悔している。それはいとこを背中から刺すのにちょっと似ていたわけだ。

私が探り出したのは、次のようなことだった。毎日曜の朝十時に、リラ・サバルマティは〈片目〉と〈ヘアオイル〉をメトロ・カブ・クラブの毎週の会合に連れて行っていた。（彼女はわれわれのほかの仲間をも運ぶことを買って出た。ソニーとサイラス、モンキーと私は、彼女のインド製ヒンドスタンに重なりあって乗り込んだ。）私たちがラナ・ターナーやロバート・テイラーやサンドラ・ディーの方に向かっている時、ホミ・キャトラック氏も週ごとの逢引きの準備をしていた。リラのヒンドスタンが鉄道線路沿いに走っている時、ホミはクリーム色の絹のスカーフを首に巻いていた。彼女が赤信号で停まっている時、彼はテクニカラーのブッシュジャケットを着込んでいた。彼女が私たちを観客席の暗闇のなかへ案内している時、彼は金縁のサングラスをかけていた。彼女が私たちを映画館に置いて去って行く時、彼もまた一人の子供を置き去りにしていた。トクシー・キャトラックは彼が出かける時はいつも、泣いたり、蹴ったり、地団駄ふんだりするのだった。彼女は何が起ころうとしているのかを知っていたのだ。ビ・アッパーでさえ彼女を抑えることはできなかった。

昔、ラーダーとクリシュナ（怪力と悪戯で名高いクリシュナが、ヤムナー河で水浴する牧女たちの衣服を奪ってからかう。そのうちの人妻であるラーダーを彼は特に愛する）、ラーマとシーター（王子ラーマはラーヴァナに誘拐された妻シーターを取り戻し、ラーヴァナを殺す。これが『ラーマーヤナ』の主筋である）、ライラとマジュヌーン（絶世の美女ライラを恋する余り狂人〔マジュヌーン〕になる青年カイスの悲恋物語で、アラブ遊牧民の一大ロマンス）がいた。また（私たちは西洋の影響も受けているので）ロミオとジュリエット、スペンサー・トレーシーとキャサリン・ヘプバーンがいた。世界は恋物語にみちていた。そしてすべての恋人たちはある意味でその先輩たちの化身《アヴァタール》だった。ヒンドスタンをコラバ通り《コーズウェイ》のはずれの住所に向かって走らせているリラは、バルコニーに出て来るジュリエットだった。クリーム色のスカーフを巻き、金縁のサングラスをかけて、（かつて私の母がナルリカル産院に駆けつけるのに使ったあのスチュードベーカーで）彼女に会うために急いでいるホミは、ヘーローのかかげる灯を目印にヘレスポントス海峡を泳いで渡るレアンドロスだった（ギリシャ神話。レアンドロスは夜ごとこうしてヘーローに会いに来たが、ある嵐の晩、彼女の塔の灯が見えなかったため彼は溺死し、彼女もあとを追って投身自殺する）。この一件での私の役割はといえば――いや、その名前は言わずにおこう。

正直に言って、私はヒロイズムの行為をやってのけたわけではない。馬に跨がって目を輝かせながら太刀を振り回し、ホミと闘ったわけではない。蛇の行動を真似て、新聞の切り抜きをつくりはじめたのだ。GOAN LIBERATION COMMITTEE LAUNCHES SATYAGRAHA CAMPAIGN(ゴア解放委員会、無抵抗不服従運動《サティアグラハ》にのりだす)から‘COM’という字を抜き取った。SPEAKER OF E-PAK ASSEMBLY DECLARED MANIAC(東パキスタン議会の議長、狂人と宣告さる)から第二音節用の‘MAN’が取れた。‘DER’はNEHRU CONSIDERS RESIGNATION AT CONGRESS ASSEMBLY(ネルー、国民会議派の集会で辞任)のなかに見つかった。第二の語はまずRIOTS, MASS ARRESTS IN RED-RUN KERALA: SABOTEURS RUN AMOK: GHOSH ACCUSES CONGRESS GOONDAS(暴動、赤いケーララ州で大量逮捕——サボタージュ・グループ暴れる——ゴーシュ、会議派のテロリストたちを糾弾)から‘SAB’の字を、そしてCHINESE ARMED FORCES’ BORDER ACTIVITIES SPURN BANDUNG PRINCIPLES(中国軍の国境活動、バンドン原則を無視)から‘ARM’を取った。名前をつくるためには、DULLES FOREIGN POLICY IS INCONSISTENT, ERRATIC, P. M. AVERS(ダレスの外交政策、一貫性欠き、誤っていると首相断言)から‘ATT’を切り抜いた。私は邪悪な目的のために歴史を切り刻んでいたのだが、WHY INDIRA GANDHI IS CONGRESS PRESIDENT NOW（なぜ今インディラ・ガンディーは会議派総裁なのか）からは'WHY'を残した。しかし私は政治だけに縛られるのがいやで、広告に目を向け、DOES YOUR CHEWING GUM LOSE ITS FLAVOUR? BUT P. K. KEEPS ITS SAVOUR!（キミのチューインガムは味が消えちゃうの？　でもＰＫは風味が衰えない！）のなかの'DOES YOUR'を取った。MOHUN BAGAN CENTRE-FORWARD TAKES WIFE（センター・フォワードのモーハン・バガン、結婚）というスポーツの人物紹介記事は、その最後の単語が役に立った。そして'GO TO'はMASSES GO TO ABUL KALAM AZAD'S FUNERAL（アブル・カラム・アザドの葬儀に会葬者多数）から取った。今度はまた豆記事から単語を捜さなければならなかった。DEATH ON SOUTH COL: SHERPA PLUNGES（サウス・コルでシェルパ転落、死亡）がどうしても必要な'COL'を提供してくれた。だが'ABA'はなかなか見つからず、映画広告のなかにやっと出て来た。ALI-BABA, SEVENTEENTH SUPERCOLOSSAL WEEK—PLANS FILLING UP FAST!（アリババ、十七週目に突入——予想以上の大入り！）……折しもカシミールの人気者、シェイク・アブドゥラーが同州の将来を決定するための住民投票をすべしとキャンペーンを張っていた。彼の勇気が私に'CAUSE'という音節を与えてくれた。その見出しとはこういうものだった。ABDULLAH ‘INCITEMENT,’ CAUSE OF HIS RE-ARREST—GOVT SPOKESMAN.（アブドゥラーの「扇動」再逮捕をもたらす——政府スポークスマン。）そしてブーダン・キャンペーン（土地喜捨運動）で貧者に土地を寄贈しようと地主たちに説いて回っていたアチャールヤ・ヴィノバ・バーヴェは寄付が百万エーカーの目標を越えたことを宣言し、今や村全体（「グラムダン」）そして個人の生活（「ジヴァンダン」）を投げ出すことを求める新しい二つのキャンペーンに乗り出した。J・P・ナラヤンがバーヴェの仕事を助けるために自分の生活を捧げると宣言した時、NARAYAN WALKS IN BHAVE’S WAY（ナラヤン、バーヴェに同調）という見出しが、ようやく‘WAY’を与えてくれた。もうあらかた終了だった。PAKISTAN ON COURSE FOR POLITICAL CHAOS: FACTION STRIFE BEDEVILS PUBLIC AFFAIRS（パキスタン政情泥沼化——派閥抗争が公務を狂わせる）から‘ON’を取り、また『サンデー・ブリッツ』の紙名から‘SUNDAY’を取り、残るはあと一語となった。東パキスタンの出来事がこの一語を与えてくれた。FURNITURE HURLING SLAYS DEPUTY E-PAK SPEAKER: MOURNING PERIOD DECLARED（家具を投げつけて東パキスタン州議会副議長を殺害、服喪期間発表）が‘MOURNING’を与えてくれた。ここから器用にUを切り取った。最後にクエスチョン・マークが必要だったが、これはこの奇妙な時代にひっきりなしに問われたAFTER NEHRU, WHO?(ポスト・ネルーは誰に?)という問いの末尾からとった。

バスルームにこっそり隠れて、一枚の紙の上に出来上がった手紙――私の最初の歴史改竄の試みだった――を糊《の》づけした。蛇のように、文書をポケットに入れた。これが毒袋のなかの蛇毒なのだ。〈片目〉、〈ヘアオイル〉の双子兄弟と一夕を過ごす手筈を巧みに整えた。三人で「暗闇の殺人」というゲームを始めた……ゲームの途中で私はサバルマティ海軍中佐のクローゼットのなかへ入って、必殺の書状を彼の着換え用の軍服の内ポケットのなかに入れた。その瞬間、(今さら隠すこともあるまい)目指す獲物を仕留めた蛇の悦びを味わい、毒牙で犠牲者のかかとに咬みついた快感を満喫した……

出来上がった手紙とはこういうものだった。

COMMANDER SABARMATI(と私のノートには書いてある)
WHY DOES YOUR WIFE GO TO COLABA
CAUSEWAY ON SUNDAY MORNING?

サバルマティ海軍中佐殿

あなたの奥さんはなぜ日曜の朝
コラバ通りへ行くのですか？

いや、私はもう自分のしたことを自慢には思っていない。だが私の復讐の悪鬼が双頭の怪物だったことを思い出してほしい。リラ・サバルマティの裏切りを暴露することによって、私は自分の母に有益なショックを与えたいと思ったのだ。一石二鳥をねらったわけだ。罰を受けるべき女は二人いて、それぞれが、私の二股に分かれた蛇の舌先で刺しつらぬかれるはずだった。世にサバルマティ事件として知られることになったものは、実は、市の北部のしがないカフェで、一人の密航者がバレエダンサーのように円を描く手を見つめた時に始まった、と言っても嘘にはならない。

私はこっそりとやった。藪陰から襲った。私を駆り立てたものは何か。パイオニア・カフェの手だ。くりかえされた間違い電話だ。バルコニーで私に手渡され、ベッドシーツの下で伝えられたメモだ。母の偽善とピアの慰めようのない悲嘆だ。「ハイアイハイ、アイハイハイ」……私の毒は遅効性だった。しかし三週間後に、効果が現われた。あとで分かったことだが、匿名の手紙を受け取ったあと、サバルマティ海軍中佐はボンベイで最も高名な私立探偵ドン・ミントに内偵を依頼していた。（老いて足が不自由になっていたミントはこの頃までに依頼料を値下げしていた。）彼はミントの報告が届くまで待った。そして。

その日曜の朝、六人の子供はメトロ・カブ・クラブで一列に坐り、『物言う騾馬《らば》フランシスと幽霊屋敷』を見ていた。というわけで、私はアリバイがあった。犯行現場近くにはいなかった。三日月のシン（バビロニアの月神）のように、私は遠くから世界の潮汐にはたらきかけた……騾馬がスクリーンの上で話をしている時、サバルマティ海軍中佐は海軍兵器庫を訪れた。性能のよい、銃身の長いリボルバーを、署名して借り出した。また弾薬も。左手には私立探偵のきちんとした筆跡で所番地の書かれた紙片を持っていた。海軍中佐はタクシーでコラバ通りに到着した。料金を払い、銃を手に持ち、シャツ店や玩具店の並ぶ細い街筋を歩いて行き、道路からひっこんだコンクリートの庭の奥にあるアパートの階段を登って行った。18C号の玄関のベルを鳴らした。その音は18B号に住むラテン語の個人授業中のイギリス系インド人の耳に聞こえた。サバルマティ海軍中佐の妻リラが出てくると、中佐は至近距離から彼女の腹部に二発撃ち込んだ。彼女は後ろに倒れた。彼は妻の遺体を越えて進み、ホミ・キャトラックが尻を拭かないままトイレから立ち上がって、半狂乱でズボンを引っぱり上げているところをつかまえた。ヴィヌー・サバルマティ海軍中佐は相手の陰部に一発、心臓に一発、右の目に一発、撃ち込んだ。銃には消音装置がついていなかった。しかし撃ち終ると、アパートは深い沈黙に包まれた。キャトラック氏は撃たれたあと、へたへたとトイレに坐り込んで、笑っているように見えた。

サバルマティ海軍中佐は硝煙の出ている銃を握ったままアパートから出て来た（彼の姿は、ドアの隙間から覗き見た、怯えたラテン語教師によって目撃されている）。コラバ通りを歩いていくと、小さな台石の上に立っている交通警官が見えた。サバルマティ海軍中佐は警官に、「今この銃で妻と愛人を殺してきました。あなたに投降します……」と言った。だが彼は警官の鼻先で銃を振り回したので、警官は怖くなり、交通整理の指揮棒《バトン》を落として逃げ去った。サバルマティ中佐は、突然交通が混乱しだした道路上で、警官の台石の上にひとり残され、硝煙の出ている銃を指揮棒代わりに用いて車の流れを整理しはじめた。こうしているところへ十分後に十二名の武装警官隊が到着し、勇敢にも彼にとびかかって手足をとりおさえ、彼が十分間も物慣れた手つきで交通整理をするのに使っていた、世にも珍奇な指揮棒を取り上げた。

新聞はサバルマティ事件について書いた、「それは、インドが自分は何だったのか、何なのか、何になる可能性があるのかを発見するであろう舞台なのだ」と……だがサバルマティ海軍中佐は単なる人形だった。私こそが人形つかいだった。そして国中が私の仕組んだ芝居を演じたのだ——ただ私はそこまで意図してはいなかった！　まさか彼が……私の望みは単に……スキャンダル、そう、すべての不貞な妻と母に対する脅し、見せしめということだった。ここまでのことになるとは、まったく考えていなかった。

自分の行動の結果に青くなって、私は街の騒然たる想波の上を漂って行った……パルシー総合病院では一人の医者が「サバルマティ夫人《ベーガム》は助かるでしょう。しかし食べる物に十分気をつけないと」と言っていた……だがホミ・キャトラックは死んだ……弁護士として依頼されたのは誰か？——「私は無料、無報酬で彼を弁護します」と言ったのは誰か？——かつて凍結裁判で勝訴し、今度は海軍中佐の弁護に立ち上がったのは誰か。「彼を無罪にできる人がいるとしたら、それはぼくのおやじだよ」とソニー・イブラヒムは言った。

サバルマティ海軍中佐はインドの裁判史上、最も人気のある殺人者になった。夫たちは不貞の妻を罰した彼に喝采を送った。貞淑な妻たちも自分の貞操堅固ぶりを誉められたような気になった。リラの息子たちの内部に、私はこんな想念を見つけた。「ぼくらは母があんなふうだということを知っていた。海軍軍人なら、ああいうことに我慢がならないことも」あるコラムニストが『イラストレーテッド・ウィークリー・オブ・インディア』で、中佐の四色刷りの似顔絵の横に「今週の人」の寸描として、こう書いている。「サバルマティ事件では、ラーマーヤナの高貴な感情とボンベイ・トーキーの安手のメロドラマが結合している。だが主人公についていうと、万人が彼の廉直さを認めている。実に魅力的なご仁であることはまちがいない」

私の母とホミ・キャトラックに対する私の復讐は、国家的危機にまで発展してしまった……海軍法規が、民間刑務所に入ったことのある者は海軍元帥の位に昇進することはできない、と定めていた。だから軍の大将たち、市の政治家たち、そしてもちろんイスマイル・イブラヒムは要求した、「サバルマティ海軍中佐は海軍刑務所内に留まらなければならない。彼は有罪と決まるまでは無罪である。避けうるものなら、彼の経歴を汚してはならない」と。そして当局もこれに「その通り」と答えた。無事に海軍監獄に収監されたサバルマティ海軍中佐は有名税なるものを発見した——支援の電報に埋もれながら、彼は裁判を待った。花が独房を充たした。彼は米と水だけの苦行僧の食事にしてほしいと頼んだが、篤志家たちがビリャーニやピスタ・キ・ラウズなどの贅沢なものを詰めた弁当箱を次々と届けてよこした。そして刑事裁判所の順番をとびこえて、異例の早さでこの事件の審理が開始された……検察側は言った、「罪状は第一級殺人です」

厳めしい顎ときびしい目をしたサバルマティ海軍中佐は答えた、「無罪です」

私の母は言った、「ほんとにかわいそうな人、悲惨な事件だと思わない？」

私は言った、「不貞の妻だからね、そっちのほうがひどいよ、お母さん《アンマ》……」すると母は顔をそむけた。

検察側は言った、「これは明白な事件です。動機、機会、自白、死体、予謀、すべて揃っています。銃が署名の上で借り出され、子供たちが映画に送り出され、探偵の報告書があります。これで十分でしょう？　陳述終り」

そして世論は言った、「実にいい男だ、まったく《アッラー》！」

イスマイル・イブラヒムは言った、「これは自殺未遂事件です」

これに対して世論は、「？・？・？・？・？・？・？」

イスマイル・イブラヒムは説明した、「海軍中佐はドン・ミントの報告を受け取った時、それが事実かどうか自分の目で見たいと思いました。もし事実なら自殺したいと思い、銃を借り出しました。あくまで自分を撃つために。そしてまったく絶望的な気分でコラバの住所に駆けつけます。殺人者としてではなく、死人としてですよ！　しかしそこで——陪審員の皆さん、自分の妻を見て——破廉恥な愛人と一緒にいる半裸の妻を見て——よろしいですか、陪審員の皆さん、この善良な男、この偉大な男は、〈赤〉になったのです。ぱっと目の前が真っ赤になり、彼は犯行に走ってしまったのです。ここに予謀は存在しません。したがってこれは第一級殺人ではないのです。殺人には違いありません。しかし冷血的殺人ではありません。陪審員の皆さん、起訴状の罪には該当しないことがお分かりでしょう」

こんな意見が街を騒がしく飛び交った。「いや、やりすぎた……イスマイル・イブラヒムは今度はやりすぎた……しかし、しかし……陪審員はほとんど女性だ……そして金持はいない……だから二重に弱いんだ、つまりその、海軍中佐の魅力と弁護士の金にさ……分からない、何とも言えないぞ」

陪審員は言った、「無罪」

私の母は叫んだ、「まあ、やったわね！……でも、でも、これが裁判というものなの？」そしてこの疑問に答えて、判決は、「本官に付与された権限を用いて、本官はこの不合理な評決をくつがえします。起訴状通り有罪」

ああ、判決に対する反応は凄まじかった！　海軍高官たちと司教たち、そして政治家たちが「サバルマティは上告して海軍刑務所に入っていなければならない。一人の判事の頑迷さのためにこの偉大な男が破滅するのを見殺しにしてはならない！」と主張した。警察当局は根負けして、「了解」と言った。サバルマティ事件はすみやかに上告され、異例のスピードで高裁に持ち込まれた……海軍中佐は弁護士に語っている、「まるで運命が私の自由にならなくなったという感じです。まるで何かに乗っ取られたかのような……これは宿命というものでしょう」

私は言う、「いや、これはサリームというものなのだ。それとも洟たれ君、クンクン、あざのある顔、月のかけらと呼んでもいい」

高裁の評決は「起訴状通り有罪」、新聞の見出しは〈サバルマティ、ついに民間監獄行き?〉。イスマイル・イブラヒムの発言、「われわれはあくまで闘う、最高裁まで!」だがそこへ予期せぬ助け舟が現われた。州首相がこう宣言したのである――「法律に例外を設けるのは由々しいことではありますが、しかしサバルマティ海軍中佐の国家への貢献に鑑《かんが》み、最高裁判決時まで、中佐を海軍刑務所内に留めおくことを許す所存です」

蚊のようにチクリと刺す見出しがいくつもあった。〈州政府、法を愚弄!〉〈サバルマティ・スキャンダル、今や国家の恥!〉……新聞が中佐攻撃に回ったのが分かると、私は彼の失脚を確信した。

最高裁評決、「有罪」

イスマイル・イブラヒムは言った、「特赦だ。インド大統領に特赦を嘆願しよう!」

そこで、重大な事柄がラシュトラパティ・バヴァン（大統領官邸）において秤にかけられることになった。官邸の門の奥で一人の男が、誰か法の上位に立つ者がいるというのは許されるのかどうか、海軍軍人が妻の愛人を殺した罪は彼の将来のために不問に付されるべきなのかどうかを決定しなければならなくなった。そしてさらに上位の問題――インドは法の支配を認めるべきか、それとも英雄たちの圧倒的優越という古代的原理を認めるべきか――も決めなければならなかった。ラーマその人が生きているとしたら、われわれは彼をシーターの誘惑者を殺害した罪で投獄するだろうか？　えらいことになってしまった。私の手で復讐のために歴史に介入したりすれば、なるほど、ただごとではすまなかったのだ。

　インド大統領は言った。「私はこの男に特赦を与えない」

　ヌシー・イブラヒム（彼女の夫は最大の裁判に負けた）は「ハイ！　アイハイ！」と泣いた。そして前からの意見をくりかえした。「アミナさん、あんないい人が牢屋に入るなんて――世も末ね！」

　一つの告白が私の口から出かかっていた。「あれはみなぼくの仕業だったんだよ、お母さん。お母さんへの見せしめにしようとしたんだよ。お母さん《アンマ》、シャツにラクナウ縢《かが》りをしているよその男の人に会いに行ってはいけないよ。ねえ、お母さん、グラスにキスなんてもうたくさんだ！　ぼくはもう長ズボンをはいてるし、大人として忠告してるんだよ」だがこれは言葉にならなかった。その必要もなかった。母が間違い電話に答えているのを聞いたからだ——母は打って変わった抑えた声で、送話口に向かってこう言ったのだ、「いいえ。そういう名前の人はこちらにはおりません。わたしの申し上げること、信じて下さいね。二度とおかけになりませんように」

そう、私は母に教訓を与えることに成功したのだ。サバルマティ事件のあと、母は死ぬまで二度と生身のナディル＝カシムと会いはしなかった。しかしナディルを取り上げられてしまった母は、わが家のすべての女たちと同じ運命をたどった。つまり、年よりも早く老け込んだのだ。母は縮みはじめ、よたよたした歩き方がいっそう際立ち、目には老いのうつろさが現われた。

私の復讐は事後にいろいろと予期せぬ展開をもたらした。おそらくその最も劇的なものは、メスワルド屋敷の庭に奇妙な花が咲いたことだろう。それは木とブリキの板でできており、真っ赤なペンキで字が書かれていた……わが家を除くすべての家の庭に、この運命の立札が立ったのだ。まさに私の力が私の理解をも超えているということの、また私が一時は二層の丘から追放されたものの、今は逆に他のすべての人を追い払うことができたということの、これは証拠だった。

ヴェルサイユ荘とエスコリアル荘とサン・スーシ荘の庭の立札。立札同士がカクテル・アワーの海風のなかでうなずき合っていた。どの立札も高さ十二インチで、真っ赤な同じ字が書いてあった。〈売家〉。それが立札の内容だった。

〈売家〉——ヴェルサイユ荘では持主が便器の上で死んだ。売却はあの恐ろしい看護師ビ・アッパーが、知能の遅れたトクシーに代わって行なった。売却が終了すると、看護師と患者は永久に姿を消した。ビ・アッパーは札束で膨らんだスーツケースを膝の上に抱えていた……トクシーがどうなったかは知らない。しかしあの業突く張りの看護師のことを思い合わせてみれば、とうてい幸せにはならなかったろう……〈売家〉、エスコリアル荘のサバルマティのアパート。リラ・サバルマティは子供の養育権を奪われて、どこかへ消えて行った。〈片目〉と〈ヘアオイル〉はかばんに荷物を詰めて、インド海軍の保護を受けるべく去って行った。海軍は彼らの父親が三十年の刑期を終えるまで、親の代わりを務めることになった……そして〈売家〉、イブラヒム家のサン・スーシ荘。イスハク・イブラヒムのエンバシー・ホテルが、サバルマティ海軍中佐の最終的敗北の日に、ギャングたちの手で焼かれてしまったのだ。当市の犯罪者階級がこの敗北のことで弁護士一家をお仕置きしたという感じだった。のちにイスマイル・イブラヒムは営業停止処分に遭った。職業上の違法行為が立証された(というのがボンベイ法曹委員会の報告であった)ためである。そんなわけでイブラヒム一家も経済的に「行き詰まって」私たちの生活圏から消えて行った。最後に〈売家〉に出されたのはサイラス・ドゥバシュとその母親のアパートである。サバルマティ事件の騒ぎの間に、一家の主《あるじ》の核物理学者はほとんど世間の注目をひくことなくオレンジの種で窒息死した。その結果、サイラスは母親の宗教的狂信を受けとめる役割をになわされ、次章の主題である啓示の時期の車輪がここに回りはじめたのだ。

売家の立札が、金魚やカクテル・アワーや猫族襲来の記憶を失いつつある庭でうなずき合っていた。これらの立札を取り去るのは誰か。ウィリアム・メスワルドの後継者たちのそのまた後継者は誰か……その新しい後継者たちが、かつてのナルリカル医師の住居からぞろぞろと出て来た。太っちょの、小憎らしいまでに有能な女たちだ。テトラポッドから得た富で(何しろ埋立てがさかんに行われた時期なのだ)ますます肥え太り、ますます有能になっている女たちだ。これらナルリカル族の女たちは——海軍からサバルマティのアパートを買い取り、去って行くドゥバシュ夫人から息子サイラスの住居を買い取った。ビ・アッパーには使い古しの紙幣を払った。イブラヒムの債権者たちはナルリカルの現金でなだめられた。

すべての居住者のうちただひとり、私の父だけが売却を拒んだ。でぶ女たちは非常な高値をつけてきたが、父は首を横に振った。女たちは夢を話して聞かせた――建物を取り壊して、二層の丘の上に聳える地上三十階だての館を建てる、それは堂々たるピンク色のオベリスクで、彼女らの未来の広告柱でもあるのだ、というのだった。呆気にとられたアフマド・シナイは、そんなものは見たくもないと言った。女たちは「瓦礫に囲まれるようになってからでは、二束三文で売らなければならなくなりますよ」とねばったが、彼は(この連中のテトラポッド事業での裏切りのことを思い出して)動じなかった。

アヒルのヌシーは去って行く日に言った、「あたし言ったでしょ、アミナさん――おしまいよ、世も末よ!」この彼女の言葉は当ってもおり外れてもいた。一九五八年八月以後も世界はめぐりつづけているが、私の少年期の世界は本当に終りになったのだ。

パドマ――君は幼い頃、自分の世界というものを持っていたかい? 大陸や大洋や極地の氷などが描き込まれたブリキの球体を。二つの卑金属製の半球をプラスチックのスタンドにとりつけたものさ。持ってなかった、もちろんそうだろう。だが私は持っていた。これは大西洋、アマゾン河、北回帰線などというラベルが貼られた世界だった。そして北極にはMADE AS ENGLAND(「英国たるべく創られた世界」)という銘が入っていた。売家の看板が出て、業突く張りのナルリカル族の女たちが登場するこの年の八月までに、このブリキの世界はスタンドをなくしてしまっていた。私はセロテープを捜して来て、地球儀を赤道のところで貼り合わせた。すると敬意よりも遊び心が強くなって、私はそれをフットボールとして使うようになった。サバルマティ事件が一段落し、私の母の悔悛とメスワルドの後継者たちの私的な悲劇があたりに感じられはじめた頃、私は屋敷のなかでブリキの地球儀をガチャガチャ転がして回った。世界は(接着テープで留められているにせよ)まだ一つにまとまって私の足元にあるという安心感だけは残っていたのだ……ところが、アヒルのヌシーが最後の終末論的嘆息を吐いた日のこと――ソニー・イブラヒムが隣のソニーではなくなった日でもあるが――私の妹ブラス・モンキーが不可解な怒りを私にぶっつけて来た。「ああもう《ゴッド》、兄さん、そんなもの蹴とばすのやめてよ。きょうという日に、少しも悲しくないのね？」妹はそう言って高く飛び上がり、両足で北極の上に飛び降り、怒り狂ったかかとで世界を私道の土のなかへ踏みつぶした。

どうやら彼女を崇拝しながら罵られ、道の真ん中で裸にされたあのソニー・イブラヒムが去ってしまったことが、結局ブラス・モンキーにはこたえていたのだ。愛の可能性は金輪際、否定しながらも。

啓　示

オウム・ハーレ・クスロ・ハーレ・クスロヴァンド・オウム

知れ、不信心者たちよ、〈時間〉の前の時間、〈天空〉の暗い真夜中に、祝福された〈クスロヴァンド〉の球体があったということを!!!　〈現代の科学者〉でさえ今や認めているのだが、何世代にもわたって彼らは、この〈真理の聖なる住み処〉の疑問の余地ない〈真の〉存在を、知る権利を有する人びとから隠すために〈嘘〉をついてきたのだ!!!　アメリカも含めて世界中の指導的知識人たちは、この〈重大ニュース〉を隠蔽するために、〈赤〉やユダヤ人の〈反宗教的陰謀〉のことを語ってきたのだ！　今、ベールがはがされる。祝福された〈主クスロ〉が〈反証不能〉な証拠をもって登場する。読むのだ、そして信じるのだ！

知れ、〈真に存在する〉クスロヴァンドには聖者たちが住んでいることを。この聖者たちは精神の浄化をかぎりなく押しすすめた結果、〈瞑想〉などを通じて〈万人を幸福にする〉能力、想像をこえた能力を手に入れたのだ！　彼らは鋼鉄をも〈透視〉し、〈歯〉でもって〈大梁《はり》を曲げる〉こともできた!!!

＊　＊　＊　〈今〉！　＊　＊　＊
はじめてこれらの能力が、あなたのために
使われる！　〈主クスロ〉が
＊　＊　＊　〈ここ〉にいる！　＊　＊　＊

聞け、クスロヴァンドの墜落のことを。〈赤い悪魔〉ビムタ（その名は〈黒〉だ）が恐ろしい隕石の雨を降らせたのだ（この事件は〈世界中の天文台〉によってちゃんと記録されているが、説明はされていない）……とてもひどい〈石の雨〉で、美しいクスロヴァンドは〈破壊〉され、その聖者たちは〈殺〉された。

しかし高貴なジュラエルと美しいカリラは賢かった。クンダリーニ術の忘我のうちに〈自己犠牲〉を払って、彼らはまだ生まれぬ息子〈主クスロ〉の〈魂〉を救ったのだ。至高のヨギの忘我（その能力は今や〈全世界〉に〈認められて〉いる！）のなかで〈真の全一性〉に入り、彼らは自己の高貴な霊を〈クンダリーニ、生命、力、エネルギー、光〉の閃光に変えたのである。今日の有名な〈レーザー〉はこの閃光の下等なまがい物であり、コピーである。この〈閃光〉を伝ってまだ生まれぬクスロの魂は天上界－永遠の〈底なしの深淵〉を横切り、ついに〈幸運にも！〉それは私たちのドゥーニヤ（世界）へと到達して、由緒正しく慎み深いパルシー教徒の母親の子宮のなかに宿ったのである。

かくしてその子供は生まれ、真の善良さと比類ない〈頭脳〉を授かった（万人は生まれながらに平等だというあの〈嘘〉が〈嘘〉であることがこれで証明された！　盗人と聖者が平等だろうか？　〈もちろん違う!!〉）。だがしばらくの間、彼の真の性質は隠れていた。ある〈劇〉の上演で地球の聖者を演じた時（ちなみに〈主要な批評家たち〉は「彼の演技の純粋さは信じがたいほどのもの」と評している）、彼は〈目覚め〉、自分が〈誰であるか〉を認識した。今、彼は真の名を受け入れた、

主
クスロ
クスロヴァーニ

＊バグワン＊

そして災害が起こるたびに、禁欲的な額に慎ましくも灰をつけて派遣される、病いを医し、旱魃《かんばつ》を終らせ、ビムタの大軍と〈闘う〉ために。〈恐れを知れ！〉ビムタの〈石の雨〉はわれわれ皆の上〈にも〉降るだろうから。政治家、詩人、〈赤〉などの〈嘘〉にひっかかってはいけない。〈信を置く〉べきは唯一の真なる主

クスロ　クスロ　クスロ
クスロ　クスロ　クスロ

である。ボンベイ一区、中央郵便局私書函555号に寄付を送れ。
〈幸福〉！　〈美〉!!　〈真理〉!!!
オウム・ハーレ・クスロ・ハーレ・クスロヴァンド・オウム

サイラス大王は核物理学者を父に持ち、宗教的狂信者を母に持っていた。母の信仰は

ドゥバシュの横暴な合理性によって長年にわたり抑圧された結果、彼女の内部で饐《す》えた。彼女が種《たね》を取り除くのを忘れていたオレンジで夫が窒息死した時、彼女、ドゥバシュ夫人は、息子の人格から亡夫の影を抹消する仕事に──そしてサイラスを世にも珍妙な彼女自身の似姿に改造するという仕事に──とりかかった。〈一九四八年に一枚の皿の上で生まれたサイラス大王〉──学校の神童サイラス──バーナード・ショーの芝居で聖女ジョーン（ジャンヌ・ダルク）を演じたサイラス──私たちが慣れ親しみ、一緒に育ったこれらのサイラス像は、今や消えた。代わって、肥満した、牝牛のように落ち着き払った人物、主クスロ・クスロヴァンドが現われた。サイラスは十歳にしてカセドラル・スクールから消え、インドの最も裕福な導師《グル》の、流星のような登場が始まるのだ。（インド人の数だけのインドがある。そしてサイラスのインドと並べると、私のインドはほとんど世俗的なものに見える。）

なぜ彼はあんなことに甘んじたのか。なぜポスターが街じゅうに貼られ、広告が新聞に溢れながら、彼は神童の片鱗も覗かせなくなったのか──それはサイラスが（茶目っ気を出して、〈女体のとある部分〉について よく友だちに説明していたにもかかわらず）早い話がこの上なく従順な少年であり、母親に逆らおうなどとは夢にも考えなかったからなのだ。彼は母親のために錦織りのスカートをはき、ターバンを巻いた。親孝行のために、何百万という信者たちに小指に接吻させた。母の愛の名において、史上最も成功した聖童子、主クスロになりきった。たちまち五十万の強力な、奇跡を信じる帰依者たちに迎えられた。アメリカのギター弾きたちが彼の足もとに来て坐った。彼らはみな小切手帳を携えてきた。主クスロヴァンドは会計士とタックス・ヘイヴンと〈クスロヴァンド・スターシップ〉という豪華客船と航空機一機――〈主クスロの星間機《アストラル・プレーン》〉――を手に入れた。そしてこのかすかな笑みをたたえ、祝福を撒きちらす少年のなかのどこかに……母親の恐ろしく能率的な影（彼女は結局ナルリカル族の女たちと同じ屋根の下に住んでいた人だ。この女たちのことを彼女は熟知していたし、この女たちの有能さが彼女のなかへたっぷりと染み込んでいたのだ）によって永久に隠されてしまったどこかある一点に、かつて私の友人であった少年の面影がひそんでいた。

「あの主クスロのことかしら？」とパドマが仰天して訊ねた。「去年海で溺死したあのマハグル（偉大な導師）のことなの？」そうだよ、パドマ。彼は水の上を歩くことができなかったわけだ。私と接触のあった人のうち、自然死をとげられた人はごくわずかだ……正直言って私はサイラスの神格化にはいささか腹が立つ。「神格化するならぼくを選ぶべきだった」とさえ私は思った。「ぼくは魔法の子供だ。なのに家庭における優位ばかりか内面的性格さえも今では盗まれてしまった」

パドマ、私は「マハグル」にならなかった。何百万の人が私の足もとに坐ることはなかった。これは私の落度だよ。というのは、何年も昔のある日のこと、私はサイラスの〈女体のとある部分〉に関する講義を聴きに行ったのだ。

「何ですって?」パドマはけげんそうに頭を振った。「何よ、それ?」

核物理学者のドゥバシュは美しい大理石の小像を持っていた——女性のヌードだよ——この人体模型を使って、彼の息子はにやにや笑いを浮かべたガキどもを相手に、女体解剖学の専門的な講義をしたわけだ。入場無料ではなかった。サイラス大王め、ちゃっかり入場料まで取りやがった。解剖学と交換に、漫画本を要求したのさ——私はまったく無邪気に『スーパーマン』コミックスの一番大切なやつをあげてしまった。惑星クリプトンが爆発し、父親ジョル・エルが彼をロケット船に乗せて宇宙空間の旅に送り出し、地球に着地すると善良で温厚なケント一家の養子になるという、あの枠物語《フレーム・ストーリー》が入っている巻なのだ……ほかには誰も気づかなかったのだろうか?　この歳月を経ても誰一人、ドゥバシュ夫人のしたことが、あらゆる現代の神話のなかの最有力な神話——つまりスーパーマン到来の伝説——を改造し改作することであったということが分からなかったのだろうか。私は主クスロ・クスロヴァンド・バグワンの到来を華やかに宣伝する広告板を見た。そして自分が、この混乱した途方もない世界の出来事の責任をまたしても負わなければならないことに気づいた。

私のかいがいしいパドマ、その脚の筋肉はいかに素晴らしいことか。私のテーブルから数フィートのところに、サリーを漁師の女房よろしくたくしあげて彼女は胡座《あぐら》をかいている。ふくらはぎの筋肉は緊張の様子をまったく示していない。サリーの折り目から内股の筋肉が覗いていて、凄まじいスタミナを想像させる。重力と窮屈さに抗していつまでも平気で胡座をかいたまま、パドマは気長に私の長たらしい話に付き合っている。屈強なピクルス作りの女よ。二頭筋と三頭筋にみなぎっている、何と心強い頼もしさ、何と心安らぐ頑丈さよ……私の称賛は彼女の腕にまで伸びていく。腕相撲をとると、その腕は私の腕など瞬く間に負かしてしまう。そして夜ごとに私に空しく抱きついてくるその腕からは逃れようがない。私たちは危機を脱し、完全な調和のなかに生きている。私は語り、彼女は語りを聞く。彼女は世話をやき、私はそれをありがたく受けとる。実際、私はパドマ・マングローリの辛抱強い筋力にまったく満足している。彼女はどうしてか私の物語よりも私に興味があるのだ。

なぜまた私はパドマの筋肉組織のことなど説明する気になったのか。近頃では何に、あるいは誰に(たとえばまだ読み書きを習っていない私の息子に)向かってよりも、これらの筋肉に向かって物語を語っているのだ。何しろ私は凄まじいスピードで進んでいるから、誤りもあるだろうし、誇張もあるだろう、耳障りな調子の変化もあるだろう。私はひび割れの進行と競争しているのだが、すでに誤りが犯されてきたこと、身心の衰弱が加速するにつれて(書くスピードはそれに追いつくのが困難なので)信頼度は減少することを、私は承知している……こんな状態のなかで、私はパドマの筋肉を指針として利用することを覚えたのだ。彼女が退屈すると筋肉繊維につまらなそうな波が起こる。納得できない時は頻にぴくぴく痙攣が走る。彼女の筋肉組織のダンスのおかげで、私は脱線せずにすんでいる。何と言っても自伝においては文学の他のジャンルにおいてと同様、実際に起こったことよりもむしろ、作者が読者を納得させることが大切なのだ……パドマはサイラス大王の話を信じてくれることによって、私に、十一歳という最悪の時期(やがてもっと悪い時も来るのだが)へ——啓示が血液よりも速く流れた、あの八月から九月にかけての時期へ——加速してゆく勇気を与えてくれるのだ。

うなずいている売家の立札は、ナルリカル族の女たちの呼んだ解体工事の人夫たちが来る間際まで撤去されずにいた。バッキンガム荘はウィリアム・メスワルドの瀕死の諸宮殿の轟音と埃に包まれた。わが家はすっぽりと埃のなかに隠れていて下のウォーデン・ロードからは見えなかったが、それでも電話の攻勢には弱かった。その電話がピア叔母さんの震える声で、私の大好きなハーニフ叔父さんの自殺の報を運んで来た。ホミ・キャトラックからもらっていた収入を断たれた叔父は、彼のよく通る声と、真心と、事実に対する妄想をマリーン・ドライヴのアパートの屋上へと運び上げ、夕暮の海風のなかへ飛び降りたのだ。これ（彼が落ちる姿）を見た乞食たちは、盲目の振りをするのをやめて、叫び声を上げながら退散した……生においても死においても、ハーニフ・アジズは真実という大義に加担し、幻影を追い払ったのだ。彼は間もなく三十四歳になるところだった。殺人は死を産む。ホミ・キャトラックを殺すことによって、私は叔父をも殺したのだ。それは私の責任だった。そして死はまだ続くのだった。

一族はバッキンガム荘に集まった。アーグラからアーダム・アジズと修道院長が、デリーからムスタファ叔父——この人は上司に諂《へつら》う技術を極限まで研ぎすました結果、上司から無視され、昇進がふいになった官僚だった——と半分イラン人の血の入った彼の妻ソニアが子供連れでやってきた。この子供たちはひどく叩かれ、ないがしろにされていたので、私は彼らが何人だったかも覚えていない。パキスタンからは、苦虫を嚙みつぶしたようなアリア、そしてズルフィカル将軍とエメラルド叔母——この夫婦は二十七個のかばんを持ち、二人の使用人を従えてやって来たのに、たえず時計を見たり、日付を訊ねたりしていた。息子のザファルも来た。一族再会を全うしようと、私の母はピアをわが家に連れて来た。「少なくとも四十日の服喪期間はここにいてちょうだいね」と母は言った。

四十日間、私たちは埃に包まれていた。埃は窓という窓に置いた濡れタオルの下から忍び込み、弔問客がやって来るごとにこっそりあとについて来た。埃は壁さえつきぬけて入って来て、姿のない死霊のように空中に漂っていた。埃は泣き女たちの声をも、そして悲嘆にくれた近親者たちがふと口にする棘《とげ》のある言葉をも消した。微塵に砕けたメスワルド屋敷の残骸が祖母の上に落ちてきて、祖母はかんかんに怒った。それは道化《パンチネロ》づらをしたズルフィカル将軍の窮屈な鼻孔をいらだたせ、彼に大きなくしゃみをさせた。埃の霞《かすみ》のなかに時どき過去の亡霊が見えてくるような気がした。リラ・サバルマティの粉々になった自動ピアノとか、トクシー・キャトラックの座敷牢の窓の鉄格子とかの蜃気楼だ。埃で出来たドゥバシュのヌードの小像がわが家の部屋べやを歩き回った。ソニー・イブラヒムの闘牛のポスターが雲のように漂ってきた。ブルドーザーが解体作業をしている間、ナルリカル族の女たちは退散していた。私たちだけが埃の嵐のなかに取り残されていた。私たちはみな捨て置かれた家具然となり、何千年も覆いを掛けずに放置された椅子やテーブルのような有様だった。自分自身の幽霊みたいだった。私たちは一つの鼻、アーダム・アジズの顔に鎮座ましましている鷲鼻から生まれた王朝だったわけで、悲嘆のどん底の時に埃が鼻孔に入ってくると、たちまち自制力を失い、家族の存立のために必要な歯止めさえ崩してしまった。瀕死の諸宮殿の粉塵の嵐のなかで、二度ともとには戻らぬようなことが、言われたり、見られたり、なされたりした。

きっかけをつくったのは修道院長だった。たぶん彼女は齢《よわい》を重ねたあげく故郷スリナガルのシャンカラーチャールヤ丘に似てきて、襲い来る埃に最大の表面積をさらしたのだ。彼女の山のような体から雪崩のような音が響いてきて、それは言葉に変わるとたちまち、喪中の未亡人ピア叔母への猛然たる攻撃となった。叔母《ムマーニ》の態度が尋常でないことに私たちはみな気づいていた。彼女ほどの女優なら、夫の死に際してもそれにふさわしい態度を示してくれるものだろうという気持が、口には出さなくても皆にあった。私たちは無意識のうちに彼女が悲嘆に暮れるさまを見たいと願っていたのであり、練達の悲劇女優が自分の不幸を演じてくれるのを待望し、勇壮と温雅、慟哭の悲哀ともの静かな絶望が芸術の正確な均衡のうちに調合されるであろう四十日の服喪の演技を期待していたのだ。しかしピアは口をつぐみ、涙ひとつこぼさず、泰然自若としたままだった。アミナ・シナイとエメラルド・ズルフィカルは泣きじゃくり、髪をふり乱して、ピアのオ能を発現させようとした。ピアがてこでも動かないことが分かると、修道院長は我慢しきれなくなった。埃が彼女の失望の憤怒のなかに入り、その激しさを増した。「あの女は、何て言ったらいいかね」と修道院長は大声で言った、「前にも言っただろう？　息子は、かわいそうに《アッラー》、何にでもなれた子だったのに、でも、何て言ったらいいかね、あの女はあの子の一生を破滅させないと気がすまなかったのさ。あの子は屋上から飛び降りるほかなかった。何て言ったらいいかね、あの女から自由になるためにさ」

　言ってしまったことは取返しがつかない。ピアは石のように黙って坐っていた。私の内臓はトウモロコシ粉のプリンのようにゆれた。修道院長は陰気な顔をしつづけていた。彼女は死んだ息子の髪の毛に誓って言った。「あの女が息子の霊に哀悼の意を表わしてくれるまでは、つまり何て言ったらいいかね、妻として心から泣いてくれるまでは、わたしは食事が喉を通らないよ。目に涙を浮かべるかわりにマスカラをつけて坐ってるなんて、まったく恥ずかしいというか、みっともないというかね！」こうして、祖母のアーダム・アジズに対する昔の戦いの谺《こだま》が家中に響きわたった。喪の四十日のうち二十日目を迎える頃には、祖母が餓死して、また新たに四十日の喪を始めなければならなくなるのではと、私たちは恐れた。祖母は埃をかぶりながらベッドに横たわっていた。私たちは待ちつつ恐れていた。

　祖母と叔母の間の膠着状態を打開したのは私だった。だから少なくとも私は一つの生命を救ったのだと正当に主張できる。二十日目に私は、目の不自由な女のように一階の部屋に閉じこもって坐っているピア・アジズを見つけ出した。私は訪問の口実として、マリーン・ドライヴのアパートでの不作法をへたくそに詫びた。長い沈黙のあとで、ピアは話しだした。「この家ではいつもメロドラマなのよね」と彼女は冷然と言った、「一族の集まりもそうだし、彼の仕事ぶりもそうだわ。ところが彼はメロドラマを憎んで死んだのよ。だからわたしは泣かないのよ」その時の私には理解できなかったが、今では、まったくピア・アジズの言う通りだったと確信している。叔父は低俗なスリルを基調としたボンベイ映画を峻拒することによって生活の手段を失い、屋上から飛び降りたのだ。メロドラマこそが彼の最後の地上降下を鼓舞した(そしておそらく彩った)のだ。ピアが泣くまいとしたのは、夫の生前の意志に従ったまでのことだった……だがそれを認めようとする努力によって、彼女の自制の壁は崩れた。埃のために、彼女はくしゃみをした。くしゃみと一緒に、目から涙が出てきた。涙はとまらず、ついに私たち一同は待ちに待った芸を見せてもらうことになった。何しろ彼女の涙は出るとなるとフローラ・ファウンテンのように出つづけたし、また彼女は自分の才能を押しとどめることができなくなった。彼女は演技力の限りを尽して、泣き崩れる女の役を演じた。主旋律と副次的モチーフを導入し、見事な乳房をひき絞ったり拳で叩いたり、見るも痛々しい仕方でいたぶった……そして衣服を引きちぎり、髪をかきむしった。この凄絶な泣き方を見て、修道院長もようやくものを食べる気になった。ダール（豆の煮込み）とピスタチオが祖母のなかに流れ込み、塩水が叔母から流れ出した。やがてナシーム・アジズはピアに近寄って、彼女を抱きかかえた。ソロはデュエットになり、和解の音楽はたまらなく美しい悲しみの調べと融け合った。私たちはひとりでに手を動かして、言葉に尽せぬ拍手を送った。そして最良の場面はこのあとに来た。芸能人ピアはその叙事詩的力量の極致を、最後の場面までとっておいたのだ。彼女は姑の膝に頭をのせて、従順さと虚心の溢れる声で言った、「お母さん、駄目な嫁ですが、とうとうお母さんのおっしゃることを聞きたいという気になりました。どうしたらよいか、教えて下さい。わたしはその通りにします」修道院長は涙にむせびながら、「娘や、わたしたち夫婦はまもなくラワルピンディ（パキスタン北部の都市。イスラマバードと双子都市をなす）に行きます。老後を末娘のエメラルドの近くで送るつもりです。あなたも一緒にいらっしゃい。給油スタンドを一つ買うことになるでしょう」こうして修道院長の夢は実現の運びとなり、ピア・アジズは映画の世界を捨てて、給油業に加わることに同意した。ハーニフ叔父も、きっと同意しただろうと思う。

四十日間にわたって、埃は私たち全員に影響を与えた。アフマド・シナイはつむじ曲がりな、がみがみどなりたてる癖がつき、妻の一族と一緒に坐ることを拒否するようになったので、アリス・ペレイラが喪中の一族に伝言を取り次がなければならなかった。

「あのワーワーギャーギャーをやめさせろ！　ドッカンドッカンだけでも仕事がしにくいのに！」と彼が事務所からどなってよこす伝言までも。ズルフィカル将軍とエメラルドはたえずカレンダーと飛行機の時刻表を眺め、息子のザファルはといえばブラス・モンキーに、君との結婚の手筈を父に整えてもらっているんだ、と自慢するようになった。「幸せだと思ってくれよ」とここの自惚れきったいとこは私の妹に言った、「ぼくのお父さんはパキスタンの大物なんだ」だが父親ゆずりの醜男であるザファルのこんな言い草を聞いても、埃で気力の沈滞していたモンキーは、喧嘩をする気にもなれなかった。他方、アリア伯母は古くからの埃をかぶった失望の翼をバタバタと羽搏《はばた》かせ、またいちばん愚かな親戚であるムスタファ叔父の家族は隅っこの方にうつむいて坐り、いつものように忘れられていた。ムスタファ・アジズの、着いた時は蠟《ろう》で固められて先端がはね上がっていた口ひげは、埃の陰鬱な影響で、とうに垂れ下がっていた。

そして服喪の期間の二十二日目に、祖父アーダム・アジズは神を見た。

彼はそのとき六十八歳だった——つまり今世紀よりも十歳年上だった。だが楽天主義なしの十六年という歳月はひどく辛いものだった。彼の目はまだ青かったが、背中は曲がっていた。刺繍を施したスカル・キャップをかぶり、長いチュガ・コートをはおり

――おまけに薄い埃の膜までかぶって――バッキンガム荘のまわりを歩きながら、意味もなく生《なま》のニンジンをかじり、灰色のひげに覆われた白い顎に細いよだれを幾筋も垂らしていた。彼が衰えるにつれて、修道院長はますます大きく強くなった。その昔マーキュロクロムを見て悲しく泣いた彼女が、今は夫の弱さを糧として生きているかに見えた。あたかも彼らの結婚は、男の目には無邪気な乙女と見えるスクブス（睡眠中に男を犯す夢魔）が、結婚のベッドのなかへ誘い込んでみると、恐ろしい本性を現わして男の魂まで呑み込んでしまうという、あの神話的な結婚の一例であるかのようだった……祖母はその頃、たったひとり生き残った息子の唇の上に埃にまみれて垂れ下がっている髪の毛に劣らぬ、豊かな口ひげをたくわえていた。彼女はベッドの上に胡座をかいて、謎の粘液を唇に塗りたくっていた。こうして塗り固めた毛を、一気に力強く引き抜くのだ。しかしこの荒療治で、発毛症はいっそう悪化した。

「お父さんは子供にかえったのよ、何て言ったらいいかね」と修道院長は祖父の子供たちに言った、「そこへもってきて、ハーニフのことがあったので、がっくりきてしまったのね」彼女は祖父がいろいろなものを見るようになったことに注意を促した。「お父さんは目の前にいない人に向かって話をするのよ」と彼女は、祖父が舌打ちしながら部屋のなかを歩いているのを見つつ、大きすぎるささやき声で言った、「呼びかけるのよ、何て言ったらいいかね、真夜中にね！」彼女は祖父の口真似をした。「おーい、タイじゃないか。あんたなんだろう?」彼女は孫である私たちに、この船頭のこと、それにハミングバードやクーチ・ナヒーン女王《ラーニ》のことを話してきかせた。「かわいそうなおじいちゃんは長く生き過ぎたのよ、何て言ったらいいかね。父親たる者、息子に先立たれたりしちゃいけないのさ」……アミナは聞きながら共感してうなずいた。アーダム・アジズが彼女にも同じ遺産を残していくであろうことも知らずに――彼女の元にもまた晩年には、もどって来るはずのないものが訪れることになるだろう。

　私たちは埃のために天井扇風機を使うことができなかった。打ちひしがれた祖父の顔を汗が流れおち、頬に泥の筋を残した。時どき彼は近くにいた誰かをつかまえて、きわめて明快な話をすることがあった。「ネルー一族は世襲の王家を築くまでは満足しないんだ！」また、気まずい思いをしているズルフィカル将軍の顔に生唾を吐きかけながら、「ああ、不幸なパキスタン！　為政者たちがひどすぎる！」と言ったりした。そうかと思うと、宝石店にいるものと錯覚しているらしく、「……はい、エメラルドやルビーがありました……」などとつぶやいたりした。モンキーは私に耳打ちして、「おじいちゃんは死ぬのかしら?」と言った。

　アーダム・アジズから私が受け継いだものは女性に対する一種の弱さであり、またその原因をなすもの、即ち、神を信じることも信じないこともできないために自分の中心に穴があいているということであった。ほかにもあった——私は十一歳の時に、ほかの誰よりも早く気づいたのだが、祖父にはひび割れが出来はじめていたのだ。

「頭に?」パドマが訊ねた。「てっぺんにひびが入ったたっていうの?」

〈船頭タイは言った。「氷はいつも待っているぞ、アーダム坊《バ》っちゃん《ーバ》、水面のすぐ下で」〉私は彼の目のなかの割れ目を見た——青地に夥しく、色のない細い線のトレーサリー模様が出来ているのだ。彼の鞣《なめ》し革のような皮膚の下にも、網の目のような亀裂が拡がっているのが見えた。私はモンキーの質問に答えた、「そうだろうな」と。四十日の喪が明ける前に、祖父の皮膚はひび割れ、はげ、むけ落ちはじめた。口の端に出来た割れ目のせいで、口を開けて食べることが難しくなった。歯は殺虫剤《フリット》をかけられた蠅のようにばらばらと落ちはじめた。だが裂死は緩慢に進む。ずっとのちになるまで分からなかったのだが、祖父はほかにもひび割れが出来ていたのだ。骨を蝕む病気にかかっていて、骨格はしまいに老いさらばえた皮膚の袋のなかで粉々に崩れてしまったのだ。

パドマはどうやら突然パニックを起こしたようだ。「何を言っているのよ。じゃ、あなたの言いたいのはつまり、あなたも……その得体の知れない病気に骨を喰らい尽されてしまうということなの? それは……」

今は立ちどまってはいられない。同情したりパニックを起こしたりしてはいられない。私はだいぶ先へ走ってしまった。少し時間を遡って、何かが私の方からアーダム・アジズのなかへも流れ込んだということを言っておかなければならない。というのは、喪の期間の二十三日目に、祖父は家族一同に、ガラスの花瓶(それを叔父から隠す必要はもうなくなっていた)とクッションと固定された扇風機のある部屋、私が自分の幻想を発表したあの部屋へ集合してもらいたいと言ったのだ……「おじいちゃんは子供にかえったのよ」と修道院長は言っていた。そして子供のように、祖父は一同を前にして宣言した。達者でいるものと信じていた息子の死を知って三週間後に、その死を信じようと生涯努力してきた相手である神を、自分の目で見た、と。そして子供のように、彼は言ったことを誰からも信じてもらえなかった。ただ一人を除いて……「そうなんだ、まあ聞いてくれ」と祖父は言った。その声は若い頃のよく通った声の弱々しい再現だった。「おや、女王《ラーニ》、来たんだね。それにアブドゥラーじゃないか。まあ坐ってくれよ、ナディル。大ニュースだぞ――アフマドはどこだ。アリアはアフマドにも来てほしいだろう……なあ、みんな、神だよ。生涯わしが闘ってきた神だよ。オスカルは？　イルゼは？――いや、もちろん、彼らが死んだことは知っている。わしが老いさらばえて、馬鹿になったと思ってるんだろう？　でもわしは神を見たんだよ」この話はその冗漫と脱線にもかかわらず、少しずつ、ゆっくりと語られた。真夜中に祖父は暗い部屋で目が覚めた。誰かがいる——妻ではない誰かだ。修道院長はベッドのなかでいびきをかいている。でも誰だろう。きらきら光る埃をかぶって、沈みかけた月の光に輝いている。アーダム・アジズは「おーい、タイかい、あんただろう？」と言う。修道院長は眠ったまま、「ほら眠りなさいよ、あなた、そんなこと忘れて……」とつぶやく。しかしその誰か、何かは大きな、びっくりさせるような（同時にびっくりしたような？）声で叫ぶ、「ジーザス・クライスト・オールマイティ（ああ驚いた）！」（カットグラスの花瓶の間で、祖父は異教の神の名を口にしてしまったことを弁解するようにエッヘッへと笑った。）「ジーザス・クライスト・オールマイティー！」そして祖父は瞳を凝らす。見ろ、こいつ、両手に穴があいている。両足にも穴があいている。これはちょうど昔の……だが彼は目をこすり、頭を振り、訊ねる、「誰です。お名前は？　何とおっしゃいました？」びっくりさせ、同時にびっくりした幽霊は、「ああ、驚いた《ゴッド・ゴッド》！」と言った。そしてちょっと間をおいて、「あなたにわたしの姿が見えるとは思わなかった」

「わしは神を見たんだよ」と祖父は動かない扇風機の下で言った。「そうさ。これは否定しようがない。本当に見えたんだ」……さて幽霊は訊ねた、「あなたは息子さんを亡くした人だね？」祖父は胸に痛みを覚えながら問い返した、「なぜです？　なぜあんなことが起こったんです?」これに答えて、埃によってのみ姿の見える相手は、「神には神の理由というものがあるのさ、じいさん。人生とはそんなものだ、分かったかね?」

修道院長は私たち一同を退去させた。「おじいちゃんは自分の言ってることが分からないのよ、何て言ったらいいかね。馬鹿なことばかり言って。白髪頭になると、罰当りなことを言うようになるのよ!」だがメアリー・ペレイラは、ベッドシーツのように顔面蒼白になった。メアリーは、アーダム・アジズが見たのが誰なのか、知っていたのだ──それは、メアリーの犯罪の責任を感じて朽ち果て、両手両足に穴のあいてしまった男、かかとを蛇に食い破られた男、近くの時計塔のなかで死んだ男、神と間違われた男なのだ。

祖父の物語は今ここで最後まで語ってしまった方がよさそうだ。せっかくここまで来たのだし、あとになるとその機会がないかもしれない……階上に住むシャープシュテーケル教授の狂気を思い出さずにはおれない耄碌《もうろく》のどん底で、祖父は、神はハーニフの自殺を手を拱《こまぬ》いて見ていたのだから、明らかにこの事件に手を貸したことになるのだ、という苦々しい思いにとらえられた。アーダムはズルフィカル将軍の軍服の襟をつかまえて、こうささやいた、「わしが信仰を持たなかったので、神がわしの息子を取り上げたのだよ」ズルフィカルは答えて、「いやいや、先生《ドクター・サヒブ》、そんなにご自分を責めてはいけません……」しかしアーダム・アジズは自分の見たものを決して忘れなかった。自分の見た神体の細部は心のなかでぼやけてしまって、復讐したいという激しい、大げさな一念だけがあとに残った（その思いは私たち二人の共通点でもある）……四十日の喪があけた時、彼は（修道院長の計画した）パキスタン移住を拒否しようとした。パキスタンは神のために特別に創られた国であるからだ。そしてこの世に残された日々を活用して、彼はしばしば恥ずかしげもなく老人の杖をついてモスクや寺院のなかに転がりこみ、手近にいる礼拝者や聖者に誰彼かまわず呪いの言葉を吐きかけ、罵言を浴びせた。アーグラでは昔の功績ゆえにそんな行状も許された。コーンウォリス・ロードのパーンの店にたむろする老人たちは痰壺攻めをし、先生《ドクター・サヒブ》の過去を同情をこめて回顧した。修道院長は、他の理由はともかくとしてこの理由のために、彼に譲歩するほかなかった――この耄碌ゆえの偶像破壊行為は、彼のことを知らない国ではスキャンダルの種になるだろうと思われたからだ。

祖父の愚行と憤怒の背後で、割れ目は拡大しつづけた。病いは着実に彼の骨をかじり、憎悪が他の部分を喰らっていた。だが彼は一九六四年までは死ななかった。それはこんな具合に起こった。一九六三年十二月二十五日水曜――クリスマス・デー！――のこと、修道院長が目を覚ましてみると、夫がいなかった。中庭に出て、鵞鳥の啼き声と暁の淡い影のなかで、召使を呼んだ。そして、先生はリキシャで駅へ向かいましたと告げられた。彼女が駅に駆けつけた時、汽車は出てしまっていた。こうして祖父は、見知らぬ衝動のおもむくままに最後の旅に出たのだった。彼は自分の物語をそれが(また私の物語が)始まったところで、つまり山々に囲まれ、湖畔に造られた街で、終えたいと願ったのだ。

壊れやすい氷のなかに谷間が隠れている。山々が包囲し、〈湖畔の街を呑み込もうとする怒れる顎《あぎと》のように歯を剝き出している〉……スリナガルの冬、カシミールの冬だった。十二月二十七日、金曜日、祖父の人相に合致する一人の男が、ハズラトバル・モスクの付近で、チュガをまとい、よだれを垂らしている姿が目撃された。土曜の朝四時四十五分、ハッジ(メッカ巡礼修了者)ムハンマド・カリル・ガーナイは、モスクの内堂から、この谷間の最も大切な遺品である預言者ムハンマドの聖毛が盗まれたことに気づいた。

犯人は彼なのか、彼でないのか?　彼だったとすれば、なぜ彼はいつものように杖を持ってモスクに入り、信者たちを罵らなかったのか。彼でなかったとすれば、それはなぜか。聖毛を盗んで「カシミールのムスリムを混乱させようとする」中央政府の陰謀だという噂があった。またパキスタンの工作員が仕組んだという逆の噂もあった。この地に不穏な空気を作り出すために……果してそうなのかどうか?　この珍妙な事件は本当に政治的なものだったのか、それとも、息子を失った父親が神に対して加えた復讐の最後から二番目の企てだったのか。十日間、どのムスリムの家庭でも食事を調理しなかった。暴動と車の焼き打ちが起こった。だが祖父は今、政治には興味がなかった。何かのデモに参加したなどということも知られていない。彼はただ一つの使命だけを貫こうとしていた。分かっているのは、一九六四年一月一日(アーグラを発ってちょうど一週間目の水曜日)、彼は、ムスリムたちが誤ってタクト・エ・スレイマン即ちソロモンの玉座と呼んだ丘の方に向かっていたということである。この丘の頂上には無線塔が立っており、また黒い火脹れのような哲人《アチャールヤ》シャンカラ(八世紀のヴェーダーンタ学派の哲学者)の寺院があった。街中の人の苦悩をよそに、祖父は登った。内部のひび割れ病が着実に彼の骨を蝕んでいた。彼は人に見つかりはしなかった。

アーダム・アジズ医師(ハイデルベルクからの帰朝者)が死んだのは、政府が、預言者の一本の毛髪の発見に成功したと発表する五日前のことだった。州の主立った聖者たちが集まって、この毛髪を本物と認めた時にはすでに、祖父は彼らに真実を明かすことができなかった。(もし彼らが間違っているとしたら……しかし私は先ほどみずから問いかけた問いに答えることはできない。)犯人として逮捕された——そしてやがて病気を理由に釈放された——のは、アブドゥル・ラヒム・バンデという男だった。しかし祖父が生きていたとしたら、この事件にもっと異様な光を投げかけたことだろう……一月一日の真昼に、アーダム・アジズはシャンカラーチャールヤの寺院の外に着いた。彼が散歩杖を振り上げるのが見られた。寺院の内部ではシヴァの男根《リンガム》の前で礼拝《プージャ》をしていた女たちが後ずさりした――ちょうどもう一人の医者、あのテトラポッドにとり憑かれた医者の怒りから女たちが後ずさりしたように。そして、ひび割れが彼の命を奪った。骨が砕け、脚がくずおれた。彼は倒れ、その結果、腰から上の骨も修復不能に砕けた。彼の身元が判明したのはチュガ・コートのポケットに入っていた所持品、つまり息子の写真一葉と書きかけの(幸いにも正確な宛先の書かれた)妻への手紙からである。遺体は壊れやすくなっていて、輸送不能なので、彼が生まれた谷間に埋葬された。

私はパドマを見ている。彼女の筋肉が落ち着かなげにひきつりはじめた。「このことを考えてみてくれ」と私は言う。「祖父に起こったことはそれほど異様なことだろうか。たかが一本の髪の毛の盗難をめぐる聖なる騒動という事実と比較してみてくれ。何しろここではすべての細部が真実だ。二つを比べてみれば、老人の死の方はまちがいなく完全にノーマルなのだ」パドマは緊張をゆるめる。彼女の筋肉が、先へ進んでほしいと言っている。私はアーダム・アジズのことで手間どりすぎたようだ。次に語らなければならないことが怖いのかもしれない。だがその啓示が否定されることはあるまい。

最後に一つつけ加えておこう。祖父の死のあと、ジャワハルラル・ネルー首相が病いに倒れ、二度と健康を回復することはなかった。不治の病いが彼の命を奪ったのは一九六四年五月二十七日のことである。

もし私がヒーローになろうとしなかったら、ザガロ先生は私の髪を引き抜きはしなかったろう。もし私の髪が引き抜かれなかったら、甲状腺キースとでぶのパースは私を嘲りはしなかったろう。マーシャ・ミオヴィックの挑発にのって指を失うこともなかったろう。私の指から血が流れ、その血はアルファでもオメガでもなかったので、私は追放の身に追いやられた。そして亡命生活のなかで私は復讐心を燃やし、その結果ホミ・キャトラック殺害が起こった。ホミが死ななかったら、おそらく叔父が屋上から海風のなかへ飛び降りることもなかったろう。またそれなら、祖父がカシミールに出かけ、シャンカラーチャールヤの丘に登ったあげく粉々に砕けてしまうようなこともなかったろう。祖父は私の一家の創始者であり、私の運命は誕生日によって国の運命に結びついており、そして国父といえばネルーだった。ネルーの死。それもまた私の責任だという結論を避けることができるだろうか？

さてここで一九五八年に戻る。喪の期間の三十七日目に、メアリー・ペレイラに十一年余りも忍び寄っていた――それゆえ私にも忍び寄っていた――真実が、ついに明るみに出された。その真実は一人の老いさらばえた男の姿をしてやって来た。彼の発する地獄の臭いが私の詰まった鼻孔にまで侵入し、体には手の指も足の指もなく、腫物や穴がいっぱいあった。この男は私たちの二層の丘を登ってきて、埃の間から姿を現わし、竹すだれ《チック・ブラインド》の掃除をしていたメアリー・ペレイラによって目撃された。

ここでこの時、メアリーの悪夢が現実になった。ここで埃の帳《とばり》を透して、ジョー・ドゥコスタの幽霊がアフマド・シナイの一階の事務所へ歩いてゆくのが見えた！　アーダム・アジズの前に現われるだけでは不十分だというかのように……「ああ《アレー》、ジョーゼフ」とメアリーは雑巾を落としながら叫んだ、「行ってよ！　ここへ来ないでよ！　あなたの厄介事で旦那様《サヒブ》たちを悩まさないでよ！　ああ神様《ゴッド》、ほらジョーゼフ、とっとと行ってってば。きょうはしつこいのね！」しかし幽霊は私道を歩いて行った。

メアリー・ペレイラは竹すだれを斜めに掛けたまま放置して、家のなかへ駆け込み、母の足元に身を投げ出した――そして小さな太った手で合掌し、哀願した――「奥さん！　奥さん！　許して下さい！」母はびっくりして、「どうしたのよ、メアリー。どうしたの、そんなに血相を変えて」しかしメアリーは話ができる状態ではなく、泣きじゃくりながら叫んだ、「ああ神様、とうとう来るものが来ました。奥さん、せめてわたしをそっと辞めさせて下さい。牢屋にだけは入れないで下さい！」そしてさらに「十一年です、奥さん。わたしはご一家の皆さんを大切に思ってきたつもりです、奥さん。あのお月様のような顔をした坊っちゃまもです。でももう駄目ですわ。わたしは悪い女です。地獄の火に焼かれます。おしまい《ファントゥーシュ》です！」とメアリーは叫んだ。そしてもう一度、

「もうおしまい《ファントゥーシュ》です！」

それでも私は何が始まるのか予測できなかった。メアリーが私に身を投げかけて（私は今では彼女よりも背が高くて、彼女の涙は私の首筋を濡らした）こう言った時さえ、

「ああ、坊っちゃん《バーバ》、坊っちゃん《バーバ》、きょうはあることをお話ししなければなりません。わたしのしてしまった恐ろしいことをです。さあ……」そこで小柄な女は見事な威厳をもって居ずまいを正した、「……ジョーゼフが話す前に、わたしがお話しします。奥さん《ベーガム》、坊っちゃん、嬢ちゃん、それにお客様たち、どうぞ旦那様《サヒブ》の事務所までお越し下さい。わたし、お話しします」

いつも公表が私の生涯に穴をあけた。デリーの路地ではアミナが、そして陽の差さない事務所ではメアリーが……仰天した一同をあとに従えて、私はメアリー・ペレイラにしっかりと手をとられて階下に降りた。

その部屋でアフマド・シナイと共にあったものは何か？　父の顔から妖魔《ジン》と金銭の影を追い払い、かわりに荒廃しきった表情を与えたものは何か。部屋の片隅に体を丸めて坐り込み、あたりじゅうに硫黄の臭いを充満させていたものは何か。これはいったい何か。男の形をし、手足の指はなく、顔はニュージーランドの温泉(『ワンダー・ブック・オブ・ワンダーズ』で見たことがあった)のようにブクブク言っているようだった……説明している暇はない。メアリー・ペレイラの話が始まってしまったから。彼女は十一年以上も隠されていた秘密を喋り、彼女が名札を取り替えた時に創り出した夢の世界から私たち一同を連れ出して、恐ろしい真実のなかへ無理やり連れ込んだ。彼女はしじゅう私にしがみついた。子供を護る母親のように彼女は私を家族から護っていた。(彼らもみな私と同様……告げられていたのだ……自分たちには血のつながりが……)

……ちょうど真夜中すぎだった、街では花火と群集、多頭の怪物が騒いでいた。わたしはジョーゼフのためにしたのです、旦那様《サヒブ》、でもどうかお願いです、わたしを牢屋に入れないで下さい。この坊っちゃんはよい子です、旦那様。わたしは哀れな女です、旦那様。ただ一つだけ過ちを犯しました。長年のうちのほんの一分間の出来事でした。牢屋だけはご容赦下さい、旦那様。わたしはお暇をいただきます。十一年間お仕えしましたが、これでお暇をいただきます、旦那様。ただ、この子はよい子ですよ、旦那様。この子を追い出してはなりません、旦那様。十一年もいたのですもの、あなたの息子さんです……ああ、この子、朝のお日様のような顔をして。サリーム、わたしの月のかけらちゃん。あなたのお父さんはウィンキーだってこと、それにお母さんは亡くなったってことも、知っておかなくてはならないわ……

メアリー・ペレイラは部屋から駆け出した。

アフマド・シナイは遠くで鳴いている鳥のような声で言った。「あの隅っこにいるのはムーサだ。ほら、あの、泥棒しようとした召使だよ」

(物語がそんなに簡単に出来上がってしまうものだろうか？　私はパドマの方を向く。彼女は魚のようにただ呆然としている。)

昔々、私の父のものを盗った召使がいた。彼は無実だと誓った。もし自分が嘘つきと証明された時は、ハンセン病にかかってもいいと言った。そして嘘をついていたことが証明されたのだ。彼は面目を失って去って行った。しかし、彼は時限爆弾だと私は言っておいた。そして彼は破裂するために戻って来た。ムーサは本当にハンセン病にかかっていた。そして長年の沈黙のあとで、私の父に赦しを乞い、自分で自分に加えた呪いから解放されるために、戻ってきたのだ。

……先ほどの誰かは神と呼ばれながら、実は神ではなかった。別の誰かは幽霊と思われたが、実は幽霊ではなかった。第三の人物は、サリーム・シナイという名前を持っているのに、実は彼の両親の子供ではない、ということが分かった……

「君を赦そう」とアフマド・シナイはハンセン病患者に言った。その日以来、彼は妄想の一つから解放された。彼は二度と自分の（そしてまったく架空の）一族の呪いを探り出そうとはしなくなった。

「ほかの話し方はできなかったのだ」と私は言う、「あまりに辛くてね。気違いじみていたかもしれないが、だしぬけに話してしまうというやり方しかなかったのさ」

「ああ、あなた」とパドマは途方に暮れたように泣く。「あなた、あなた」

「さあさあ、これは昔の話だよ」私は言う。

だが彼女の涙は私のためのものではない。さし当り彼女は〈皮膚の下の骨に喰らいついているもの〉のことを忘れている。彼女はメアリー・ペレイラのために泣いているのだ。前にも言った通り、彼女はこの子守女《アーヤ》がひどく気に入っているのだ。

「あの人はどうなったのよ」と彼女は目を真っ赤にして言った、「メアリーは？」

私は理不尽な怒りにとらえられて叫んだ。「本人に訊いてくれ！」

本人に訊いたらいいのだ。ゴアのパンジム市（インド西海岸中部、ポルトガル領ゴアの、いわば新市街）へ帰り、年老いた母親に自分の不始末の話をしたいきさつを。母親がこのひどすぎる話を聞いて半狂乱になったことを(これはもっともだった。ちょうど年寄りたちが正気を失う頃合だったから)! 訊いたらいい。母親と娘で街に出て、赦しを請うたかどうか。それはフランシスコ・ザビエルのミイラになった遺体(預言者の毛髪と同じく聖なる遺品なのだが)がボム・ジェズ教会の納骨所から引き出されて街中を引き回される、十年に一度の時期ではなかったか? メアリーと半狂乱の老ペレイラ夫人は無蓋霊柩車に駆け寄ったろうか。老婆は娘の犯罪のために悲しくてわれを忘れてしまったろうか。老ペレイラ夫人は「ハイ! アイハイ! アイハイハイ!」と泣き叫んで、聖者の足に接吻するために棺台によじ登ったろうか。無数の群集のなかで、ペレイラ夫人は聖なる狂気に陥ったろうか。訊いてみるがいい! 精神を高揚させた状態で、彼女は聖フランシスコの左足の親指に唇を当てたろうか、当てなかったろうか。自分で訊いてみるがいい。メアリーの母親はその〈足指を噛み切ったろうか〉?

「どうやって?」パドマは私の怒り方を見て、しょげかえって泣いている。「どうやって訊けというの?」

……次のことも本当だろうか。新聞は、老婆は奇跡によって罰をうけたと書き、老婆が固い石に変えられたさまを伝える教会の消息通や目撃者の談話を引用したが、これはつくり話なのかどうか。教会が石像と化した老婆の体をゴアの街や村に引き回して、聖者に淫らなことをした者がどんな目に遭わされるかを示したというのは、本当だろうか。メアリー本人に訊くがいい。この像はいくつかの村で同時に目撃されたのではないかと訊くがいい――その結果、嘘と分かるのか、更なる奇跡ということになるのか？

「あたしが誰にも訊けないことを知ってるくせに」とパドマは泣きじゃくる……しかし私は自分の怒りが収まるのを覚え、今夜はこれ以上の種明かしはやらないことにする。

さて困ったことに、メアリー・ペレイラはわが家を去って、ゴアの母親のところへ行ってしまった。しかしアリス・ペレイラが残った。アリスはアフマド・シナイの事務所に残って、タイプを叩いたり、スナックや炭酸飲料を運んだりしていた。

私はといえば――ハーニフ叔父の喪が明けると、第二の亡命生活に入ったのだった。

胡椒入れの動き

やむを得ず出した結論というのは、私のライバルにして取り替え子の兄弟であるシヴァを私の意識という広場に入れてやることはもはやできなくなった、ということであった。しかもわれながら、恥ずかしい理由によって。とうてい彼に隠しきることはできまいとは思いながらも――われわれ二人の誕生の秘密を彼に発見されることを、私は恐れたのだ。何しろ世界とは物であり、歴史は群集に対する自己の闘いとして説明されると考えているシヴァのことだから、きっと自分の生得権を主張するだろう。あのX脚の宿敵が私の幼年期の青い壁の部屋で私に取って替わり、私自身は仕方なくむっつりと二層の丘を下りて、北のスラムへ入って行くのだと考えただけで、私は怖気をふるった。ラムラム・セトの予言はウィンキーの息子のためのものであり、首相が手紙をくれた相手もシヴァであり、漁師が海の方を指差してみせたのもシヴァのためであったなどとは、納得できなかった――要するに、十一年間息子であったという事実の方が単なる血のつながりよりも大切なのだと考えて、私は、破壊的で粗暴なわが分身を、ますます手に負えなくなってきた〈真夜中の子供たち会議〉に入れてなるものか――かつてメアリーのものであったが今は私のものとなった――秘密を、命賭けで守ろう、と決心した。

この頃には、会議を開くのを見合わせた夜があった――会議が困った方向に向かいはじめたからではなく、単に、私が新たに知ったことを子供たちに隠してくれるような障壁を築くには、時間と冷血さが必要であることが分かったからである。やがてそれができるという自信がつきはしたのだが……それでもやはりシヴァが怖かった。子供たちのなかで最も凶暴で腕力もあるシヴァは、他の子供には破れない壁を突破してしまうだろう……ともかく私は仲間の子供たちを避けた。そして突然、手遅れになった。シヴァを追放したあと、今度は私自身が追放される身となり、それ以後、五百名以上の仲間と接触することは不可能になったのだ。つまり私は分離独立によって設けられた国境を越えてパキスタンへ投げ込まれたのだ。

一九五八年九月下旬、叔父ハーニフ・アジズの喪が明けた。そして奇跡のように、私たちを包んでいた埃の雲も恵みの驟雨によって一掃された。風呂に入り、洗いたての衣服を着、天井扇風機を回すと、石鹼で体を洗ってさっぱりしたことから来る幻のような楽天主義で束の間いい気持になって、私たちはバスルームから出て来た。すると、埃をかぶったまま体を洗っていないアフマド・シナイがウィスキー・ボトルを手にし、目を充血させ、妖魔《ジン》の影響で躁状態になってよろよろと事務所から上の階へ上がって来た。彼は自分だけの放心の世界で、メアリーの告白が解き放った考えられない現実と格闘していたのだ。そしてアルコールの酔いによって名状しがたい怒りにとらえられ、それを去ってゆくメアリーの背中にでも、目の前の取り替え子にでもなく、母に――いや、こう言うべきだ、アミナ・シナイにぶつけたのだ。おそらく妻に赦しを請うべきであることを知っていながら、それができないので、アフマドは怯えた家族に聞こえよがしに何時間も妻にどなり散らしたのだ。私は彼がどんな悪態をついたか、妻にどんな身のふり方をしろと薦めたか、ここでくりかえすつもりはない。だがともかく、とうとう修道院長が割って入った。

「昔ねえ、お前」と彼女は、罵りつづけるアフマドを無視して言った、「お父さんとわたしが、何て言ったらいいかね、駄目な亭主を捨てるのは恥ずべきことではない、と教えたでしょう。今もう一度、同じことを言いますよ。お前の亭主は、何て言ったらいいかね、あきれはてた下劣な男ですよ。この男を捨てなさい。きょうさっそくこの家を出るんだね。子供たちを連れて、何て言ったらいいかね、この男が、何て言ったらいいかね、野良犬みたいな口から吐いている罵詈雑言から逃げなさい。子供も連れて行くんだよ、何て言ったらいいかね――子供を二人ともさ」そう言って祖母は私を胸に抱きしめた。修道院長が私を認知すると、誰ひとり異議を唱える者はなかった。歳月を隔てた今にして思えば、罵っていた父でさえ、祖母が十一歳の洟たれ小僧の支持に回ったことで気持が変わったのだ。

　修道院長はすべての手筈を整えた。祖母の全能の手のなかで、母はまるでパテのように――陶土のように！――従順だった。その頃、祖母（私は彼女をそう呼びつづけなければならない）はまだ、アーダム・アジズと共にまもなくパキスタンへ移住するつもりでいた。そこで彼女はエメラルド叔母に、私たち全員――アミナ、モンキー、私、そしてピア叔母までも――を引き取ってくれるように、そして一行の到着を待つようにと指示を与えた。「何て言ったらいいかね、困ったときは姉妹同士、助け合わなくてはね」と修道院長は言った。エメラルド叔母は非常にいやな顔をしたが、結局、彼女とズルフィカル将軍は黙諾した。父は狂人のように荒れていて私たちは身の安全さえ危ぶんでいたし、ズルフィカル夫妻はすでにその夜出港する船の自分たちのぶんの切符を買っていたので、私はその日のうちに、アフマド・シナイとアリス・ペレイラの二人だけを置いて、住み慣れた家を離れることになった。つまり母が第二の夫のもとを去る時、他の使用人たちもみな去って行ったのだ。
パキスタンで、私の急激な成長の第二期は終局を迎えた。そしてパキスタンで、どうしてか国境の存在が五百人以上の仲間への想波の送信を「妨害」していることに私は気がついた。かくして私はもう一度わが家から追放されたばかりか、私の真の生得権である才能、真夜中の子供たちの才能からも追放されたのである。

むんむんと暑い午後、船はカッチ湿原の沖に停泊した。暑熱は私の悪い左の耳でブンブン鳴った。しかし私はデッキの上に残って、何となくいやな予感を与える手こぎ船と漁師のダウ船が、私たちの船と湿原の間の渡し舟として、カンバス布をかぶせた物を運んで往復するさまを見守っていた。デッキの下では大人たちがハウジー・ハウジー（ビンゴのような、一種の数合わせゲーム）をして遊んでいた。モンキーはどこにいるのか、まったく分からなかった。私が本物の船に乗るのはこれが最初だった（時おりボンベイ港のアメリカの軍艦に乗りはしたが、これはただの見学だから、数えないことにする。臨月近い妊婦たちが十人余も乗り込んできたことも当惑の種だった。この女性たちはこの種のツアーにいつも参加していた。船の上で産気づいて出産すれば生まれた子供にアメリカ市民権を取ってやれると考えてのことだった）。私は熱いもやを透して湿原を眺めた。〈カッチ湿原〉……私はいつもそれを魔法の名前と思ってきたし、その地を訪れることをなかば恐れ、なかば夢想していた。一年の半分は陸で半分は海であり、海が退いていく時は、宝の箱とか白い奇怪なクラゲとか、時どきあえぐ、フリークス伝説のなかの生き物である半魚人など、ありとあらゆる怪異な漂着物を残していくといわれるカメレオン地帯を。この水陸両性地域、悪夢の湿地をはじめて眺めながら、私は興奮を覚えてしかるべきだったろう。だが暑さと最近の出来事が私にのしかかっていた。上唇はまだ子供のように鼻水で濡れていた。それなのに私は、長すぎる、洟をたらした子供時代から一気に、早すぎる(洟はたらしたままの)老年期へと移行したような感じに苦しめられた。声は深みを増し、ひげを剃るようになっていた。剃刀がニキビを削り取ったところに点々と血がにじんだ……船のパーサーが通りかかって、「下に降りていた方がいいですよ、坊っちゃん。ちょうど今、一番暑い時刻です」と言った。私は湿原との間を往復している渡し船のことを訊ねてみた。「ただの補給ですよ」と言って彼は行ってしまった。私はこれから先のことを考えた。ズルフィカル将軍の文句たらたらのもてなしと、エメラルド叔母の自己満足的な自慢話のほかは何も期待できなかった。エメラルドはまちがいなく世間的な成功と地位を、不幸な姉と、夫に先立たれた義姉に誇示するだろう。おまけに夫妻の息子ザファルはといえば、愚鈍なくせに自惚れ屋ときている……「パキスタンか」私は声に出して言った。「まさにごみ捨て場だ！」と。とはいえ、まだ着いてもいないのだった……私は二隻の船を見た。それらは眩しいもやを貫いて走っていた。ほとんど風らしい風もないのに、デッキは激しくゆれているようだった。私は手摺につかまろうとしたが、甲板の方が速すぎた。手摺はぐっとせり上がって、私の鼻を打った。

こんな次第でパキスタンへやって来たが、徒手空拳で、出生の秘密をかかえていたばかりか、日射病にもかかっていた。政情悪化で運行が停止されるまでボンベイとカラチの間を往復していた、二艘の姉妹船の名は何といったか？　私たちの船は汽船〈サバルマティ号〉といった。カラチ港到着の直前にすれ違った姉妹船は〈サラスヴァティ号〉といった。私たちはあの海軍中佐と同名の船で亡命したわけで、くりかえしから逃れるすべはないことがまたしても証明されたことになる。

暑くて埃っぽい列車でラワルピンディに到着した。（将軍とエメラルドは冷房車に乗った。二人が私たち残りの者に買ってくれたのは普通一等切符だった。）しかしラワルピンディに着いてみると涼しかった。私が北部の都市に足を踏み入れるのははじめてだった……私の記憶のなかのそこは低地にある無名の町で、兵舎と菓子屋と運動具工場が並んでいた。背の高い軍人たちが街を歩いていた。ジープに家具屋、そしてポロ。ひどい寒さが訪れることもある街。新しい豪華な住宅団地に、有刺鉄線のついた高い塀に囲まれ、歩哨がパトロールしている一軒の豪邸があった。ズルフィカル将軍の家だ。将軍が寝るダブルベッドの脇には浴槽があった。この家には家訓があった。「秩序正しく！」である。使用人たちは緑の軍用ジャージとベレー帽を着用していた。夕方にはバング（インド大麻）とチャラ（車軸藻）の臭いがこの界隈から立ちのぼった。家具は高価で驚くばかりに美しかった。エメラルドは趣味がうるさかった。軍隊式の雰囲気にもかかわらず、退屈で生気のない家だった。ダイニングルームの壁面にはめこまれた水槽のなかの金魚でさえ、ものうげにあぶくを吐き出しているようだ。おそらくここの最も興味深い居住者は、人間ですらなかった。しばらくご免蒙って、将軍の犬ボンゾのことを描いてみよう。いや実は、これは将軍の飼っている牝の年老いたビーグル犬なのだ。

甲状腺腫のあるこの痩せこけた老犬は、以前はずっと怠け者で役立たずだった。しかしこの犬は私がまだ日射病から回復の途上にある間、私たちの滞在をはじめて熱狂的に迎えてくれた――いわば「胡椒入れ革命」の予告篇であった。ズルフィカル将軍はある日、彼女を陸軍練兵場へ連れて行った。そこで彼は、地雷探知班が特別に用意された地雷原で作業をするのを視察するはずであった。（将軍はインド・パキスタン国境全域に地雷を敷設しようとしていた。「秩序正しく！」と彼は叫んだ。「あのヒンドゥーたちに厄介なものを与えてやろう。侵略者たちを木っ端微塵にしてやるんだ。いかなる生き物にも転生できないようにしてやるんだ」しかし彼は東パキスタンの国境線にははっきりした関心を示さなかった。「あの黒ちゃんたちは、自分のことは自分でやればいい」というのが彼の考え方だった。）……ところで今ボンゾは綱から逃れ、懸命に摑まえようとする若い兵士たちの手を逃れて、地雷原のなかへ入って行った。

先の見えないパニック。地雷探索兵たちは危険地帯を恐怖に怯えながら、スローモーション映画さながらの足どりで進んでいく。ズルフィカル将軍以下、軍のお歴々たちは観覧席の後ろへ逃げ込んで、爆発を待った……しかし爆発は起こらなかった。ゴミ入れのなかとか、ベンチの後ろとかからパキスタン陸軍の精鋭が顔を出してみると、ボンゾは死の種の蒔かれた原っぱを、鼻を地面に近づけながら優雅な足どりで歩いていた。まさに悠々たるのんびりボンゾの面目躍如だった。ズルフィカル将軍はとんがり帽子を空に放り上げた。「これは素晴らしい！」と彼は鼻と顎の間からかぼそい声を絞り出した。「このおばあさんは地雷を嗅ぎ分けることができるんだ！」ボンゾは四本足の地雷探知機として徴兵され、特務曹長の名誉称号を与えられた。

私がボンゾの功績に触れたわけは、それが将軍に私たちを叩く口実を与えたからである。私たちシナイ一家――そしてピア・アジズ――はズルフィカル家の無力で無収入のメンバーだった。将軍はこのことを私たちに忘れてもらいたくなかったのだ。「牝のよぼよぼの老ビーグル犬でもちゃんと稼いでいる」と彼は聞こえよがしに言った、「ところがこの家には、秩序を守れない人間がいっぱい住んでいる」しかし十月末になる前に、彼は（少なくとも）私の存在に感謝することになるだろう……そしてモンキーの変身も遠くはなかった。

　私たちはいとこザファルと一緒に通学した。私たちが落ちぶれた家の子供になった今となっては、彼は私の妹と結婚することにあまり乗り気でなくなった。だが彼の最悪の行状は、私たちがマリー（イスラマバードの北東約五十キロにある高級山岳避暑地）の奥のナティア・ガリにある将軍の山荘に同行した、ある週末に現われた。私はひどく興奮していた（病気は全快したばかりだった）。山岳地帯！　豹が出るかもしれない！　冷たい身を切るような空気――何もかもが爽快で、ザファルと一つのベッドに寝られるかと将軍に訊かれた時、私は何とも思わなかったし、マットレスの上にゴム布が敷かれた時も、何も思い当らなかった……明け方になって、なまぬるい液体の臭《くさ》いプールのなかで目が覚めた時、大変だと叫んだ。将軍がベッド脇に現われて息子を死ぬほどぶちのめした。「もう大人じゃないか！　ろくでなし！　いつまでやるんだ！　きちんとしろ！　ごくつぶしめ！　こんなことする奴があるか？　臆病者、お前のことだぞ！　臆病者を息子に持つなんて、まったく腹が立つ……」しかしいとこザファルの夜尿症はいつまでたっても一家の恥だった。いくら叩かれても性懲りもなく、ひとりでに脚の間を流れ出してしまうのだった。そしてある日、それは覚醒中に起きた。しかしその前に、胡椒入れが私の手によってある種の動きをし、その結果、空気中を伝わるテレパシー波が妨害されるこの国においても、例の関係様式はいぜんとして機能していることが証明された。比喩的なばかりか、積極的－字義的にも、私は清浄者の国の運命を変える手助けをしたのだ。

その頃ブラス・モンキーと私は、衰えてゆく母をただ何もできずに見守っていた。暑い国でいつもかいがいしかった母は、北の寒い国へ来て衰えはじめたのだ。二人の夫を奪われた彼女は（彼女自身の目から見て）生きてゆく意味だったものをも奪われた。母と息子の関係は再構築されなければならなかった。母はある夜、私をきつく抱きしめて言った、「愛というものは、すべての母親が学ぶものなのよ。それは赤ちゃんと一緒に生まれてくるものではなくて、作られるものなのよ。十一年というもの、わたしはあなたを息子として愛することを覚えたわ」しかし母の優しい言葉の背後には、まるで自分に言い聞かせているかのようなよそよそしさがあった……よそよそしさといえば、「ねえ兄さん、ザファルのところへ行って水をぶっかけてやりましょうよ――またオネショしたんだということになるじゃない?」というモンキーの真夜中のささやきにもそれがあった。このようなギャップを意識していたので私には分かったのだが、「息子」「兄さん」という言葉は使っていても、母と妹はメアリーの告白を受け入れようと懸命に想像力を働かせていたのだ。二人が「兄さん」「息子」を新たにイメージしようとしてもうまくはいかないだろうことがその時は分からなかったので、私は相変わらずシヴァに怯えていた。その結果私は、自分が二人の親族でありつづける値打のある人間であることを証明したいという欲望の、幻の核心に向かって深くのめり込んで行った。修道院長から認知を受けていたにもかかわらず、三年余りのちのある日のこと、父がベランダの上から、「さあ、息子や、お父さんのところへ来ないか」と言ってくれる時まで、安心できなかった。たぶん、だからこそ一九五八年十月七日の晩、私はあんな行動をとったのだ。

……パドマ、十一歳の少年にはね、パキスタンの国内問題のことなどほとんど分からなかったんだ。だが十月のその日に、珍しい晩餐会が計画されていることは分かった。十一歳のサリームには一九五六年の憲法のことも、それが次第になしくずしにされていったことも、まったく分からなかった。しかしその日の午後やって来て、庭の茂みという茂みに身をひそめた陸軍警備隊員、つまり憲兵の姿を彼は見逃さなかった。派閥抗争とかグラーム・ムハンマド氏（第三代パキスタン総督）がさまざまな面で無能だというようなことも彼にはわけの分からぬものだった。だがエメラルド叔母が一番上等な宝石を身につけていることは一目瞭然だった。二年間に四人の首相という茶番劇に笑いはしなかったが、終幕らしきものが近づいていることを、将軍家を覆っていた緊迫した空気から感じとることができた。共和党結成（一九五五年十月。党主カーン・サーヒブ）のことは知らずにいたが、それでもズルフィカル家のパーティの客のリストには好奇心をそそられた。彼は名前を聞いても意味を持たない国に来ていた――チョウダリー・ムハンマド・アリーとか、スフラワルディとか、チュンドリーガルとか、ヌーンとか言われても、誰のことか分からなかった（いずれも五五年から五七年にかけて就任した首相）。だがそれでも、晩餐会の賓客の名前が叔父と叔母によって慎重に隠され、公表されなかったことは、不思議でならなかった。〈家具を投げつけ、東パ副議長を殺害〉（一九五八年九月二十三日の事件。この日、東パキスタンの州議会で与野党が乱闘し、負傷した副議長シャヒード・アリーが二日後に死亡した）というようなパキスタンの新聞の切り抜きを作ったりしてはいたが、その日の出来事は私には分からないことだらけだった。午後六時に黒いリムジンの長い列がズルフィカル屋敷の歩哨の壁を抜けて入って来たのはなぜか、ボンネットの上に旗がゆれ、車中の面々がむっつりしていたのはなぜか、エメラルドとピアと母がズルフィカル将軍の後ろに立って、パーティよりも葬式に似つかわしい顔をしていたのはなぜか。死のまぎわにあったのは誰なのか、何なのか？

誰がなぜリムジンでやって来たのか——私には皆目分からなかった。しかし私は母の後ろで背伸びして、列をなす謎の車の曇りガラスを眺めていた。

車のドアがいっせいに開いた。侍従式官と副官が降りて後ろのドアを開け、堅苦しく敬礼した。エメラルド叔母の頬の筋肉がぴくぴく震えはじめた。そして、旗のゆれている車から降りてきた人たち、それは誰なのか。口ひげ、短いステッキ、鋭い眼《まなこ》、メダル、肩章の途方もない勢揃い。これにどんな名前を結びつけたらよいのか。サリームは名前も認識番号も知らなかった。しかし階級だけは判別できた。胸と肩に誇らしげにつけた勲章と星は、まさに最高位の軍人たちの来訪を告げるものであった。そして最後の車からは驚くほど丸い顔をした長身の男が降り立った。彼の頭は、緯線経線こそ引かれてはいなかったものの、ブリキの地球儀のように丸かった。地球のような頭をしていても、かつてモンキーが踏み潰した球体のように〈メイド・アズ・イングランド〉のラベルは貼られていなかったが(とはいえ間違いなく英陸軍士官学校《サンドハースト》じこみである)、彼は敬礼している勲章と星の間を進んだ。エメラルド叔母のところへやって来ると、みずからも敬礼した。

「総司令官閣下」と叔母は言った、「わが家へようこそ」

「エメラルド、エメラルド」地球の形をした顔についた口が喋った——その口はきれいに整った口ひげの下についていた。「これはまた仰々しい《タカルフ》お出迎えで」するとエメラルドは彼を抱いて言った、「いいえ、それよりアユーブ、とてもご立派ですわよ」

それじゃ彼は将軍なのだ、元帥になる日も遠くないと聞いていたが……私たちは彼のあとから家に入った。私たちは彼が(水を)飲み、(大声で)笑うのを見守った。夕食時にふたたび彼を眺めた。彼が百姓のように食べ、口ひげが肉汁で汚れるのを見た……「すまないね、エム」と彼は言った、「来るたびにこんなに用意してくれて。しかしぼくはただの兵隊だ。あなたの台所で作ったダールとごはんだけで十分ご馳走なのに」

「兵隊ですわ、それは」と叔母。「でもただの、ではありませんわ、絶対に、決して!」

長ズボンのおかげで、私は勲章と肩章に飾られた軍人たちに囲まれて、いとこのザファルの隣に坐ることを許された。とはいえ幼すぎる私たちは黙っていなければならなかった。(ズルフィカル将軍は私に軍隊式のヒソヒソ声で言った、「一言でも口をきいたら営倉入りだよ。ここにいたかったら、黙っていなさい。分かったな」ザファルと私は黙っていたが、見たり聞いたりするのは自由だった。しかしザファルは私と違って、名前に恥じない振舞いをしようという努力をしなかった……)

十一歳の少年たちが晩餐会で、耳にしたものは何か?「いつもパキスタンの理念に反対しているあのスフラワルディ(一九五六年首相就任。東パキスタンの自治を唱える政治家)」とか——「本当は日没《サンセット》と呼んでしかるべき」正午《ヌーン》（一九五七年十二月から翌年にかけて首相）――というような軍人風の冗談を、二人はどこまで理解できたろうか。選挙の準備と裏金のことを議論しながら、どんな危険の暗流が二人の肌に染み込み、腕のうぶ毛を逆立てたことか。総司令官がコーランの一節を引いた時、十一歳の耳にどこまでその意味が分かったことか。

地球儀頭氏が話しはじめると、勲章と肩章たちは静まり返った。「次にアードとサムードのことだが、これはもう彼らの住処《すまい》の（見るも無慙な）有様でお前たちにも事情はすっかりわかっておるであろう。要するにシャイターン《サタン》に謀《たばか》られて己《おの》が所業を立派なことと思い込み、正しい道から閉め出されてしまったのだ、目が見えないわけではなかったのだ」

どうやらこれが合図だったのだ。叔母がさっと両手を振って、使用人たちをさがらせた。彼女自身も退席した。母とピアがそれにならった。ザファルと私も席を立った。しかし彼、彼みずからが豪華な食卓の端から私たちを呼びとめた。「子供たちは残りなさい。何といっても彼らの将来の問題だからね」子供たちは驚き、しかし誇らしい気持で坐り、命令通り黙っていた。

今や男だけになった。地球儀頭氏の顔にある変化が起こった。暗く、まだらでひたむきな表情が浮かんでいた……「十二ヵ月前」と彼は言った、「ぼくは諸君に言った。政治家たちに一年を与えよう——ぼくはそう言わなかったかね？」男たちの頭がうなずき、同意のささやき声が起こる。「諸君、われわれは彼らに一年を与えた。状況は耐えがたいものとなった。ぼくはこれ以上耐えることはできない」勲章と肩章たちが厳しい、政治家らしい表情をおびる。顎が引かれ、目は鋭く未来をにらんでいる。「それゆえ今夜」——そう、私はそこに居合わせたのだ！　彼らから数ヤードの所に！——アユーブ将軍と私、私と老アユーブ・カーン！——「ぼくは政権を掌握する」（このクーデターにより、アユーブ・カーンは大統領に就任。一九六九年、ヤヒヤー陸軍総司令官に全権を委任する時まで、同職にあった）

クーデターの宣言に対して十一歳の少年はどう対応するものなのか？「……国家の財政はひどく混乱……腐敗と不純が至る所に蔓延し……」といった言葉を聞いて、彼らの顎も固くなるものなのか。彼らの目は明るい明日をにらむものなのか。「これより憲法を廃棄する！　中央ならびに地方の立法機関を解体する！　これより政党を解散する！」——将軍がこう叫ぶのを聞いて、十一歳の少年はどう感じるものなのか？

アユーブ・カーン将軍が「ただ今より、戒厳令を敷く」と言った時、ザファルと私に理解できたのは、彼の声——力と決断にみち、叔母の心尽しの料理で張りの出てきた声——が、私たちには反逆という言葉でしか言い表わせないあることを語っていたということである。私は誇りをもって言えるが、冷静を保っていた。他方ザファルは厄介な器官の抑制がきかなくなった。水分がズボンの前面を濡らした。恐怖の黄色い液体が脚を伝ってペルシャ絨毯の上に流れ出し、しみをつくった。勲章と肩章たちは何かの臭いを嗅ぎつけ、この上なく不快な表情で彼の方を見た。それから（なにより具合のわるいことに）笑いが起こった。

「よろしければ閣下、今夜の手順は私がこまかく詰めておきましょう」とズルフィカル将軍が言いはじめたちょうどその時、息子がズボンを濡らしたのだ。冷たい怒りに促されて、叔父は息子を部屋から放り出した。「このヒモ野郎、女々しいやつめ！」とザファルを食堂から追い出しながら、父親の細い鋭い声が叫んでいた、「卑怯者、オカマ野郎、ヒンドゥー！」という罵声が、息子を階段に追い上げている道化《パンチネロ》づらからとび出した……ズルフィカルの目は私に据えられた。その目はこう訴えていた。〈わが家の体面を救ってくれ。息子の失禁から私を救ってくれ。〉「おい！　こっちへ来て手伝ってくれないか」と叔父は言った。

もちろん私はうなずいた。自分が大人であること、自分こそ息子にふさわしいことを証明して、私は叔父が革命を遂行する際の助けとなったのだ。そうすることによって、彼の感謝を得ることによって、居並ぶ勲章と肩章の忍び笑いを静めることによって、私は自分の新しい父親を創った。ズルフィカル将軍は、私を「坊主《ソニー》」とか「お前《ソニー・ジム》」とか、あるいは単に「息子《マイ・サン》」と呼ぶことにした男たちに加わったのだ。

革命の手順はこうだった。ズルフィカル将軍は部隊の動きを説明し、私はそれを聞きながら象徴的に胡椒入れを動かした。積極的－比喩的な関係様式によって、私は食塩入れとチャツネのボウルを移動した。この辛子の壜は中央郵便局を占拠するA中隊。取り分け用のスプーンのまわりには二つの胡椒入れがあり、これはB中隊が空港を占拠したという意味だ。国の運命をわが手に握った気分で、私は薬味とナイフ、フォークの類を動かし、水の入ったコップと一緒にビリャーニの空皿をつかまえ、水差しのまわりに歩哨として食塩入れを置いた。ズルフィカル将軍が話し終えた時、食器類の動きも停まった。アユーブ・カーンは椅子にどっかりと寛いでいたようだ。彼が私に目くばせしたように見えたのは、私の単なる錯覚だろうか？――それはともかくとして、総司令官は言った、「大変よろしい。ズルフィカル君、面白かった」

胡椒入れやいろいろなものが動かされたのに、テーブルを飾っていたある一つのものが、摑まれずに残っていた。それは純銀のクリーム入れで、この卓上クーデターにおける国家元首、即ちイスカンダル・ミルザー大統領を表わしていた。三週間の間、ミルザーは大統領として留まった。

十一歳の少年には大統領が本当に腐敗しているのかどうか、たとえ勲章と肩章たちがそうだと言っても、判断することができなかった。ミルザーが弱体の共和党と組んだことが新体制下での彼の失脚をもたらしたのかどうかについても、十一歳の少年には何とも言えなかった。サリーム・シナイは政治判断はしなかった。しかし十一月一日の当然ながら真夜中に、叔父は私をゆり起こして、耳打ちした。「さあ、坊主《ソニー》、本物の味をかみしめる時が来たぞ！」私はすばやく飛び起きた。身仕度をし、夜のなかへ出て行った。叔父が自分の息子よりも私を相手に選んでくれたことを誇らしく思いながら。

　真夜中だ。ラワルピンディが時速七十マイルで後ろへ飛びのいていく。私たちの前にも脇にも後ろにも、オートバイが走っていた。「どこへ行くんです、ズルフィ——叔父さん？」まあ、見ていたまえ。曇りガラスの入った黒のリムジンは、明りを消した家の前で停まった。歩哨たちが交差銃で入口を守っている。私たちを通すために、交差銃がパッと分かれる。私は半分だけ明りの灯った廊下を通って、叔父のかたわらを歩調を揃えて歩いていく。そしてとうとう一つの暗い部屋になだれこむ。一条の月の光が四柱式の大型ベッドを浮かび上がらせる。蚊帳《かや》がまるで屍衣のようにベッドの上に吊られている。

　一人の男が驚いて目覚める。いったい何事だ……しかしズルフィカル将軍は銃身の長いリボルバーを持っている。銃口が男の口のなかへ無理やり押し込まれる。「黙れ」叔父は言う、言う必要もなかったが。「一緒に来るんだ」裸の肥満した男はベッドから転げ落ちる。彼の目はこう訊ねている。おれを撃つつもりか？　玉の汗がでっぷりした腹を転げ落ち、月光を浴びながらアソコの上に滴《したた》り落ちる。だが寒さは厳しく、彼の汗も暑さのための汗ではない。彼はあたかも白い〈笑うブッダ〉といったところだ。だが笑ってはいない。震えているのだ。叔父のピストルが彼の口から抜かれる。「回れ。速歩行進！」……銃身が、太りすぎの臀部の股間に突っ込まれている。男は叫ぶ、「頼むから注意してくれ。そいつは安全装置が外れてるだろう！」裸の肉体が月光のなかに現われ、黒いリムジンのなかに押し込まれると、兵士《ジャワーン》たちはクスクス笑った……その晩、叔父が裸の男を軍の飛行場まで護送する間、私は彼と一緒に坐っていた。待ちかまえていた飛行機が滑走し、加速し、飛び立つのを、私は立って見ていた。積極的‐比喩的に、胡椒入れと共に始まったことは、その時終った。私は政府を倒したばかりか――大統領の亡命に手を貸したのだ。

真夜中は多くの子供を持つ。独立によって生まれた子孫たちは人間ばかりではなかった。暴力、腐敗、貧乏、将軍、混沌、貪欲、胡椒入れ……私は真夜中の子供たちが、私が――私でさえもが――夢にも思わなかったほど、多様であることを知るために、亡命しなければならなかったのだ。

「本当なの？」とパドマが訊ねる。「あなたは本当に現場にいたの？」本当だとも。「アユーブという人は、悪くなる前はいい人だったという話だけど」とパドマが言う。これは疑問だ。しかし十一歳のサリームはいかなる判断もしなかった。胡椒入れを動かすのに道徳的選択をする必要はなかった。サリームの念頭にあったのは、社会の激変ではなく個人の復権であった。ここにパラドックスがある――その時点まで、私のきわめて重大な歴史とのかかわりはきわめて身勝手な動機に促されていたのだ。いずれにしろ、それは「私の」国ではなかった――あるいはその頃はそうではなかった。市民としてではなく亡命者として――四年の長きに及んで滞在したのちも、そこは私の国ではなかった。母のインドのパスポートで入国したので、私はかなり疑惑の目で見られたかもしれないし、それどころかスパイとして強制送還されるか逮捕されるかしたかもしれないのだ。年齢が低いのと、ポンチ絵風の顔をした保護者のおかげで、助かったわけだ。

四年間の無為の日々。

何もなかった。ティーンエイジャーに成長したほかにには。母がよぼよぼになるのを見たほかにには。モンキーが、私と一年の歳の違いがものを言って、この神に支配された国の陰険な魔力にとらえられるのを見たほかにには。かつて反抗的で粗暴だったモンキーは淑やかで従順な表情を持つようになった。それは、はじめは彼女自身にさえ偽物と思えたにちがいない。モンキーは料理や家事、それに市場でスパイスを買うことさえ覚えた。モンキーはアラビア語での祈りの文句を覚え、それを規定の時間に唱えることによって、祖父の遺産と最終的に決別した。モンキーは、修道女の服が欲しいとねだっていた時その片鱗を覗かせていた、ピューリタン的狂信性をおびてきた。世俗的な愛を一切拒んだ彼女は、神の愛に誘惑された。その神とは、巨大な隕石のまわりに築かれた異教の寺院の彫像にちなんで名付けられた神、即ち聖黒石の神殿カーバのアッラーである。

だがほかには何もなかった。

四年間、真夜中の子供たちからも離れていた。四年間、ウォーデン・ロード、ブリーチ・キャンディ、スキャンダル・ポイント、そして一ヤードチョコレートの誘惑から離れていた。カセドラル・スクール、シヴァージーの騎馬像、インド門のメロン売りから離れていた。ディワーリー（インド三大祭りの一つ。富と幸運の女神ラクシュミーの祭りで、人びとは戸口に灯明をともす）とガネーシャ・チャトゥルティ（富と繁栄の神ガネーシャのための、ボンベイの祭り。象頭のガネーシャ像がくり出される）とココナツ・デーから離れていた。四年間、売るつもりのない家にひとり坐っている父、相手といえば自分のアパートに閉じこもって、人付合いを避けているシャープシュテーケル教授がいるだけの父から離れていた。

四年間、本当に何も起こらないなんてことがあるだろうか？　当然そんなことはない。

歴史がつくられるのを見ながらズボンを濡らしたことで、父親から決して赦してもらえなかったザファルが、成人するとすぐ軍隊に入りたいという願いをかなえてもらった。

「お前が女でないことを証明してくれよ」と父親はザファルに言った。

犬のボンゾが死に、ズルフィカル将軍はぼろぼろ涙を流した。

メアリーの告白はかすんでゆき、誰もそれを口にしなくなったので、まるでそれは悪い夢のように思えてきた。とはいえ、私以外の皆にとってということである。

そして（まったく私の助力なしに）インド－パキスタン関係はいっそう悪化した。まったく私の助けなしに、インドはゴア――「母なるインドの顔に出来たポルトガルのニキビ」――を征服した。私は単なる傍観者で、アメリカの大規模なパキスタン援助に何の役割も果していないし、ラダック（インド最北端の地域。チベットの西に位置する。宗教はチベット仏教とイスラム教。言語はチベット語）のアクサイ・チン地区における中印国境紛争にも何の責任もない。一九六一年のインド国勢調査では識字率二三・七パーセントであったが、私はこの記録に含まれていない。不可触民問題は依然深刻であった。私はそれを緩和するために何もしなかった。一九六二年の選挙では、全インド国民会議派が下院《ローク・サバー》の四百九十四議席中三百六十一議席を勝ち取り、州議会の全議席中六一パーセント以上を獲得した。ここにおいても私の見えざる手が動いたとは言えない。おそらく比喩的にしか。インドでは現状が維持されたし、私の生活においても何一つ変わらなかった。

そして、一九六二年九月一日に私たちはモンキーの十四歳の誕生日を祝った。この頃までに(叔父の私に対する変わらぬ好意にもかかわらず)私たちは社会的劣等者として、偉大なズルフィカル家の不幸な貧しい親戚として、地位が固定してしまっていた。したがってこの誕生パーティは質素なものだった。しかしモンキーは心から楽しんでいる素振りを見せていた。「あたしの義務なのよ、兄さん」と彼女は言った。私は自分の耳を信じられなかった……だが妹はおのが運命を直感していたのかもしれない。おそらく彼女は自分を待っている変身のことを知っていたのだ。私だけが秘密の認識力を持っていたなどと、どうして思うことができようか。

おそらくその時彼女は知っていたのだ。借り切った楽士たちが演奏を始めると(シャヘナイとヴィーナがあった。サーランギーとサロードも加わった。タブラとシタールが絶妙な掛け合いを始めた(どれもインドの古典的な楽器))、エメラルド・ズルフィカルが冷たい優しさをこめて、こう薦めるであろうことを。「さあジャミラ、そこにメロンみたいに坐っていないで、女の子らしく歌を歌ってちょうだいな!」

しかもこの一言でエメラルド石のように冷たい叔母はまったく無意識のうちに、妹のモンキーからシンガーへの変身を誘発しようとしたのだ。彼女は十四歳の少女らしい気むずかしいはにかみをもって抵抗したものの、人を動かすことの得意な叔母によって楽士たちの壇の上に強引に押し上げられてしまった。彼女は足もとの床が裂けてしまえばいいと願っているような顔をし、手を握りしめていた。逃れられないと観念して、モンキーは歌い出した。

　私は情緒を描くことはうまくないと思う――それでも、読者は参加することはできると思う。私が改めて思い描くことができないものを、読者は自分で想像し、私の物語を読者の物語でもあるようにしてくれるだろう、と私は信じていたわけだ。しかし妹が歌いはじめた時、私は自分にも理解しがたい強烈な情緒のとりこになった。ずっとのちに、世界一老いた娼婦が私にその情緒を説明してくれることになる。最初の調べによって、ブラス・モンキーはそのあだ名から脱皮した。鳥に語りかけていた彼女は（ちょうど、遠い昔に山の谷間で、彼女の曽祖父がしたように）、歌う技を鳴鳥《めいちょう》から学んだものにちがいない。良い方の耳と悪い方の耳でもって、私は彼女の完全無欠な声に聴き惚れた。それは十四歳ながら成人した女の声だった。それは両翼の清浄さ、亡命の苦しみ、鷲の飛翔、人生のつれなさ、ブルブル（鳴き声が美しい、いわば東洋のナイチンゲール）のメロディー、神の輝かしい遍在にみちていた。いささか痩せぎすの少女の口から出る声なのだが、それはのちにムハンマドの勤行時報係《ムエジン》ビラール（六四〇年没。もとアビシニア系の奴隷だった）の声に譬えられることになる声だった。

自分にも分からぬことを語ることは、先に延ばさなければならない。とりあえず記しておきたいのは次のようなことである。妹は十四歳の誕生パーティで有名になり、その後ジャミラ・シンガーと呼ばれるようになった。私は〈わたしの赤いモスリンのドゥパッタ〉と〈シャーバズ・カランダル〉を聴きながら、最初の亡命中に始まった過程が第二の亡命中に完成に近づいているということが分かった。それからはジャミラこそが大切な子供であり、私は永久に彼女の才能に比して一段下の地位しか持ちえないことになった。

ジャミラは歌った——私は心をむなしくして頭を垂れた。しかし彼女が完全に自分の王国に入る前に、何かが起こらなければならなかった。つまり、私がちゃんと片づけられねばならなかったのだ。

排水と砂漠

骨に喰らいついているものはやめようとしない……それは時間の問題なのだ。だから私は先を急がなくてはならない。私はパドマにしがみつく。だいじなのはパドマだ――パドマの筋肉、パドマの毛深い前腕、パドマ、私の純粋な蓮……そのパドマがとまどいつつ、「もういいわよ。始めて、さあ始めてよ」と促す。

いいとも。だけど電報の話から始めなければならない。テレパシーは私を孤高にしたが、テレコミュニケーションは私を地上に引きおろした……

電報が来た時、アミナ・シナイは足のイボの角質を切っていた……昔々ある時のこと。いやそれじゃだめだ。日付からは逃れられない。では改めて、母が右の足首を左の膝にのせて、先の尖った爪やすりで足裏からイボの組織を削り取っていたのは、一九六二年九月九日のことだった。時刻は？　時刻も重要なのだ。ええっと、それなら午後だ。いやもっと正確に……ええっと、ちょうど三時を打った時のこと。ちなみにこれは北部でさえ、一日のうちで最も暑い時間なのだ。一人の召使《ベアラー》が母に、銀の皿にのせた封筒を運んできた。数秒後、遠くニューデリーでは、国防大臣クリシュナ・メノン（ネルーが英連邦首相会議に出て不在の間、独自の判断で行動していた）は、必要とあらば、ヒマラヤ国境の中国軍に対し武力行使をするという重大決定を下した。「タグ・ラ分水嶺から中国軍を排除しなければならない」とメノン氏は言い、同じ頃、私の母は一通の電報を開封した。「弱みを見せてはならないのだ」しかしこの決定は母の電報の内容と比べると、取るに足りないものだった。たしかに、〈レグホン〉というコード名を持つ追い出し作戦は結局、失敗に終わり、インドをこの上なく血腥《ちなまぐさ》い舞台、戦争の舞台に変える運命にあった。だがこの電報は私をひそかに、しかし確実に、自分の内部世界から最終的に追放される結果に終わる危機へと突き落としたのだ。インド第三十三部隊がメノンからタパル将軍に伝えられた指示に従って行動している時、私もまた大きな危険のなかに置かれていた。私が行動し、あるいは知り、あるいは存在することを許された領域の境界を踏み越えてしまったと、あたかも見えない軍隊が判定したかのようだった。あたかも歴史が私をしっかりと私の場所に据えることに決めたかのようだった。私はその問題ではまったく発言を封じられていた。母は電報を読んで、ワッと泣き出し、そして言った。

「子供たち、家に帰りましょう！」……そのあとは、別の文脈の冒頭でも言ったように、時間の問題だった。

電文は「シキュウ　カエラレタシ　シナイ　ダンナサマガ　ブーツシンゾウデ　ジュウタイデス　ゴキゲンヨウ　アリスペレイラ」というものだった。

「もちろん、すぐ帰るといいわ、お姉さん」とエメラルド叔母は言う、「でもいったい、ブーツシンゾウって何かしら？」

もしかしたら、いやおそらくは、私は自分の紛れもなく稀有な生涯と時代の物語を書く最初の歴史家であるにすぎないだろう。しかしながら私のあとに続く人は必ずこの仕事、この原典《ソースブック》、このハディース（ムハンマドの言行録）ないしプラーナ（ヒンドゥー神話の一文献）もしくは要綱《グルントリッセ》を手引として、また発想源として利用することだろう。私はこれらの未来の評釈者たちに言っておきたい。「ブーツシンゾウ電報」に端を発する事件を調べる際には、私を襲ったハリケーンの目のところに——別の譬えで言えば、とどめを刺すのに使われた剣のところに——一つの単純な統合力がはたらいていることをお忘れなく。つまり電気通信のことだ。

電報が、そして電報のあとでは電話が、私の破滅のもとになった。だが私は誰かの陰謀を責めるようなことはしたくない。とはいえ、通信事業の管理者たちが一国の放送波を一手にとりしきろうとしていることは、容易に想像できる……いや、もう（パドマもいやな顔をしているようだから）当り前な因果律の世界に戻るとしよう。私たち一行は九月十六日、ダコタ機でボンベイのサンタクルズ空港に着いた。しかし電報の説明をするために、私はしばらく時間を遡らなければならない。

かつてアリス・ペレイラは姉のメアリーからジョーゼフ・ドゥコスタを奪うことによって罪を犯したが、この四年間に罪を償ってあまりあるほどの徳を積んだ。つまりこの四年間、彼女だけがアフマド・シナイのそばに留まったのだ。かつてのメスワルド屋敷の埃っぽい丘の上でただ一人、彼女はもちまえの世話好きで善良な性質によってアフマドの過大なわがままに耐えた。彼は真夜中までアリスを侍らせて妖魔《ジン》を飲み、おのが人生の非運をかこった。彼はコーランを翻訳して編纂しなおすという昔の夢を、長年の忘却のあとで思い出した。そして彼を消耗させ、その大仕事にとりかかるエネルギーを涸渇させた家族を責めた。それればかりか、彼の怒りはしばしば手近にいたアリスにも向けられ、最悪の放心状態にあった日々に造語した口汚ない罵言、無用な悪態をいつまでもしつこく吐きつづけていた。彼女は理解しようと努めた。彼はさびしい男なのだ。かつては無謬だった電話によるビジネスも、経済の気紛れな変化のなかで落ち目になった。経済問題に対する彼の勘は狂いはじめている……彼は奇妙な恐怖にとらえられている。

アクサイ・チン地区に中国の道路が発見された時、彼は黄色人種が近日中にメスワルド屋敷に攻めて来るだろうと思い込んだ。アリスは冷たいコカ・コーラを渡しながら、こう言って彼を慰めた。「心配することはないわ。あの中国人たちは小さすぎて、インドの兵士《ジャワーン》を倒すことなんてできませんよ。コーラを召し上がるといいですわ。何も変わりませんよ」

とうとう彼女はへとへとになった。彼女が逃げ出さなかったのは、給料値上げの要求が受け入れられ、姉のメアリーを養うためにゴアへたくさん送金できるようになったからである。しかし九月一日には、さしもの彼女も電話による甘言に屈した。

その頃までに彼女は、雇い主と同じくらい電話に時間をさいていた。特にナルリカル族の女たちがかけてきた時にそうだった。恐ろしいナルリカル族の女たちはその頃、父を包囲し、日に二回電話をよこして、屋敷を売るようにと甘言でつり、説得した。いくら抵抗しても無駄だと脅し、燃える倉庫のまわりを飛び回る禿鷹のようにしつこくつきまとった……そして九月一日、女たちは遠い過去のある日に飛んできた禿鷹のように一本の腕を投下して、彼の頬を殴った。女たちはアリス・ペレイラをついに買収し、彼から遠ざけることに成功したのだ。我慢の限界に来ていた彼女は叫んだ、「ご自分で電話に出て下さい！　あたし出かけます」

その晩アフマド・シナイの心臓は膨らみはじめた。憎悪と自己憐憫と悲哀が充満して心臓は風船のように膨らみ、過度に激しく鼓動したかと思うと鼓動をやめ、ついに猛牛のように彼を投げ倒した。ブリーチ・キャンディ病院で検査をうけてみると、父の心臓は実際に変形していた——左心室の下部から新しい一塊りの膨らみが突出していたのだ。アリスの言葉を使えば、それは「ブーツを履いた心臓」なのであった。

翌日アリスがたまたま忘れた傘を取りに戻ってみると、彼は重態に陥っていた。有能な秘書の習慣で、彼女は真先にテレコミュニケーションを活用した。電話で救急車を呼び、私たちに電報を打ったのである。インド－パキスタン間の郵便検閲のため、「ブーツシンゾウ電報」はアミナ・シナイの手に渡るまでに一週間かかった。

「ボンベイへ帰って来たんだ《バック・トゥ・ボム》！」とばかりはしゃぎまわって、私は空港の苦力《クーリー》たちを驚かせた。「ボンベイへ帰って来たんだ《バック・トゥ・ボム》！」あたりをはばかることもなくそう叫びたてたので、このところ急に節度づいてきたジャミラから、「ああサリーム、ほんと、静かにしてよ！」と言われてしまった。アリス・ペレイラが空港に出迎えてくれた（電報で到着便を知らせておいたのだ）。私たちはあの懐かしい黒と黄のボンベイのタクシーに乗った。熱いヒヨコマメの呼び売りたちの声、そして駱駝と自転車とぞろぞろ群れなす人また人のなかを、私は快く漂って行った。やはりムンバデヴィの街に比べるとラワルピンディは村にすぎない。何よりも色彩の豊かさにはあらためて驚かされた。法王木とブーゲンビリアの忘れていた鮮やかな赤、マハラキシミ寺院の「貯水池《タンク》」の水の赤みがかった緑、交通警官の日傘の簡潔な黒と白、警官たちの制服の青と黄。だが何よりも海の青、青、青……街の七色の反乱のなかに呑み込まれそうな私を引きとめ、落ち着かせてくれたのは、父の打ちひしがれた顔の灰色だった。

アリス・ペレイラは私たちを病院に残して、ナルリカル族の女たちのところへ働きに出かけた。そして今、目を見張るようなことが起こった。母アミナ・シナイが父の姿を見たとたん、無気力と憂鬱とやましさの霧とイボの痛みから解放されて、奇跡が起こったかのように若返って見えたのだ。かいがいしく働くという昔の才能を取り戻し、とどめようもない意志の力に促されて、彼女はアフマドのリハビリテーションにいそしんだ。彼女は夫を家に連れ帰ると、一階の寝室に入れ、凍えた体を看護しつづけた。日夜そばに坐りつづけ、自分の体力を夫のなかに注ぎ込んだ。彼女の愛は報いられた。アフマド・シナイはブリーチ・キャンディ病院のヨーロッパ人の医者たちもびっくりするほど完全に回復したばかりか、ずっと素晴らしい変化が起こったのだ。アフマドはアミナの看護によってもとの体に戻った。しかも悪態をついて妖魔《ジン》と闘う人ではなく、ずっとそうであってもおかしくなかったはずの人、自分の非を認め他人の落度を赦し、笑いと寛容に溢れ、何より素晴らしいことには人を愛することができる人になった。アフマド・シナイは長い回り道の末に、妻に恋をするようになったのだ。

そして私は、両親が、愛という油を塗った犠牲《いけにえ》の子羊だった。

二人はまたベッドを共にするようになった。妹は――古いモンキー的人格をちらつかせて――「同じベッドに寝てるなんて、いやー《アッラー》ね。いいい、ほんと、けがらわしいわ！」と言ったが、私は両親のことを思って幸せだった。それにしばらくは自分にとっても幸せな状態が続いた。何しろ〈真夜中の子供たち会議〉の国に戻って来たのだ。新聞の見出しは戦争に向かって傾斜して行ったが、私は奇跡の仲間たちとの旧交を温めた。さまざまな終末が私を待ちかまえているとも知らずに。

十月九日――〈インド軍、徹底抗戦の構え〉――私は会議を開くことができると感じた(時間をかけて努力した結果、メアリーの秘密のまわりに必要な障壁を築くことができたのだ)。私の頭のなかに彼らは集まって来た。幸福な夜だった。古い軋轢を葬り、再会にむけて全員一丸となって努力した夜だった。私たちは再会を何度も喜び合った。そしてより深い真実――私たちもまた他のあらゆる家族と同じように、家族の再会は現実よりも期待において楽しいものであり、すべての家族は必ずいつかはばらばらになるという真実――は無視した。十月十五日――〈一方的にインドを攻撃〉――私が恐れ、かつ呼び起こさないようにと努力していた疑問が、ついに飛び出してきた。「シヴァはなぜ来ないのか。なぜ君は心の一部を閉ざしているのか？」

十月二十日、インド軍はタグ・ラ分水領において中国軍に敗れた――打破された。北京の公式声明が発表された。〈自衛のため、中国国境警備隊は断固反撃を余儀なくされた。〉だが同じ日の夜、真夜中の子供たちは私に大挙攻撃をかけてきて、私は自衛のすべがなかった。彼らは広い戦線において、四方から攻めてきて、私の秘密主義、逃げ口上、横暴、自己中心主義を糾弾した。私の精神はもはや会議室ではなく、彼らが私を抹殺するための戦場になった。もはや「兄貴のサリーム」でなくなった私は、彼らに八つ裂きにされながら、なすところなく、耳を傾けていた。というのは、彼らの怒り狂った大騒ぎにもかかわらず、私は閉ざしたものを開くわけにはいかなかったからだ。彼らにメアリーの秘密を話すことはどうしてもできなかった。とても長い間、私の最良の支持者でいてくれた魔女パールヴァティでさえ、とうとう私に我慢ができなくなった。「ああ、サリーム」と彼女は言った。「パキスタンでどんなことがあったのか知らないけど、でもあなたはひどく変わってしまったのね」

その昔、ミアン・アブドゥラーの死がもう一つの会議を破壊した。それはまったく彼の意志の力によってまとめられていた会議だった。今、真夜中の子供たちも私への信頼を失うにつれ、私が彼らのために作ってやったものへの信仰を失っていた。十月二十日と十一月二十日の間に、私は毎夜会合を開いた――というより、開こうとした。だが彼らは私から逃げた。一人また一人などというものではなかった。十人、二十人とまとまって離れて行ったのだ。夜ごとに交信しようとする者の数が減った。週ごとに百人以上が自分だけの生活に戻って行った。ヒマラヤの高地ではグルカ族とラージプート族がばらばらと中国軍から逃げた。私の精神の上層部では、もう一つの軍隊が、あまりに小さく、卑小だから何の力も持ち得ないと私自身は思ってきたもの――諍《いさか》い、偏見、退屈、わがまま――のために破滅した。

（しかし楽天主義は長びいた病気のように、なかなか消えなかった。私は信じつづけたし、今も信じているのだが――私たちが共有してきたものが最後には、私たちをばらばらにしようとしているものよりも強くなることだろう。そうだとも、私は〈子供たち会議〉が終末を迎えたことの最終的責任を引き受けるつもりはない。というのは、刷新のあらゆる可能性を破壊したのは、アフマド・シナイとアミナ・シナイの愛なのだから。）

……そしてシヴァは？　私が冷酷にも生得権を否定してしまったシヴァはどうなったか。その最後の月に、私は一度も彼を捜し求める想波を送らなかった。しかし世界のどこかから彼の存在が私の心の片隅に苦痛を与えていた。破壊者シヴァ、膝打ちシヴァ……私にとって彼は、はじめ刺すような罪の痛みであったが、やがて妄想となり、最後に、彼の現実の記憶がにぶるにつれて、いわば一つの原則となった。彼は私の心のなかで復讐と暴力、そして森羅万象に対する表裏一体の愛憎のすべてを代表するようになった。だから私は今でも、フーグリー河に風船のように浮いていた死体が通りかかった船に当って破裂したという話を耳にしたり、列車が放火されたり、政治家が殺害されたり、オリッサ州やパンジャブ州に暴動が起こったりすると、シヴァの手がこれらの事件に強く関与していて、私たちを殺人と強姦と貪欲と戦争のさなかに終りなくのたうつよう運命づけている――要するにシヴァが私たちのありようを決定している――と思えるのだった。(彼もまた真夜中を打った時に生まれ、私と同じく、歴史に結びつけられたのだ。その関係様式――私の理解が正しいとすれば、それは私にも当てはまるものだが――によって、彼もまた当時の出来事に影響を与えることができたのだ。)

私はまるで彼に二度と会わなかったかのような言い方をしているが、それは真実ではない。だがもちろん、その話は他のすべての話と同様、しまいまで取っておくこととしよう。その話を今すぐできるほど、私は強くないのだ。

楽天主義の病いは当時またしても流行の兆しを見せていた。その頃私は副鼻腔炎を患っていた。妙なことにタグ・ラ分水嶺の敗北がきっかけとなって、戦争についての大衆の楽天主義は空気の入りすぎた風船のように膨れ上がって(そして危うくなって)いた。だがこの頃ずっと詰まりつづけていた長患いの私の鼻孔は、ついに閉塞に対する闘いを諦めてしまった。国会議員たちが「中国の侵略」「殉教したインド兵士《ジャワーン》の血」といった演説をしていた頃、私は目から涙を流しはじめていた。民族がぷっと胸を膨らませ、黄色人種の小男たちの絶滅近しと思い込んでいた頃、私の副鼻腔もまた膨れ上がって、ひどく顔をゆがませ、アユーブ・カーンその人が驚いて打ち眺めるほどになっていた。楽天主義の病いにおかされた学生たちは毛沢東と周恩来の人形を焼いた。額を楽天主義の熱病に焼かれながら、群集は中国人の靴屋、骨董品屋、レストラン経営者を襲った。楽天主義に燃える政府は中国系インド市民——今や「敵性外国人」となった人びと——をラージャスターンのキャンプに収容するという挙にさえ出た。ビルラ産業は小型射撃場を国家に寄贈した。女子学生が軍事パレードをするようになった。だが私サリームは窒息して死にそうな気がしていた。楽天主義の濃厚になった空気は私の肺に入ろうとしなかった。

アフマドとアミナのシナイ夫妻は、ぶり返した楽天病の最悪の患者の部類に属していた。新たに芽生えた愛という媒介によってすでにこの病いに感染していた二人は、今度は意志によって国民的熱狂に参加して行った。尿を愛飲する財務相のモラルジー・デサイが「武装のため装身具の提供を」という運動に乗り出した時、母は金の腕輪とエメラルドのイヤリングを供出した。モラルジーが国防債を発行した時、アフマド・シナイはそれをたくさん買った。戦争がインドに新たな夜明けをもたらしたかに見えた。『タイムズ・オブ・インディア』に「中国との戦争」と題する漫画がのった。そこには「感情的統合」「産業的平和」「国民の政府信頼度」の推移を示すグラフを見ながらネルーが「こんな高いのははじめてだ」と叫ぶさまが描かれている。楽天主義の海を漂流しながら、私たち――民族、両親、そして私――は盲目的に暗礁に向かって流されて行ったのだ。

私たち国民は暗合に憑かれている。あれとこれの間の、一見無関係な二物の間の相似を見つけると、私たちは手を叩いて喜ぶ。これはいわば形式に対する民族的な憧憬である――あるいはもしかしたら、現実のなかに形式が隠れている、意味は一瞬の閃めきのなかにしか現われない、という私たちの深い信仰の単なる表出であるのかもしれない。

ここに私たちの予兆に対する弱さが由来する……たとえばインド国旗が最初に掲揚された時、あのデリー平原に虹が、サフラン色と緑色の虹が現われた。それで私たちは祝福を感じた。わけても暗合の只中に生まれてきた私は、いつもそれに追いかけられているように思ってきた……そしてインド軍が壊滅に向かって盲目的に突進している時、私もまた自分の破局に近づいていたのだ(しかもまったくそうとは知らずに)。

『タイムズ・オブ・インディア』の漫画は「感情的統合」について語っていたが、メスワルド屋敷の最後の名残りであるバッキンガム荘では、感情はそんなにうまく統合されはしなかった。アフマドとアミナは結婚前の交際期間中の若者たちのような日々を送っていた。北京の『人民日報』が「ネルー政権、ついに非同盟のマントを脱ぎ捨てる」と不満を表明した時、妹も私も不満はなかった。それというのも何年かぶりで私たちは、両親の争いに非同盟の振りをしなくてもすんだからである。戦争がインドに対して行なったことを、休戦がわが二層の丘の上になし遂げていた。アフマド・シナイは夜ごとの妖魔《ジン》との闘いさえやめていた。

十一月一日——〈インド軍、砲兵隊に守られて進撃〉——までに、私の鼻孔の通り具合は深刻な危機に見舞われた。母はヴィックスの吸入器や水に溶いたヴィックス軟膏の湯気の立っているボウルで毎日私を拷問にかけた。私は頭から毛布をかぶったままそれを吸い込まなければならなかった。ところがこの手当てはいっこうに私の副鼻腔炎に効き目がなかった。父が私の方に腕を差し延べて、「さあ、息子や――お父さんのところへ来ないか」と言ってくれた日のことだ。気も狂わんばかりの幸福を覚えて(たぶん楽天病は結局私にも感染していたのだ)、私は父のぶよぶよのおなかに押し当てられ、窒息しそうになった。だが放してくれた時は、鼻水が父のブッシュシャツを汚していた。この一件が私の運命を決めることになったのだ。その日の午後、母は攻撃を開始した。友人に電話をする振りをして、母はある所へ電話をかけたのだ。インド軍が砲兵隊に守られて攻撃をかけている頃、アミナ・シナイは一つの嘘に守られて、私の没落を計画していたのだ。

しかしながら私が後年、砂漠へ放り出されることになったいきさつを描く前に、私は両親をひどく貶めてしまったかもしれないことを認めておかなくてはならない。私の知る限り一度として、メアリー・ペレイラの告白のあと一度として、私の両親は血のつながった真の息子を捜そうとはしなかった。私はこの物語の数ヵ所で、その理由をある種の想像力の欠如のせいにしてきた――私が彼らの息子でありつづけたのは、彼らには私をこの役柄でしか考えることができなかったからだと、私は多少なりとも言ってきた。もっと悪い解釈も可能な言い方をした――彼らにとっては十一年も貧民街で過ごしてしまった子供を引き取るのは辛い、というような。だが私はここで、もっと気高い動機を提示しておこう。たぶん何はともあれ、キュウリ鼻、あざのある顔、顎なし、とんがりこめかみ、ガニマタ、指なし、禿頭、それに(これは彼らも気づいていないだろうが)聞こえない左の耳にもかかわらず、そしてメアリー・ペレイラによる真夜中の取り替え子騒ぎにもかかわらず……こういったさまざまな問題がありはしたが、おそらく両親は私を愛していたのだ。私は両親から引きさがって、秘密の世界に入る。彼らの憎悪を恐れるあまり、私は彼らの愛が醜さよりも濃く、血よりも濃いかもしれないという可能性は認められなかった。どうやら確実なのは、一本の電話でとりきめられたこと、一九六二年十一月二十一日に起こったことは、最善の理由でなされたということ、つまり両親は愛のために私を破滅させたということだった。

十一月二十日の昼間はひどい一日だった。夜もまたひどい一夜だった……その六日前、ネルーの七十三歳の誕生日に、中国軍との大衝突が始まっていた。インド軍――〈わが軍《ジャワーンズ》、戦闘開始!〉――はワロンで中国軍を攻撃した。ワロンの惨状とカウル将軍麾《き》下《か》の四個大隊敗走のニュースが十八日土曜日にネルーの耳に入った。二十日月曜日にはそのニュースがラジオと新聞で流され、メスワルド屋敷にも届いた。〈ニューデリー、最悪のパニック!　インド軍壊滅!〉その日――古い生活の最後の日――私は妹や両親に寄り添ってテレフンケンのラジオグラムを囲んで坐っていた。テレコミュニケーションは神への畏れと中国に対する怖れを私たちの心に叩き込んできた。そして父が運命に代わって宣言した。「妻よ」と父は重々しく言った。ジャミラと私は恐怖におののいた、「いいかね君《ベーガム・サヒバ》、この国はおしまいだ。破産だ。おしまいだ《ファントゥーシュ》」夕刊は楽天病の終末を宣言した。〈国民の士気、枯渇す。〉この終末のあとに別のものが来るはずだった。別のものもまた枯渇するであろう。

私は中国人の顔や銃や戦車で頭をいっぱいにして床についた……しかし真夜中に頭は空になり、静かになった。真夜中の会議も枯渇したのだ。私と話そうとした唯一の魔法の子供は魔女パールヴァティだった。アヒルのヌシーの言う「世も末!」という状況のせいで意気消沈していたので、二人は単に沈黙のうちに交信する以上のことはできなかった。

それにもっと生活に直結する排水《ドレーネージ》=枯渇が起こっていた。あの頑丈なバクラ・ナンガル水力発電用ダムに亀裂が現われたのだ。そして背後の大貯水池の水がこの割れ目から流れ出したのだ……一方ナルリカル族の女たちの埋立て地協会は、富の誘惑以外には楽天主義にも敗北にも何にもめげず、海底から陸を引っぱり出すという仕事を続けていた……最後の排水《エヴァキュエーション》=退去、このエピソードの題名が真に意味している排水=退去が行われたのは翌朝、私が、何とか事態は好転するだろうと考えて安心している時のことだった……その朝、中国軍が必要もないのに突然進撃を中止したという信じられぬような嬉しいニュースが入って来たからだ。ヒマラヤ高原の覇権を握って、中国側は満足したらしいのだ。「休戦！」と新聞は叫び、母は安堵のあまり卒倒せんばかりだった。（カウル将軍が捕虜になったという噂もあった。インド大統領ラーダークリシュナン博士は、「あいにくと、この報道は完全な誤り」と述べた。）目からは涙が出たし副鼻腔は炎症を起こしていたけれども、私は幸福だった。子供たちの会議は終ったけれども、私はバッキンガム荘にみなぎる新たな幸福の輝きに浴していた。だから母が「さあ、お祝いよ！　遠足に行きましょう」と言った時、私は当然、積極的に賛成した。十一月二十一日朝のことだ。私たちはサンドイッチとパラタを作るのを手伝った。炭酸飲料の店に立ち寄って、ブリキの桶に氷を詰め、一ケースのコカ・コーラをローヴァーのトランクに積んだ。親たちは前の座席、子供たちは後ろに乗って、四人は出発した。ジャミラ・シンガーは道中歌を歌ってきかせた。

副鼻腔炎の不快感をおして私は訊ねた。「どこへ行くの？　ジュフー海岸？　エレファンタ島？　マルヴェ？　どこなの？」母は気まずそうに微笑んで、「開けてびっくりよ、もう少し待ってね」ほっとして喜んでいるらしい群集に溢れる街を通って、私たちは進んだ……「道を間違えてるんじゃないの？」と私は叫んだ。「浜辺に行く道じゃないよ」両親は安心させるように明るい声でいっせいに言った、「まずある所に寄って、それから出かける。約束するからね」

電報が私を呼び戻し、無線電報が私を怯えさせたが、私の破滅の日時・場所を予約したのは一本の電話だった……そして両親は私に嘘をついた。

……私たちはカルナック・ロードの見なれない建物の前で停まった。外壁は崩れかけている。窓は全部ブラインドが降りている。「お前、一緒に来るか？」と言って、アフマド・シナイは車から降りた。私は父の用事に同行できるのがうれしくて、いそいそとついて行った。玄関の真鍮の表札に〈耳鼻咽喉科〉と書いてあった。私はとっさに驚いて、「何、これ、お父さん《アッバ》、何しに来たの？……」と言った。父の手が私の肩を強く摑まえる——そこへ白衣の男が——そして看護師たちが——そして「あー、なるほどシナイさん、この方がご令息で——時間通りですな——結構、結構」私は「お父さん《アッバ》、いやだ——遠足はどうなったの？——」だが医者たちは私を引き立てていく。父は後ろにさがる。白衣の男が父に呼びかける、「長くはかかりません——休戦の朗報がありましたね」看護師が「着替えと麻酔をするからこちらへいらっしゃい」

騙された！　騙されたんだ、パドマ！　言ったろう、かつて遠足が私を騙したって。

それから病院、堅いベッドと明るい吊りランプのある部屋。私は「いやだ、いやだ」と叫んだ。すると看護師が「駄々をこねてはいけません。もう大人でしょう。横になって」自分の頭のなかの出来事はすべて鼻の通路に始まったこと、鼻汁が上へ上へと吸い込まれて、行ってはならない所まで行ってしまい、その結果、何かと何かが連結されて声が聞こえるようになったことを思い出して、私は蹴ったりわめいたりした。とうとう看護師が私を押さえつけなければならなくなった。「正直言って、こんな分からず屋の坊やははじめてよ」と看護師は言った。

という次第で、洗濯物入れのなかで始まったことは、手術台の上で終結を迎えることになった。私は手足を押さえつけられ、一人の男が「何も感じはしないさ。扁桃腺を取るよりも簡単だ。副鼻腔がすぐに正常になるんだ。すっかりきれいになるんだよ」私は「いやだ、お願い、やめて」と抵抗した。だが声は続いて、「このマスクをかけるぞ、ほら、十数えて」

私は数える。数が行進を始める、一、二、三。

シューとガスが出てくる。数が私を押しつぶす、四、五、六。

霧のなかに顔が動く。まだ騒がしく数がやって来る。私は叫んでいたと思う、数は膨らんでいく、七、八、九。

十。

「おやおや、この子はまだ意識があるぞ。異常だ。もっとやってみよう——聞こえるかい？　サリーム君、いい子だ。あと十数えてみるんだ」摑まるものか。数の大群が頭のなかへぞろぞろ入って来る。ぼくは数の大家《たいか》なんだ。よし、始めるぞ。十一、十二。しかし数はとまらない……十三、十四、十五……おやおやどうしよう、霧《ゴッド》がかすんできて、どんどん後退していく。十六、戦争と胡椒入れの向こうに、どんどん後退していく、十七、十八、十九。

二じゅ

洗濯物入れと激しく鼻をすする少年があった。彼の母が衣服を脱ぎ、黒マンゴーをあらわにした。声が聞こえてきた。大天使たちの声ではない。一つの手が飛んで、左の耳を聞こえなくした。暑さのなかで最もよく育つもの、幻想、非合理、欲情。時計塔の隠れ家とクラスでのカンニングがあった。ボンベイの恋が自転車事故をひき起こし、こめかみの角《つの》が鉗子のくぼみにはまりこみ、五百八十一人の子供たちが私の頭を訪ねてきた。真夜中の子供たち。それは自由への希望を体現するものであったかもしれない。消されてしかるべき畸形《フリーク》の子供たちであったかもしれない。最も忠実なパールヴァティと生命の原理になったシヴァ。目的の問題があったし、観念と物との間の論争があった。膝と鼻、鼻と膝があった。

喧嘩が始まった。大人の世界が子供の世界に侵入してきた。利己主義とスノッブ根性と憎悪があった。第三の原理の不可能性。結局は無に帰してしまうのではないかという恐怖が募りはじめた。誰も言わなかったのは、五百八十一人の行きつくところは彼らの破滅にあり、彼らは結局無に帰するためにやって来たということであった。そんな意味の予言がなされた時、それは無視された。

そして暴露、一つの精神の閉鎖。そして追放と四年後の帰国。疑惑が募り、軋轢が生じ、十人、二十人と去って行った。そしてしまいにただ一つの声が残った。しかし楽天主義が消え残った――われわれが共有していたものが、われわれを引き裂いたものを圧倒する可能性をとどめていた。

だがついに。

私の外部の沈黙。暗い部屋(ブラインドが降りている)。何も見えない(何も見るべきものがない)。

私の内部の沈黙。接続が断たれている(永久に)。何も聞こえない(何も聞くべきものがない)。

沈黙、まるで砂漠。そして澄んだ、自由な鼻(鼻の通路には空気が通っている)。空気はまるで蛮族のように私の秘所に侵入してくる。

排水。排水されたのだ。地面に降りた雁《パラハムサ》。

(永久に。)


ああ、これを説明しなければ。手術の目的は明らかに炎症を起こした副鼻腔から膿を排水することであり、鼻の閉塞をきっぱりと治すことであったが、その結果、洗濯物入れのなかでつくられた接続をすべてこわしてしまうことになった。私は鼻から与えられたテレパシーを奪われ、真夜中の子供たちの可能性から追放されることになった。

われわれの名前には運命が隠されている。われわれは名前が西欧風の無意味さに毒されておらず、単なる音声以上のものたりえている国に生きているが、他方では名称の犠牲者でもあるのだ。シナイは大魔術師にして奥儀をきわめたスーフィー教徒イブン・シーナー(九八〇―一〇三七年。ペルシャ生まれのアラビアの哲学者、医学者、神学者。イブン・シナンとも呼ばれる。ペルシャ名アヴィセンナ)を含んでいる。また月神シンを含んでいる。これは独自の関係様式によって世界の潮汐に遠くから影響を及ぼす、ハドラマウト(イエメン南東部の高原地帯)の古代神だ。だがシンはまた蛇のようにくねったSの字でもあり、この名前には蛇がとぐろを巻いている。また翻字の偶然ということもある——ローマ字でSinaiと書くと、ナスタリーク（ウルドゥー語の書体）で書いた場合と違って、これは天啓の場所、汝の靴を脱げと神が言った場所、十戒と黄金の子牛の場所の名前になる。だがこういった詮索を終え、イブン・シーナーが忘れられ、月が沈み、蛇が隠れ、神の言葉が終った時、それは砂漠——不毛と荒涼と砂塵——の名前、終末の名前になる。

預言者ムハンマドの時代のアラビア——アラビア・デセルタ（見捨てられた、不毛のアラビア）——では、他の預言者たちも説教していた。アラビアの真ん中のヤママにはバヌー・ハニファ族のマスラマがいた。またハンザラ・イブン・サフワンがいたし、カリド・イブン・シナンがいた。マスラマの神は「慈悲深きお方」アル・ラーマンであった。今日、ムスリムはアッラーに、慈悲深きお方《アル・ラーマン》に祈る。カリド・イブン・シナンはアブ族のもとに送られた。しばらく彼は信者を持ったが、やがて消えて行った。預言者は、歴史に置き去られ吸収されたからといって、必ずしも誤っていたとは言えない。価値ある人は常に砂漠をさまよい歩いたのだ。

「この国はおしまいだ」とアフマドは妻に言った。休戦と排水のあと、この言葉が甦ってきて、彼につきまとうようになった。アミナは夫にパキスタンへ移住しようと説得しはじめた。そこには彼女の生き残った姉妹がおり、彼女の父が亡くなった後には母も来てくれるだろう、というのだった。「新しくやり直すのよ」彼女は促した。「あなた。素晴らしいわよ、きっと。この神に見捨てられた丘に何が残っているというの?」

という次第で、ついにバッキンガム荘はナルリカル族の女たちの手中に渡ることになった。十五年余も遅れて、私の一家は清浄者の国パキスタンへ移住した。アフマド・シナイはほんのわずかなものしか後に残さなかった。多国籍会社の助けをかりて送金する方法はいくらもあったし、父はやり方をよく知っていたのだ。私は故郷の街を去るのは悲しくはあったが、うまく隠された地雷のようにシヴァがどこかにひそんでいる街を離れるのは嬉しくないわけでもなかった。

一九六三年二月、私たちはとうとうボンベイをあとにした。出発の日、私は古いブリキの地球儀を庭に運び出し、サボテンの間に埋めた。そのなかには首相の手紙、そして「真夜中の子供」と説明のついた、大きな、第一面の、赤ん坊の写真が入っていた……それは別に聖遺物ではなかったかもしれない——私は自分の人生のささやかな思い出の品を、預言者ハズラトバルの髪の毛や、ボム・ジェズ教会の聖フランシスコ・ザビエルの遺体と比較しようなどと大それたことは考えていない——だがこれらの品が、私の過去から残ってきたもののすべてなのだ。つぶれたブリキの地球儀、かびの生えた手紙、

写真一葉。ほかには何もない。銀の痰壺さえも。モンキーが踏みつぶした地球儀を別にすれば、天の閉ざされた書物、シッジーンとイッリーン（『コーラン』において、前者は人の悪業を記録した帳簿、また後者は人の徳を記録した帳簿）という善悪の書に封印された記録があるだけなのだ。ともかくこれが実情なのだ。

……汽船サバルマティ号に乗り込み、カッチ湿原の沖に停泊した時になってはじめて、私はシャープシュテーケル老人のことを思い出した。そしてふと、私たちが移住することを誰か彼に伝えてくれたろうかと考えた。答えが否であることを恐れて、訊く気にはなれなかった。だから解体作業員たちが仕事にとりかかっているだろうと考えた時、そして取り壊し機械が父の事務所や私の青い壁の部屋に食い込み、使用人専用の鉄の螺旋階段や、メアリー・ペレイラがチャツネとピクルスのなかに恐怖を混ぜ込んでいた台所を破壊し、妊娠中の母がじっと坐り込んでいたベランダをめちゃめちゃにしているさまを思い描いた時、私は同時に、ぶらぶらゆれる大きな鉄球がシャープスティッカーさん《サヒブ》の住まいにも打ち当っているさまを想像した。青い顔をし、やつれはて、舌をひらめかせる癖のある頭のおかしなこの老人は、崩れかけた建物のてっぺんで、崩れ落ちる塔や赤タイルの屋根の間に取り残されているのだ。もう何年も見たことのない日光のなかで縮み、老い、死のうとしているシャープシュテーケル老人。だがたぶん私は劇的にしすぎているようだ。『失われた地平線』（ジェームズ・ヒルトン原作の映画、一九三七年）という古い映画からこんな情景をつくりあげてしまったのかもしれない。そこでは美しい女たちがシャングリラから脱出すると、縮んで死んでしまうのだ。

蛇一匹ごとに梯子が一つ。梯子一つごとに蛇が一匹。私たちは二月九日にカラチに到着した──それから数ヵ月ですでに、やがてジャミラに「パキスタンの天使」「信仰のブルブル」という異名をもたらすはずの彼女の成功は始まっていた。私たち一家はボンベイを去りはしたが、そのことで栄誉を手に入れた。それからもう一つ。私は排水されて──頭のなかにはいかなる声も語りかけて来なくなったし、将来も二度と語りかけて来るまいと思われたが、それを補って余りあることが一つあった。生まれてはじめて、私は嗅覚を持つということの驚くべき悦びを知ったのである。

ジャミラ・シンガー

それは実に鋭敏な感覚であることが分かってきた。独身の伯母アリアがカラチ港へ出迎えてくれた時の、歓迎する笑顔の背後に、ねばつくような偽善の臭いを嗅ぎ取ってしまうほどに。その昔、父アフマドが彼女の妹ムムターズにくらがえしたことをずっと根に持っていたこの女校長の伯母は、相変わらず濃厚な嫉妬を糧として、脚の太い肥満体になっていた。怨念の濃い黒い毛が、肌の毛穴という毛穴から生えているといってもいいほどだった。両腕を広げて、私たちの方へよちよち走り寄りながら、「アフマドさん《バイ》、まあ、やっといらしたのね。でもいくら遅くなっても、二度と会えないよりはましよ！」と叫んで、彼女は私の両親とジャミラを首尾よくまるめこんだ。まるで蜘蛛の巣のような——拒みようのない——迎え方だ。ところがである。私は赤ん坊の時に、彼女の妬みの染み込んだ苦いミトンや、酸っぱい飾り玉のついた帽子を身につけて多くの日々を過ごしてきていたし、彼女が憎悪を編み込んでおいた、一見無邪気なベビー用品から、知らぬ間に挫折感に感染してもいた。しかも私は、復讐心にとり憑かれるとはどういうことか、ありありと思い浮かべることができた。そんなわけで私、排水をすませたサリームは、彼女のあちこちの腺から復讐の臭いがにじみでているのを嗅ぎとることができたのだ。だがそれに文句をつけるわけにもいかなかった。私たちは彼女のダットサン復讐号に乗り込んでブンダー・ロードを走って、グル・マンディル（以前はカラチ東郊の住宅地であったが、今は市のなかに入り込んでいる）にある彼女の家へ直行した——まるで蠅のように。いやもっと愚かだった。囚われの身となったことを悦んでいたのだから。

……だがそれは何という嗅覚だったろう！　たいていの人は生まれた時からずっと、ごく狭く限られた範囲の臭いを嗅げるように条件づけられている。ところが私は生まれつき何ひとつ臭いを感じることなく、したがって臭いのタブーも知らずにいた。その結果、誰かが放屁した時、おれじゃないという顔をすることもなく——おかげでよく犯人と目される羽目になった。だがそれより特筆に値するのは、私が新たに得た嗅覚的自由だった。他の人間が純物質的起源に由来する臭いだけを、しかも一定限度内で嗅ぎ分けることに満足していたのに対し、私はその限度をはるかに突破してしまったのだ。そんなわけでパキスタンで過ごした青年期の初頭から、私は世界の秘められた匂い、新しい愛のうっとりするような、しかしすぐに消えてゆく芳香、そしてずっと根深くて長持ちする、憎しみの鋭い臭いを知るようになった。(「清浄者の国」にやって来てまもない頃、私は自分の内部にこの上なく不純な妹愛を発見した。また伯母のゆらゆらと燃える火ははじめから私の鼻孔を刺激した。)鼻は認識を与えはするが、出来事に働きかける力はない。私は新たに発現した鼻の遺産という武器(この言い方が正しいかは分からないが)のみを携えてパキスタンにやって来たが、それは真実を嗅ぎつけ、気配を感じとり、足跡をたどる力は与えてくれた一方で、侵入者にとって必要な唯一の力――即ち敵を征服する力は与えてくれなかった。

否定するつもりはない。私はカラチがボンベイではないことを赦さなかった。砂漠と、岸辺にいじけたマングローブの散らばる荒涼とした塩分の強い入江との間にはさまれて、私の新しい街は、私自身にもひけをとらない醜悪さを持っているように見えた。あまりに急速に発展したので――一九四七年と比べて、人口は四倍になっていた――この街は巨大な小人とでも言うべきいびつな塊になってしまった。十六歳の誕生日に、私はランブレッタのスクーターを買ってもらった。この窓のない乗物で街中を走りながら、私はスラム居住者の運命論的な絶望と金持のよそよそしい警戒心をいやというほど吸い込んだ。貧困と狂信の臭跡に引き込まれ、長い暗黒街の通廊に誘い込まれてゆくと、その果てにこの世で最も年老いた娼婦タイ・ビビのいるドアに行き着いた……いや、これは先走りすぎである。カラチの都心に、アリア・アジズの家があった。クレイトン・ロードに面した大きな古い建物で(彼女は他に誰一人住む者もないこの家のなかを長年、幽霊のようにさまよい歩いていたにちがいない)、影がさしペンキが黄変していて、午後ともなると近所のモスクの光塔《ミナレット》の責めさいなむような長い影が落ちてきた。何年ものち、マジシャンのゲットーで、もう一つのモスクの影、少なくともしばらくの間は保護されたおだやかな安全地帯と思えた影のなかで暮らした時でさえ、私はカラチで形造られたモスクの影なるものの印象を決して忘れてはいなかった。この影のなかで私は伯母の偏狭な、摑まえて非難するような臭いを嗅ぎつけた。彼女はじっと待っていた。そしていざ復讐を始めた時、それは手ひどいものであった。

当時、カラチは蜃気楼の街だった。それは砂漠を削り取って造った街で、砂漠の力を撃退することに完全に成功しているとは言えなかった。エルフィンストーン街の路上では溶けたアスファルトが点々とオアシスのように光り、黒川橋《カーラー・プル》界隈に並ぶあばら屋の間には隊商宿がちらほらと見えた。この雨の降らない街(私の故郷の街とこの街の唯一の共通点は、どちらもはじめは漁村であったことだ)では、隠れた砂漠が幻を出現させる太初さながらの力を保持していて、その結果、カラチ人はきわめて不確かな現実把握しかできず、それゆえ、何が現実で何が非現実かの判断を指導者たちに委ねたがっていた。幻の砂丘や昔の王の幽霊につきまとわれ、またこの街の拠って立つ信仰の名前は「服従」を意味することを片時も忘れられないとあって、私の新たな仲間となった市民たちは、黙従という完全に煮沸消毒ずみの臭いを発していた。これは離別の時——どたん場に、束の間ながら——ボンベイのスパイスのきいた反順応主義の香りに触れた鼻にとって、まことに味気ないものであった。

到着後まもなく——おそらくはクレイトン・ロードの家のモスクの影の空気に息がつまったからだろうが——父は新しい家を建てる決意をした。父は「ソサイアティーズ」即ち新しい住宅造成地の最上等の区域に土地を買った。十六歳の誕生日にサリームはランブレッタを手に入れただけではなかった——へその緒のオカルト的な力を学び知りもしたのだ。

塩水に漬かって父のたんすのなかに十六年間も閉じこめられ、こんな日の来るのを待っていたものは何か？　古いピクルスの壜のなかを水蛇のように漂い、私たち一家の船旅に同行したあと、固く不毛なカラチの土のなかに埋められることになったものは何か？　かつては子宮内の生命を養い——今は土に奇跡の生命を注入し、中二階つきアメリカ風のモダンなバンガローを産み出したものは何か……？　謎々はこれくらいにして、説明しよう。私の十六歳の誕生日に、私の一家は（アリア伯母さんも含めて）コーランギー・ロードの地所に集まった。労働者たちの目とイスラム法学者《ムラー》の顎ひげに見つめられながら、アフマドはサリームにつるはしを渡した。私はくわ入れをした。「新しく始めるのよ」とアミナは言った。「アッラーの思し召しならば《インシャラー》、みんな新しい人間になれるでしょう」母の崇高ではあるが達成不能な願いに促されて、一人の人夫がすばやく私の穴を拡大した。いよいよピクルスの壜が取り出された。塩水が乾いた地面にあけられた。なかに残ったものがムラーの祝福を受けた。それから一本のへその緒――それは私のものか、シヴァのものか？――が土の中に入れられた。そしてさっそく、一軒の家が建ちはじめた。お菓子と甘い飲み物が出された。イスラム法学者は目を見張るばかりの食欲を発揮して、ラドゥーを三十九個も平らげた。アフマド・シナイは出費のことで一度たりとも愚痴を言いはしなかった。埋められたへその緒の霊は人夫たちを鼓舞した。しかし土台は深く埋め込まれたものの、だからといって私たちがまだ住みもしないうちにこの家が倒れないという保証にはなるまい。

　へその緒をめぐって感じたことを書いておこう。それは家を養う力を持つものではあるが、へその緒によりけりで、この仕事に向いているのといないのとがあるのだ。カラチの街が私の感想を証明していた。明らかにまったく不向きなへその緒の上に建設されたこの街は、生命線に欠陥のある、発育不良の背中が曲がった子供のような醜い家、外を見られる窓が一つもない不思議な盲目の家、ラジオやエアコンや監獄の独房のような恰好をした家、酔っぱらいのようにきまってドサッと簡単に転んでしまう、馬鹿げた頭でっかちな建物でいっぱいだ。野放図に拡張された精神病院といったところであり、居住地としての劣悪さは桁外れだったが、もっと桁外れなのはその醜悪さだった。この街はどうにか砂漠を覆いかくしてはいたが、へその緒かそれとも土地の不毛さか、そのどちらかがこの街をグロテスクなものにしていたのだ。

人の悲喜を嗅ぎとることができ、目をつぶっていても賢さと愚かさを嗅ぎ分けることができる状態で、私はカラチに、そして思春期にたどりついた――もちろん、亜大陸の新しい二つの国家と私は一緒に幼年期を脱したのだという自覚、そして声を出すのが次第に辛くなり、奇妙なきまりの悪い声変わりが私たち皆にそのうち起こるぞという自覚は持っていた。排水は私の内面生活を根こそぎにした。だが亜大陸の歴史と結びついているという意識は排水されずに残った。

サリームは過敏な鼻のみで武装してパキスタンへ侵入した。だが何よりまずかったのは、間違った方角から侵入したことだ！　この地域への成功した征服はすべて北から始められた。すべての征服者は陸づたいに到来した。愚かにも歴史の風向きに逆らって、私は南東から海づたいにカラチ入りした。だからこれから起こることに驚いてはいけなかったのだろうと思う。

　歴史を振り返ってみれば、北から襲うのが有利なことは自明である。北から来た人をあげると、ウマイヤ朝の将軍たち、ハジャージ・ビン・ユースフとムハンマド・ビン・カシムがいる。そしてイスマーイール派（シーア派の一分派）がいる。（ところでアーリー・カーン（一九一一―六〇年。イスマーイール派第四十八代イマームの次男で、有名なプレイボーイ）がリタ・ヘイワースと滞在していたといわれるハネムーン・ロッジは、へその緒を埋めた私の家の地所を見おろしていた。この映画スターは色とりどりのとてつもない薄もののハリウッド風ネグリジェを纏って庭を歩きまわり、物議をかもしたという噂もある。）ああやはり、どうしても北に分があるわけだ！　ガズナ朝のマフムードが、Sの文字を三種類も持つ言語をひっ提《さ》げてインダス平野に攻め込んできたのは、どの方角からだったろうか？　答えは決まっている。ث《セ》もس《スィン》もص《スワド》も北からの侵入者だった。ガズナ朝を倒し、デリーのカリフ統治を確立したムハンマド・ビン・サム・グーリは？　そう、このサム・グーリの息子も南をさして進んだのだ。

　それにトゥグルク（南アジアにおける三番目のムスリム王朝であるトゥグルク朝〔一三二〇―一四一三年〕の祖）、そしてムガル朝の皇帝たちは……いや、もう説明は十分だろう。ただこうつけ加えておけばよかろう。軍隊だけではなく思想もすべて北の高地から南へ南へ南へとなだれこんで来たと。カシミールの偶像破壊者《ブット・シカン》シカンダルの伝説がある。この人は十四世紀の終りに、谷間にあったヒンドゥー教の寺という寺を破壊し(私の祖父のために前例をつくってくれたわけだ)、丘陵から川沿いの平野へと降りて来た。五百年後、サイード・アフマド・バリールヴィ(一七八六―一八三一年。対英聖戦を説く)を中心とするムジャヒディーン運動(十九世紀初頭、現在のパキスタン北西辺境地方を中心に起こったイスラムの反英「聖戦士」の運動)は、よく踏みならされた道を通ることができた。バリールヴィの思想はといえば、自己否定、ヒンドゥー憎悪、聖戦であった……王だけではなく哲学も(簡単に言えば)私とは反対方向からやってきたのだ。

サリームの両親は言った、「みんな新しい人間にならなくちゃね」と。清浄者の国では清浄さが理想になった。だがサリームは永遠にボンベイ性に染まっていた。彼の頭にはアッラーの宗教以外にも、あらゆる宗教がいっぱい詰まっていた(インド最初のムスリムである、マラバル(ケーララ州の海岸地方)に住みついた商人階級のモープラーたちと同様、私もまた、神々の人口が住民の数と張り合っている国に生きてきた。だから閉所恐怖症を起こすほどの神々のひしめきに対する無意識的な抵抗によって、私の一家は信仰ではなくビジネスの倫理を身につけたのだ。) しかも彼の肉体は不浄なものを求めてやまなかった。モープラーたちのように私も適応不能となる運命にあった。だがしまいには私も清浄に捕えられ、そんな私、サリームでさえも不徳の汚れを洗い浄められてしまった。

十六歳の誕生日のあと、私はアリア伯母のカレッジで歴史を習った。だが歴史を習ったからといって、真夜中の子供たちのいないこの国の一部として自分を感じることはなかった。何しろこの国では学生たちがより厳しい、よりイスラム的な社会を要求してデモをする始末なのだ——こうして彼らは規則を減らすことよりむしろより多くの規則を求めることによって、世界の他の地域の学生たちのアンチテーゼとなりおおせていたのだ。しかし両親は根をおろす決意を固めていた。アユーブ・カーンとブットは中国（つい最近まで敵だった）と同盟を結ぼうとしていたが、アフマドとアミナは新しい故郷に対する批判には耳を貸そうとしなかった。父はタオル工場を買い取った。

この頃の両親には新しい明るさがあった。アミナは罪の霧が晴れ、イボの苦痛も峠を越したかに見えた。アフマドはまだ白く凍《い》てついていたが、股の凍結は新たに見出された妻への愛のぬくもりによって、解けはじめていた。朝、アミナは首筋に歯の痕を見つけることがあった。時として彼女は女生徒のように笑いころげた。「ほんとに二人とも新婚夫婦か何かみたい」とアリアは言った。だがアリアの歯の奥に何が隠されているか、私は嗅ぎとることができた。親しげな言葉が吐かれる時、その奥にあるものだ……アフマド・シナイはタオルを妻にちなんで、アミナ印と名づけた。

「この大金持たちがどうしたってんだ？　ダウード、サイゴル、ハルーンがさ」彼はこの国最大の財閥を軽く一蹴するような調子で陽気に言った。「ヴァリカやズルフィカルがどうした？　十把ひとからげにやっつけてやる。待ってろよ！」そして約束した、「一年後には世界中の人がアミナ印のタオルで体をふくようにしてやるぞ。最良のテリー・クロス！　最新型の機械！　世界中の人に洗ったり干したりさせてみせるぞ。ダウードとズルフィカルはおれの秘訣を知りたがるだろう。おれは言ってやるさ、ああ、タオルは上等だよ、だけど秘訣は製法にあるわけじゃない。制覇の鍵は愛情さ、とね」(私は父の言葉のなかに、楽天主義のウイルスの影響がまだ残っていることを見てとった。)

アミナ印は(……せめて)清潔の名において世界を制覇したろうか？　ヴァリカやサイゴルがアフマド・シナイを訪ねてきて、「やれやれ《ゴッド》、負けたよ、君《ヤール》、どんなやり方してるんだい」と聞いたろうか？　アフマド自身が考案した模様入りの高級テリー・クロス——ちょっとけばけばしいが、心配ご無用、こいつは愛から生まれたものなので——は、パキスタン人と輸出市場の汗をふいたろうか？　ロシア人、イギリス人、アメリカ人は私の母の不滅の名前のなかに体をくるんだろうか？……アミナ印の話はここでしばらく中断せざるを得ない。ジャミラ・シンガーの出世がいよいよ始まるからだ。クレイトン・ロードのモスクの影になった家に、パフスおじさんが訪ねてきた時のことだ。

彼の本名はアラウッディン・ラティフ（退役）少佐といった。彼は私の妹の声のことを「親友のズルフィカル将軍から」聞いてきたのだった。「一九四七年に国境警備隊にいた時、将軍とご一緒してまして」ジャミラの十五歳の誕生日の少しあとに、彼はアリア・アジズの家にやって来て、金歯だらけの口を開けて、にっこり笑ったり、自慢したりした。「わたしは単純な人間でしてね」と彼は話をはじめた。「あの有名な大統領と同じです。現金は安全な所に置いています」大統領と同じく、少佐は真ん丸い頭をしていた。しかしアユーブ・カーンとは違って、軍籍を離れ、ラティフはショー・ビジネスの世界に入っていた。「パキスタンでは誰にも負けないナンバー・ワンの興行師ですよ、ご主人」と彼は父に言った。「何といっても組織力です。軍隊での古い習慣でしてね。これはもう体にしみついてます」そこでラティフ少佐は用件に入った。ジャミラの歌を聞かせて欲しいというのだ。「うかがってきたお話の二パーセントでもうまく歌えたら、ようございますか、有名にしてごらんにいれます！　そうですとも、もちろん一夜にしてです！　契約です。必要なのはそれだけ。契約と組織。この（退役）ラティフ少佐が運命を握っているのです。アラウッディン・ラティフがです」と彼は金歯をぴかぴか光らせながらアフマド・シナイに強調した、「この話はご存じかな？　わたしが陽気な古いランプをこすると、妖魔《ジニー》が名声と幸運を運んできてくれるんです。娘さんをお預かりするのは、まったく確かな人間です。まったく確かなね」

ジャミラ・シンガーの大勢のファンにとっては、アフマド・シナイが妻に恋する男であったことが幸いした。自分の幸福に酔っていた彼は、ラティフ少佐を立ちどころに撃退することができなかった。私も今なら分かるのだが、両親はこの時すでに、娘の才能は非凡すぎて、親もとに引き留めておけるものではないという結論を出していたのだ。娘の天使のような声の崇高な魔法が両親に、才能というものの不可避な責務を教えはじめていたのだ。しかしアフマドとアミナは一つの懸念を持っていた。「あの娘は」とアフマドは言った——表面下ではいつも彼は夫婦のうちでより古風な方であった——「何しろちゃんとした家の娘なんですよ。あなたはあの子を大勢の見知らぬ男たちの前でステージに立たせたいとおっしゃるわけだが……?」少佐は侮辱されたような表情を浮かべた。「お言葉ですが」と彼は厳しい調子で言った。「このわたしを無神経な男とお思いのようですな。わたしも娘の父親です。それもありがたいことに、七人の。それで娘たちのために小さな旅行案内所を設けたようなわけです。とは申しても、あくまで電話だけによるもの。娘たちをオフィスの窓口に坐らせようなんてことは夢にも思ってはおりません。実はですな、これがこの街一番の電話による旅行案内所なのです。実のところ、うちでは列車の機関士までイギリスへ送ります。バス運転手《ワーラー》もです。いや、わたしが申し上げたいのは」と彼は急いでつけ加えた、「あなたの娘さんはわたしの娘たちと同等の尊敬をもって遇されるということです。いや実はさらに大きな、です。何しろ娘さんはスターになるわけですので！」

ラティフ少佐の娘たち——サフィアとラフィアと以下五人の何とかフィアたち——は、私の妹のなかに残ったモンキー的残滓によって、ひとまとめにして「ザ・パフィアズ」と呼ばれることになった。父親のあだ名は、はじめ「パフィアおやじ」だったが、のちに——多少尊敬をこめて——パフスおじさんというところに落ち着いた。彼は約束を守った。六ヵ月後にジャミラ・シンガーは何枚ものヒット・レコードを持つことになる。そして大勢の崇拝者も。何もかも。とはいえ、まもなくわけを説明するが、顔だけは見せないのだ。

パフスおじさんはわが家の常客になった。ほとんど毎日クレイトン・ロードの家にやってきた。ちょうどカクテル・アワーと呼び慣れていた時間帯に、ザクロのジュースを飲み、ジャミラに何か歌ってくれと頼むために、やってくるのだった。いとも気立ての優しい女の子に成長していたジャミラは、いつも願いを聞きいれた……その後で彼は喉に何か刺さりでもしたかのように咳払いをし、陽気に、結婚に関する冗談を私相手にとばすのだった。二十四カラットの笑顔で私の目をくらませながら、「嫁をもらう時はだな、お若いの。よーく聞いときなさい。頭が良くて歯が悪い娘を選ぶことだ。そうすりゃあんたは、伴侶と金庫を一緒にしたのを手に入れることになるのさ！」パフスおじさんの娘たちは、みなこの条件に合致しているというのだった……私は当惑するが、彼がなかばただの冗談で言っているのを嗅ぎとって、「あー、パフスおじさん、まいったな！」と叫んだ。彼は自分のあだ名を知っていて、しかもそれが気に入っていた。彼は私の太腿を叩いて言った。「思い切ってやってみないか？　どうだい、わたしの娘をどれか選びなさい。必ず歯は全部抜いておかせる。君が結婚する時までに、持参金《ダウリ》として百万ドルのぴかぴかの笑顔を用意しておくぞ！」そこまでくるといつも、母が何とか話題を変えるのだった。入れ歯がいかに高価なものであっても、母はパフスおじさんの着想に気乗りしてはいなかった……最初の晩にジャミラは、のちにもしばしばそうしたように、アラウッディン・ラティィフ少佐に向かって歌った。彼女の歌声が窓から流れ出すと、車の往来が止まった。鳥も歌うのをやめた。通りの向こう側のハンバーガー・ショップではラジオのスイッチが切られた。通りには大勢の人が足を停めていた。妹の声が彼らの頭上を流れていた……彼女が歌い終わった時、気がついてみると、パフスおじさんは泣いていた。

「こりゃ、宝石だ」と彼は言って、ハンカチで鼻をかんだ。「シナイさん、奥さん、このお嬢さんは宝石です。まったく感服いたしました。いやあ、感服です。これで黄金の声は黄金の歯にもまさることが証明されたわけです」

　ジャミラ・シンガーの名声が高まって、公開コンサートを開かないわけにはいかなくなった時、パフスおじさんは、彼女がひどい交通事故で大怪我をしたことがあるのだという噂を流した。彼女の有名な、体をすっぽりと隠す白い絹のチャドルを考案したのもラティフ(退役)少佐である。それは豪華な金欄の刺繍と宗教的な手書き文字の入ったカーテンないしはベールで、彼女が公演をする時はいつもその陰に慎み深く坐るのだった。ジャミラ・シンガーのチャドルは、これまた頭から足まで(もっと粗末な)ベールをかぶった二人の屈強な、筋骨逞しい人物によって支えられていた――公式の説明ではこの二人は彼女の女性従者とされていたが、その性別はベール《ブルカ》の外からは何とも断定しようがなかった。チャドルの真ん中に少佐は一つの穴をあけた。直径三インチ。周囲はこよなく美しい金糸で縁取りさせた。かくしてわが家の歴史はまたしても一国家の運命になった。というのは、ジャミラが金糸の穴に唇を当てて歌う時、パキスタンは、金色と白の穴あきシーツを隔ててちらと見えるだけの十五歳の少女と恋に落ちたからである。

　事故の噂が彼女の人気を最終的に確固たるものにした。彼女のコンサートはカラチのバンビーノ劇場を満員にし、ラホールのシャーリマール庭園《バーグ》をいっぱいにした。彼女のレコードは常に売上げチャートのトップにあった。彼女が「パキスタンの天使」「国家の声」「信仰のブルブル」などと謳われる公共財産になり、毎週千と一人から熱烈な結婚申し込みを受けるようになり、全国民のアイドルとなって、家庭内での地位をはるかに超えた存在となるにつれ、彼女は名声という双子のウイルスの犠牲になった。第一のウイルスによって彼女は自分の公的イメージの犠牲になった。事故の噂のために彼女は四六時中、在学中のアリア伯母さんの学校でさえ、金と白のブルカを着けていなければならなかったのだ。第二のウイルスによって彼女は自分を誇張し単純化する癖がついた。これはスターダムの避けがたい副作用である。彼女のなかにすでに現われはじめていた盲目的かつ人を盲目にもする献身性と、正邪どちらとも決めがたいナショナリズムが、今や彼女の人格を支配しはじめ、他のほとんどすべてのものを押しのけるようになった。広告は彼女を金色のテントのなかに閉じ込めた。新しい国家の娘となった彼女は、次第にモンキー時代の子供らしさよりも、国家的名士《ペルソナ》としての一番いやな面が鼻につくようになった。

ジャミラ・シンガーの声はラジオのボイス・オブ・パキスタン放送からたえず流されていたので、東西両翼の村々で、彼女は疲れを知らぬ超人的存在、昼夜ぶっ通しで国民のために歌いつづける天使として見られることになった。アフマド・シナイは娘の仕事についてわずかながら不安を残していたが、それも彼女の莫大な稼ぎによって静められた(かつて彼はデリーの人間だったが、今では金銭を最も重視する、心底からのボンベイ・ムスリムになっていた)。彼は娘にこう言って聞かせるのを好んだ。「いいかね、品位、純潔、芸術、そしてよきビジネス感覚、これらはみな同じものなんだよ。この賢明なお父さんはそれを実践してきたんだ」ジャミラはにっこり笑って賛同した……彼女は痩せぎすのきかん坊娘から、ほっそりした、目尻の上がった、金色の肌をした美女に成長しようとしていた。髪の毛はその上に坐れるほど長く伸ばされていた。鼻さえも恰好がよかった。「わたしの一族の高貴な体形が娘に強く出たわけです」とアフマド・シナイは誇らしげにパフスおじさんに語った。パフスおじさんは胡散臭そうな、ぎこちない視線を私に向けて、咳払いをした。「いやまったく美しい娘さんですな」と彼は父に言った。「とびきりの別嬪です。まちがいなく」

万雷の拍手が妹の耳に聞こえない時はなかった。最初の、今や伝説になっているバンビーノ・リサイタルでのこと(私たちはパフスおじさんが用意してくれた席に坐っていた――「この劇場のまったく最良の席!」に――揃いも揃ってベールをかぶった彼の七人の娘たちのとなりに……パフスおじさんが私の脇腹をつついた。「ほら――選ぶんだよ！　よりどりみどりだ。考えておくんだよ。持参金をつけるからね！」私は赤面し、ステージをじっとにらんだ）。「ワー、ワー！」という叫びが時どきジャミラの声よりも高く上がった。ショーのあとでジャミラは花束の海に溺れるようにして楽屋にいた。私たちが国民的な愛の花の咲き誇る芳香楽園を掻き分けて進んで行ってみると、彼女は気絶せんばかりの状態にあった。それも疲労のせいではなく、花が部屋中に充たしたむせかえるような称賛の芳香のために。私まで頭がふらふらになりかけた。とうとうパフスおじさんは窓を開けて、大量の花を投げはじめると、それをファンが拾った――そして彼はこう叫んだ、「花は美しい、ほんとさ。しかし国民的ヒロインといえども空気が必要だ！」と。

　ジャミラ・シンガー（とその家族）が大統領官邸に招かれて胡椒入れの指揮官のために歌った晩にも、拍手があった。公金横領とスイスの銀行口座のことが外国の雑誌に報じられたことも知らずに、私たちは自分を磨いてぴかぴか光っていた。タオル産業にたずさわっている一家は非のうちどころなく清潔でなければならなかった。パフスおじさんは特別念入りに金歯を磨いた。そしてパキスタン建国者で偉大な指導者《カーイデ・アーザム》ムハンマド・アリー・ジンナーと、暗殺された彼の友人で後継者でもあるリヤーカト・アリー（一八九五―一九五一年。パキスタンの初代首相）の花輪で飾られた肖像が見おろしている大ホールで、穴あきシーツをかざしてもらいながら妹は歌った。ジャミラの声はついに鳴りやんだ。金糸で縁取りされた声のあとに金モールの声が続いた。「ジャミラさん」とその声は言った、「あなたの声は清浄さを守る刀となるでしょう。兵士たちの魂を浄める武器となるでしょう」アユーブ大統領は自分で認めているように、単なる兵士だった。彼は私の妹のなかに、指導者への信頼と神への信仰という単純な兵士の徳目を注入した。彼女は「大統領閣下のご意志はわたくしの心の声です」と答えた。穴あきシーツの穴を通して、彼女は愛国心のために献身した。特別謁見室《ディーワーネ・ハース》に上品な喝采が起こった。バンビーノ劇場の群集のような熱狂的な騒ぎではなくて、金ぴかの勲章と肩章を身につけた軍人たちの抑制のきいた賛辞であり、うれし泣きしそうな両親の拍手だった。「いや、まったく素晴らしい！」とパフスおじさんが小声で言った。

私が嗅げるものを、ジャミラは歌うことができた。真理と美、幸福と苦痛。それぞれは別々の香りを持っていて、私の鼻で嗅ぎ分けられた。またそれぞれはジャミラの歌のなかで、理想的な声を見出した。私の鼻と彼女の声。両者はまさに相補的な才能だった。しかし両者は離れつつあった。ジャミラは愛国的な歌を歌ったが、私の鼻はたえず侵入してくるいやな臭いをじっくり味わうのが好きだった。アリア伯母の恨み、級友たちの閉ざされた心のいつも変わらぬ強い悪臭など。したがって彼女は雲のなかへ昇っていき、私は溝《どぶ》のなかへ落ちていった。

今から振り返ってみると、私はすでに彼女に恋をしていたのだと思う。人から言われるよりずっと前に……サリームの口には出せない妹愛のあかしはあるのか。それはある。ジャミラ・シンガーは消え去ったブラス・モンキーと共通の好物を一つ持っていた。彼女はパンが好きだった。チャパティやパラタやタンドゥーリ・ナンが？　そうなのだが、しかし。なるほど。それでは、酵母入りのが好きだったのか？　そうなのだ。妹は——その愛国心にもかかわらず——いつも種入りのパンを好んだ。さてカラチ中で、上質のイースト入りパンが手に入る所はどこだったろう？　パン屋ではない。この街で最良のパンは木曜の朝、サンタ・イグナシア隠れ教団の修道女たちによって、こんなことでもなければ塞がっている壁のくぐり戸から手渡されるのだ。私は毎週ランブレッタのスクーターに乗って、妹のために尼僧たちが焼いたばかりの温かいパンを運んできてやった。長蛇の列をもいとわず、尼僧院界隈の狭い通りに漂っている、台所とトイレのぷんと鼻をつく臭いをものともせず、またほかにしなければならないことがたくさんあったにもかかわらず、私はパンをもらいに出かけた。私の中に批判はまったくなかった。キリスト教とたわむれた頃の最後の名残りが、信仰のブルブルという新しい役割と矛盾しはしないか、などと妹に訊ねたことは一度もなかった。

自然に反する愛の起源をたどることは可能だろうか？　歴史の中心にいたいと願っていたサリームは、妹のなかに自分の生涯の希望を見出して思慕のとりこになったのか。切開されて、もはや洟たれ小僧ではなくなったこの男は、包丁の傷痕のある乞食娘スンダリと同じ〈真夜中の子供たち会議〉の落伍者として、自分の妹が獲得した完全無欠さに惚れたのか。かつての祝福された者《ムバラク》である私は、自分の最も内密な夢が妹のうちに実現されているのを見て崇拝の念に打たれたのか……私に言えることはただ、十六歳の脚でスクーターに跨がって娼婦たちの臭跡をたどるようになるまでは、自分に何が起こっていたのか知らずにいたということである。

アリアの怒りが燻《くすぶ》っていた頃、アミナ印タオルの初期の頃、ジャミラ・シンガーがもてはやされていた頃、へその緒の命令によって建てられた中二階つきの家がまだ完成からはほど遠かった頃、私の両親の遅咲きの愛が咲いていた頃、清浄者の国の何とも不毛な確信に囲まれながら、サリーム・シナイは自分と折り合いをつけることにした。彼が悲しくなかったというのではない。ただ自分の過去を詮索するのがいやで、彼は同年輩のたいていの少年と同様に陰気で、協調性を欠き、ニキビが出ていたことを認めておこう。真夜中の子供たちの来訪がなくなった後の夢は、吐き気のするほどのノスタルジアに充たされた。だから彼は、五官を圧倒せんばかりの後悔という濃密な麝香《じゃこう》にむせながら目を覚ますことがよくあった。一、二、三、と進んでゆく数の悪夢、そして強く絞めつけて殺す力の強い両膝の悪夢があった……しかし新しい贈物があり、ランブレッタのスクーターがあり、(まだ意識されてはいなかったが)妹に対する卑屈で服従的な愛があった……語り手たる私の目をすでに描かれた過去から離して、サリームは、ここからのち、まだ描かれていない未来に目を向けることに成功したのだ、と私は言いたい。伯母の妬みの鼻をつく臭いが充満して息苦しい家から、そして同じくらいいやな臭いの立ちこめている学校《カレッジ》から可能なかぎり逃げ出して、私はモーターつきの馬に跨がり、カラチの街の嗅覚的探訪に出かけた。祖父がカシミールで横死したという報に接したあと、私は過去を現在という濃厚な、沸騰する匂いのシチューのなかで煮しめてやろうと決意を新たにした……ああ、カテゴリー化以前の眩しい無垢な日々よ！　私がそれに形を与える前には、匂いは渾然としたまま私のなかへ流れ込んできた。フレレ・ロードの美術館の庭園に落ちている動物の糞のもの悲しい腐臭、夜の盛り場《サダル》にゆるいパジャマ姿で手を握り合っている青年たちの膿疱だらけの体の臭い、吐き出されたキンマの実のナイフのように鋭い臭い、キンマとアヘンの混じり合った、苦くて甘い臭い。エルフィンストーン街とヴィクトリア・ロードの間の行商人がうようよしている横町には「ロケット・パーン」を吸っている連中がいる。駱駝の臭い、車の臭い、ブユのようにうるさいモーター・リキシャの臭い。密輸タバコと「ブラック・マネー」の香り《アロマ》、市営バスの運転手たちの競い合っている臭いとスシ詰めの乗客たちの単純な汗の臭い。(その頃あるバス運転手は他社のライバルに追いぬかれて強烈な臭いを発し——敗北の、嘔吐しそうな臭いがあちこちの腺から溢れ出たのだ——ついにある晩、彼は自分のバスを敵の家まで乗りつけ、哀れな相手が出てくるまで警笛を鳴らし、私の伯母のような復讐の臭いのしみついた車輪の下にひき殺した。)あちこちのモスクから礼拝の匂い《イトル》が流れてきた。旗のゆれている陸軍の車から朗々と力のこもった臭いがしていた。映画の広告板のなかでさえ、私は、輸入もののマカロニ・ウェスタンの下品な安っぽい臭いと、この上なく暴力的な格闘技映画とを嗅ぎ分けることができた。しばらく私は麻薬患者のようになり、頭は複雑な臭いに囲まれてくらくらした。だがその状態が過ぎると、形を求める圧倒的な欲望が自己主張を始め、私は生きながらえることができた。

印パ関係が悪化した。国境は閉鎖されたので、私たちはアーグラへ出かけて祖父を弔うことができなかった。修道院長のパキスタン移住もいささか遅れた。その間サリームは臭いの一般理論を構築しようとはげんでいた。分類の手続きはすでに始まっていた。私はこの科学的アプローチを祖父の科学的精神に対する私なりの敬意の表現と考えていた……まず私は識別技術を磨いて、ついにキンマの実の無数の種類、そして(目をつぶったまま）炭酸飲料の十二の現行ブランドを区別できるようになった。（アメリカの論説委員ハーバート・フェルドマンがカラチにやって来て、この街には十二種もの炭酸飲料がありながら、壜詰ミルクの供給会社は三つしかないことを嘆くずっと以前に、私は目隠しして坐ったまま、パコラとホフマンズ・ミッション、シトラ・コーラとファンタを区別することができた。フェルドマンはこれらの飲み物を資本帝国主義の現われと見なした。どっちがカナダドライでどっちがセブンアップかを嗅ぎ分けられ、ペプシとコークを間違いなく区別できた私は、それらの微細な嗅覚テストにパスすることにより大きな関心があった。ダブル・コーラとコーラ・コーラ、ペリ・コーラとバブルアップは目隠ししたまま言い当てられた。）物質的な臭いは完全に征服したという自信がつくと、今度は私にしか嗅げないほかの香りの方に進んだ。即ちさまざまな情緒、われわれを人間たらしめている千と一つの衝動、つまり愛と死、強欲と謙譲、裕福と貧乏などが、ラベルを貼られて私の精神の仕切りのなかにきちんと整頓された。

整理のための手はじめの仕事はこうだった。私は色によって臭いを分類しようとした――煮沸《ひ》中の下着と『デイリー・ジャング』の印刷インクは同質の青さを持っていたし、古いチーク材と放りたてのおならはともに暗褐色をしていた。自動車と墓地はまとめて灰色に分類された……また重さによる分類があった。フライ級の臭い（紙）、バンタム級の臭い（石鹸で洗いたての体、草）、ウェルター級（汗、夜の女王《クイーン・オブ・ザ・ナイト》（サボテンの一種））。シャーヒー・コールマー（ムガル風肉料理。「シャーヒー」は「王の」という形容詞）と自転車油は私の分類法ではライトヘヴィー級であった。怒り、パチョリ（シソ科の植物）、裏切り、糞はヘヴィー級の卑しい臭いに属していた。次に幾何学的分類方式。これでいくと、歓喜は丸く、野心は角ばっていた。楕円形や卵形や正方形の臭いがあった……鼻の辞典編纂者である私は、ブンダー・ロードやPECHS（カラチ郊外の高級住宅地）を走った。鱗翅《りんし》類学者の私は、蝶をとらえるように鼻毛のネットで臭いをとらえた。哲学誕生以前の何と素晴らしい旅よ！……だが、私の仕事に何か価値を持たせたいなら、道徳的次元を獲得しなければならない、そして唯一の重要な分類は、良い匂いと悪い臭いの無数のこまかな序列化である、ということにすぐ気がついた。道徳の決定的な本質を理解し、匂いは聖でも俗でもあり得ることを嗅ぎとっていた私は、スクーターの孤独な旅を続けながら、鼻の倫理学を構想した。

　聖なる匂い――女性隔離《パルダ》のためのベール、ハラル・ミート（イスラムの律法にのっとって屠られた動物の肉）、勤行時報係《ムエジン》の塔、礼拝マット。俗なる臭い――西洋音楽のレコード、豚肉、アルコール。私には分かってきた。なぜイスラム法学者《ムラー》（聖）が断食明けの祭り《イード・ル・フィトル》の前の晩に飛行機（俗）に乗るのを断わったかが。たとえ新月をよく見るためであっても、なぜ神聖の対極にある秘密の臭いのする乗物に乗ろうとしなかったかが。イスラムと社会主義が嗅覚的に両立不能であること、シンド・クラブ会員のひげ剃りあとのクリームとクラブの門の前に寝ころんでいる乞食たちの貧乏臭との間には譲歩しえぬ対立が存在することも分かった……まだまだたくさんある。だが私は一つの醜悪な真実を確信するに至った——その真実とは、聖なる匂い、良い匂いは、たとえ歌っている時の妹のまわりに漂っているものであっても、まったく私の興味をひかないということであった。ところが溝《どぶ》の臭いはたまらない魅力を持っているように思えた。おまけに私は十六歳だった。ベルトの下、ダックホワイトのパンツのなかで何かがうごめいていた。女性を閉じこめてしまう街には必ず娼婦がいっぱいいる。ジャミラは聖性と愛国を歌い、私は俗塵と情欲を探求した。(金ならいくらでもあった。父は優しくなったばかりか、気前もよくなったのだ。)

いつになっても完成されないジンナー廟で、私は街の女を拾った。他の若者たちもここへ来てアメリカ娘を誘っては、ホテルや水泳プールへ連れて行っていた。私は自分の独立性を保つため金を払うことを選んだ。ついに私は娼婦のなかの娼婦を嗅ぎ分けた。彼女の才能は私の才能の鏡だった。名前はタイ・ビビと言い、年齢は五百十二歳だと言っていた。

だが、彼女の匂い！　それはサリームがこれまでに嗅いだ最も豊かな匂いだった。彼はそのなかにある何か、いわば歴史的壮厳さとでもいうべきものによって魅惑された……彼はいつのまにかこの歯のない女に言っていた。「君の齢なんか、どうだっていい。問題はこの匂いだ」

（「あら」とパドマが口をはさむ。「何てことよ――よくもまあ」）

彼女はカシミールの船頭とは何の関係もなさそうであったが、その名前は何よりも強い引力を持っていた。「坊や、わたしは五百十二歳なのよ」というのはサリームをからかうつもりの言葉だったのかもしれないが、それでも彼の歴史意識は呼び覚まされた。私の言うことを、どうとでも好きなように取るがいい。ある蒸し暑い午後を、私はある棟割長屋《チョール》の部屋で過ごした。そこには蚤《のみ》のうじゃうじゃいるマットレスと裸電球があり、世界中でもっとも年老いた娼婦がいた。

タイ・ビビを抗えないほど魅力的にしていたものは結局何か？　他の娼婦たちの追随を許さぬ、どんな手練手管を心得ていたのか？　われらがサリームの新たな知覚力を与えられた鼻孔を狂喜させたものは何か？　パドマよ、わが年を経た娼婦は自分の諸々の腺を完全に統御していて、自分の体臭を誰の体臭とでも調和するものに変えることができたのだ。エクリン腺とアポクリン腺が彼女の老いたる意志に従った。「立ったままさせようなんて思っちゃいけないよ。あなたにはとてもそれだけは払えないからね」などと言いはしたが、彼女の匂いの才能はたまらないほどのものだった。

（……「いやーね」と言ってパドマは耳に栓をする、「ほんとにあなたって、汚ならし

い男なのね、知らなかったわ！」……）

かくしてこの変わり者の、手のつけられない少年は、この年老いた娼婦と一緒にいた。「わたしは立つのはいやだよ。ウオノメがあってね」と彼女は言った。どうやら「ウオノメ」という言葉が彼を呼び覚ますようだった。彼女は、エクリン腺とアポクリン腺の機能の秘密をささやきながら、誰かの匂いを真似てみようか、と言った。どんな匂いか言ってくれたらやってみよう、試しているうちにきっと、そっくりの匂いを出してみせる、というのだった……はじめ彼はぐいと押し返した、だめだめ、だめ。しかし彼女がクチャクチャに丸めた紙のような声でさかんに誘うので、世界からも時間からも離脱して、この信じがたい、神話的なまでに年老いた老婆と二人きりになっていた彼は、ついに自分の奇跡的な鼻の鋭敏さを認めて、いろいろな匂いを説明しはじめた。するとタイ・ビビは彼の説明を模倣しはじめ、呆気にとられて眺めている彼の目の前で、試行錯誤のすえ、彼の母や叔母たちの体臭を再現することに成功した。あら、それが好きなのね、坊《サヒブザーダ》や、さあ、好きなだけ鼻を近づけるといいわ。まったく面白い子ね……そしてついに、偶然、そうなのだ、決して私が頼んだわけではなく、試行錯誤の間に突然、得も言われぬ芳香がこのひび割れた、皺くちゃの、革のかばんのように古びた肉体から漂

ってきた。今や彼は彼女が見ているものを隠すことができなくなった。あら、坊や《サビブザーダ》、やっと当ったわね、彼女が誰だか言わなくたっていいからね。これこそその人でしょう、たしかに。

これを聞いてサリームは「黙れ、黙れ」と言った——だがタイ・ビビは老人ならではの押しの強さで高笑いしながらたたみかけた。「あらまあ、あなたの恋人というのは、坊や《サビブザーダ》——誰なの？　いとこかしら？　いや違う。妹だね……」サリームは手を握りしめた。指が切断されているというのに、右手は今にも殴りかかろうとうずうずしていた……タイ・ビビが言った、「ああ、本当なのね！　妹なのね！　さあ、わたしをぶちたけりゃ、ぶつがいいよ。でもあなたは頭のなかで考えていることを隠すことはできないよ！……」サリームは衣服を拾い上げ、ズボンをはき、黙れ、ババアと言った。すると彼女は、分かった、とっとと出てお行き、でもお金を払わないなら、払う払う、ぼくを見損なわないでくれよ、ルピーが部屋のなかに舞う、五百十二歳の遊女のまわりをぐるぐる回る、さあ、金を取れよ取るがいいさ、でもそのもの凄い顔だけは見せないでくれ、すると彼女が、言葉に気をつけなさいよ王子様、あなただって大した美男子じゃなかろうに、身仕度ができると棟割長屋から飛び出す、ランブレッタ・スクーターが待っていたが、ガキどもがサドルに小便をかけてしまっていた、彼は大急ぎで走り去る、だが真実も一緒についてくる、タイ・ビビが窓から身をのりだして叫ぶ、「ねえ……妹と寝てる《バーンチュド》のね！　どこへ行くつもり？　真実はあくまで真実だからね……！」

読者は当然訊ねるだろう。本当にそんなふうだったのかと……彼女が五百何歳だなんて信じられるかと……しかし誓って、私はすべてを告白しているのだ。それにこれは重要なことなのだが、私はジャミラ・シンガーへの愛という口にするのもはばかられる秘密を、あの珍無類な娼婦の口と匂いの腺から教えられたのだ。

「ブラガンサ夫人の言う通りよね」とパドマが私をたしなめる、「男どもの頭のなかには汚物以外は何も入ってないということよ」私はそれを馬耳東風と聞き流す。ブラガンサ夫人とその妹のフェルナンデス夫人のことは、そのうちにきちんと話すことになるはずだ。差し当っては、後者は工場の経理係であり、前者は私の息子のめんどうを見てくれている人だ、とだけ言っておこう。まずはへそを曲げてしまったパドマ・ビビにまた熱心に聞いてもらうために、一つお伽話をするとしよう。

昔々、キーフという北の果ての藩国に一人の太守《ナワブ》（イスラム藩王）がいて、彼は二人の美しい娘と、同じくらい容姿のすぐれた一人の息子、そして真新しいロールスロイスと優秀な政治的仲介者たちを持っていた。この太守は熱烈に進歩を信じていた。だから彼は上の娘を羽振りのよい、高名なズルフィカル将軍の息子に嫁がせようと手配した。そして下の娘はほかでもない大統領の息子と縁組させようという大それた希望を抱いていた。この山に囲まれた谷間に姿を現わした最初の車であったロールスロイスはどうかといえば、彼はそれを子供たちと同じくらい愛していた。彼を悲しませたのは臣民たちだ。彼らはキーフ藩国の道路を喧嘩や痰壺攻め遊びのような社交の目的に使用することに慣れてしまい、太守の車が来てもどこうともしないのだ。彼は布告を出して、車は未来を象徴するものだから、通ることを許されねばならぬ、と説明した。この布告は店先、壁、そして噂によれば牝牛の横腹にまで貼り出されたのに、人びとは掲示を無視した。第二の掲示はずっと高圧的なものになり、市民は車の警笛を聞いたら直ちに道路をあけなければならない、と書かれた。しかしキーフ人たちはそれでも路上でタバコを吸ったり、唾を吐いたり、議論したりを続けた。第三の掲示には血腥い絵が入っていて、今後、警笛に従わぬ者は容赦なく轢き殺す、というものであった。キーフ人たちはポスターの絵に、もっとスキャンダラスな絵をつけ加えた。善人ではあっても忍耐力には限りがあった太守は、この時、脅し通りのことを実行した。有名な歌手のジャミラが家族と興行主を伴って、いとこの婚約式で歌うためにやってきた時、一行の車は国境から宮殿まで何の支障もなく走った。太守は自慢げにこう言った、「心配ありません。今や車は尊敬されています。進歩が起こったわけです」

　太守の息子のムタシムは外国を旅行し、「ビートル・カット」という髪型にしているが、父親にとっては悩みの種だった。彼は大変な美青年で、キーフ国内を旅行すると、銀のノーズリングをつけた娘たちが彼の美しさに見とれて卒倒するほどだったのに、本人はこうしたことに一切関心もなく、ポロ用の子馬と、おかしな西洋の歌を弾くためのギターだけで満足していたのだ。彼は、楽譜と外国の道路標識がピンクの肌をした娘たちの半裸体と一緒に描かれているブッシュシャツを着ていた。しかし金襴のブルカに身を包んだジャミラ・シンガーが宮殿に到着した時、美男のムタシムは彼女の顔を見たいという一念にとり憑かれた――外国旅行に出ていたので、彼女に事故の傷痕があるという噂は聞いていなかったのだ。穴あきシーツから彼女の落ち着いた目をちらと一瞥した時、彼は卒倒してしまった。

　その頃、パキスタン大統領は選挙を行うことを決定していた。それは〈基礎的民主制〉と呼ばれる投票形式で、婚約式の翌日行われることになっていた。一億人のパキスタン国民はほぼ等しく十二万ずつになるように分けられ、各部分がそれぞれ一人の〈基礎的民主制代議員〉を選出する。そして十二万の基礎的民主制代議員からなる「選挙人団」が大統領を選ぶという仕組である。キーフには四百二十名の代議員がいて、そのなかにはイスラム法学者《ムラー》、道路掃除夫、太守の運転手、太守の土地で小作人としてハシッシュを作っていた多くの男たち、その他の忠実な市民たちがいた。太守はこれらの人を全部、娘のヘナ染め披露のパーティに招いた。だが彼はそこへ二人の本物の悪党、つまり〈野党連合〉の選挙管理官をも招かざるを得なかった。この二人の悪党はいつも内輪喧嘩をしていたが、太守は丁重に迎えた。「今夜は、君たちはわたしの大切な友人だ」と彼は言った。「明日はまた別だが」悪党たちはまるで生まれてはじめて食べ物を見るかのように食いかつ飲んだ。しかし関係者一同——父と比べて忍耐力の劣る美男のムタシムさえも——この二人を大切に扱うよう命じられていた。

こう言っても別に読者を驚かせはしないだろうが、〈野党連合〉というのは第一級のゴロツキとならず者の集まりで、大統領を追い出して、軍人でなく文官が公金で私腹を肥やしていた昔の体制に戻そうという決意だけでつながっていた。ところがある理由から、彼らはとんでもない指導者を立ててしまった。それはファーティマ・ジンナー女史、つまり建国の父の妹で、なにしろ干からびた高齢の女性なので、この人はとっくの昔に死んでいて、剝製の名人の手で剝製にされたのではなかろうか、と太守は疑ったほどである——死人が軍隊を率いて戦争にひき込む『エル・シド』という映画を見ていた彼の息子も、この感想に賛同した……しかしファーティマはちゃんと生きていて、彼女の兄ムハンマド・アリーの廟の大理石模様染め《マーブリング》を完了できない大統領の無能に対する怒りから、選挙に立つことになった。これは中傷や疑惑にはビクともしない、手ごわい敵であった。彼女が大統領に反対したので、国民の大統領に対する信頼はゆらいだとさえ言われた――結局彼は、過去の偉大なイスラムの英雄の再来ではなかったんじゃないか？　ムハンマド・ビン・サム・グーリやイルトゥートミシュや、ムガル皇帝の再来なんかでは？　キーフ藩国のなかでも、野党連合のステッカーが妙なところに貼られていることに太守は気づいていた。ロールスロイスのトランクにまで、そいつを貼りつける図々しい奴が出てきた。「何てことだ」と太守は息子に言った。ムタシムは答えて、「この選挙がどんな性格のものかということの現われです――便所掃除夫や安仕立屋までが、統治者を選ぶために投票しなくちゃならないものでしょうか」

だがこの日はめでたい日だった。婦人室《ゼナーナ》では女たちが太守の娘の手と足にヘナ染料で美しい網目模様を描いていた。まもなくズルフィカル将軍と息子のザファルが到着するはずだった。キーフ藩国の統治者たちは選挙のことを忘れ、ファーティマ・ジンナー、子供たちの選択を混乱させることを選択したこの国母《マーダレ・ミラット》の、よぼよぼの姿を思い浮かべることをやめた。

ジャミラ・シンガー一行の宿舎にも幸福がみなぎっていた。妻の柔らかい手を放すことができそうにもない、タオル製造業者である彼女の父は叫んだ、「いいかい、きょうここで歌うのは誰の娘だ？　ハルーンのところの女の子かい、ヴァリカの娘かい、それともサイゴルかダウードのお嬢ちゃんかい。とんでもない」……だが漫画のような顔をしたかわいそうな息子サリームは、何か深い違和感にとらえられているようだった。おそらく歴史的大事件の現場に居合わせるということに圧倒されたのだろう。彼は何やら恥ずかしそうな目つきで才能のある妹の方を見やった。

その日の午後、美男のムタシムはジャミラの兄サリームを片隅に呼んで、さかんに友だちになろうとした。分離独立の前にラージャスターンから輸入された孔雀を見せてくれた。また太守の貴重な魔法の本のコレクションも見せてくれ、そのなかから賢く統治することのできる護符と呪文を抜き出してくれた。ムタシムは(特に知的でも慎重でもない青年だったが)サリームにポロ競技場を案内しながら、実は羊皮紙に愛の呪文を書いたのだが、これを有名なジャミラ・シンガーの手に押し当てて自分に惚れさせようと思っている、と打ち明けた。これを聞いてサリームは怒りっぽい犬のような様子になり、顔をそむけた。だがムタシムはさらに、ジャミラ・シンガーが本当はどんな顔をしているのか知りたい、とせがんだ。しかしサリームは沈黙していた。思いつめたムタシムはついに、自分をジャミラ・シンガーのすぐ近くへ連れて行って彼女の手にこの呪文を押し当てさせてくれ、とせがんだ。恋にのぼせあがったムタシムにはサリームの老獪な表情など読めるはずもなかった。「その羊皮紙をよこしたまえ」とサリームは言った。ヨーロッパの都市の地理には精通していても魔法に関しては何も知らないムタシムは、サリームに呪文を渡した。他人の手で押し当てられた場合も、変わらず自分のために効くのだと信じたからである。

宮殿に夜が近づいた。ズルフィカル将軍夫妻、ならびに令息ザファルと友人たちを運ぶ護衛つきの車の列も近づいた。ところが今、風向きが変わり、北風が吹きはじめた。冷たい風、酔わせる風でもある。キーフの北部にはこの国最良のハシッシュ畑があって、毎年この季節になると、この雌性植物が熟し、発情するのだ。大気はこの植物のむせかえるような欲情の匂いにみち溢れ、それを吸い込んだ人は少なからず酔ってしまうのだ。この植物の空虚な至福が護衛の車の運転手を襲った。一行が宮殿にたどり着けたのはまったくの幸運で、途中、路傍の床屋の屋台をいくつもひっくり返したり、少なくとも一軒の茶店に突っ込んだりした。呆れ果てたキーフ人たちはこれら馬のない新型馬車は街で暴れただけでなく、自分たちの家にも乗り込んでくるのではないかと思った。

北風はジャミラの兄サリームの巨大な、鋭敏この上ない鼻にも吹き込んできて、彼はたちまち睡魔に襲われ、自分の部屋で眠り込んでしまった。そんなわけで彼は夜の催しに出られずじまいになった。あとで知ったところでは、その間にハシッシュの風が婚約式の客たちの振舞いに異変をもたらし、彼らは腹をかかえてゲラゲラ笑ったり、重い瞼の下からたがいに挑発的に見つめ合ったりした。金モールをつけた将軍たちは大股を開いて金ぴかの椅子に坐ったまま、天国の夢を見た。ヘナ染《メヘンディ》めの式は一同いい気持でぐっすり眠っているところで行われたので、新郎が寛ぎすぎて小便を漏らしてしまった時も誰にも気づかれずにすんだ。いがみ合っていた二人の〈野党連合〉の悪党でさえ腕を組んで民謡を歌った。そして美男のムタシムは、欲情を昂進させるハシッシュに酔った勢いで、ただ一つの穴のあいた金と絹の大きなシーツの向こう側へ突破しようとしたが、アラウッディン・ラティフ少佐が至福の上機嫌でもって彼をおさえこみ、鼻血ひとつ流さずに彼がジャミラ・シンガーの顔を見るのを防いだ。客一同がテーブルについたまま眠りに落ちた時、その夜の催しは終った。だがジャミラ・シンガーは眠そうな笑顔のラティフによって自室まで無事に送り届けられた。

サリームは真夜中に目を覚ました時、まだ美男のムタシムの羊皮紙を右手に握りしめたままだった。部屋にはまだ北風がやさしく吹いていたので、彼は意を決して革サンダル《チャパル》と部屋着といういでたちで、美しい宮殿の暗い通路をたどり、滅びゆく世界の残骸が山積みとなった間を抜けて、そっと忍び足で進んで行った。錆ついた鎧と兜《かぶと》、何世紀もの間、宮殿に住む一億の虫の餌食になってきた古い綴れ織り、ガラスの鉢のなかに泳いでいる巨大な鯉《マハシア》、そして夥しい狩猟の戦利品、たとえばチーク材の横木にとまった、汚れた黄金の山うずら《ティータル》。これは若き日の太守がカーゾン卿（一八五九—一九二五年。インド総督、外相などを務めた英国の政治家）と一緒に、一日にして十一万千百十一羽のティータルを撃った日を記念して作らせたものだ。サリームは剝製の鳥たちの横を通り過ぎて、宮殿の女官たちの寝ている婦人室《ゼナーナ》に忍び込み、そして匂いを嗅ぎ分けて一つのドアを選び、把手を回し、なかに入った。

　巨大なベッドがある。蚊帳が吊られていて、狂気を誘う、真夜中の月の無色の光を浴びている。サリームはその方に向かって進み、それから立ち停まった。窓に、部屋へ侵入しようとしている男の姿を見たからである。恋の病いとハシッシュの風によって恥も外聞もなくしていた美男のムタシムは、どんなことをしてもジャミラの顔を見てやろうと決心したのだった……部屋の暗がりのなかにいて姿の見えないサリームは、「手をあげろ、さもないと撃つぞ！」と叫んだ。サリームはただ脅かしただけだった。窓敷居に手をかけて全体重を支えていたムタシムはそうとは知らず、ぶらさがりつづけて撃たれるか、それとも手を離して落ちるか、という苦境に立たされた。彼は反駁しようとした。「君だってここに来てはいけないはずだ。アミナさんに言いつけるぞ」と彼は言った。

彼は声で相手の正体を見破っていたのだ。だがサリームは、君の立場は弁解の余地がないとやり返した。ムタシムは「分かった、撃つのだけはやめてくれ」と哀願し、もと来た道筋から降りてゆくことを許された。のちにムタシムは父を説得して、ジャミラの両親に正式な結婚申し込みをしてもらった。しかし愛なしで生まれ、育ったジャミラは、自分を愛していると言うすべての人間に対する昔ながらの憎悪を持ちつづけていて、彼を拒んだ。彼はキーフを去り、カラチにまでやって来たが、彼女は彼の哀願に近い申し込みを受け入れようとはしなかった。結局、彼は軍隊に入り、一九六五年の戦争（印パ戦争。四月にはカッチ湿原で、九月にはパンジャブで交戦）で英霊となった。

しかしながら美男のムタシムの悲劇はこの物語のわき筋でしかない。ムタシムを撃退したサリームは、妹と二人きりになった。二人の男のただならぬどなりあいによって目を覚ました彼女は訊ねた、「サリーム、いったいどうしたっていうの？」

サリームは妹のベッドに近寄り、彼女の手を摑まえ、羊皮紙をその肌に押し当てた。この時はじめてサリームは、月の光と欲情をたっぷり含んだ風のせいで舌のまわりがよくなり、清浄の観念をかなぐり捨てて、驚き呆れている妹に向かって、愛を打ち明けた。

しばしの沈黙ののち、彼女は叫んだ。「いやよ、どうして兄さんが――」しかし羊皮紙の魔術は彼女の愛への憎悪と闘っていた。彼女はレスラーのように体をこわばらせ、ぴくぴくふるえていたけれども、耳では彼の説明を聞いていた。罪ではないんだよ、ぼくは何もかも調べたんだ、結局ぼくらは本当の兄妹ではないんだ、血のつながりがないんだよ、と彼は言った。この狂気の夜の微風のなかで彼は、メアリー・ペレイラの告白でさえも解くことに成功しなかった、すべての結び目をほぐしてしまおうとした。しかし話している間にさえも彼は自分の言葉がうつろに響くのを感じ、自分の言っていることは文字通り真実ではあるけれども、何か他の真実、時間による聖化をうけてより重要になってしまった真実があるのを感じていた。恥ずかしいと思ったり怖がったりする必要などないのに、この二つの感情は彼女の額に読みとれたし、肌に嗅ぎとれた。さらに悪いことには、自分の内部にも表面にもその臭いがした。結局、美男のムタシムの魔法の羊皮紙でさえも、サリーム・シナイとジャミラ・シンガーを結びつけるほど強力ではなかったのだ。彼はうつむいて、彼女の驚いた鹿のような目に見送られながら、彼女の部屋を出る。ほどなくして魔法の効果が完全に消え、彼女は恐ろしい復讐をする。彼が部屋から出ると、宮殿の廊下に突然、婚約したばかりの姫の悲鳴が響きわたった。彼女は新婚初夜の夢から覚めたところなのだ。その夢のなかで、彼女の新婚の床が突然、不可解な異臭を放つ黄色い液体でぐしょ濡れになるのだった。あとで調査をして、この夢が真実を予言するものであることを知ると、彼女はザファルが生きている間は決して大人にはなるまいと決心した。そうすれば自分の宮殿の寝室に留まり、彼のくさい汚物を垂れ流す病気から離れていることができるというわけだ。

翌朝、〈野党連合〉の二人の悪党は自分のベッドのなかで目を覚ました。ところが身仕度をして部屋のドアを開いてみると、戸口にパキスタン一の大男の兵士が二人立っていた。ライフル銃を交差させてじっと立ちはだかり、出口を塞いでいるのだ。悪党たちはわめいたり、猫なで声を出したりしたが、兵士たちは投票所が閉まる時まで動かなかった。そしてその時間になると、大人しく去って行った。悪党たちは太守を捜し回り、ようやくにして豪華無比のバラ園に彼を見つけた。二人は腕をふりかざし、声を荒らげた。公明な選挙を踏みにじったな、選挙違反だぞ、ペテンじゃないか、などとほざいた。だが太守は自分の手で交配させた十三もの新しいキーフバラの品種を見せた。二人は――これは民主主義の死だ、独裁的圧制だ、とか何とか――がなりたてていたが、ついに太守はにっこり笑って言った、「友人たちよ、昨日、わたしの娘がザファル・ズルフィカルと婚約した。近いうちにもう一人の娘が大統領の令息と結ばれたらと願っているのだ。そこでだ、考えてほしい――キーフ藩国において、わたしの未来の縁者の敵にただの一票でも入るようなことがあっては、わたしにとってどんなに不名誉か、わたしの名誉にどんなに傷がつくかを！　友人たちよ、わたしは名誉を重んじる男だ。という次第で、ぜひともわが家に滞在して、飲み食いしていてほしいのだよ。わたしの与えることのできないものだけは、求めたもうな」

そして私たちはみな幸福に暮らしました……いや、お伽話の伝統的な結びの一行がなくても、この物語は実はファンタジーで終るのだ。つまり、〈基礎的民主制代議員〉たちが義務を果したあと、新聞——『戦い《ジャング》』『夜明け《ドーン》』『パキスタン・タイムズ』——は、大統領のムスリム連盟が国母《マーダレ・ミラット》の野党連合に圧勝したことを報じた。という次第で、私は自分が事実を操る者としてはごく大人しい方でしかないということ、また、真実というものが「これがそうだ」と教えられたものでしかないような国では、現実というものがまさに文字通り存在しなくなり、したがって、「これが真実だ」と教えられたもの以外は何でもありになるということが証明された。おそらくこれは私のインドでの少年期とパキスタンでの思春期の違いだろう——前者において私は、無限に別な現実があるという観念にとり憑かれたが、後者では、同じくらい無限に存在する偽物と非現実と嘘の只中に浮かびながら、方向を見失っていた。

一羽の小鳥が私の耳にささやく。「誇張してはいけない！　いかなる人も、いかなる国も、虚偽を独占してなどはいない」私はこの批判を受け入れる。分かっている、分かっているとも。そして何年ものちのこと、〈未亡人〉も知ることになる。そしてジャミラも。これが明らかな事実だと思ってきたものよりも、(時間によって、習慣によって、祖母の宣言によって、想像力の欠如によって、父の黙認によって)真実として聖化されたものの方が、より信じられるということが、彼女たちに証明されるのだ。

サリームはいかにして浄化を達成したか

これから語られるべきこと。それは秒読み《ティクタク》の再来だ。しかし今度は終末への秒読みであって、誕生への秒読みではない。疲れのことにも触れなければならないが、それは恐ろしく深い全面的疲労なので、終末が来る時、それこそが唯一の解決になるだろう。というのは人間もまた民族や小説の登場人物と同様、ただもう力を使い果たすということがあり、その時は、これらのものと一緒に、終りになるほかないのだ。

月の一かけらがどのように落ちて来て、サリームが浄化を達成したのか……今、時計が鳴っている。すべての秒読みはゼロを必要とするので、終末は一九六五年九月二十二日にやって来たと言っておこう。そしてゼロ到達のこの正確な瞬間はどうしたって真夜中の時報だ。もっとも、正確な時を刻みながらも必ず二分遅れてチャイムを鳴らすアリア伯母の家の古い柱時計は、この時報を打つチャンスがなかった。

祖母ナシーム・アジズは一九六四年のなかばにパキスタンへやって来た。彼女があとにして来たインドでは、ネルーの死後、激しい権力闘争が始まっていた。財務相モラルジー・デサイと不可触民の最有力者ラグジーヴァン・ラームが連合して、ネルー王朝の樹立を阻止するかまえで、それゆえインディラ・ガンディーは主導権を握れなかった。新首相にはラル・バハードゥル・シャストリがなった。これまた不滅のなかに漬かりきっていたかと思える世代の政治家の一人である。だがシャストリの場合、これは幻影《マヤ》でしかなかった。ネルーとシャストリはともに自分たちが終りある存在だということを十分に示していたが、ミイラと化した指で時をつかまえて、その動きを停めようとしていた人たちが、ほかにもたくさん残っていた……しかしパキスタンでは時計がカチカチと時間を刻んでいた。

修道院長は私の妹の成功を公然とは認めなかった。それはあまりにも映画スターの世界に似ていたのだ。「この家は、何て言ったらいいかね」と彼女はピア叔母《ムーニー》さんに向かって嘆いた、「ガソリンの値段よりままならないんだからね」とはいえ、祖母もひそかに喜んでいたのだ。祖母もまた権力と地位を尊敬していたし、ジャミラは今やこの国最高の権力と地位を持つ人びとの邸宅に招かれるほどに出世していたのだ……祖母はラワルピンディに落ち着いたが、妙な独立心を発揮して、ズルフィカル将軍の家に同居しようとはしなかった。祖母とピア叔母は旧市街のモダンなバンガローへ入居した。そして貯金をためて、かねてからの夢であった給油所の営業権を買った。

ナシームはアーダム・アジズの話はしなかったし、彼の死を悲しみもしなかった。あたかも愚痴っぽい夫が死んでくれてせいせいしているかのようだった。若い頃パキスタン移住を軽蔑し、おそらくは友人ミアン・アブドゥラーの死に責任があるとしてムスリム連盟を非難していた夫がいなくなったので、一人で堂々と清浄者の国へ行くことができると考えていたかのようでもあった。断固として過去に背を向けて、修道院長はガソリンとオイルに集中した。給油所はラワルピンディ＝ラホール間のトラック幹線道路の近くという絶好の場所にあったので、商売は繁盛した。ピアとナシームは交替でマネージャー用のガラス張りのブースで過ごし、助手たちが車や軍用トラックに給油した。これは見事なコンビだった。ピアがどんなことがあっても衰えることのない光り輝く美によって客を魅きつけ、夫を失うことによって自分の生活よりも他人の生活に興味のある女に変身した修道院長が、給油スタンドの利用客をガラスのブースのなかへ招いて、ピンク色のカシミール茶を振る舞うのだった。彼らは恐る恐る招きに応じたが、老婆が果てしのない回顧談によってうんざりさせてやろうという魂胆でないことが分かると、寛ぎ、襟元をゆるめ、また舌もゆるめて話し出した。修道院長としては、こうして他人の生活に接することで幸福な忘却にひたることができた。給油所はたちまちこの界隈で有名になった。運転手たちはわざわざ遠まわりをして、この給油所を利用した——二日つづけて来ることもしょっちゅうだった。神々しい叔母の姿を拝んで目の保養をし、無限の忍耐力を持った祖母に悩みごとを聞いてもらうという一挙両得をねらったわけである。スポンジのような吸収力を身につけていた祖母は客の話が完全に終るまで待ってから、今度は自分の口を開いて、一、二、三の簡単な、しっかりした忠告を与えてやるのだった——助手が給油し、車を磨いている間に、祖母が運転手たちの生命も入れ換え、磨いてやるという寸法である。彼女はガラスの告解室に坐って、世の人びとの問題を解決してやった。しかし自分の家族はもうどうでもよくなったらしかった。

口ひげをはやし、女家長をもって任じる、誇り高いナシーム・アジズは、悲劇に対処する独自の方法を見つけていた。だがそれを見つけることによって、彼女は疲れ果てるまで自分をすり減らし、終末を唯一の可能な解決とするという精神の最初の犠牲者になった。（カチカチ。）……しかし明らかに彼女は、夫のあとに続いて、正しき者に約束されている楽園に入れてもらおうなどというつもりは微塵もないように見えた。彼女はあとにしてきたインドの長命な指導者たちと、より多くの共通点を持っているように見えた。彼女は驚くべき速さでどんどん恰幅がよくなった。とうとう建築屋を呼んで、ガラスのブースを拡張してもらうことになったほどに。「うんと大きくしてもらわないとね」と彼女は見事なユーモアを交えて指図した、「百年たってもまだわたしはここにいるだろうから、何て言ったらいいかね、その時どんなに太っているかはアッラーの神だけがご存じだから。十年やそこいらごとに、あなたに来て造りかえてもらうんじゃ厄介だからね」

しかしピア・アジズは「給油所稼業《パンペリ・シャンペリ》」には満足していなかった。彼女は大佐、クリケット選手、ポロ選手、外交官といった具合に、多彩な男たちと数々の情事を始めていた。見知らぬ他人の生活にしか興味のなくなった修道院長に隠すのは容易だったが、彼女の行状は、結局はこの小さな街の人びとの噂にのぼるようになった。エメラルド叔母はピアをたしなめた。ピアはそれに答えて言った、「わたしにいつまでもわめいたり、髪をかきむしったりしていろとおっしゃるの？　わたしは若いの。若い者は少しは出歩くべきよ」唇の薄いエメラルドは、「でも少しは体面を考えなくては……家の名前を……」それを聞くとピアは首を振った。「あなたは体面をお考えになるといいわ。わたしはね、生きるのよ」

しかしピアの自己主張にはどこかうつろなところがあったように思う。彼女もまた年齢と共に人格が流出していくのを感じていたようだ。熱病のような男遊びは「柄に合った」、つまり彼女のような女にいかにもふさわしい振舞いをしてみようという最後の挑戦だった。彼女の心はそこにはなかった。内心のどこかで、彼女もまた終末を待っていた……私の一族はいつも天から降ってくるものに弱かった。アフマド・シナイが禿鷹の落とした手に当った時以来のことだ。そして青天の霹靂はわずか一年後に待っていた。

祖父の訃報と修道院長のパキスタン到着ののち、私はくりかえしカシミールの夢を見るようになった。私はシャーリマール庭園《バーグ》を歩いたことがなかったのに、夜になるとそこを歩いていた。祖父がそうしたようにシカラに乗り、シャンカラーチャールヤの丘に登った。蓮根や、歯をむき出した顎《あぎと》のような山々を見た。これもまた私の一家を苦しめることになった孤立(自分を導いてくれる神と国家を持っていたジャミラだけは別だ)の一面と見るべきかもしれない――一家がインドからもパキスタンからも遊離していたことのしるしとして。ラワルピンディでは祖母がピンク色のカシミール茶を飲んでいた。カラチでは彼女の孫が、実際に見たこともない湖水の水に洗われていた。それからほどなくして、カシミールの夢はパキスタンに住むほかの人びとの心にも零《こぼ》れおちることになるだろう。歴史とのかかわりはどこまでも私についてまわり、気がついてみると私の夢は、一九六五年にこの国の共有財産になっていたし、また、あらゆるものが天から降ってきて、私がついに浄化される来たるべき終末においても、この夢こそがもっとも重要な要因となった。

サリームはこれ以上落ちることはできなかった。私はわが体にわが背徳の腐臭を嗅ぐことができた。清浄者の国へ来たのに、娼婦あさりをした——独力で新たな、まっとうな生活を築くべき時に、その代わりに口にするのも恥ずかしい(しかも報いられぬ)愛にとらわれてしまった。やがて私を圧倒することになる大いなる運命論が私を蝕みかけていて、私はランブレッタに跨がって街を走り回った。ジャミラと私は生まれてはじめて、たがいに口もきけない状態に陥り、できる限りおたがいに避け合っていた。

清浄——あの至高の理想！——パキスタンがそれにちなんで名づけられた、そして妹の歌の調べの一つ一つから滴り落ちる、天使の徳！——は、遠くはるかなものに思われた。どうして私に知り得たろう。歴史——罪人を許す力をもった歴史——が、ちょうどその頃、一撃のもとに私を頭のてっぺんから足のつま先まで浄めてしまう一瞬に向かって、秒読みに入っていたということを。

その頃、他の諸々の力が消耗しつつあった。アリア・アジズが恐ろしい老嬢の復讐をはじめていた。

グル・マンディルの日々。パーンの臭い、料理の匂い、モスクの細長い指先である光塔《ミナレット》が落とす影のもの憂い臭い。自分を捨てた男、そしてその男と結婚した妹に対するアリア伯母の憎しみは、手で触れられる、目に見えるものになって、巨大なヤモリのように居間の絨毯の上に坐っていた。それは吐瀉物の臭いを放っていたが、それを嗅げる人は私だけだったようだ。何しろアリアの猫かぶり術の上達ぶりときたら、彼女の顎の毛が伸びるのと同じくらいすばやく、そして毎晩それを脱毛テープで根本からむしりとる彼女の指と同じくらい手際のいいものだったのだ。

国家の運命に対するアリア伯母の貢献——経営する学校や大学を通じての——は、決して見くびってはいけない。老嬢の不満を二つの教育機関のカリキュラム、建物、生徒のなかにしみこませることによって、彼女は、なぜかまったく分からぬながらも古い復讐心のとりこになったことを自覚する青少年をたくさん育成した。ああ、老嬢の伯母の至るところに広がる不毛さ！　それは彼女の家のペンキに腐臭を与え、家具は詰物のなかに大量の恨みを含み込んで不恰好になった。カーテンの縫い目には老嬢の抑圧が縫い込まれていた。かつてベビー用品のなかに縫い込まれていたように。大地の割れ目から噴き出す恨み。

アリア伯母が楽しんだのは、料理だった。この孤独な狂気の歳月に、彼女が芸術の域にまで高めたものといえば、それは料理のなかへ情念を加味することであった。この分野で彼女にまさる人といえば、私のかつての子守女《アーヤ》メアリー・ペレイラしかいなかった。このメアリーには、今なお二人の老調理師もかなわない。ブラガンサ・ピクルス工場のピクルス漬け主任たるサリーム・シナイも……だが、私たちが伯母のグル・マンディルの屋敷に同居している間、伯母は不和のビリヤーニや軋轢のナルギシ・コフタを食べさせた。そして徐々に、私の両親の遅咲きの愛の調和さえもが狂い出したのだ。

しかし伯母については良いことも言っておかなければならない。政治に関しては、彼女は軍事政権の独走に対して声を大にして異議をとなえた。もし一人の将軍を義弟に持っていなかったとすれば、彼女の学園と大学は没収されていたかもしれない。私の落胆の暗色ガラスを透して彼女を描くのはよそう。彼女はソ連とアメリカへ講演旅行に出かけた。それに彼女の料理はおいしかった(ひそかに混ぜ込まれたものにもかかわらず)。

だがそのモスクの影になった家の空気と食事は、私たちを損ないはじめた……禁断の愛とアリアの料理という錯乱をもたらす二重の力のもとで、サリームは妹のことを思い浮かべるたびにサトウダイコンのように赤くなった。ジャミラは暗い情念によって味つけされていない新鮮な空気と食事に無意識のうちに憧れて、この家で過ごす時間はどんどん少なくなり、国中のあちこちへ出かけてコンサートを開いた(とはいえ、東翼には行かなかった)。兄と妹が同じ部屋に居合わせることはますます少なくなり、たまにそんなことがあると二人ともはっとして床から半インチほど飛び上がり、そして着地すると、飛び上がった地点を憤然としてにらむのだった。まるでそこが突然、パンを焼くオーブンほどに熱くなったかのように。ほかの時に二人がとった行動は、もしこの家の住人がほかのことを考えていなかったとしたら、いかにも見え透いたものだったろう。たとえばジャミラは、気の遠くなるような暑い日でも、兄の不在を確認するまでは、金と白の旅行用ベールを室内でもかぶりつづけるようになった。一方、サリームは——種入りパンをサンタ・イグナシア修道院から奴隷よろしく運びつづけていたが——そのパンをじかに自分の手で妹に渡すのを避けた。時には毒を含んだ伯母に仲介の労を頼んだ。アリアはおかしそうに彼を見て訊ねた、「あなた、いったいどうしたのよ——伝染病にかかったわけじゃあるまいし」サリームは憤りで真っ赤になった。娼婦を買っていることを伯母に感づかれたのではないかと気になったのだ。いや、たぶん伯母は感づいていたのだが、もっと大きな魚を狙っていたのだ。

……彼はまた長い黙想におちこむ癖がついた。そして突然、「いや!」「しかし!」といった無意味な言葉で、あるいは「バン!」「ドカン!」といったさらに謎めいた叫びで、その沈黙を破るのだった。雲のようにたちこめた沈黙を破る無意味な言葉。サリームは激しい内的対話をつづけていて、その断片あるいはその苦しみが時おり口から噴き出すかのようだった。この内的葛藤は、不安の混ぜ込まれたカレーを食べなければならない時、目に見えて悪化した。とうとうアミナが姿の見えない洗濯物入れに向かって話しかけるようになり、アフマドがみじめな卒中を起こし、よだれを流したりくすくす笑ったりすることしかできなくなり、また私が自分だけの世界に閉じこもって黙って赤面するようになった時、伯母はシナイ一族に対する復讐が成功したことにほくそ笑んでいたにちがいない。彼女もまた、長い間抱きつづけた野心の実現によって枯渇したのでないとしたら。だが、そうだとしたら、彼女もまた可能性を消耗し尽した人なのだ。顎にテープを貼ったまま精神病院のような家のなかを歩く時、彼女の足音にはうつろな響きがあった。姪は突然熱くなった床から飛び上がり、甥は妙な所から「ヤー！」と叫び、昔アリアに求婚した男は顎からよだれを垂らし、アミナは過去から甦ってきた幽霊を迎え入れて、「またあなたなの？　でもいいわ。何ひとつ置き去りにはできないみたいね」と言っていた。

カチカチ……一九六五年一月、母アミナ・シナイは十七年の間をおいてまた妊娠したことに気づいた。このことがはっきりした時、彼女は姉のアリアに朗報を伝え、アリアに復讐を完成する機会を与えた。アリアが母に何を言ったかは、分からない。彼女が料理のなかに何を混ぜたかも、憶測の域を出ない。だがそれが何であるにしろ、アミナの受けた影響は壊滅的だった。アミナは脳のかわりにカリフラワーの入っている子供の怪物の夢に苦しめられた。またラムラム・セトの幻にとり憑かれ、双頭の子供が生まれるという昔の予言がまた再び彼女を不安におとしいれた。母は四十二歳だった。こんな年齢になって子供を産むという(当然な、またアリアから吹き込まれもした)恐怖が、愛にみちた人生の秋へと夫を誘い込むことによって出来上がった明るい雰囲気を曇らせた。伯母の復讐のコールマー――カルダモンとわるい予感によって味つけされていた――の影響で、母はおなかの子を怖がるようになった。月がすすむにつれて、四十二歳という年がひどくこたえはじめた。四十有余年の重みが日に日に増して、彼女はその齢《よわい》の下に押しつぶされた。二ヵ月目には髪が白くなった。三ヵ月目に入ると顔が腐ったマンゴーのように皺くちゃになった。四ヵ月目には彼女はもう深い皺のある、太った老婆で、再びイボに苦しめられた。顔の至る所に毛が生えてくるのも避けられなかった。もう一度恥の霧に包まれたような気がした。あたかもこんな老いさらばえた体で子供を産むということが恥さらしであるかのように。あの混乱した時代の子供が彼女のなかで育つにつれ、子供の若さと彼女の老齢との差が広がった。ここまで来て、彼女は古い籐椅子のなかにどっかりとくずおれ、過去の亡霊の来訪をうけた。母の崩壊はその唐突さにおいて驚くべきものであったが、それを手を拱《こまぬ》いて見ていたアフマド・シナイもまったく突然に元気をなくし、途方に暮れ、去勢されたようになった。

この、可能性の尽きた時代のことを書くのは、今の私にも辛い。父のタオル工場も振るわなくなったのだ。アリアの料理魔術の影響(この魔術は、料理を食べた時は彼の胃に、妻を見た時は彼の目に効き目を及ぼすのだった)は、今や彼のなかであまりに明白だった。彼は工場経営にだらしなくなり、労働者に対して怒りっぽくなった。

アミナ印タオルの没落の経緯はこうだ。アフマド・シナイはかつてボンベイで使用人を酷使した時のように労働者を横柄に扱いはじめ、熟練工の織り手と箱詰助手の別なく、主従関係の永遠の真理を叩き込もうとした。その結果、労働者たちは、「私はあんたの便所掃除夫じゃありませんぞ、社長《サヒブ》。これでも一級織り手なんですから」といった捨て科白を投げつけて、ぞろぞろとやめて行った。しかもたいていは雇ってもらった恩に対する感謝の気持など微塵も示そうとはしなかった。伯母の詰めてくれた弁当にこもった怒りで前後の見境がなくなり、アフマド・シナイは彼ら労働者全員を解雇して、駄目な怠け者たちをまとめて雇った。この連中は綿のスプールとか機械の部品をかすめ取るくせに、必要とあらば喜んでぺこぺこするのだった。欠陥タオルの占めるパーセンテージが急上昇し、契約が履行されず、再注文は急に減少した。アフマド・シナイは山ほど――ヒマラヤほどの！――傷物のタオルを家に持ち帰るようになった。工場の倉庫は彼の管理ミスによる規準以下の製品でいっぱいになってしまっていたのだ。彼はふたたび酒に溺れるようになり、その年の夏までにグル・マンディルの家にはかつてのような妖魔《ジン》との闘いのおぞましい光景が見られるようになった。そして私たちは、通路や廊下に並んだ出来損ないのテリー・クロスのエベレストやナンガパルバットの峰々の間を、横向きになって通り抜けなければならなかった。

私たちは、太った伯母の長く抑えられていた怒りの膝のなかへ身を投げ出していた。長い不在のために最も影響をうけなかったジャミラを唯一の例外として、私たちはみな未来への希望を失っていた。辛い、途方に暮れるしかない時代だった。両親の愛は新しく生まれてくる子供と伯母の老年の愚痴という二重の重みの下に崩れてしまった。混乱と破滅がこの家の窓から徐々に滲《し》み出て行き、この国の人びとの心をとらえるようになった。だから戦争が起こった時も、それは私たちの生活を包みはじめていたのと同じ、現実味のない茫漠とした霞に包まれていたのだ。

父は着実に卒中に向かって進んでいた。しかし彼の頭のなかで爆弾が破裂する前に、もう一つの導火線が点火された。一九六五年四月、私たちはカッチ湿原で起きた奇妙な事件の報道を聞いた。

私たちが伯母の張りめぐらした復讐の蜘蛛の巣にかかって蠅のように手足をばたつかせている間も、歴史のひき臼は回りつづけていた。アユーブ大統領の名声は衰えていた。一九六四年の選挙での不正の噂がとびだしてきて、封じようもなかった。あまつさえ大統領の息子ガウハル・アユーブの問題があった。謎のガンダーラ産業なるものによって、彼は一夜にして「大富豪《ムルティ・ムルティ》」にのしあがったのだ。ああ、次々と現われる困ったどら息子たち。威張りくさってどなり散らしたガウハル。のちにはインドのサンジャイ・ガンディーと彼のマルティ自動車会社ならびに青年国民会議派。もっと最近ではカンティ・ラル・デサイ……偉人の息子たちというものは親の顔に泥を塗るものだ。だが私にも息子がいる。このアーダム・シナイという子供は前例に真っ向から逆らって、流れを変えてくれるだろう。息子は父親より良くも悪くもなる……しかし一九六五年四月には、息子たちの過ちが巷に溢れていた。四月一日に大統領官邸の壁をよじ登ったのは誰の息子だったか——大統領に駆け寄り、腹部にピストルを発射した鼻もちならぬ奴を、この世に産み出したのはどんな父親だったか？ 幸いにも歴史に残っていない父親もいる。いずれにしろ暗殺者はドジを踏んだ。奇跡といおうか、弾が詰まって、出て来なかったのだ。その誰かの息子は警察に連行され、歯を一本一本抜かれ、爪に火をつけられ、間違いなく火のついたタバコをペニスの先端に押しつけられた。こうなると、その名もない暗殺未遂者にとっては、自分はただ、世の息子たち(階級の上下を問わず)がしばしば極悪非道の所業をはたらいている(私も例外ではない)という歴史的風潮に押し流されたにすぎないのだと知ったところで、たぶん大した慰めにはなるまい。

　ニュースと現実との乖離。新聞は外国のエコノミストたちの評を引用した――〈新興諸国のモデル、パキスタン〉――ところが(これは報道されない)農民はいわゆる「緑の革命」なるものを呪い、新しく掘られた井戸は役に立たず、毒を含んでいて、場所もわるい、と訴えていた。社説はこの国のリーダーシップの誠実さを称えたが、蠅のようにうるさい巷間の噂は、大統領の息子が所持するスイスの銀行の預金や新しいアメリカ製の車のことを取沙汰した。カラチの『ドーン』はもう一つの夜明《ドーン》けのことを伝えた――〈印パ関係好転のきざしか〉――しかしカッチ湿原では、もう一人の駄目な息子が別の物語を発見していた。

　都市には蜃気楼と嘘があった。北方の山地では中国人が道路を造り、核実験を計画していた。だがそろそろ一般的なことから特殊なことへ話を戻そう。より正確に言えば、将軍令息、即ち私のいとこである夜尿症のザファル・ズルフィカルに。彼は四月から七月までの間に、この国の多くの親泣かせの息子たちの原型となった。彼に作用していた歴史はガウハルを、未来のサンジャイや来たるべきカンティ・ラルを、そして当然私をも、指差していた。

さて――いとこのザファルであるが、私は当時、彼と共通のものをいろいろと持っていた……私の心は禁断の愛でいっぱいだった。彼のズボンは、当人のあらゆる努力にもかかわらずもっとはっきり形のある、しかし同様に禁断のあるものによって、たえずいっぱいになった。私は幸福な、しかし星まわりのわるい神話的な恋人たち――たとえばシャー・ジャハーン帝と后のムムターズ・マハル、モンタギューとキャピュレット（ロミオとジュリエット）――を夢見た。ザファルはキーフ藩国の婚約者のことを夢見た。彼女は十六歳の誕生日を過ぎても初潮を見ないので、彼の心のなかでは手の届かぬ未来の幻と見えたにちがいない……一九六五年四月、ザファルはカッチ湿原のパキスタン支配下の地域へ演習に送られた。

膀胱のゆるんだ者に対する、抑制できる者の残酷さ。ザファルは中尉であったが、アボタバード（イスラマバードの北方五十六キロの都市）の陸軍基地のもの笑いの種だった。彼が名誉あるパキスタン陸軍の軍服を汚さないですむように、性器のまわりに風船状のゴムの下着をつけよという命令をうけたという噂もとんだ。平《ひら》の兵士《ジャワーン》たちが、彼が通ると風船を膨らませるようにプッと頬を膨らませてみせた。（こういったことはすべて、彼が殺人罪で逮捕されたあとで涙ながらに行なった供述のなかで明らかにされた。）ザファルのカッチ湿原送りは、彼をアボタバードでの揶揄嘲笑最前線から救ってやろうとした、ある策謀家の上官の思いついたことにすぎなかったかもしれない……こらえ性がないために、ザファルは私と同じくらいの大罪を犯す羽目になった。私は自分の妹を愛した。しかるに彼は……いや、この話はきちんとした形で話すことにしよう。

分離独立以来ずっと、湿原は「係争中の領土」だったが、実際には両国とも「係争」に注力したことはなかった。非公式の国境である北緯二十三度の丘陵地帯に、パキスタン政府は国境哨所を並べ、各哨所ごとに六人の兵と一本の標識塔がさびしく守る守備隊を配置した。一九六五年四月九日、数ヵ所の哨所がインド軍によって占領された。その地域で演習中だった、いとこザファルを含むパキスタン軍は、八十二日間つづく国境奪還戦を開始した。湿原の戦争は七月一日まで続いた。ここまでは事実である。だが他のすべてのことは虚妄と見せかけの二重の霞のなかに隠されており、その霞が当時のすべての出来事、特に幻の湿原で起きたすべての出来事に影響を与えたのだ……だからこれから話す物語は、ほとんどザファルの供述に拠っているが、他のどんな話、つまり公式報告以外のすべての話とも同じくらいに真実である公算が高い。

……若いパキスタン兵たちが湿原地帯に入ると、額に冷たいぬるぬるした汗が噴き出し、海の底のような緑がかった光を見て、心細くなった。彼らはもっと恐ろしい話も報告している。この水陸両性地域で起こったぞっとするような出来事、爛々と光る目をした悪魔のような海のけだものたち、そして半魚女伝説を地でいく話を。半魚女たちは魚の頭を水中に隠したまま呼吸し、見事な形をした裸の女の下半身を海岸に晒《さら》していて、分別のたりない男たちを命取りの交接に誘った。周知のように、半魚女を愛した男は生きては帰れない……だから国境地帯に着いて、いざ戦《いくさ》という時には、彼らは単なる十七歳の怖気づいた少年たちになり果てており、敵のインド軍がもっと長いこと湿原の緑の空気に晒されていたという事情がなかったとしたら、きっと全滅していたであろう。かくしてこの妖術師の世界で、狂気の戦争が戦われた。両軍とも、敵と一緒に立ち向かってくる悪魔たちの幻を見たように思った。しかし結局インド軍が負けた。彼らの多くは涙を流しながら倒れ、泣き叫んだ、やれありがたい、これで終りだ、と。彼らは夜、哨所のまわりをずるずる滑りながら泣きじゃくっている幽霊たちや、へそに海藻や花輪や貝殻をつけた溺死者の空翔ぶ人魂《ひとだま》を見たと証言した。

投降したインド兵たちが、私のいとこに聞こえるところで、こう言っていた。「ともかくこのへんの哨所はみな無人だったぜ。ここも空っぽなのを見て、入って来たんだからな」

人影なき国境哨所の怪は、新しい国境警備隊が到着するまでの間そこを守るという任務を与えられた若いパキスタン兵たちにとっては、はじめから謎でもなんでもなかった。私のいとこザファル中尉は五人の兵士《ジャワーン》と共に一つの哨所に陣取ったが、七夜連続して凄まじいまでの頻繁さで膀胱と大腸がゆるんだ。魔女の叫び声や、正体不明のものがずるずる滑るような音を立てて歩く夜々、六人の若者はまったくみじめな状態に陥り、もはや誰一人いとこを笑う者はなくなった。今や彼らはみな自分のズボンを汚すのに忙しかったのだ。最後から二番目の晩、お化けの出ている間に、兵士《ジャワーン》の一人が怯えながら言った。「いいか、食うためにここに坐ってなくちゃならないというんなら、おれも何がなんでも脱走するぞ!」

まったくゼリーのように弱りはてた状態で、兵士たちは湿原で汗だくになっていた。そしてついに最後の晩に、彼らの最も恐れていたことが現実になった。闇のなかから一群の幽霊たちがこちらに向かって来るのを見たのだ。六人の兵士が駐屯していたのは海岸に最も近い国境哨所だった。緑がかった月の光の中にいくつもの幽霊船、幻のダウ船の帆が見えた。幽霊の群れは、兵士たちの悲鳴を無視して容赦なく近づいて来た。幽霊たちは苔に覆われた箱をかかえ、変なものに包まれた担架を運んでいた。担架には何やらよく見えないものがうず高く積まれていた。幽霊の群れがドアから入ってくると、いとこのザファルは彼らの足元にひれ伏して、わけの分からぬことを不気味にわめきたてはじめた。

哨所に入ってきた最初のお化けは何本も歯が抜け落ちていて、ベルトに湾曲した刀を差していた。小屋のなかの兵士たちを見た時、彼の目は怒りで真っ赤に輝いた。「何てことだ」と幽霊の頭目は言った、「間抜けども、ここで何をしているのだ？　十分に金をもらっていない、とでも言うつもりか？」

幽霊の群れではなく、密輸団だった。六人の若い兵士たちは恐怖のあまり浅ましい恰好をしてしまったことに気づき、名誉挽回につとめたものの、穴があったら入りたいほど恥ずかしかった……さていよいよ大詰にたどりついた。この密輸団は誰の名において活動していたのか？　密輸団の首領の口から誰の名がとびだし、いとこを仰天させたのか。もとはといえば一九四七年に逃げ出したヒンドゥーの家族たちの不幸の上に築かれた誰の財産が、今この密輸団――春から夏にかけて警備隊のいない湿原を通ってパキスタンの街々へ物資を運び込んでいたこの組織――によって殖やされていたのか。道化《パンチネロ》づらの剃刀の刃のように細い声をした、何という名前の将軍が、幻の部隊を指揮したのか……いや、事実に焦点を絞ろう。一九六五年七月、いとこのザファルは休暇でラワルピンディの父の家に帰った。そしてある朝、父の寝室に向かってゆっくりと歩きだした。彼の肩にのしかかっていたのは、数知れぬ幼少期の屈辱と体罰の思い出、半生にわたる夜尿症の恥ずかしさばかりでなく、彼、ザファル・ズルフィカルがあの湿原のなかで、床の上にひれ伏して口走る羽目になったのは、他ならぬ自分の父のせいだった、という認識であった。いとこはベッドのかたわらの浴槽のなかに父を見つけ、長い、湾曲した密輸者の刀でその喉を切り裂いた。

〈卑劣なインド軍の侵攻、わが勇敢な兵士たちによって撃退さる〉——こんな新聞報道にかくされて、ズルフィカル将軍にまつわる真相は幽霊のように不確かなものとなった。国境警備隊の買収は新聞では、〈罪もない兵士ら、インド軍《ファウジ》によって殺害さる〉となった。私の叔父のやっていた大がかりな密輸活動の話を、いったい誰が広めるというのか？　叔父が法を破って手に入れたトランジスター・ラジオ、叔父が罪を犯して運んできた冷房装置や舶来の時計を持っていない将軍や政治家が、誰かいただろうか？　ズルフィカル将軍は死んだ。ザファルは投獄され、キーフの姫との結婚はお流れになった。彼女は彼との結婚をお流れにするためにこそ、頑固にも初潮を見るのを拒んできたのだ。カッチ湿原での事件は、八月に起こったより大きな戦争のいわば火口《ほくち》になった。この大きな戦争は終末の炎で、そのなかでサリームは知らぬまに、ついに、危うい浄化を達成することになるのだ。

エメラルド叔母はといえば、イギリスのサフォークへ行って、亡夫が昔世話になった部隊長であるドドソン准将のもとに身を寄せるつもりで移民の申請をしていたが、その許可がおりた。このドドソンは今やよぼよぼの老人で、同年配のインド通の老人仲間と語り合ったり、ジョージ五世王のデリーにおける謁見式《ダルバール》とインド門到着を記録した古い映画を見たりして、時を過ごしていた……エメラルドは、何もかもを忘れて思い出にひたって暮らすことのできるイギリスの冬を待ち望んでいた。そんなところへ戦争がやって来て、わが一族の諸問題を一挙に解消してしまうことになった。

たった三十七日しか続かない「偽りの平和」の最初の日に、卒中がアフマド・シナイを襲った。彼は左半身が麻痺し、小児のようによだれを垂らし、くすくす笑うようになった。意味不明の言葉を口にし、いたずら小僧よろしく糞尿に関する語が大好きだった。くすくす笑って「ウンコ！」「オシッコ！」と言いながら、父は波瀾に富んだ生涯の最終行程に到達し、ここでもう一度、最後に道に迷い、そして妖魔《ジン》との闘いに敗れた。彼はおのが人生の残骸である欠陥タオルに囲まれて、呆然としたり、カラカラと高笑いしたりした。欠陥タオルの間で母は、とてつもなく膨れ上がったおなかの重みに押し潰されそうになりながら、厳粛に頭を垂れ、リラ・サバルマティの自動ピアノや、弟ハーニフの亡霊や、火のまわりを飛ぶ蛾のように、まわりをぐるぐる踊りまわる二本の手の来訪をうけた……サバルマティ海軍中佐が奇妙な指揮棒を手に持って訪ねてきたし、アヒルのヌシーが、「おしまいよ、アミナ姉さん！　世も末よ」と、母の遠くなった耳もとでささやいた……こうして今私は、パキスタン時代の病める現実をきりぬけ、ボンベイに張っていた私たち一家の根っこを引き抜いたことに対するひどいオカルト的な一連の報復と（アリア伯母の復讐の霧を通して）思えるものを、少しでも理解しようと悪戦苦闘したあとで、ついに終末を語らなければならないところにたどり着いた。

ずばり言ってしまおう。一九六五年の印パ戦争の隠れた目的はまさに、行き暮れた私の一家を地上から抹殺することであったと。この時代の歴史を理解するためには、先入観にとらわれない分析的な目で、あの戦争の爆撃パターンを調べてみれば十分だ。

終末でさえ始まりを持つ。何事も順を追って話さなければならない。（いくら私が牛の前に荷車を出そうとしても、パドマに押しとどめられてしまうだろう。）一九六五年八月八日までに、私の家族の歴史は、一定の爆撃パターンがなし遂げたものによって慈悲深い救いを与えられるような状態に突入していた。いや、ここでとっておきの言葉を使うとしよう。私たちが浄化されるためには、おそらくこれから話すような大がかりな作業が必要だったのだ。

アリア・アジズは恐ろしい復讐に飽いていた。未亡人になったエメラルド叔母は亡命を待っていた。ピア叔母はうつろな色事を続け、祖母ナシーム・アジズはガラス張りのブースに引っ込んでいた。永遠に初潮を見ない姫を婚約者に持ったいとこザファルは、独房のマットレスをこれからも濡らしつづけるだろう。父は幼児にかえり、妊娠したアミナ・シナイは亡霊にとり憑かれ、どんどん老け込んでいった……これらのなさけない状態はすべて、私のカシミール旅行の夢を政府が吸収し、採択する結果として、解消されることになる。他方、妹への愛に応えてもらえなかった私は、ひどく運命論的な精神状態に陥っていた。先のことはあまり考えもせずに、私は誰でもいい、パフスおじさんが薦めてくれるパフィアたちの一人と結婚しましょうと言った。（そうすることによって、私はこの娘たち全部の運命を決めてしまった。私の一家との絆をつくろうとする者はみな、私たちと同じ運命をたどることになるのだ。）

煙に巻くような言い方はやめよう。しっかりした事実に目を向けることが大切だ。でもどの事実に？　私の十八歳の誕生日の一週間前に当る八月八日に、私服のパキスタン部隊がカシミールの休戦ラインを越えてインド側に潜入したのだろうか、それともそうではなかったのだろうか。デリーではシャストリ首相が、「同州を破壊するための……

大量潜入」と言明した。しかしパキスタン外相ズルフィカル・アリー・ブットはこうやり返した。「圧制に対するカシミール住民の蜂起に関与したという言いがかりを、われわれはきっぱりと否定する」

それが起こったのだとすれば、動機は何か？　またもや、可能な説明が次々と現われてくる。カッチ湿原によって呼び覚まされ、くすぶり続ける怒り、完全無欠な谷間の所有者は誰かという古い問題に最終的な決着をつけたいという願望……それとも新聞には出ない説明、つまりパキスタンの内政問題の圧力――アユーブ政権が倒れそうになっていて、こんな時には戦争が奇跡を行なってくれるという事情。いったいどの理由を考えたらよいのか。ものごとを簡単にするために、私は自分なりの二つの理由を示しておこう。戦争が起こったわけは、私のカシミールの夢が為政者たちの幻想を誘発したからだ。第二に、私が不浄なままでいたので、戦争が私を私の罪から分離しようとしたからだ。

ジハードだよ、パドマ！　聖戦さ。

それにしても誰が攻め、誰が護ったのか？　私の十八歳の誕生日に、現実はまたもや手ひどい仕打ちを受けた。デリーのレッド・フォートの城壁から、インド首相（昔、私に手紙をくれた首相とは別人）が、こんな誕生日の祝辞を送ってよこした。「われわれは力には力で立ち向かうことを約束する。わが国への侵略は絶対に許さない！」他方、拡声器で呼びかけるジープが、グル・マンディルの家にいた私にこう説得してきた。「インドの侵略者は完全に叩き潰されるでしょう！　われわれは戦士の民族であります。一人のパシュトゥーン人、一人のパンジャブ系ムスリムは、武器を持った十人のインド人にも相当します！」

ジャミラ・シンガーは北へ招かれて、十人力の兵士《ジャワーン》たちのためにセレナーデを歌っていた。一人の使用人が窓に黒ペンキを塗る。だが第二の幼児期に入って頭がばかになっていた父が、夜、窓をあけて、明りを点ける。そこから煉瓦や石が投げ込まれる。私の十八歳の誕生日の贈物だ。事態はますます混乱の度を深めていく。八月三十日、インド軍はウリ付近で休戦ラインを越える。「パキスタン侵略部隊を追い払う」ためか――それとも攻撃を開始するためなのか。九月一日、今度はわが十人力の兵士たちがチャンブでラインを越えたが、彼らは侵略者であったのか、なかったのか。

確かなのは、ジャミラ・シンガーの歌声がパキスタン部隊を死に追いやっていること、そして光塔《ミナレット》から勤行時報係《ムエジン》が――そう、ここクレイトン・ロードでも――戦死者は芳香楽園へ直行すると約束しているということである。サイード・アフマド・バリールヴィのムジャヒディーンの哲学が世論を支配していた。私たちは「未曽有の」犠牲を払うことを求められていた。

そしてラジオから流される多大な破壊《メイヘム》！　開戦のわずか五日後に、ボイス・オブ・パキスタンは、インドがこれまでに所有したよりも多数の航空機を破壊したと発表した。八日後に全インド放送は、パキスタン軍を一人残らずどころかもっと多数、殺したと報じた。戦争と私生活の二重の狂気によってすっかり錯乱してしまった私は、絶望的なことを考えはじめていた……

大いなる犠牲。たとえばラホールの戦闘ではどうだったか――九月六日、インド軍はワガーの国境を越えて、戦線を拡大した。戦争はもはやカシミールだけに限られたものではなくなった。大いなる犠牲は払われたのかどうか？　パキスタンの陸・空両軍がカシミール地区に結集していたために、この都市が無防備に近かったというのは本当なのか？　ボイス・オブ・パキスタンは「ああ、記念すべき日よ！」と言った。ああ、遅れをとることは致命的である、ということの明白な教訓だ！　インド軍はこの都市の占領には自信満々で、朝食のためにいちいち立ち寄った。全インド放送はラホール陥落を報道した。他方、民間の飛行機が朝食中の侵略者たちを発見した。BBC放送が全インド放送を傍受していると、ラホールの市民兵が動員されたことが分かった。ボイス・オブ・パキスタンを聞いてみよう！――老人、少年、憤激したおばあちゃんが、手に入るあらゆる武器を使って、インド軍と闘い、橋のひとつひとつを護ろうとした！　足をひきずった男たちはポケットに手榴弾を詰めて雷管を外し、攻めてくるインドの戦車の下に身を投げた。歯のない老婦人は干し草用のフォークでインド軍《バーブー》の腹わたを抜き取った！　男と子供は一人残らず死んだ。だが彼らは空からの救助隊が到着するまでインド軍を食い止め、ラホールを守った。殉死だよ、パドマ！　芳香楽園入りまちがいなしの英雄たちだ。そこではだね、男たちは、妖魔《ジン》にも男にもけがされていない四人の美しい天女《フーリ》を与えられるのさ。そして女たちも、これまた男性美満点の四人の男を当てがわれるわけだ！〈こんな神のお恵みをどうして拒むことができよう？〉この聖戦というやつは、まったく大した代物だ。何しろ究極の犠牲を一回払うことで一切の罪を償うことができるというのだから。そして当然のことながらラホールは護られた。インド軍のほうは何を期待しえたろう。せいぜい転生することぐらいだ――ゴキブリとして、それともサソリとして、それとも呪医として――いずれにしろ比べ物にはならない。

そんなことがあったのか、なかったのか？　いったい何が起こったのか？　つまり全インド放送――〈大規模な戦車戦、パキスタン大損害、戦車四百五十台破壊〉――は真実を伝えていたのか？

現実なるものは存在しない。確かなものは存在しない。パフスおじさんがクレイトン・ロードの家に訪ねて来た。口には一本の歯もない。〈人それぞれにさまざまな度合の忠誠心を示した印中戦争当時、母は金の腕輪や宝石入りのイヤリングを、「武装のため装身具を」という運動に供出した。だが口いっぱいの金歯を投げ出したのに比べたら、そのくらい何だろう。）「一人の男の虚栄心のために国家が資金不足になるようではいけない！」と、彼は歯のない歯ぐきの間から、ムニャムニャと言った――だが彼は本当に供出したのか。金歯は本当に聖戦のために犠牲にされたのか。それとも家の戸棚にしまってあるのか。「すまないが」とパフスおじさんがムニャムニャ言った、「約束の特別の持参金《ダウリ》は待ってもらわなけりゃなるまいて」――国家主義のためか、吝嗇のためか。歯ぐきをむきだしにしていることは、愛国主義の至上の証明なのか、パフィアの口に金歯を入れずにすませるための、汚ない手なのか？

それに、パラシュート部隊は本当にあったのか、なかったのか？「……すべての大都市に降下した」とボイス・オブ・パキスタンは報じた。「五体満足な人はすべて、武器を持って待機せよ。日暮の鐘のあとに人影を見たら、撃て」しかしインドでは、「パキスタン軍の空襲という挑発にもかかわらず」とラジオは主張した、「われわれはその手にのらなかった！」誰を信じたらよいのか。パキスタンの戦闘爆撃機は本当に「大胆な爆撃」をやって、インド軍の三分の一をアスファルト舗装の上に撃ち落としたのか。まことか嘘か。そしてパキスタン軍のミラージュとミステールが、インド軍のずっと野暮な名前のミグを相手に演じたあの夜空のダンスはどうだったろう。イスラムの蜃気楼《ミラージュ》と神秘《ミステール》はヒンドゥーの侵略者と闘ったのか、それともすべては驚くべき幻想だったのか。爆弾は落ちたのか。爆撃は本当だったのか。そもそも死を事実と言えるのか？

そしてサリームは？　彼は戦争で何をしたのか？

こういうことだ。徴兵を待つ間、私は心優しい、木っ端微塵にしてくれる、眠りを与えてくれる、楽園をもたらしてくれる爆弾を捜しに行ったのだ。

最近になって私を征服した運命論は、いっそうひどい形をとりはじめていた。家族の崩壊、所属した両方の国家の崩壊、正気で現実と呼びうるすべてのものの崩壊のなかに溺れ、けがれた失恋に呑み込まれて、私は忘却を求めた――いや、いささか高尚に仕立ててしまったようだ。美辞麗句を使ってはいけないのだ。ではありのままで行こう。私は死を求めて夜の街をバイクで走り回っていた。

聖戦で死んだのは誰か？　私が純白の上着《クルター》とパジャマ（インドで男女とも着用するゆるい長ズボン）をつけて外出禁止令下の街をランブレッタで走ってゆく時、私の求めていたものを見つけた人は誰か。戦争で殉死して、芳香楽園へ直行した人は誰か。爆撃のパターンを研究しろ。ライフルの銃声の秘密を考えてみろ。

九月二十二日の夜、すべてのパキスタンの都市が空襲をうけた。（もっとも全インド放送は……）現実の、それとも架空の飛行機が、本物の、それとも神話の爆弾を投下した。したがって次のことは事実であるか、それとも病める想像の産み出した虚構であるか、どちらかということになる。ともかくラワルピンディに投下されて爆発した三発の爆弾のうち、一発目は祖母ナシーム・アジズと叔母ピアがテーブルの下に隠れていたバンガローの上に落ちた。二発目は市の監獄の翼を一つ吹きとばして、いとこのザファルを幽閉の身から解放した。三発目は歩哨の立っている、壁に囲まれた大きくて真っ暗な邸宅を破壊した。歩哨が立ってはいたが、彼らはエメラルド・ズルフィカルがサフォークよりもはるかに遠い所へ連れ去られるのを阻止することはできなかった。その晩この家にはキーフ藩国の太守《ナワブ》と、断固として大人になろうとしない娘が来訪中であった。この娘も、大人になる必要を免除される結果になった。カラチでも爆弾は三発で足りた。インド機は低空飛行を嫌って、非常な上空から爆撃した。大部分のミサイルは海に落ちて、無害だった。しかし一発は(退役)少佐アラウッディン・ラティフと七人のパフィアたち全部を殺戮し、私を約束から永遠に解放してくれた。最後に二発が残っていた。ちょうどその時、前線では、美男のムタシムがトイレに行くためにテントを出た。蚊の鳴くような音が聞こえてきて(それとも、聞こえてこなかったのか)、狙撃兵の銃弾に当り、彼は膀胱を一杯にしたまま死んだ。

まだあと二発残った爆弾のことを話さなければならない。

生き残ったのは誰か？　ジャミラ・シンガーはといえば、どちらの爆弾にも見つけられずにすんだ。インドでは、ムスタファ叔父の一家は爆弾の世話になることはなかった。しかし父の忘れられた遠縁のいとこゾホラとその夫は、アムリトサルに移住したが、一発の爆弾につかまってしまった。

さて、あと二発の爆弾の話をしなければならない。

……私は戦争と自分との密接な関係のことを知らずに、愚かにも爆弾を捜しに行った。外出禁止時間のあと、私はバイクで走って行ったが、自警団員の弾は目標を見つけることができなかった……そしてラワルピンディのバンガローから炎のシーツが燃え上がった。真ん中に不思議な黒い穴のあいたシーツで、それは頬にほくろのある老婦人の煙の像に変わった……こうして一人また一人と、戦争は、私の枯渇した希望のない家族をこの世から抹殺していった。

だが今、秒読みは終りになった。

とうとう私はランブレッタで家路についた。そしてグル・マンディルの家の近くまで来た時に、頭上に飛行機の爆音を聞いていた。まさに蜃気楼《ミラージュ》にして神秘《ミステール》だった。その時、卒中で痴呆状態にあった父は、明りを点け、窓を開けているところだった。民間防衛隊員が、灯火管制が完全に行われているかどうか見に来たばかりだったのに。またアミナ・シナイが白い洗濯物入れの亡霊に向かって、「さあ、行っておしまい――もうお前は見飽きたから」と言っている時、私はスクーターで民間防衛隊のジープとすれ違った。ジープから怒った握り拳が振りかざされた。煉瓦と石がアリア伯母の家の明りを消すよりも前に、泣き声が起こった。よそへ死を捜しに行く必要はないことを私は知るべきだった。しかし私がまだ真夜中のモスクの陰にかくれた路上にいるうちに、それは、父が愚かにも開いた明るい窓に向かって飛び込んで行った。死はのら犬のように泣き、落下する石や布のような炎に変身し、また大きな力の波となって私をランブレッタからはじき飛ばした。悲哀にみちた伯母の家のなかで、父、母、伯母、一週間後に生まれるはずの弟だか妹だかが、みんなみんな、そろって煎餅《せんべい》のように押し潰され、家がまるでワッフル焼き器のように、頭上に崩れ落ちてきたのだ。コーランギー・ロードでは石油精製所を狙った最後の爆弾がそれて、中二階のあるアメリカ風の家に落ちた。へその緒は埋められても、まだこの家は完成していなかった。だがグル・マンディルでは、多くの物語が終末を迎えていた。アミナと昔の地下室の夫、彼女のかいがいしさ、公表、自分の息子ならぬ息子、競馬でのツキ、イボ、パイオニア・カフェの踊る手、姉の最終的勝利。そしてアフマド、いつも道に迷い、下唇を突き出し、ぶよぶよの腹をし、凍結で蒼白になり、放心に負け、路上で犬を殺し、遅すぎる時に恋を知り、空から落ちて来る物に対する弱さゆえに死んだ男。彼らは煎餅のようにぺしゃんこになり、まわりでは家が爆発し、崩れ落ちていった。一瞬の激烈な破壊によって、忘れられたブリキのトランクの奥深く閉じ込められていたものが空中に飛び出した一方で、その他のものも、人間も記憶も瓦礫の下に埋もれて救済の見込みもなくなった。爆発の指は深く深くたんすの底まで伸びていき、緑のブリキのトランクの錠をあけて、爆発の手がトランクの中身を摑まえて、空中に放り上げ、ついに今、長年かくれて見えなかったものが、くるくる回る月のかけらのように夜空に回っていた。そして今、爆風に倒れたあとでめまいを覚えながら私が起き上がると、何かが月の光を浴びながら落ちてくるところだった。何かが月の光のような銀色を呈しながら、旋回し、回転し、宙返りして、落ちてくる、ラピスラズリの象眼のある、見事な造りの銀の痰壺で、過去が禿鷹の落とした手のように私をめがけて急降下してきて、私を浄化し解脱させるものとなる。今、ふと上を見上げると、頭の後ろの方に何かが感じられ、それから前にのめり、両親を荼毘《だび》に付す薪の前にひれ伏している間に、短いながら無限の、完全な明知の一瞬が訪れる、私が過去も現在も時間も、差恥心も愛も奪われる寸前の、束の間の、しかし無時間の爆発、この一撃の必然性のなかで私は頭を垂れあああそうだ沈黙するああそうだそして次の瞬間、私は空虚に、自由になる、すべてのサリームが私から流出する、大きな赤ん坊のスナップ写真に現われた赤ん坊から、汚れた、けがらわしい愛を秘めた十八歳の若者までのすべてのサリームが、恥も罪も、好かれたい気持も愛されたい欲求も、歴史的役割を発見しようという決意も、あまりに速い成長も、流出してゆき、私は洟たれ君からもあざのある顔からも、禿坊主やクンクンやインド地図からも、洗濯物入れやエヴィ・バーンズや言語行進者からも自由になり、コリノス・キッドやピア叔母《ムマーニ》さんの乳房からも、アルファとオメガからも解放され、ホミ・キャトラック、ハーニフ、アーダム・アジズ、そしてジャワハラル・ネルー首相を次々に殺した罪を赦免され、五百歳の娼婦や真夜中の愛の告白を振り切り、アスファルト道路に倒れ、あらゆる煩悩を消し去って、転げ落ちる月のかけらによって清浄無垢に還り、母の銀の痰壺によって(予言通り)頭を打たれて、木の書類箱のように一掃された。

九月二十三日の朝、国連はインド－パキスタン間の戦争の終結を宣言した。インドは五百平方マイルのパキスタン領土を占領し、パキスタンは三百四十平方マイルのカシミールの夢を征服した。休戦が来たのは、ほぼ同時に両国の弾薬が尽きたからだと言われた。かくして国際外交の要請と武器供与国の政治的動機をもった工作とが、私の一家の無差別全面殺戮だけはくいとめてくれた。幾人かは生き残った。それはどこの国も、殺し屋たらんとする者たちに、皆殺しをまっとうするに必要な爆弾、銃弾、飛行機を売ってくれなかったからだ。しかし六年後、もう一つの戦争が起こった。

第3巻

ブッダ

どうやらまちがいなく(というのも、もしそうでないとしたら私は自分が「この世の《ジス・モー》煩わしさ《タル・コイル》」のなかに居続けている(シェイクスピア『ハムレット』三幕一場六七行のもじり)ことについて、何か途方もない説明を持ち出して来なければならないだろうから)、私は一九六五年の戦争の死に損ないの一人に数えられるらしい。痰壺に頭を打たれたサリームは、部分的抹殺を蒙っただけですんだ。他の、もっと不運な人びとは命を落としたのに、こちらは汚れを払い落とすだけですんだ。モスクの夜の暗闇のなかで意識を失っていた私は、弾薬補給所が空《から》になったおかげで助かったのだった。

涙が――カシミールの冷気に恵まれないこの土地では、固まってダイヤの粒になることができず――パドマの頬のふっくらした曲線を流れ落ちる。「ああ、あなた、この戦争という見世物は、最良の人たちを殺して、そうでもない人たちを残すのよね！」真っ赤な目からカタツムリの大群が這い出して下っていったばかりで、そのねばっこく光る這い跡が顔に残っているといったありさまのパドマは、爆弾に吹き飛ばされた私の一族の死を悼んでいる。私はいつものことながら涙など出はしない。パドマが涙ながらに吐露した感慨には意図せざる侮辱が含まれていてカチンと来はしたが、私は鷹揚に腹立ちを抑える。

「生者を哀れむことだよ」と私はやんわり彼女をたしなめる、「死者は苦痛のない楽園に住んでいるんだ」サリームのことを哀れんでくれ！　とぎれのない心臓の鼓動のおかげで天上の芝生に入れてもらえず、病室のぬめっとした金属的な臭いの只中に今また目覚めてしまったこの男を。男にも妖魔《ジン》にも触れられたことのない天女《フーリ》から、約束された永遠の慰めを受けることもできはしない――しかし大男の看護師から、いやいやながらも病人用の便器を当てがってもらったりして世話になれたのだから、まずは幸運な方だ。彼は私の頭に繃帯《ほうたい》を巻きながら、うちの先生《ドクター・サヒブズ》方と来たら戦時中だろうと何だろうと日曜には海岸の別荘へ出かけるのが好きでね、などと溜息まじりにつぶやき、「あと一日じっと寝ていた方がいいようだね」と言い置いて、他の患者の世話をするために離れていった。

サリームを哀れみたまえ――天涯孤独で浄化された男を。日々百の針穴をあけてくれる家庭生活なるものだけが、歴史というとてつもなく膨らんでいくファンタジーをしぼませ、もっと扱いやすい人間的な大きさに縮小してくれるはずだったのに、根こそぎ抜かれて無造作に何年も放り出され、何の思い出もないまま大人になり、あらゆることがますますグロテスクになっていく日々を生きる運命だった男を。

パドマの頬にカタツムリの新しい通り跡が出来る。なんとか「ほら、ほら！」と聞き手の気分を一新してやらなければと、私は映画の予告篇の方式に頼ることにする。（昔のメトロ・カブ・クラブで予告篇を見るのが私はとても好きだった！　波打つ青い画面に現われる〈次の大作〉という文字を見て、舌なめずりをしたものだ。〈近日上映〉と華々しく告げるスクリーンの前で、期待に生唾が出てきたものだ——それというのもエキゾチックな未来の約束は、いつも私の心には、味気ない現在に対する解毒剤と思えたからなのだ。）「まあまあ、待つんだ」と私は悲しそうな顔をしてうずくまっている聞き手に向かって言う、「まだ終ってはいないのだよ！　電気処刑の話やジャングルの話がある。それに戦場の頭蓋骨の山のことも。骨から流れ出る髄液のおかげでその土地はえらく肥えているのさ。命からがらの脱出の話とか、悲鳴をあげる光塔《ミナレット》の話もある！　パドマ、まだまだ語るべきことがたくさんあるんだ。透明人間の籠のなかでの、そしてもう一つのモスクの影のなかでの、更なる試練、レーシャム・ビビの予感、それに魔女パールヴァティのふくれっ面、こんな話を楽しみにすることだ！　父親になるの巻、裏切りの巻。そして避けて通れないのが〈未亡人〉の巻。この女性は、私の上半身排水の物語に下半身排水という不名誉な結末をつけ加えてくれる人さ……ともかく〈次の大作〉〈近日上映〉のたぐいがまだたくさんあるんだよ。両親の死で一つの章は終るけれど、新たな一つの章が始まりもするわけだ」

新展開があると聞いて、いくぶん気をとりなおしたパドマは、鼻をすすった。軟体動物の粘液を拭きとり、目をこする。深く息を吸い込み……そして先ほど病院のベッドに横たわっていた、痰壺に頭を打たれた男の物語の時間に換算すると、糞蓮姫が言葉を発するまでに五年近い歳月が経過するのだ。

（パドマが落ち着こうとして息をとめている間に、一つご免を蒙って、ボンベイ・トーキー流のクローズアップをここに入れておこう——そよ風にめくられるカレンダー、すばやく次々とめくられていくページは歳月の経過を示す。その上に街頭の暴動の荒々しいロングショット、それにバスの焼き打ちや、英国文化振興会および米国文化情報局に所属するあちこちの英語図書館が次々と炎上した事件のミディアムショットを重ね合わせることとしよう。カレンダーがますます速くめくられるのを見ながら、同時に、アユーブ・カーンの失脚、ヤヒヤー将軍の大統領就任、選挙の約束といった画面がちらっと見られる……だがここでパドマが口を開いたので、Z・A・ブット氏とシェイク・ムジブル・ラーマンの間の激しい対立の様子を紹介する時間はない。吐き出された空気が、目には見えないながら彼女の口から出はじめる。するとパキスタン人民党（Z・A・ブットが率いる）と人民《アワミ》連盟の指導者たちの幻のような顔がちらっと光って消える。彼女の肺から絞り出された大きな息は逆説的にも、カレンダーのページに吹きつけるそよ風を押さえ込んでしまう。カレンダーは一九七〇年後半のある日のところで静止する。国を二分する選挙の前、西翼対東翼の戦争の前、ＰＰＰ（パキスタン人民党）対人民《アワミ》連盟、ブット対ムジブの争いの前……一九七〇年の選挙の前、駅馬車に乗った三人の若い兵士がマリー丘陵の秘密の兵営《キャンプ》に到着する時よりもずっと前のことだ。）

パドマは落ち着きを取り戻した。もう泣かないという合図に手を振って、「いいの、もうだいじょうぶなのよ」とさとすように言う。そして優雅に、「なぜ待っているの？始めて下さる？」と蓮の姫は言う。「さあ、もう一度始めてちょうだい」

丘陵のなかの兵営は地図には載っていない。そこはマリー街道からはとても離れていて、どんなに耳のいい人が車で通っても、犬の吠え声さえ聞こえて来ない。周囲を囲んでいる針金の柵はしっかりと隠されている。門には標識も表札も見当らない。それでもそれはちゃんと存在するのだ。その存在は強く否定されてきたのだけれども——たとえばダッカ陥落に際して、パキスタンの敗戦将軍タイガー・ニヤージー（本名アブドゥラー・カーン・ニヤージー）がかつての友人であるインドの戦勝将軍サム・マネクショーからこの問題について訊ねられた時、タイガーは一笑に付した。「追跡情報活動のための犬小隊(Canine Unit for Tracking and Intelligence Activities)だって？　そんなものは聞いたこともない。何かの間違いじゃないかね。こう言っては失礼かもしれんが、まったく馬鹿げた考えだ」タイガーのサムへの返答にもかかわらず、私は断言する、キャンプはまちがいなく存在すると……

……「整列！」イスカンダル准将がほやほやの新兵三名、アユーバ・バロッチ、ファルーク・ラシド、シャヒード・ダールを怒鳴りつけている。「君たちは今からＣＵＴＩＡ《クティア》小隊だ！」散歩杖で腿を叩きながら、かかとでくるりと後ろを向くと、彼は三人を山の太陽に焼かれると同時に山の冷気に凍える練兵場に直立させたままにして去って行った。胸を張り、肩を引き、命じられるままに動いてきた三人の若者は、准将の従卒ララ・モインのくすくす笑いを聞いた。「お前たちはまったくお気の毒だよ、あの犬男につかまるなんて！」

その夜、寝棚のなかでのこと。「追跡に諜報だ！」とアユーバ・バロッチが誇らしげにささやく。「スパイだぜ、おい！　ＯＳＳ117みたいなものさ！　あのヒンドゥーたちをやっつけてやろうぜ――何だってやってやるぞ！　カダーン！　カポー！　ヒンドゥーの弱虫どもめ！　どいつもこいつもベジタリアンだ！　草食人種なんてものは」アユーバはひそひそ声になる、「いつだって肉食人種にはかないやしないんだ」彼は戦車《タンク》のような体軀の持主だ。角刈りの髪が眉毛のすぐ上から生えはじめている。

するとファルークは、「戦争があると思うかい？」アユーバは鼻を鳴らす。「ほかに何があるんだ？　戦争なしですむかよ？　ブット先生がすべての農民に一エーカーの土地を約束しただろ？　それがどこから来ると思う？　そんな広い土地を手に入れるには、パンジャブとベンガルをぶんどらなくちゃ、ってことだ！　まあ待ってろ。選挙で人民党が勝てば――その時はカポー、カブルーイだ！」

ファルークは動揺している。「あのインド人どもはシク教徒の部隊を持ってるんだよ、君。ひげと髪を長くのばしていて、カッとなるとそれがピンと立つのさ。戦争となると奴らはもう狂ったみたいに、がむしゃらに闘うんだ……！」

アユーバは面白がって喉を鳴らす。「ベジタリアンだぞ、おい《ヤール》……やつらが肉食でがっしりしたおれたちを負かすことなんかできやしねえよ」だがファルークはひょろ長い体形をしている。

シャヒード・ダールが小声で言う、「だけど、犬男というのはどういう意味なんだろう?」

……朝。黒板のある仮兵舎《ハット》で、イスカンダル准将は襟にこぶしをこすりつけるのに余念がないが、その間、特務曹長のナジムディンは新兵たちに説明《ブリーフィング》を与えている。質疑応答の形をとってはいるが、ナジムディンが問いと答えの両方を引き受けている。誰にも口出しは一切ゆるされない。黒板の上からヤヒヤー大統領と殉教者ムタシムの花冠のついた肖像がいかめしい表情で見おろしている。(閉じた)窓からしつこく吠えつづける犬の声が入ってくる……ナジムディンの問答も犬が吠えているように聞こえる。君たちは何のためにここに来ているのか?――訓練を受けるためだ。何の訓練か?――追跡し捕獲する訓練だ。どういう編成で?――三人の兵と一匹の犬から成る犬小隊ごとにだ。この小隊の特異性は?――将校がいない。何事も自分たちで判断せねばならない。したがって、高度にイスラム的な自制心と責任感が必要である。この小隊の目的は?――不穏分子を根絶すること。その種の分子の特徴は?――陰険で、巧みに正体を隠しているから、誰もが疑わしい。そいつらのこれまでに知られている意図は?――恐ろしいことばかりだ。家庭生活の破壊、神の殺害、土地所有者からの土地奪取、映画検閲の撤廃などだ。いったい何のために?――国家を廃絶し、無政府状態をつくりだし、外国の支配を許すためだ。不安をさらに悪化させるものは何か？――来たるべき次の選挙、そしてその結果実現されるかもしれない民政だ。（政治犯は釈放されてきたし、今も釈放されている。ありとあらゆる種類のならず者が外国で野放しになっている。）小隊の特殊な任務は？――疑問を抱かずに服従すること、ひるむことなく追跡すること、容赦なく逮捕すること。任務遂行の様式は？――隠密に、能率的に、迅速に、をモットーとせよ。そのような拘留に法的根拠はあるのか？――パキスタン防衛法には、不穏分子を捕えて六ヵ月間拘留してもよいという規定がある。なおこれには、拘留期間を六ヵ月間更新することができるという付則がついている。何か質問は？　ないな。よろしい。君たちは第二十二クティア小隊だ。牝犬のバッジを襟に縫いつけること。ＣＵＴＩＡという略語はもちろん牝犬という意味だ。そして犬男とは？

脚を組み、青い目をして、空を見つめながら、彼は一本の樹の下に坐っている。この高度では菩提樹は育たない。だから彼はスズカケの樹で間に合わせる。彼の鼻は球根状でもあり、キュウリのようでもあり、先端は寒さで青くなっている。頭のてっぺんの、かつてザガロ先生に手で髪をむしり取られたところは修道僧のようにツルツルしている。指が一本切り取られている。甲状腺キースがドアをバタンと閉めた時、切断された指先がマーシャ・ミオヴィックの足元に転げ落ちたのだ。それに顔ときたらまるで地図みたいにあざだらけだ……「エケーッ！」(彼は唾を吐く。)

彼の歯は汚れている。キンマ汁で歯ぐきが赤くなっている。口から吐き出されたパーン液の赤い奔流が、あっぱれな正確さで、彼の前の地面に置かれた美しい造りの銀の痰壺に命中する。アユーバとシャヒードとファルークは驚いて眺めている。「それをこの男から取り上げたりするな」特務曹長のナジムディンが痰壺を指差しながら言う、「暴れたりすると厄介だ」アユーバが「しかし曹長殿はおっしゃったはずです。三人の兵と一匹の――」と言いかけると、ナジムディンは吠えだした、「問答無用！　口答えせずに服従！　この男が君たちの追跡犬だ。話はそれだけだ。解散！」

その時アユーバとファルークは十六歳半だった。シャヒードは(年齢をいつわっていて)おそらく一歳年下だった。とても若くて、恋や飢えのような、しっかりした現実感覚を与えてくれるような思い出を持つひまもなかったので、少年兵士たちは伝説やゴシップの影響をきわめて受けやすかった。二十四時間もしないうちに、他のクティア小隊と食堂で喋っている間に、犬男はすっかり神話化されてしまった……「大変な名家の出なんだよ、君！」――「馬鹿息子なので、軍隊に入れて、鍛えてやろうと親が考えたんだな！」――「六五年に戦災に遭ったんだよ。ところがその時のことを何ひとつ思い出せないし、思い出そうとしないんだ」――「いいか、聞けよ。おれの聞いたところじゃ、あいつの妹はだな」――「違うよ、君、それは馬鹿げている。彼女はいい人なんだ。素朴で、清らかでね。兄貴を見捨てたりする人じゃない」――「ともかく彼はそのことを話そうとしない」――「おれは一つすごい話を聞いている。彼女は彼を憎んでるんだよ、君、だからこそ彼女は！」――「記憶がないんだ。人間というものに興味がなくて、犬のように生きている！」――「だけど追跡の仕事は本当にたしかなんだ！　あの鼻を見たろう」――「ああ、見たとも、あいつは地面のどんな足跡でもたどることができるんだ！」――「水のなかだろうと、岩をとびこえてだろうとさ！　あんな追跡犬なんていはしないよ！」――「それに、あいつは感覚がないんだ！　そうさ！　無感覚なんだ、間違いない。頭のてっぺんから足のつま先まで無感覚さ！　人にさわられたって分かりはしない――ただ匂いによってだけ、相手のいるのが分かるのさ！」――「戦争で負傷したせいだろう！」――「だけどあの痰壺、あれはいったい何だ？　愛の形見のようにどこへでも持ち歩いてる！」――「言っとくけど、君たちと三人でよかったよ。ぼくはあいつには虫酸が走る。ほら、あの青い目がさ」――「あいつの鼻の力がどうして分かったか知ってるかい？　あいつは地雷原にさまよい込んで行ったんだよ。そしてまるで地雷のあるところが臭いで分かるみたいに、ちゃんとよけて歩いたのさ！」――「いや違うぞ。何を言ってるんだ。それはだいぶ前の話だよ。クティア作戦全体のなかで最初に使われた犬のことさ。あのボンゾだよ。ごっちゃにするな！」――「おい、アユーバ、用心しろよ、お偉方があいつに目をかけているということだぜ」――「そうさ、さっきも言った通り、ジャミラ・シンガーが……」――「ああ、やめてくれ、君のお伽話は聞きあきたよ！」

アユーバ、ファルーク、シャヒードの三人は、ひとたびこの奇妙な、無感覚な追跡犬になじんでしまうと（それはトイレの一件があってからのことだが）、彼にブッダ、つまり「老人」というあだ名を献上した。彼が三人よりも七歳は年上にちがいなく、六年前の、つまり若い三兵士がまだ長ズボンさえはけなかった頃の、六五年戦争に参加していたからでもあるが、何よりも彼が非常に高齢という雰囲気を漂わせていたからである。ブッダは年よりも老けていたのだ。

ああ、音訳《トランスリテレーション》に生じる多義性よ、幸いなるかな！　老人を意味するウルドゥー語の「ブッダ」はDが強い破裂音である。だがDが柔らかく読まれるブッダもあり、これは菩提樹の下で悟りを開いた人を意味する……昔、ひとりの王子が現世の苦しみに耐えられず、現世に生きると同時にそこに生きないということができるようになった。彼は存在し、かつ不在であった。彼の肉体は一つの場所にありながら、精神は別の場所にあった。古代インドでのこと、ゴータマ・ブッダはガヤー(ビハール州の都市)の地で一本の樹の下に悟りを開いて坐っていた。サールナートの鹿野苑《ろくやおん》(ベナレスの東北方十キロ)で、彼は現世の苦しみを去って内面の平和を実現せよと人びとに説いた。そして何世紀ものちに、サリーム・ブッダは別の樹の下に坐っていた、悲しみを思い出すこともできず、氷のように無感覚になり、過去をすっかり洗い流されて……そう、ここで私は当惑しつつも認めざるをえない、記憶喪失は、どぎつい映画製作者たちがいつも用いている仕掛けの一種だと。頭をちょっと下げて、自分の生活がまたしてもボンベイ・トーキーの調子をおびてきたことを認める。しかし結局のところ、転生といった厄介な問題を別にすると、再生を実現する方法などそんなにあるものではない。だからメロドラマ調ではなはだ恐縮ではあるが、私はあくまでも主張しなければならない。私は、つまり彼は、再び新たに始まったのだ。ひとかどの人間になりたいとずっと望んできた彼(あるいは私)は、すべてを洗い浄められてしまったのだ。ジャミラ・シンガーに邪険に捨て去られ、見えないところへ遠ざけるために軍隊に入れられたのち、私(あるいは彼)は愛の代償を支払うつもりで運命を引き受け、スズカケの樹の下におし黙って坐っていた。歴史をすっかり失ったブッダは服従するすべを学び、自分に求められていることのみを行なった。要するに、私はパキスタン市民になったのだ。

当然と言えば当然のなりゆきだったが、数ヵ月に及ぶ訓練期間中に、ブッダはアユーバ・バロッチをいらだたせるようになった。その理由はおそらく、彼が兵士たちから離れて、犬舎の並びのはずれにある藁で囲った苦行僧の小屋のようなところで寝起きすることにしたからだろう。あるいは樹の下で脚を組んで坐っているところをしょっちゅう見られたからだろう。手に銀の痰壷をかかえ、目は焦点が定まらず、唇には間の抜けた微笑を浮かべて——記憶を失ってしまったことを本当に喜んでいるというふうなのだ！　それればかりか、肉食の使徒アユーバは、彼の小隊の追跡犬があまり男らしくないことに気づいたのかもしれない。「まるでボケナスだな、お前さんは」私はアユーバに言いたいことを言わせておく、「どう見ても——野菜だよ！」

（視野を広げてみると、年末年始にかけていらだちがこの国を覆っていたと言ってもよいかもしれない。ヤヒヤー将軍とブット氏でさえ、シェイク・ムジブが自分こそ新政府をつくる権利があると頑固に主張するのを聞いて、怒りもし、悩みもしたではないか。あのいまいましい人民連盟《アワミ》が、東翼に許された百六十二議席のうち百六十議席を取ってしまったのだ。ブット氏の率いるパキスタン人民党は西翼選挙区の八十一を制覇したにすぎない。まさにいらだたしい選挙だった。ともに西翼人であるヤヒヤーとブットがいかに参ったかは、想像に難くない。こんな強者たちでさえ怒りっぽくなるのだとしたら、一介の若造が平静を失ったからと言って責めるわけにはいくまい。アユーバ・バロッチはいらだちによって別に偉くなりはしなかったが、優れた人間の仲間入りをしたとは言える。）

演習中に、アユーバとシャヒードとファルークの三兵士は、ブッダが藪や岩や小川を越えてごくかすかな臭跡をたどっていくあとについて行きながら、彼の能力のすごさは認めざるをえなかった。それでもなお戦車《タンク》のようなアユーバはこう訊ねるのだった。「お前さんは本当に記憶がないのかい？　何も？　驚いたな、それでも心配じゃないのかい？　どこかに親兄弟がいるだろうにな」だがブッダは相手の言葉をさえぎって静かに言った、「そんな話をぼくの頭に詰め込まないでくれ。ぼくは現にあるぼくであり、あるのはそれだけだ」彼のアクセントが実にきれいなので、「へえ、こりゃ上品なラクナウあたりのウルドゥー語だよ、たいしたもんだ！」とファルークが誉めちぎった。すると田舎まる出しの粗野な言葉を話すアユーバ・バロッチは黙り込んでしまった。そして三人は噂をますます本気で信じるようになった。彼らは心ならずもこの男に魅入られてしまったのだ。鼻はキュウリみたいで、頭ときたら記憶も家族も歴史も受けつけず、臭い以外は何ひとつ入れようとしないこの男に……「まるで中身を吸い取られた卵だぜ」とアユーバは仲間たちに言い、それから本題に戻って言った、「まったく《アッラー》、鼻までが野菜じみてるよ」

だが彼らの違和感は消えなかった。彼らはブッダの感覚のない虚無性のうちに「不穏さ」の痕跡を感じとっていたのだろうか？——つまり過去と家族を拒絶するという生き方は、とりもなおさず彼らが「根絶」しようと血まなこになっている破壊的行動に該当するのではないか？　しかしながらキャンプの上官たちは、「上官殿、自分らにも本物の犬を支給して下さいませんか」というアユーバの陳情には耳を貸さなかった……だからすでにアユーバを指揮官として英雄として見なしていた、生まれながらの家来であるファルークは叫んだ、「どうする？　あの男の近親者に頼まれて、誰かお偉方が准将に、あの男を大目に見ろと圧力をかけたに違いないぜ」

そして(これは三人のうちの誰にも言えないことだったろうから)私から述べておくが、彼らの不安の根底には、すべてのパキスタン人の心のなかにへその緒のように埋め込まれている、分裂病の、つまり分裂してしまうことへの恐怖がひそんでいたのだ。当時、国の東西両翼はインドという架橋しえぬ広大な陸地によって隔てられていたし、過去と現在は架橋しえぬ裂け目によって隔てられていた。宗教が、両半分を結びつけているパキスタンのニカワであった。ちょうど意識——過去と現在の融合体である時間のなかに同質的実体として存在するという自己意識――がわれわれの昔と今を結びつける人格のニカワであるように。屁理屈はこれくらいにしよう。私が言おうとするのはつまり、意識を捨て、歴史と断絶することによって、ブッダは最悪の範例をつくったということ――そしてこの範例がシェイク・ムジブともあろう人物によって模倣されたということだ。つまり彼は東翼を分離に追い込み、「バングラデシュ」としてその地の独立を宣言したのだ！　だからアユーバ、シャヒード、ファルークの三人が落ち着かない思いをしたのも当然だった――というのは、いかに直接的な責任のないところに引きさがっていたとはいえ、隠喩的な関係様式のはたらきによって、私は一九七一年の交戦に対する責任を免れることはできなかったから。

だが私は新しい仲間たちのところへ戻って、トイレでの一件を語らなければならない。戦車のようなアユーバが小隊を率い、ファルークは満足して従っていた。第三の若者はもっと陰気な、孤高を保っているタイプで、そのかぎりで私の心に最も近い人物だった。十五歳の誕生日にシャヒード・ダールは年齢をいつわって軍隊に入った。その日、パンジャブの小作百姓である彼の父はシャヒードを畑に連れて行って、軍服姿の彼を抱いて泣きくずれたのだった。父親のダールは息子にシャヒードという名前の意味を教えた。それは「殉教者」のことなのだ。この名に恥じないように振る舞え、もしかするとお前は、わが家で一番先に、父が借金を返すことも、十九人の子供を養うこともできずにいるこの悲しい現世をあとにして、芳香楽園へ行くことになるかもしれんな、と父は言った。名前の圧倒的な力、その帰結としての遠くはないであろう殉教が、シャヒードの心を蝕みはじめた。夢のなかで彼は自分の死を見るようになった。それは真っ赤なザクロの形をして、背後の宙に浮いており、どこへでも彼のあとについてきて、時の来るのをじっと待っているのだった。ザクロに化けた死という穏やかでない、いささか非英雄的な幻のおかげで、シャヒードは内向的な、笑みを見せない男になった。

クティア小隊が次々とキャンプから実戦に送り出されていった。シャヒードはそれを見守りながら何くわぬ顔を装ってはいたが、今や自分の時、ザクロの時が間近に迫っていると思うようになった。迷彩を施したジープで三人の兵と一匹の犬の小隊が次々と繰り出していくのを見て、彼は政治的危機が高まっているのだと推測した。二月になった。上官たちのいらだちは日ごとに目立ってきた。しかし戦車のアユーバは身のまわりの状況しか見られなかった。彼のいらだちもまた高まりはしたが、その対象はブッダだけに限られていた。

アユーバはキャンプの唯一の女性に夢中になった。やせこけたトイレの清掃婦で、年はどう見ても十四以下で、乳房が粗末なシャツを押し上げはじめたばかりだ。まぎれもなく身分の低い女性だったが、何しろ紅一点なのだし、トイレの清掃婦にしては見事な歯並びをしていて、颯爽と後ろを振り向く時の目つきが愛くるしかった……アユーバは彼女を追いまわしはじめた。追いまわしているうちに、彼女がブッダの藁で囲った小屋に入っていくところを見た。彼は自転車を小屋の壁に立てかけてサドルの上に立ち、見たくないものを見てしまったショックでよろけて倒れた。のちほど彼は清掃婦の腕を乱暴につかまえて言った、「あの気遣い野郎となぜあんなことをした――このおれが、アユーバがいるのに、いくらでも相手になってやれたのに――」すると彼女は、あの犬男が好きなの、面白い人だし、と答えた。あの人は何も感じないの、あたしのなかに自分のホースをこすりつけても何も感じないのよ、でも素敵だわ、それにあたしの匂いが好きだって言ってくれるの、と言うのだ。小娘の率直さ、清掃婦の正直さに、アユーバはうんざりした。君の魂は豚の糞で出来ていて、舌も糞を固めたものだろう、と彼は悪態をついた。嫉妬の苦しみのなかで彼はブースターコードのいたずら、つまり便器に電流を流しておくといういたずらを考案した。この思いつきはとても気に入った。当然の罰を与えてやるのだ。

「何も感じないか、フーン」アユーバはファルークとシャヒードに向かってニヤッと笑ってみせた。「まあ見てろよ。きっとあいつにギャフンと言わせてやるから」

二月十日(ヤヒヤーとブットとムジブが三者首脳会談をとりやめた日)、ブッダは生理的要求を覚えた。いささか不安な面持ちのシャヒードとうれしそうなファルークがトイレのあたりをうろついていた。一方ブースターコードを用いてトイレの金属の踏み板をジープのバッテリーに接続したアユーバは、トイレの建物の後ろに姿を隠して立っていた。かたわらのジープはモーターが回っていた。ブッダが現われた。ハシッシュを吸う人のように腫れぼったい目をし、雲のなかを歩いている人のような足どりだ。彼がトイレに入っていくと、ファルークが「ホラ、アユーバ、やったー!」と言って、くすくす笑い出した。少年兵士たちは苦しみもだえる悲鳴が上がるのを待った。悲鳴が聞こえたらしめたもの、頭がからっぽの追跡犬が放尿を始め、黄金流を伝って電気が昇って来て、彼の無感覚な、小娘をこすったホースをピリリといたぶっている証拠なのだ。

だがいっこうに叫び声は上がらなかった。ファルークはとまどい騙されたように感じて不機嫌になった。時間がたつにつれてシャヒードはいらだってきて、アユーバ・バロッチに向かってどなった、「おいアユーバ、何してるんだい?」これに答えて戦車のアユーバは、「何してるって、電源は五分前に入れてあるんだ!」……するとシャヒードは——一目散に——トイレに走っていった。ブッダは知らぬが仏で悠然と放尿している。二週間分も入っていそうな膀胱を空にしている。その間、電流が下方のキュウリから体内に流れ込んでいるのに、彼は明らかに気づいていない。彼は目いっぱい充電してしまい、ガルガンチュア的な鼻の先端あたりに青い火花が散っている。ホースから電気を吸収してしまうこの不可思議な人間にさわる勇気はとても出なくて、シャヒードは大声で叫ぶ、「おい、電源を切れ、でないとタマネギみたいに揚がっちまうぞ！」ブッダは何もなかったかのような顔をして、右手でボタンをかけ、左手で銀の痰壺をかかえて、トイレから出てきた。三人の少年兵士たちは彼が本当に無感覚で、記憶も感情も麻痺しているのだということを理解した……この事件のあと一週間というもの、ブッダにさわると電気ショックを受けた。トイレ清掃の少女といえども、彼の小屋へ行くことはできなかった。

妙な話だが、ブースターコードの一件があってからというもの、アユーバ・バロッチはブッダに腹を立てることをやめた。そればかりか敬意をもって彼に接するようになった。犬小隊はこの奇妙な出来事をきっかけとして本当のチームに鍛えあげられ、悪人どもを捜しに出動できる態勢が整ったわけだ。

戦車男アユーバにはブッダにショックを与えることはできなかったが、強者は普通の人間にできないことをやってのける。（ヤヒヤーとブットがシェイク・ムジブにギャフンと言わせる腹を決めたとなると、しくじりはしない。）

一九七一年三月十五日、クティア部隊の二十個小隊が黒板のある仮兵舎に集合した。大統領の花冠のついた肖像が、六十一名の兵と十九匹の犬を見おろしていた。ヤヒヤー・カーンはムジブに対し、自分とブットを相手とする三者会談をすぐに持とうという和解案を出したところであった。あらゆるいらだちを解消しようというのだった。しかし彼の肖像は完璧なポーカー・フェースを保っていて、内心の恐ろしいもくろみを窺わせるようなところはまったくない……イスカンダル准将は襟にこぶしをこすりつけており、またナジムディン特務曹長は命令を下していた。六十一名の兵と十九匹の犬が軍服を脱げと命じられたところである。仮兵舎中に衣服のこすれる音が溢れる。問答無用で従うことに慣れた十九人が、犬の首輪から登録票をはずす。犬は訓練が行き届いていて、眉を逆立てはするが、声を出しはしない。ブッダもまた、おとなしく脱ぎはじめる。六十名の兵たちが彼にならう。六十名は寒さのなかで震えながら、たちまち気をつけの姿で立つ。かたわらには軍帽、ズボン、靴、シャツ、革の肘当てのついた緑のプルオーバーが、きちんと重ねられている。粗末な下着のほかは裸の六十一名の兵は（従卒ララ・モインの手から）陸軍の認める平服《マフティ》を支給される。ナジムディンが命令を吠える。するとたちまち腰布《ルンギー》と上着《クルター》を纏った男やパタン・ターバンを巻いた男が現われた。安っぽいレーヨンのズボンをはいた男やストライプの入った事務員風のシャツを着こんだ男もいる。ブッダは腰布《ドーティ》とカミーズというういでたちである。これはしごく着心地がいい。だがまわりには体に合わない平服を着た兵士たちがうじゃうじゃいる。しかしこれは軍事作戦なので、人間からも犬からも、ひとことも文句は出ない。

三月十五日、着換え命令に従ったあと、二十のクティア小隊はセイロン経由でダッカへ空輸された。シャヒード・ダール、ファルーク・ラシド、アユーバ・バロッチ、そしてブッダの組もこのなかにあった。この同じ迂遠なルートで東翼へ飛んでいたのは、六万名からなる西翼の最精鋭部隊であった。六万名の兵は六十一名の兵と同様、平服《マフティ》だった。総指揮官(小ざっぱりしたブルーのダブルのスーツというういでたち)はティッカ・カーン(この時、彼は東翼の知事兼戒厳令司令官に任命されていた)だった。ダッカをまかされ、相手方を押さえつけて最終的には投降させることを目指していた将校は、タイガー・ニヤージーといった。彼はブッシュシャツにスラックス、頭には粋な小さい中折れ帽《トリルビー・ハット》といういでたちだった。

素直に旅客機に乗り込んだわが六万と六十一名の兵は、インド上空を避けてセイロン経由で飛んだので、二万フィートの高度からインディラ・ガンディーの新国民会議派による祝賀式典を眺める機会を逸してしまった。この党がまた最近の選挙で地滑り的勝利――下院《ローク・サバー》の全議席数五百十五のうち三百五十を獲得――を収めたところだった。インディラを見られず、〈貧困撲滅《ガリビ・ハタオ》〉という彼女のキャンペーン・スローガンが、ダイヤ型をしたインドの、国中の壁や旗に記されているさまを見ることもできぬまま、私たちは早春のダッカに到着し、特別に徴発した民間のバスで陸軍のキャンプへ運ばれた。ところがこの最後の行程で、どこかの姿の見えない蓄音機から流れてくる歌の一節を聞かされるのだけは避けられなかった。それは〈アマル・ソナル・バングラ〉(「わが黄金のベンガル」タゴール作詞)という歌で、こんな文句が入っている、「春はあなたのマンゴー林の香りが、わたしの心を悦びに狂わせる」私たちのなかにはベンガル語の分かる者がいなかったので、この抒情詩が秘めている妖しい破壊力を知らずにすんでいたが、私たちの足は思わずこの曲に合わせて拍子をとっていた(ことを認めざるをえない)。

アユーバ、シャヒード、ファルーク、ブッダの四人ははじめ、到着した都市の名前を知らされなかった。ベジタリアンどもの絶滅を目指しているアユーバは小声で言った、「だから言ったろう? 今に見てろ! スパイの仕事だよ! 私服でさ! 第二十二小隊! カバーン! カダーン! カポーー!」

だが私たちはインドに来たのではなく、ベジタリアン退治に来たのでもなかった。そして何日も待ちぼうけを食わされたあとで、また再び軍服を与えられた。この二度目の着換えは三月二十五日のことだった。

三月二十五日、ヤヒヤーとブットは突然ムジブとの会談を打ち切って、西翼へ帰った。夜になった。イスカンダル准将はナジムディンとララ・モイン――彼は六十一着の軍服と十九個の犬の登録票をかかえてよろよろのていだった――を従えて、クティアの宿舎へ入ってきた。ナジムディンが言った、「急げ！　黙って行動！　急げ、倍速だ！」旅客機の乗客は軍服を着用し、武器を執った。この時はじめてイスカンダル准将は旅の目的を発表した。「目標はあのムジブだ」と彼は言った。「あいつにお仕置きをしてやるんだ。ギャフンと言わせてやるんだ！」

（三月二十五日、ブット＝ヤヒヤー会談が決裂したあと、シェイク・ムジブル・ラーマンはバングラデシュ国の独立を宣言した。）

クティア小隊は次々と宿舎から出てきて、並んでいたジープに乗り込んだ。その時、陸軍基地のラウドスピーカーからジャミラ・シンガーが吹き込んだ愛国的な歌が響いてきた。（アユーバはブッダを小突き、「あの歌を聞けよ、ほら、分からないか――思い出せよ、おい、あれはお前の大切な――や《ア》ー《ッ》れ《ラ》や《ー》れ、こいつは嗅ぐことしかできないんだからな！」）

真夜中に――結局、ほかの時間ではいけないということか？――六万の精鋭部隊も兵舎を離れていた。民間人として飛んできた男たちは今、戦車の発進ボタンを押していた。

しかしアユーバ、シャヒード、ファルーク、ブッダの組は選ばれて、夜の大冒険のためにイスカンダル准将に同行することになった。そうなんだ、パドマ。ムジブが逮捕された時、彼を嗅ぎ出したのはこの私さ。（私は彼の古いシャツをあずけられた。臭いを手もとに持っていると仕事はらくだ。）

パドマは苦悩のあまり逆上しそうになった。「でもあなた、まさかやらなかったんでしょう？　やったはずないわ。どうしてそんなことができるの――？」パドマよ、私はやったのだ。私はすべてを語ると誓った。どんな小さな真実も隠さないと。（だが彼女の顔にはカタツムリの這い跡が出来ている。釈明してやらないと納得してもらえまい。）

そこで――読者が信じようと信じまいと、これが真相だ――一つの痰壺が私の後頭部に当った時、すべてが終り、すべてが新たに始まったのだ、とくりかえすほかない。ひたむきに意味を求め、価値ある目的を求め、一枚のショールに描きうるような才能を求めるサリームは消えた。密林の蛇に出会う時まで、戻っては来ない――ともかく当分はブッダしかいないのだ。ブッダはどんな歌を聞いても、肉親の歌とは思わない。父たちも母たちも覚えていない。真夜中にも特に深い意味はない。記憶を奪った事故のあと、彼は陸軍病院のベッドで目を覚まし、軍隊を自分の運命として受け入れた。今ある生活を甘受し義務を果し、命令に従い、現世に、そして同時に現世ならぬところに、生きている。頭を下げる。街の通りや川筋をたどり、人間や動物を追跡する。どうして、誰の援助で、誰の好意で、誰の腹黒い挑発にのって軍服なぞ着ているのか、なんてことは知りもしないし、知りたくもない。彼は要するに第二十二クティア小隊の公式の追跡犬であり、それ以上でも以下でもない。

それにしてもこの記憶喪失なるものは、じつに便利だ。このおかげでいろんなことが許される！　許されるついでに自己批評も許してもらおう。ブッダが帰依した甘受の哲学は、以前に持っていた自我への執着とまったく同様に不幸な結果をもたらした。そしてここダッカの地で、その結果が現われようとしていた。

「嘘でしょう」とパドマは泣きじゃくる。その夜起こったほとんどすべてのことについても、彼女は同様に認めまいとした。

一九七一年三月二十五日、真夜中。ブッダは小隊をひきいて戦火に包まれた大学を越え、シェイク・ムジブの隠れ家に迫った。学生や講師たちが寄宿寮からとびだしてきて発砲され、芝生はマーキュロクロムの朱《あけ》に染まった。だがシェイク・ムジブは撃たれず、手錠をかけられ、小突きまわされながら、アユーバ・バロッチに導かれて、待ちかまえていた護送車へと引き立てられていった。（かつての、胡椒入れ革命のあとのように……しかしムジブは裸ではなかった。緑と黄の縞のパジャマをつけていたのだ。）市内を走りながらシャヒードが窓の外を見ると、とうてい信じがたい光景が目に入った。兵士たちが断わりもなく女子寮に押し入り、街路に引きずり出してきた女性たちに、これまた断わりもなく押し入っていた。そして新聞社では安っぽい赤新聞が汚ならしい黄黒色の煙をあげて燃え、労働組合の事務所は叩きこわされ、道路わきの溝《どぶ》はただ眠っているわけではない人びとによって埋め尽されていた——裸の胸、弾が貫通して盛り上がった傷口が見える。アユーバとシャヒードとファルークは動く窓の外を黙って眺めていた。兵士たち、アッラーの兵士たち、インド《バーブー》兵十人分の値打のあるイスラム兵士《ジャワーン》たちが、火炎放射器や機関銃や手榴弾で貧民街を焼き払うことによって、パキスタン統一の事業にいそしんでいた。シェイク・ムジブを空港に運び込む頃にはもう、ブッダは目をつぶっていた。ムジブはそれからアユーバにピストルを尻に突きつけられながら飛行機に乗せられ、西翼に運ばれて、拘禁されたのだった。（「そんな歴史をぼくの頭に詰め込まないでくれ」と彼はかつて戦車男アユーバに言った、「ぼくは現にあるぼくであり、あるのはそれだけだ」）

イスカンダル准将は兵たちを鼓舞していた、「まだ根絶すべき破壊分子はいるぞ」

考えることが苦痛になった時は、行動が最良の薬である……犬たちは革ひもを引っぱり、放されると、仕事に向かって飛んでゆく。あっ、ウルフハウンドが不穏分子を追いつめる！　あっ、教授や詩人が大量に捕えられる！　あっ、これはひどい、逮捕に抵抗して射殺された。人民連盟員《アワミ》たち、それに売れっ子の特派員たちだ。戦いの犬たちが都市の破壊を呼びかける（シェイクスピア『ジュリアス・シーザー』三幕一場二七三行のもじり。『シーザー』ではシーザーの霊魂が犬をけしかけるのだが、ここでは犬が兵たちをけしかける）。だが追跡犬は疲れを知らないとしても、兵士たちはずっと弱い。ファルークとシャヒードとアユーバは、焼けるスラム街の悪臭が鼻孔に入ると、次々と嘔吐する。ブッダの鼻のなかでは悪臭が、焼けただれる人びとの姿を鮮やかに描き出しているのだが、彼はただ自分の仕事をしつづける。奴らを嗅ぎ出すんだ。そのあとは兵士たちの仕事さ。クティア小隊はくすぶりつづける街の残骸のなかを歩く。今夜こそいかなる不穏分子も安全ではない。暴かれない隠れ家はない。ブラッドハウンドが、逃げまわる民族統一の敵どもを追跡する。不屈のウルフハウンドが餌食に凶暴な歯を立てる。

その晩、第二十二小隊はどのくらい逮捕したろう――十名、四百二十名、それとも千人と一人？　どれほど多くのダッカの青白きインテリが女たちのサリーの陰に隠れ、通りへ引きずり出されたことか。何回イスカンダル准将は――「これを嗅げ！　破壊分子の臭いだ！」と言って――統一のための軍用犬を放ったことか。三月二十五日の晩に起こったことのうちには、永久に混乱したままの状態で残らざるをえないものもある。

統計数字のむなしさ。一九七一年には一千万の亡命者が東パキスタン－バングラデシュの国境からインドへ逃げ込んだ――しかし一千万は(千と一よりも大きなすべての数と同様)理解を絶する数だ。比較は役に立たない。「人類史上最大の民族移動」――無意味だ。ユダヤ人のエジプト脱出《エクソダス》よりも大きく、インド－パキスタン分離の際の集団移動よりも大きな、多頭の怪物がインドに流れ込んだのだ。国境ではインドの兵士たちが解放軍《ムクティ・バヒニ》という名で知られるゲリラを養成していた。ダッカではタイガー・ニヤージーが勢力を伸ばしていた。

そしてアユーバとシャヒードとファルークは？　グリーンの制服のわが兵士たちは？　士官同じ肉食者を相手に彼らはどうして闘えたのか。彼らは反乱を起こしたろうか？　士官たちは――イスカンダル、ナジムディン、あるいはララ・モインでさえ――嘔吐感に襲われるようなことがあったろうか？　そんなことはなかった。無垢はとうに失われていた。しかし目のまわりに残忍な表情が固定し、確実なものが永遠に失われ、絶対不動の道徳規範が影うすくなったにもかかわらず、小隊は任務を遂行した。言われた通りにしたのはブッダひとりではなかった……闘いを高みから見おろしながら、どこかでジャミラ・シンガーの声が、名もない人びとの声とはりあってR・タゴールの抒情詩を歌っている。「木陰のわが家にはあなたの水田でとれた米が蓄えてある、水田はわたしの心を悦びに狂わせる」

彼らの心は狂った。しかし、悦びにではなかった。アユーバと仲間たちは命令に従った。ブッダは臭跡をたどった。第二十二小隊は市の中心部へ入っていく。そこは暴力と狂気と流血の巷と化していた。西翼の兵士たちが、みずからの鎮圧者としての罪悪感を相手に対する攻撃本能に変えたからだ。真っ暗な街でもブッダは地面に集中し、臭跡を嗅ぎ、地面に落ちているタバコの箱、牛糞、倒れた自転車、捨てられた靴などは無視した。そして今度は他の任務をおびて地方へ赴く。解放軍《ムクティ・バヒニ》をかくまった連帯責任を問われて村全体が焼かれているような所へ行き、ブッダと三人の兵士は人民《アワミ》連盟の下級幹部や共産党の大物党員を追いつめる。束ねた家財道具を頭にのせて逃げる村民を越え、ずたずたにされた鉄道線路や焼かれた樹木を越え、まるで何か見えない力が足の歩みを導き、彼らを狂気の黒い核心へと引き寄せているかのように、任務が彼らを南へ南へ、ますます海の近くへ、ガンジスの河口へと引っぱっていった。

結局――いったい彼らは誰を追っているのか？　今なお名前に意味があるだろうか？――彼らはブッダと同等にして反対の能力を持った獲物を与えられていたのだ。でないとしたら、そいつを摑まえるのになぜこんなに手間どるのか？　結局――容赦なく追いつめて冷酷に捕えるという訓練から自由になれず、彼らは、果てしなく逃げていく敵を追うという果てしのない任務の最中《さなか》にあるのだった。手ぶらで基地に戻るわけにはいかないのだ。だから南へ南へ南へと彼らは進む、どこまでも続いている臭跡に引っぱられて、そしておそらくもっと大きな力に引っぱられて。というのは、これまでのところ、運命が私の人生に干渉を加えたがらないようなことは絶えてなかったからだ。

彼らは小舟を一艘徴発した。臭跡は河を下っているとブッダが言いはったからだ。廃棄された水田地帯を、空腹と不眠、そして疲労と戦いながら、彼らは見えない餌食を追って漕いでゆく。雄大な褐色の河を下ってゆく。ついに戦争は遠くの出来事となって、念頭を去る。それでも臭いが彼らを引っぱってゆく。この河は懐かしい名前を持っている。パドマ河というのだ。だがこう呼ぶのは地域的な便宜でしかなく、実はこの河はこでもなお〈彼女〉であり、母なる水であり、シヴァ神の髪を伝って地上に流れ落ちる女神ガンガーなのだ。ブッダは何日も口をきかなかった。彼はただ指差す。向こうだ、あっちだ。そして彼らは接近する。南へ南へ南へ、海まで。

日付も失われたある朝。アユーバ、シャヒード、ファルークの三人はパドマ＝ガンガーの岸につながれた、愚かな追跡行の小舟のなかで目を覚ます――そして彼がいないのに気づく。「ありゃりゃ《アッラー・アッラー》」ファルークが吠えはじめる、「両耳をつかんで、アッラーの神に慈悲を請うんだ。あいつはおれたちをこの水浸しの土地に連れてきて、逃げたんだ。みんなお前のせいだぞ、アユーバ。あのブースターコードのいたずらのせいだ。そしてこれが、あいつの復讐というわけだ！」……太陽が昇る。空には見知らぬ、異様な鳥がいる。腹には飢えと恐怖がハツカネズミのようにひそんでいる。万一、万一、ムクティ・バヒニが出てきたら……親の顔が脳裡に浮かぶ。シャヒードはザクロの夢を見た。絶望がボートのへりにひたひたと打ち寄せる。そして遠く水平線の近くには、信じがたいほど長い緑の壁が、左右に、地の果てまで延びている！　口にこそ出さないが、恐ろしい眺めだ。どうしてあれが、今見ているものが、現実でありうるのか。世界を真っ二つに分ける壁なんて、誰が築いたのだろう？……するとアユーバが、「見ろ、見ろ、大変だ《アッラー》！」水田の彼方からこちらに向かって、妙にのろくさい追跡が行われているのだ。まずキュウリ鼻のブッダがやって来る。一マイルほど離れたあたりだ。そのあとを、水田の水をはね散らしながら、草刈鎌を振りかざした百姓が追っている。まさに怒り狂った〈父なる時《クロノス》〉だ。土手の上には女が走っている。サリーを両脚の間に絡みつかせ、髪を振り乱し、声をかぎりに哀訴している。草刈鎌を持った復讐者は水中に沈んだ稲につまずいて、頭から足まで水と泥をかぶる。アユーバはいらだちながらもほっとして叫ぶ、「牝山羊め！　旅先で女に手を出しやがって！　ほれ、ブッダ、とっつかまるなよ。キユウリを二本ともかっ切られちまうぞ！」ファルークのほうは「それがどうだってんだ？　ブッダがかっ切られたからって、それがどうだってんだ？」戦車男のアユーバは、いよいよホルスターからピストルをとり出す。アユーバはねらいを定める。ふるえないよう努めながら両手を前方に突き出す。引金を引く。草刈鎌が空中に飛び上がる。そしてまるで礼拝のように百姓の両腕がゆっくりと上がる。膝ががっくりと水田の水のなかにくずおれる。顔が水中に没し、額が泥に埋まる。土手の上では女が泣きじゃくっている。アユーバはブッダをどなりつける、「この次は、代わりにお前を撃つぞ」戦車男アユーバは木の葉のように震えている。そして〈時〉は水田のなかに屍となって横たわっている。

だが無意味な追跡はまだ終っていない。相手は決して姿を見せない敵だ。ブッダが言う、「あっちだ」そして四人は南へ南へ南へと進む。彼らは時を殺し、日付を忘れ、何かを追っているのか、何かから逃げているのか、それさえもう分からない。しかし彼らを駆り立てるのがどちらであるにしろ、彼らは信じがたい緑の壁にどんどん接近している。「あっちだ」とブッダは言う、そして彼らはその内部に入る。その密林はとても密で、歴史が入り込めるような道などありはしない。スンダルバン。それが彼らを呑み込む。

スンダルバンにて

白状しよう。私たちを南へ南へ南へと駆り立てる最後のとらえがたい獲物なぞ、実は存在しなかったのだ。すべての読者にありのままをさらけだしておきたい。アユーバとシャヒードとファルークは追うことと逃げることの区別が分からなかったが、ブッダは自分のしていることを、ちゃんとわきまえていたのだ。自分の罪を認めたり、精神の怠惰さを見せたり、臆病風に吹かれたりすれば——未来の解説者や毒舌をふるう批評家(この連中に言っておくが、これまでに二度も私は蛇の毒を注入されたが、二度とも毒素《ベニン》によってかえって強くなったのだ)に、またさらに攻撃材料を提供することになるということは私も十分わきまえているけれども——なおかつ私は言わなければならない。彼、ブッダは従順に任務を遂行しつづけることができなくなって、逃げ出したのだと。厭世観と徒労感と羞恥心という魂を蝕む蛆虫に感染して、彼は三人の子供を引きつれて逃げだしたのだ、熱帯雨林という歴史のない匿名性のなかへ。私が言葉によって、またピクルスによって表現してみたいのは、もはや命令を拒むことができなくなってしまった、そして現実とあまりに深くかかわったために、どうしても安全な夢想のなかへ逃げ込みたいという願望が瘴気のように吹き出してくるという、あの精神状態なのだ……しかしジャングルは、すべての隠れ家と同様、彼が期待したものとは違っていた――期待以下でもあり、以上でもあった。

「うれしいわ」とパドマが言う、「あなたが逃げてくれて、うれしい」だが私はこだわる。私ではなくて彼なのだ。彼、ブッダなのだ。この男は蛇に出会う時までは、非サリームのままなのだ。逃亡しても、依然として過去からは切り離されている。もっとも、吸盤のようなこぶしに、あの銀の痰壺を握りしめてはいるが。

ジャングルは彼らが入っていくと墓のように閉じた。大聖堂のアーチのような樹木がぎっしり並んだ、気が遠くなるほど複雑に入りくんだ鹹水《かんすい》の水路を、何時間も、疲労困憊の極みに達するまで必死になって漕いだあと、アユーバとシャヒードとファルークは、完全に方向が分からなくなった。三人は何度となくブッダの方を向いた。彼は「あっち」とか「こっち」とか答えた。しかし三人が疲れを無視して夢中で漕いだにもかかわらず、ここを脱出できる可能性は、まるで人魂《ひとだま》のように目の前から消えていった。とうとう彼らは絶対の信頼を置いてきた追跡犬に食ってかかった。そしておそらく彼のいつもと変わらぬ乳青色の目のなかに、かすかな羞恥、それとも安堵の光を見たのだろうか。ファルークはついに墓場のような森の緑のなかでつぶやく。「お前は知らないんだな。ただ何かたわごとを言ってただけなんだな」ブッダは黙っていた。しかし三人は彼の沈黙のなかに自分たちの運命を読みとった。そして蚊がヒキガエルに呑み込まれるように自分たちはジャングルに呑み込まれたのだと悟り、再び太陽を拝むことはできないのだと分かると、さしものアユーバ・バロッチ、戦車男バロッチもがっくりと来て、まるでモンスーンのように泣き出した。角刈りの巨漢が赤子のように泣きじゃくる不釣合いな光景を見て、ファルークとシャヒードは気が動転し、ファルークはブッダに殴りかかって、ボートがひっくり返りそうになった。ブッダは胸、肩、腕に振りおろされる拳骨をじっと耐えていたが、ボートがあまりに揺れるので、シャヒードがファルークを制止した。アユーバ・バロッチはまる三時間、いや三日、あるいは三週間だったかもしれないが、休みなく泣きつづけ、ついに雨が降り出したので、彼の涙は不要なものになった。「ほら、お前があんまり泣くから、降ってきたじゃないか」シャヒード・ダールは思わずそう口走って、一行がすでにジャングルの論理に屈服しはじめていることを証明する結果になった。そしてこれは序の口で、夕暮の神秘さが密林の非現実感を強めるにつれて、スンダルバンは雨のなかで膨れ上がりはじめた。

はじめ彼らは舟底の水をかい出すのに忙しくて気づかなかったし、水位が上がってきたことに気をとられていたのかもしれない。だが黄昏の最後の光のなかで、疑いもなくジャングルは大きさと力と激しさを増していた。巨大なマングローブの老木が渇《かつ》えたように夕闇のなかでのたくり、雨のなかで水を吸って象の鼻よりも太くなるのが見えた。同時にマングローブは背丈も伸びて、シャヒード・ダールがのちに言ったように、梢にとまった鳥たちは神に向かって歌うことができたにちがいない。ニッパヤシの巨木の上方の葉はすぼめた巨大な緑の手のように伸びはじめ、夜の豪雨のなかで膨らんでいき、森全体が屋根を葺いたようになった。そしてニッパヤシの実が落ちはじめ、それはどんな種類のココナツよりも大きく、目のまわるような高さから驚くほどスピードを増しながら落ちてきて、水面で爆弾のように破裂した。雨水がボートに溜まった。それをかい出すには、柔らかい緑の帽子とギー（インド風バター）の空き缶しかなかった。とっぷりと日が暮れて、ニッパヤシの実の爆撃が繁くなると、シャヒードは、「どうしようもない――上陸しよう」と言った。とはいえ彼の頭はザクロの夢のことでいっぱいで、果実の種類は違っていたが、ここで夢が現実になるかもしれないという考えが一瞬、心を過《よぎ》った。

アユーバは赤い目をしておどおどと坐り、ファルークは英雄の失墜を見て意気消沈のありさま、ブッダは黙然と頭を垂れていたが、シャヒードだけはまだものを考えることができた。濡れそぼち、くたびれはて、夜のジャングルの生き物たちの声に囲まれていはしたが、ザクロの姿で現われる自分のことを考えると、頭がなかば冴えてくるのだった。そんな次第でシャヒードが他の三人に号令をかけるというかたちで、われわれの、いや彼らの沈みかけたボートを岸まで漕いでいった。

ニッパヤシの実が一個、ボートからわずか一インチ半のところに落ちてボートは激しく揺れ、ひっくり返った。一行は真っ暗ななかを銃、防水服、ギーの缶を頭にのせ、ボートを後ろに引っぱりながら何とか岸にたどり着いた。彼らは、ニッパヤシの実の爆撃や曲がりくねって密生するマングローブのことなど考える余裕もないまま、ずぶ濡れのボートのなかに倒れるようにして身を横たえて眠った。むんむんする熱気のなかなのに濡れそぼった体を震わせながら目を覚ますと、雨は霧雨に変わっている。気がつくと、三インチもある蛭《ひる》が体にいっぱいたかっていた。直射日光を浴びないと蛭はほぼ完全に無色なのだが、こいつらは血をいっぱい吸って真っ赤になっている。しかも満腹したのに食らいついて吸うのをやめないので、やつらは四つの人体の上で次々と破裂していく。血が脚を伝って地面に流れおちる。ジャングルはその血を吸い、相手が何ものかを知る。

落下するニッパヤシの実がジャングルの地面でくだけると、ここにも血の色の液が吐き出された。この赤いミルクはたちまち蛭と同様に透明な大蝿を含む昆虫の大群に覆われた。蝿もまた果汁をたっぷり吸うと赤くなった……夜じゅう、スンダルバンは育ちつづけたように見えた。一番丈の高いのはこのジャングルの名前の由来となったスンドリの木だった。木々は高く伸び、太陽の光を完全に遮っていた。われわれ、いや彼ら四人はボートから這い出した。薄紅色のサソリと灰褐色のミミズがうじゃうじゃいる、露出した硬い土の上に出た時になってはじめて、一行は空腹と喉の渇きを覚えた。まわりじゅうの葉から雨水がこぼれ落ちていて、彼らはジャングルの屋根に向けて口を開き、飲んだ。しかし、おそらくスンドリの木の葉やマングローブの枝やニッパヤシの葉を伝ってくるせいで、雨水は下にたどり着くまでにジャングルの狂気をおび、それを飲んだ彼らは、あの暗緑色の世界の束縛下に深く深く落ち込んでいった。そこでは鳥たちが樹木のこすれ合うような声をしていて、蛇はみな盲目だった。ジャングルの醸し出す混濁した、毒気のたちこめたような精神状態で、彼らは最初の食事を用意した。ニッパヤシの実とつぶしたミミズを混ぜたものであったが、それを食べると四人とももの凄い下痢に襲われ、便と一緒に腸までくだしてしまったのではないかと心配になって、排泄物を調べてみようとするありさまだった。

ファルークは「おれたちは死ぬんだ」と言った。だがシャヒードは生きのびたいという強い欲望のとりこになっていた。夜の間の不安から立ち直った彼は、こんなところで死にはしないぞと思うようになっていた。

熱帯雨林のなかで迷子になり、モンスーンが弱まったとはいえ一時的な休止でしかないことを知っていたので、シャヒードは出口を見つけようとしても無駄だと判断した。いつなんどきモンスーンがぶり返してちっぽけな舟を沈めてしまうか分からないからだ。そこでまず彼が指図をして、防水布とニッパヤシの葉で小屋を建てた。「果実を食べていれば、生きていける」とシャヒードは言った。彼らは旅の目的をとっくに忘れ去っていた。遠くの現実世界で始めた追跡は、スンダルバンのそれまでとまったく異なる光のなかで考えてみると、途方もないたわごとに思えてきた。そうと気づくと、彼らは追跡をきっぱりとやめてしまった。

かくしてアユーバとシャヒードとファルークとブッダは、夢幻の密林の恐ろしい亡霊に屈服することになった。月日がたち、くりかえし降る雨のもとで、もはや日付は分からなくなっていった。悪寒と発熱と下痢に悩まされながらも生きつづけた。スンドリやマングローブの低い枝を引きおろして小屋を改良し、ニッパヤシの実の赤いミルクを飲み、さらには蛇を絞め殺したり、木槍を投げて多色の鳥の砂嚢を正確に射抜いたりといった、生きていくための技術も身につけた。だがある夜、アユーバが暗闇のなかで目を覚ますと、手に草刈鎌を持った百姓の透明な像がこちらをにらんでいた。心臓には銃弾の穴があいている。アユーバがボートから必死で出ようとすると（このボートは簡素な小屋の下に引っぱり込んであったのだが）、百姓の心臓の穴から無色の液が漏れ出し、アユーバの銃を持つ腕にかかった。翌朝アユーバの右腕は動かなくなり、まるで石膏で固めたように脇にたれていた。ファルーク・ラシドが心配し、何とかしてやろうとしたが、無駄だった。腕は幽霊の透明な血に浸かったまま動かないのだ。

幽霊がはじめて出たあと、一行はこの森は何でもできるのだと信じ込みかねないような精神状態に陥った。森は夜ごとに新たな罰を加えてきた。彼らが追いつめて捕えた男たちの妻のうらめしい目が迫ってきたし、彼らの活躍のおかげで父親を失った子供たちの泣きわめく声が聞こえてきた……そしてこの最初の時期、罰の時期には、さしもの無感覚なブッダでさえ、都会的な声で打ち明けずにはいられなかった。彼もまた、夜中に目を覚ますと、森が悪魔のように覆いかぶさってきて、息がつけなくなる、と。

森が彼らを十分に罰した時――彼らが昔の面影をすっかりなくしてしまった時――ジャングルは彼らにノスタルジアという諸刃《もろは》の贅沢を許した。ある晩、四人のうちで最も早く幼児期に退行して、動く方の親指をしゃぶっていたアユーバは、母がこちらを見おろしていて、愛情こめて作ったおいしい米のお菓子をくれるのを見た。だがお菓子《ラドゥー》に手を伸ばすとたちまち、母はすたすたと去っていき、巨大なスンドリの木に登って、高い枝にしっぽをからめてつかまり、ぶらぶら揺れた。母の顔をした白い亡霊のような猿が夜ごとアユーバのもとに訪ねてきたので、そのうち彼は母のお菓子のことよりも母その人のことを思い出す羽目になった。母が、嫁入り道具の箱の間に、あたかも自分もまた単なる一つの物、父が夫に贈ってよこした嫁入り道具の一つであるかのように、坐るのが好きだったことなどを。スンダルバンの真ん中ではじめて、アユーバ・バロッチは母を理解し、親指をしゃぶるのをやめた。ファルーク・ラシドも千里眼を授けられた。ある日の黄昏時に、彼は兄が必死で森のなかを走っていくのを見たように思い、父が死んだのだと確信した。彼はいつだったか百姓の父が自分と足の速い兄に向かって、三〇〇パーセントの利息で金を貸してくれていた地主から、借金のかたとして魂をあずかってやろうと言われた、という話をしたことを思い出した。「わしが死んだら」と老ラシドはファルークの兄に言った、「お前は口を開けろよ、わしの魂がとびこんでいけるようにな。それから一所懸命走るんだ。地主《ザミンダール》が追ってくるからな！」ファルークもひどく退行しかかっていたのだが、父の死を知り、兄の逃げる姿を見ることによって、ジャングルのなかであらためて身につけた子供じみた習慣を捨て去る力をふるい起こすことができた。空腹時に泣いたり、むやみになぜと問うたりするのをやめたのだ。シャヒード・ダールもまた、ある先祖の顔をした猿の訪れをうけた。とはいっても彼の目に見えたのは、かつて彼に名誉を手に入れることを教えてくれた父の姿だけだった。だがこの経験もまた、命令と戦争の目的に唯々諾々として従うことによって弱められていた責任感を、彼のなかに取り戻すのに役立った。というわけで魔法のジャングルは、彼らの罪を罰したあと、彼らを新しい大人の世界に導いてくれたのだ。彼らの希望の亡霊が夜の森に飛び交っていた。しかし彼らはそれをはっきり見ることも、つかまえることもできなかった。

しかしブッダははじめからノスタルジアを与えられたわけではなかった。彼は一本のスンドリの木の下に脚を組んで坐るのが習慣になっていた。目も心もうつろなようだった。もはや夜中に目覚めることはなかった。だがとうとう森は彼に入りこんだ。ある午後、雨が森を打ち叩き、蒸気のように隠してしまった時、アユーバとシャヒードとファルークは、ブッダが自分の木の下に坐しているのに気づいた。よく見ると、彼は盲目の、一本の透明な蛇にかかとを咬まれ、毒を注がれるにまかせている。シャヒード・ダールは一本の棒で蛇の頭を叩きつぶした。頭から足まで無感覚なブッダは何も気づかないようなのだ。彼は目を閉じたままだった。少年兵士たちは犬男が死ぬのを待った。だが私は蛇の毒よりも強かったのだ。二日間、彼は樹木のように体をこわばらせ、目の焦点があわないままでいたので、世界を右側が左に来る鏡像として見ていた。だがついに体がらくになり、霞のかかったような茫然とした表情が目から消えた。私は蛇の毒のショックで過去とのつながりを取り戻し、人格の統一性を回復したのだ。ブッダの口からそれが流れ出しはじめた。目が常態に復すると、言葉が自由に流出し、まるでモンスーンのような土砂降りとなった。少年兵士たちは魅せられたように、彼の口から吐き出される物語に聞き入った。それは真夜中の出生に始まり、留まることなく続いた。何しろ彼はすべてを、そのすべてを、失われた物語のすべてを、ひとりの男を作りあげた無数の複雑な過程のすべてを、取り戻そうというのだ。用便に立つこともできぬまま、ぽかんと口を開けて、少年兵士たちはまるで木の葉の色にそまった雨水を飲むように彼の半生を飲み込んだ。寝小便をするいとこたちのことも、革命的な胡椒入れのことも、妹の完璧な声のことも……アユーバとシャヒードとファルークは(かつては)あの噂の真偽が分かったら何を与えても惜しくないと思っていた。だがスンダルバンの中にあってはそんなことにはまるで関心がなかった。

物語は続いて、遅咲きの恋、一条の光線のさしている寝室のジャミラというくだりまで進んだ。するとシャヒードが小声で言った、「なるほど、そういうわけで、彼から恋を打ち明けられたあと、彼女はそばにいることに耐えられなかったんだ……」しかしブッダは続ける。そしてある特別なこと、頑固に逃れ去って、なかなか思い出せないあることを想起しようとして、彼が躍起になっていることがはっきりしてきた。彼はそれを思い出せぬまま終りにたどり着いてしまった。というわけで彼は一つの聖戦の物語を終え、空から落ちてきたものについて説明し終えたあとも、不満げな渋面をしていた。

しばしの沈黙のあとファルークが言った、「ひとりの人間にそんなに多くのことが起こるとはね。ひどいことがそんなに続いては、口をつぐみたくなるのももっともだ」ところでパドマよ、私はこの物語を以前に語っている。だが思い出せなかったことは、いったい何だろう？　無色の蛇の解放的な毒素にもかかわらず、私の口から出てこられなかったものとは、いったい何だろう？　パドマよ。ブッダは自分の名前を忘れてしまったのだ。（正確にはファーストネームを。）

依然として雨が降りつづいていた。日ごとに水位が上がり、ついにもっと高い土地を求めてジャングルの奥深くへと移動しなければならないことが明白になった。雨が激しすぎてボートは役に立たなかった。そこでまたシャヒードの指図で、アユーバとファルークとブッダはボートを浸蝕されかけた河岸からずっと奥まで引っぱりあげ、スンドリの木の幹にとも綱を縛りつけ、船体に木の葉をかぶせた。そして彼らはやむなく、より大きな不安が待ちかまえているジャングルの奥に分け入っていった。

するとまたスンダルバンは性格を変えた。またしてもアユーバとシャヒードとファルークは、かつて彼らが、もう何世紀とも思えるほど前に「不穏分子」の名のもとに最愛の人の命を奪った家族たちの号泣に苦しめられた。犠牲者たちの怨嗟の声から逃れるために、彼らは夢中でジャングルの奥へと走っていった。夜、亡霊のような猿たちが木立のなかに集まり、「わが黄金のベンガル」の歌詞を口ずさんだ。「……おお祖国よ、わたしは貧しいが、あらん限りの力をあなたのもとに捧げる。それはわたしの心を悦びに狂わせる」終りのない声の拷問から逃れることができず、恥辱の重荷にもうこれ以上一瞬たりとも耐えることができず、しかもその重荷がジャングルで学んだ責任感によってさらに増大したとあって、三人の少年兵士たちはとうとう絶望的な手段をとった。シャヒード・ダールは身をかがめて、雨水で重くなったジャングルの泥を両手にいっぱいすくいあげた。そしてあの恐ろしい幻聴の苦しみを克服しようとして、熱帯雨林の不気味な泥を両の耳に詰め込んだ。するとシャヒードにならってアユーバ・バロッチとファルーク・ラシドも泥で耳栓をした。ブッダだけが(一方は聞こえ、他方は聞こえない)耳を塞がずにおいた。あたかも彼だけがジャングルの与える罰に耐えようとしているかのようであり、自分の罪の不可避性の前に頭を垂れているかのようだった……夢幻の森の泥、そこには疑いもなくジャングルの透明な昆虫が隠れていたし、魔力をもった明るいオレンジ色の鳥の糞もまじっていて、三人の少年兵士の耳を毒し、彼らを完全な聾者にした。というわけで彼らは、ジャングルの糾弾の合唱を聞かずにすみはしたが、初歩的な身振り言語によって会話を交わさなければならなかった。それでも彼らはスンドリの葉がそっと耳打ちしてくれるつまらない秘密などよりも、耳が聞こえないという病いを望んでいたようだ。

ついに声がやんだ、もっとも今では、ひとりブッダだけが(聞こえる方の耳で)その声を聞いていたのだが。四人の放浪者がほとんどパニックに陥りそうになっていたその時、ジャングルは彼らを誘ってひげのように密生した木立をくぐり抜けさせ、ゴクリと生唾を飲み込むような美しい眺めを見せてくれた。ブッダでさえ、痰壺を握る手に思わず力が入った。四人でただ一つの聞こえる耳を持った彼らは、やさしい鳥の歌声にみちた湿原のなかへ入っていった。その真ん中に堂々たるヒンドゥー教の寺院が建っている。今は忘却の淵に沈んでいる幾世紀を費して、ただ一つの突出した巨岩を削って建立したものだ。その壁には数々の男女の姿態が踊っている。無上にアクロバット的な、時としてなまでに愚劣な体位での交合の図だ。四人はわが目を疑いながら、おそるおそる喜劇的この奇跡《ミラクル》に近寄った。なかに入って彼らはようやく果てしない雨から解放され、黒い踊る女神のそびえ立つ像と対面した。パキスタン出身の三人の少年兵士はこの女神の名前を知らなかったが、ブッダだけはそれが多産で凶暴な女神カーリーの像であることが分かった。その歯にはまだ金色の塗りが残っている。四人の旅人は彼女の足元に身を横たえて、雨に濡れない眠りをむさぼった。真夜中とおぼしき頃に、いっせいに目を覚ますと、言葉に尽せぬほど美しい四人の若い娘たちが微笑みかけているのに気がついた。シャヒードは芳香楽園で待っていてくれるはずの四人の天女《フーリ》のことを思い出して、自分は夜の間に死んだのだ、とまず思った。しかし天女たちはまったく生身に見え、下に何もつけずに着ているサリーはジャングルによって破られ、汚されている。今や八つの目が八つの目を覗き込み、サリーが脱がれ、きちんとたたんで床に置かれた。そして全裸の、そっくり同じな森の娘たちは、兵士たちのところへやって来て、八本の腕を八本の腕にからませ、八本の脚を八本の脚に結合した。多肢のカーリーの像の下で、旅人たちは夢中で愛撫し、現実としか思えない感触を味わった。キスしたり咬んだりすると、柔らかさも痛みもあった。ひっ掻くと、痕が残った。そこで彼らは、これこそ自分たちの求めていたものであり、気づかぬうちに憧れていたものであると知った。ジャングルで過ごしはじめた頃の子供じみた退行と子供じみた悲哀を通過し、記憶と責任の集中砲火、そして激しい糾弾の痛みをくぐりぬけると、彼らは幼さを永遠に捨て去った。そのあとは理性も関係も聞こえない耳もかなぐり捨て、一切を忘れ、何も考えずに、四人のそっくり同じな美女たちに夢中になったわけだ。

その晩から彼らは、食料捜しに出かけるほかは、寺院から離れることができなくなった。彼らの無上にすばらしい夢が紡ぎ出したこのたおやかな女たちは、いつも清楚なサリーを纏って黙って現われて、まったく無言のまま必ず、迷子の四人を同時に信じがたい悦楽の頂点に連れて行くのだった。それがどのくらい持続するものなのか、誰にも分からなかった。スンダルバンにおいては時間が未知の法則に従っていたからだ。しかしついに彼らがたがいに顔を見合わせて、自分たちが透明になりつつあると気がつく日がやってきた。たがいの体を、まだはっきりとではなく、ぼんやりとではあったが、マンゴー・ジュースを通して見るように透かして見ることができるようになったのだ。彼らはびっくりして、これこそジャングルの悪戯の最後にして最悪のものだ、と理解した。おれたちの心の願望をかなえることによって、ジャングルはおれたちを騙して夢を蕩尽させ、おかげでおれたちの夢の生活はすっかり漏れていってしまい、おれたちはガラスのように空虚で透明なものになり果てたのだと。昆虫と蛭と蛇が無色なのは、日光の欠如よりもむしろ、自分たちの昆虫的、蛭的、蛇的想像力に加えられた浸蝕に関係があるのかもしれない、とブッダは今や見てとった……透明性のショックのせいでこれがはじめてというように目を見ひらいて、彼らは新しい目で寺院を見た。固い岩の大きな割れ目を見ると、いつなんどき巨大な破片が剝げ落ちてきて、自分たちにぶち当るかもしれないと悟った。そしてこの見捨てられた聖堂のほの暗い片隅に、四つの小さな焚き火の跡らしいものがあることに気づいた――古い灰なのか、石の焦げ跡なのか――いやおそらく四体の火葬の跡なのだ。四ヵ所の各々の真ん中に、形をとどめた骨が、黒く焼けて小さな山になっている。

ブッダはいかにしてスンダルバンを離れたか？　幻影の森は、彼らが寺院からボートに向かって逃げる時、最後の、最も恐ろしいたくらみをしかけてきたのだ。彼らがボートにたどり着くや否や、それはまず遠くのゴロゴロという音として、それから泥の耳栓をも突き破るような咆哮として、押し寄せてきた。彼らがボートのとも綱を解き、急いでとび乗ったとたんに高潮が押し寄せてきて、ボートは波に翻弄された。手もなくスンドリかマングローブかニッパヤシに叩きつけられてもおかしくなかったが、結局、高潮は彼らをのせて濁った褐色の水路を下流へと運んでいき、残酷な森は巨大な緑の壁のようにあとへあとへと消えていった。ジャングルが玩具に飽きて、それを無造作に領土の外に放り出しているかのようだった。想像を絶するような波の力によって前へ前へと流されながら、彼らは哀れにも木の枝や水蛇の脱け殻の間を浮きつ沈みつ流され、そしてついに引き潮がボートを木の切り株にぶち当て、彼らは放り出された。高潮が退いた時、彼らは水没した水田のなかに坐っていた。腰まで水に漬かり、しかし命拾いをして、夢のジャングルの中心から運び出されたのだ。平安を見つけようとしてそこへ逃げ込んだ私は、それよりひどいものも良いものも見た果てに、また軍隊と日付の世界に戻ってきたのだ。

彼らがジャングルから出てきたのは、一九七一年の十月のことだった。その月に高潮があったという記録がないことは私も認めざるをえない。一年以上前にはその地域は、現実に洪水に見舞われていたのだが(だが、まさに事実がそうであるからこそ、あの森には時間を移動させる魔力が備わっている、という私の驚異の念は強まるばかりなのだ)。

スンダルバン体験のあと、古い生活が私を取り戻そうと待ちかまえていた。過去の関係から逃げることは不可能だと私は知るべきだった。過去の自分は永遠に現在の自分である。

一九七一年のうちの七ヵ月の間、三人の兵士とその追跡犬は戦争の表面から姿を消していた。だが十月、雨季が終って、「解放軍《ムクティ・バヒニ》」のゲリラ小隊があちこちのパキスタンの前哨地点でテロ活動を始め、ムクティ・バヒニの狙撃兵たちが兵士や下級士官を無差別に次々と射殺していた頃、私たち四人組は潜行をやめて、ほかにどうするという当てもなく、なんとか西翼占領軍の本隊に復帰しようとあせっていた。しばらくのちのことになるが、何ヵ月もどこで何をしていたのかと訊かれると、ブッダは、ジャングルで迷子になりまして、木の根っこに蛇のように絡まれまして、身動きできなくなりました、という法螺《ほら》ばなしによって失踪の釈明をすることにした。所属部隊の士官からは訊問をされずにすみ、これはおそらく彼にとって幸いであった。アユーバ・バロッチとファルーク・ラシドとシャヒード・ダールもその種の訊問は受けなかった。ただし彼らの場合は、訊問される時まで生きながらえることができなかったからにすぎない。

……糞で固めた泥壁と藁葺屋根の小屋が並ぶ、まったくさびれた村――鶏さえも逃げだしてしまった廃村なのだ――そこでアユーバとシャヒードとファルークは自分の運命を嘆いた。熱帯雨林の有毒泥で耳を冒された彼らは、ジャングルの嘲り声がもはやあたりに漂ってはいない今となっては、この障害で困りぬく羽目になった。三人はそれぞれ孤独のうちに泣いた。三人同時に喋ったが、誰ひとり相手の言うことが聞きとれなかった。ブッダだけが、三人の言葉を全部聞かされることになった。アユーバは家具も敷物もない部屋のなかで隅っこをにらみながら立ち、髪に蜘蛛の巣をひっかけたまま泣きじゃくった、「ああ、耳が、耳が。まるでなかに蜂が何匹も入ってるみたいだ」ファルークは大声で駄々をこねた、「だいたい、誰のせいなんだ？——何でも嗅ぎ分けられる鼻を持ってるなんて言った奴は誰だ？——あっちだ、こっちだ、とぬかした野郎は誰だ？——ジャングルだの、寺だの、透明な蛇だの、ありゃ、いったい何だ？——何てタワゴトだい、畜生《アッラー》。ブッダ、今、ここで、お前を射殺するぞ！」またシャヒードは大人しく言った、「おれは、腹が減ったよ」現実世界に戻ってきたとたんに、彼らはジャングルの教訓を忘れてしまった。「この腕が！　畜生《アッラー》、この腕が萎《な》えちまって！　あの幽霊のしわざだよ、変な汁を垂らしやがって……！」とアユーバ。「脱走兵と言われるだろう——何ヵ月もかかって、ひとりの捕虜も捕まえられず、手ぶらで帰ってきたと！——あーあ《アッラー》、きっとこれは軍法会議だぜ。どう思う、ブッダ？」とシャヒード。「この馬鹿野郎。おれたちをこんなにしやがって！　ああ、ひどすぎる。軍服がこんなになっちまって！　見ろよ、ブッダ、軍服をさ——乞食のガキみたいなオンボロだ！　准将が——それにあのナジムディンが、何て言うか考えてみろ——オフクロの首にかけて誓うが、おれはへこたれはしなかったぞ——臆病者とは違うからな——違うとも！」とファルーク。「ところで、どうやって復帰するかだ、本隊がどこにいるのか、そもそもまだ存在しているのかどうか、それさえ分かりゃしない。ムクティ・バヒニがどんなやり方をしてるか、見も聞きもしなかったわけじゃあるまい？――パンパーンだよ！　奴らはうまく身を隠して狙撃してくる、そしてお前らは死ぬんだ。蟻のようにな！」こう言ったのは、蟻を殺して、手のひらから舐め取っていたシャヒードである。「軍服だけなものか、髪もひどい！　これが角刈りかよ。耳の上までミミズみたいに長く垂れてる髪がさ？女の髪だよ、これは。ああ《アッラー》そうだな、奴らはおれたちを殺すだろうな――壁の前に並ばせて、パンパーンだ！――きっとそうだろう！」とファルーク。だがいつのまにか戦車男のアユーバは落ち着いてきた。彼は両手のなかに顔を埋めていた。そしてぼそぼそとひとりごちた、「ああ、いやだ、いやだ。あのベジタリアンのヒンドゥーどもをやっつけるために出陣したというのに。話はずいぶん違ってきちまった。ひどすぎるぞ、これは」

十一月のある時期だった。彼らは北へ北へ北へと進んでいた。風に舞う奇妙な渦巻き体の文字の新聞紙を踏み越え、打ち捨てられた居留地を越え、時どき、棒に結んだ荷物を背中にかついだ老婆とか、死にそうに飢えきって、卑屈な目をし、ポケットにはナイフを忍ばせている八歳の子供たちの一隊とかに出会ったりもした。いろいろ噂も耳にした。ムクティ・バヒニが硝煙くすぶる土地をこっそりと通過しているとか、どこからともなく蜂が飛来するように銃弾が飛んでくるとか……そしてついに限界点に到達してしまい、ファルークがこうぼやくのだ、「お前がいなかったらな、ブッダ――まったく《アッラー》、お前という奴は、外国人の青い目で幻を見てるんだ。それに、畜生、お前は臭《くさ》いんだよ！」

臭いのは私たち四人おたがい様なのだ。見捨てられた小屋の汚ない床の上で（ボロボロの軍靴のかかとで）サソリをつぶしていたシャヒード然り。自分の髪を切るためのナイフをばかみたいに捜していたファルーク然り。小屋の隅っこに頭をもたせ、その頭のてっぺんを蜘蛛に這われているアユーバ然り。そしてもちろんブッダもまた然り。天まで届けとばかり悪臭をぷんぷんさせているブッダは、右手にいぶし銀の痰壺を握って、ひたすら自分の名前を思い出そうとしている。だが甦ってくるのはあだ名ばかり。洟《はな》たれ君、あざのある顔、禿坊主、クンクン、月のかけら。

……彼は怯えた仲間たちの泣きじゃくる声を聞きながら、脚を組んで坐り、思い出そうと躍起になっていた。だがどうしても甦ってこなかった。ついにブッダは痰壺を床に放り投げ、耳のだめになった連中に向かって叫んだ、「まったく――きたない仕打ちだ！」

戦禍のさなかで私は「きれい」「きたない」という観念を発見した。「きたない」はタマネギの臭いがした。その鋭い臭いを感じると目から涙が出た。ひどい仕打ちの強い臭いを嗅ぐと、ジャミラ・シンガーが病院のベッドに身をかがめて来た時のことを思い出した――誰の？　何の名前？――軍隊の勲章や肩章もあった――妹は――いや妹じゃない！　彼女――彼女は言った、「兄さん、あたし行かなければならないわ、お国のために歌うのよ。軍隊が兄さんのめんどうを見てくれるでしょう――あたしの兄さんということで、軍隊がちゃんとめんどう見てくれるわよ」彼女はベールをかぶっていた。白と金襴の裏に、私は彼女の裏切りの微笑を嗅ぎとった。柔らかいベールの生地を通して、彼女は私の額に復讐のキスを与えた。最も愛してくれる人に恐ろしい復讐をするのが彼女のいつものやり方なのだが、とうとう彼女は私を勲章と肩章たちのやさしいお慈悲にまかせることにした……そしてジャミラの裏切りの次には、ずっと昔、エヴィ・バーンズの手で加えられた排斥のことを、そして追放やらピクニックという騙しやらのことを、また私の人生を毒した山ほどたくさんの理不尽な出来事のことを思い出した。そして、キュウリ鼻、あざのある顔、ガニマタ、尖ったこめかみ、禿坊主、指なし、片耳、そして体を麻痺させ、脳天を打ち砕く痰壺のことを嘆いてみた。それから思いきり泣いてみた。だがまだ名前はつかまらない。私はくりかえして言った――「きたない仕打ちだ、きたない、〈きたない〉！」すると驚いたことに戦車男アユーバが部屋の隅から動いた。アユーバはおそらくスンダルバンでの自己崩壊の過程を思い起こしていたのだろう。私の前にしゃがみこんで、動く方の腕を私の首にまわしてきたのだ。私は彼の慰めを受け入れた。私は彼のシャツのなかに顔を埋めるようにして泣いた。しかしその時、一匹の蜂が私たちの方に飛んできた。彼がガラスのない窓に背中を向けてしゃがみこんでいる間に、むんむん暑い空気のなかを何かがヒューッと音をたててやって来た。彼が「おいブッダ――分かったよブッダ――なあ、なあ！」と言い、別の蜂、聾という蜂たちが彼の耳のなかで唸っている間に、何かが彼の首すじを刺した。彼は喉の奥の方でスポンという音をたてると、私の上に倒れかかった。アユーバ・バロッチを殺した狙撃兵の銃弾は、もし彼がいなかったら、私の頭を貫通していたことだろう。彼は死んで私の命を救ってくれたのだ。

過去の屈辱を忘れ、きれい・きたないのような、どうにもならぬものは耐えるしかない、とかいう考えを払いのけて、私は戦車男アユーバの屍の下から這い出した。ファルークは「ひどい《ゴッド》、ひどい《ゴッド》！」を連発し、シャヒードが「畜生《アッラー》、おれの銃で――」と言いかけたが、「ひどい！　ひどい、糞ったれめ、どこにいやがるんだ――！」とファルークはつづけた。だがシャヒードは映画のなかの兵士のように、窓のわきの壁にぺったりと身を寄せる。この配置、つまり私が床の上におり、ファルークが隅にうずくまり、シャヒードが糞漆喰《しっくい》にぺったり貼りついているという人物配置のまま、私たちは対策のたてようもなく、そこに起ることを見守っていた。

二発目はなかった。おそらく狙撃兵は、泥壁の小屋にたてこもった兵力の大きさが分からないので、単に撃ち逃げをしただけなのだろう。私たち三人はこの小屋で一晩と一日を過ごした。そうするうちにアユーバ・バロッチの死体が臭うようになってきた。そこで小屋をあとにする前に、つるはしを見つけて、彼を埋葬した……のちにインド軍がやって来たが、肉食の対菜食優位説によって迎え撃つアユーバ・バロッチはすでに亡かった。「カダーン！　カブラム！　カポー!!」と叫んで敵に向かってゆくアユーバはすでに亡かった。

おそらくそれで、よかったのだ。

……そして十二月のある日、私たち三人は盗んだ自転車に乗って、地平線にダッカの街が見える畑へやって来た。そこに生えている異様な作物は吐き気を催すような臭いがして、私たちは自転車に乗ったままではいられなくなった。倒れないうちに降りて、恐ろしい畑に入ってみた。

屑拾いの百姓が一人動きまわっていた。ばかでかいずだ袋を背負って、働きながら口笛を吹いている。袋をつかんでいる手の白くなった関節は、彼の決然たる気持を物語っている。鋭くも調子のよい口笛は、彼が気分をひきたてようとしていることを示している。口笛は畑いちめんに谺《こだま》し、転がっているヘルメットに当ってはね返り、泥で詰まったライフルの銃身からうつろに反響し、それはそれは奇妙な獲物である倒れた軍靴のなかへ跡かたもなく消えていった。その作物の臭いはきたない仕打ちの臭いのように、ブッダの目に涙を催させる。作物は未知の胴枯れ病にかかって死んでいる……そしてすべてではないにせよほとんどが、西パキスタン陸軍の制服を着けている。口笛のほかに聞こえる物音といえば、百姓の宝の袋のなかに落ちる物体の音だけだ。革のベルト、時計、金歯、眼鏡のフレーム、弁当箱、水筒、軍靴。百姓は彼らを見て走ってきた。へつらうように笑い、猫なで声で早口に喋るのを、ブッダひとりが聞かされることになった。ファルークとシャヒードは、百姓が説明している間、どんよりした目で畑を眺めていた。「ひどい撃ち合いがあったんですよ！　パン、パーン、とね！」彼は右手でピストルの形をつくった。彼はへたな、ぎごちないヒンディー語を話した。「ほうなんですよ！　インドが来たんですよ、旦那さん方！　ほうなんですよ！　ほうなんです」――畑じゅうで作物が、土壌のなかへ滋味ゆたかな骨髄をしみ込ませていた。「わたしのこと、撃たねえで下さい。お願いしますよ。どうぞ、お願いします。ニュースがありますよ――凄いニュースですよ！　インドが来ます！　ジェソール（インド国境ぎわのバングラデシュの都市）は落ちましたよ。一日か、遅くても四日後にはダッカも落ちるちゅうことです。どうですか？」ブッダは聞いていた。ブッダの目は百姓をとびこえて畑を見ていた。「こんなことですよ、旦那さん！　インドです！　強い兵隊が一人いるんですよ。この兵隊は一人で一時に六人殺せるんですよ。相手の首っ玉をひざの間にはさんで、折っぺしょっちまうんですよ。ボキボキってね。ひざ――この言葉、間違いないですか？」彼は自分の膝を叩いてみせた。「わたし、見たんですよ。この目で、ほうです！　その人は、鉄砲とか、刀で、闘うんじゃないんですよ。ひざでやるんですよ。六本の首っ玉をとっつかまえて、ボキボキって、やっちまうんですよ」シャヒードは畑のなかへ嘔吐した。ファルーク・ラシドは向こうの端まで行って、マンゴーの林を覗き込んでいた。「戦争は、一、二週間で終りますよ。そうすると、みんな帰ってきますよ。今はみんな出かけてるんですよ。わたしだけ、別ですけど。兵隊たちがバヒニを捜しに来て、たーくさん殺しましたよ。たーくさんね。わたしの息子のことも殺しましたよ。ほうですよ、ほうなんですよ」ブッダの目は鈍く曇った。遠くに砲弾の爆裂音がした。無色の十二月の空に煙の柱があがる。異様な作物は微風が吹いていてもたわむことなく、じっとしている……「わたしはここに残りますよ。

ここの鳥や植物の名前を知ってるんですよ。ほうなんですよ。わたしの名前はデシュムクといいます。商売は小間物売りってとこですよ。いろいろと、いいものありますよ。いかがですか、便秘薬なんか。すごく効きますよ。ほうですよ。時計はどうです？　暗闇でも光るんですよ。本もありますよ。ほうですよ。それから、手品の道具もありますよ。わたしはむかしはダッカで有名だったんですよ。ほうですよ。ホントですよ。撃たないで下さいよ」

小間物屋は喋りつづけ、次々と品物を薦めた。たとえば、身につけるとヒンディー語が話せるようになるという魔法のベルト――「わたしも今しめてるんですよ、旦那さん。こんなによく喋れるわけですよ。インドの兵隊たちは大勢で買ったものだから、いろんな言葉、喋るようになったんですよ。このベルトは神様の贈物なんですよ！」――それから彼はブッダが手に持っている物に気がついた。「おや、こーれは！　文句なしの一級品ですよ、銀でしょう？　宝石ですね？　それ下さいよ。わたしはラジオとカメラ、あげますよ。ほとんど、このままで動きますよ。ちょうどいい取引でしょう。痰壺ひとつだけで、いいですよ。ほうです。ほうです。生活は続けなくちゃなりません。商売も続けなくちゃなりません。ほうでしょう？」

「もっと話してくれ」とブッダは言った、「頑丈な膝をもった兵隊のことを話してくれ」

しかしここで、またしても一匹の蜂の音がした。遠く、畑の向こう端で、誰かががっくり膝をついた。誰かの額が、礼拝でもするように地面についた。そして畑では、まだ銃が撃てるほどに生きていた一本の作物が、またひどく静かになる。シャヒード・ダールが一つの名前を呼んでいる。

「ファルーク、ファルーク、おーい！」

しかしファルークは答えない。

あとになって、ムスタファ叔父に戦争の思い出話をした時、ブッダは骨髄がしみ出ている畑をつまずきながら走って、倒れた戦友のところへ駆けつけたことを話した。ファルークのうつぶせになった死体のところへたどり着くずっと手前で、この畑の最大の秘密を見つけてはたと足をとめたことも忘れずに話した。

畑の真ん中には小さなピラミッドがあった。蟻がいっぱいたかっていたが、それは蟻塚ではなかった。ピラミッドというのは、六本の足と三つの頭の間に、胴体の断片、制服の切れ端、長い腸、くだけた骨ちょっぴりなどが、ごちゃごちゃ積み重なったものだ。ピラミッドはまだ生きている。三つの頭の一つは、左目が盲目で、これは子供時代の喧嘩の遺物だ。もう一つの頭は髪がヘアオイルでべったりとなでつけられている。三番目の頭は最も奇妙だ。こめかみがあるはずのところに深いくぼみがあるのだ。生まれた時、産婦人科医師に鉗子《かんし》で強くつままれて出来たものかもしれない……ブッダに話しかけてきたのはこの第三の頭だった。

「やあ」とそれは言った、「君はなぜここへ来てるんだ?」

シャヒード・ダールは敵兵士たちのピラミッドが明らかにブッダと会話を交わしているのを見た。シャヒードは突然、わけの分からない衝動に促されて私に襲いかかり、私を押し倒して言った、「お前はいったい誰なんだ?——スパイか? 裏切者か? 何なんだ?——奴らは、お前が誰かをどうして知ってるんだ?」小間物商人のデシュムクは哀れっぽく無駄口を叩いていた、「ねえ、旦那さんたち! 争いごとはもうたくさんです。普段に戻って下さい。お願いです。ああ、まったく」

たとえシャヒードの耳が聞こえたとしても、まさか私は彼に、この戦争のそもそもの目的はこの私を昔の生活に再統合することであり、昔の友人と再会させることにあった、などと言うわけにはいかなかった。だがのちに私はそうにちがいないと確信するに至ったのだ。サム・マネクショーは旧友タイガーに会うためにダッカに向かって行進していた。それにしても、人の縁はなかなか消えないものだ。私は骨髄のしみこんだ畑で膝の武勇伝を聞くめぐりあわせになったのだし、死にかけたピラミッドから挨拶されたのだし、それにダッカでは魔女パールヴァティと再会することになるのだ。

シャヒードが落ち着きを取り戻して私から離れた時、もうピラミッドは話ができなくなっていた。その日の午後おそく、私たちは首都へ向かって旅に出た。小間物屋のデシユムクは後ろから陽気に声をかけた、「ねえ、旦那さん方！　人間いつ死ぬか分からないでしょう？　なぜ死ぬかも分からないでしょう？」

サムとタイガー

驚天動地の事件が起こらなければ旧友同士が再会できないという場合もある。一九七一年十二月十五日、新たに解放されたバングラデシュ国の首都で、タイガー・ニヤージーは旧友サム・マネクショーに投降した。私はといえば、大きく見開いた目、長くて艶のある黒いロープのようなポニーテール、唇を突き出してみせるあの独特なポーズが固まる以前の、ある女性の抱擁に投降した。これらの再会は容易に実現されたわけではない。それを可能にしたすべての関係者に敬意を表するために、私は物語を中断してその事の次第を述べておこう。

では何もかもあけすけに書こう。ヤヒヤー・カーンとZ・A・ブットが三月二十五日のクーデターに関して共謀しなかったとすれば、私は平服でダッカへ空輸されることはなかったろう。またたぶんタイガー・ニヤージー将軍が十二月にダッカへ来ることもなかったろう。さらに言えば、バングラデシュ紛争へのインドの干渉も、大きな集団の間の相互作用の結果なのだ。一千万人が国境を越えてインドへなだれこみ、インド政府が毎月二億ドルの巨額を難民キャンプのためにかけるはめになるという事態が起こらなかったら——ちなみに、私の一家の絶滅を隠れた目的として戦われた一九六五年の戦争全体の費用は、たった七千万ドルだった！——サム将軍に率いられたインド軍が国境を逆方向に越えることもなかったろう。しかしインドが介入してくる理由はほかにもあった。デリーの金曜モスクの影の内に住むコミュニストの魔術師たちから私はのちに聞き及ぶことになるのだが、デリーの政府《サルカール》はムジブの率いる人民連盟《アワミ》の影響力の衰退と革命的解放軍《ムクティ・バヒニ》の人気上昇を非常に憂慮していたのだ。サムとタイガーは、バヒニが権力を握るのを防止するためにダッカで落ち合ったのだ。だからムクティ・バヒニというものが存在しなかったなら、魔女パールヴァティがインド軍に同行して彼らの側の「解放」の闘いに参加するようなことはなかったかもしれない……だがそれでもまだ十分な説明にはならない。インドの干渉の第三の理由は、バングラデシュの紛争を早急に押さえ込んでおかないと、それは国境を越えて西ベンガル(インド領)にまで燃え広がる恐れがあったからだ。というわけで、サムとタイガー、そしてパールヴァティと私が会えたのは、少なくともある程度は、西ベンガル政界の危険分子たちに負うところがあるのだ。タイガーの敗北はカルカッタとその周辺の左翼に対する闘いの始まりにすぎなかった。

ともかくインドが介入した――おかげでたった三週間後にパキスタンは海軍力の半分、陸軍力の三分の一、空軍力の四分の一を失い、そしてタイガー投降後は人口の半分以上を失った――インドがこのように迅速な行動をとれたのも、ムクティ・バヒニに負うところが大きかった。インドの侵入が西翼占領軍に対する闘いであると同時に当のバヒニに対する戦術的行動であるということを、おそらくは素朴さゆえに理解できずに、バヒニはパキスタン軍の動きについて、またタイガーの強みと弱みについてマネクショー将軍に忠言した。また(ブットの懇願にもかかわらず)戦争のあいだパキスタンに何一つ物質的援助を与えようとしなかった周恩来氏に負うところもあった。中国に武器援助を拒まれたパキスタンは、アメリカの銃、アメリカの戦車と飛行機で戦った。全世界でただひとり米国大統領のみが、パキスタンに「傾斜」する決意をした。ヘンリー・A・キッシンジャーはヤヒヤー・カーンの立場を擁護し、このヤヒヤーは米国大統領の有名な中国公式訪問をひそかに準備した……だから、私のパールヴァティとの再会、そしてサムのタイガーとの再会を阻止する方向に働いている力もあったわけだ。だが米国大統領がその方向に傾斜したにもかかわらず、事は三週間という短時日のうちに終ってしまった。

十二月十四日の晩、シャヒード・ダールとブッダは包囲された都市ダッカの周辺を回ってみた。ブッダの鼻は（読者もご記憶のことだろうが）、人並はずれてすぐれた嗅覚を持っていた。安全と危険を嗅ぎ分けられるこの鼻をたよりに、二人はインド軍の包囲線の切れ目を発見し、夜陰に乗じて市内に入った。飢えた乞食がちらほらといるほかはまったく人影のない街を二人がこっそりと動きまわっていた頃、タイガーは最後の一兵になるまで戦うことを誓っていた。ところが翌日になると、彼は呆気なく投降してしまった。何があったのかは分からない。最後の一兵は命拾いしたことを感謝したろうか、それとも芳香楽園入りのチャンスを失ったことで腹を立てているだろうか。

この街に舞い戻って、パールヴァティと再会する前の最後の何時間かの間に、シャヒードと私はいろいろとひどい光景を目撃した。わが軍の兵士たちがそんな行状に及ぶことはなかろうし、できもしないことと思ってもいたから、私はわが目を疑った。私たちは、卵形の頭に眼鏡をかけた男たちが横町で射殺されるのを見たし、この街の知識人たちが何百人も殺戮されるのを見た。だがこんなことは真実であるはずがなかったから、故に真実ではなかった。タイガーはなんといってもちゃんとした男だったし、わが兵士《ジャワーン》たちは十人のインド兵《バーブー》の値打があった。私たち二人は夜の信じがたい幻覚のなかを移動し、銃火が派手に閃く時は戸口に隠れた。ぱっと花が咲いたように光る銃火は、ブラス・モンキーが注目をひくために靴に火をつけたことを思い出させた。喉を切り裂かれた人たちが何の目じるしもない墓地に埋葬された。シャヒードが言った、「いや、ブッダ——何てこったい、まったく、君だって自分の目を信じられないだろう——こんな馬鹿なことが——ブッダ、おれの目はどうなってしまったんだ？」ついにブッダは、シャヒードの耳が聞こえないことを承知の上で、話した。「ああ、シャヒード」と彼は隠していた潔癖さを表に現わして言った、「人は時として、自分の見たいものと見たくないものを選ばなくちゃならないんだ。今はそこから目をそむけろ。目をそむけるんだ」しかしシャヒードは広場《マイダン》を見ていた。そこでは女医たちが銃剣で突かれたあとで犯され、くりかえし犯されたあとで射殺されていた。その上ではというか、その後ろでは、モスクの涼しげな白い光塔《ミナレット》がこの光景を盲《めし》いた目で見おろしていた。

まるで独り言のようにブッダは言った、「何とか逃げるすべを考えるべき時だ。なぜ戻って来てしまったんだ」ブッダはとある廃屋の入口に入ってみた。壊れた、ペンキの剝げかけた半円形の建物で、そこにはかつて茶店、自転車修理店、淫売屋があり、小さな踊り場には公証人が坐っていたにちがいない。低い机が一つあって、その上に公証人のものらしい半縁《はんぶち》の眼鏡が置き忘れられており、かつて彼に権威を与えていた印鑑と印紙が放置されていた——彼を真なるものと偽なるものの判定者たらしめていた印紙と印鑑が。公証人は不在で、どんなことが起こっているのか証言してもらうことはできなかったし、こちらが宣誓して証言をすることもできなかった。だが机の後ろのマットの上にジャラバ（アラブ風のフード つき寛衣）に似た、ゆるく長々とした衣服が置かれていたので、さっそく私はクティア小隊の牝犬のバッジも含めて軍服を脱ぎすてることができ、知らない言葉の話されている街で匿名の人間になり、脱走兵になった。

だがシャヒード・ダールは街に残っていた。夜が白みかけると、兵士たちがまだ始ってもいない事態から逃げまどっている姿が見られた。やがて手榴弾が飛んできた。私ブッダはその時、まだ空き家のなかにいた。だがシャヒードは壁によって護られてはいなかった。

なぜ、どうして、誰がということは誰にも分からない。だが手榴弾が投げられたことは確かだ。体を真っ二つにされる最後の瞬間に、シャヒードは突然、上を見あげたいという抗しがたい衝動を覚えた……のちに勤行時報係《ムエジン》の詰め所で、彼はブッダに語った、「とても変なんだ、畜生《アッラー》――ザクロさ――頭のなかのさ、ちょうどあんなやつさ、これまでになく大きくて明るいんだ――つまりだなブッダ、電球みたいな――畜生《アッラー》、どうしようもない、おれは見たんだ！」さよう、それは、彼の夢の手榴弾は、彼の頭上に一瞬停止したように見えたが、それからするすると降りてきて、彼の腰の高さで爆発し、彼の両脚をこの街のどこか他の地域に吹き飛ばした。

私が駆けつけた時には、シャヒードは下半身がなくなっていたのに意識ははっきりしていて、上を指差し、「あそこへ連れて行ってくれ、ブッダ。頼む、頼むよ」と言った。私は今や半分になった彼の体(だから当然軽くもあった)を、せまい螺旋階段をのぼってあの涼しく白い光塔《ミナレット》のてっぺんまで運びあげた。そこでシャヒードは電球のことを口走った。赤い蟻と黒い蟻が死んだゴキブリの奪い合いをしていて、上塗りのないコンクリートの床のコテの跡に沿って進んでいた。下界では、黒焦げの家々、割れたガラス、そして霞のような煙の間から蟻のような人びとが出てきて、平和のための準備をしていた。しかし蟻たちは蟻もどきの者たちを無視して、戦いつづけていた。そしてブッダはといえば、シャヒードの上半身と、この高いところにある部屋の唯一の家具である低いテーブルの間に身を置いて、白くかすむ下方や周囲を眺めて立ち尽していた。低いテーブルの上にはラウドスピーカーに接続した蓄音器が置かれていた。ブッダはこの機械化された勤行時報係《ムエジン》の幻滅ものの光景を上半分だけになった戦友には見せまいとしていた。何しろこの機械から流される礼拝への呼びかけは、いつも同じところでガリガリという雑音が入るのだ。ブッダはだぶだぶの寛衣のひだから一つの輝く物体を取り出した。そしてこの銀の痰壺にぼんやりとした視線を向けた。瞑想に耽っていたので、悲鳴があがった時は仰天した。見ると、ゴキブリの死骸は蟻たちからも見捨てられていた。(コテでつけた溝を血が流れていた。蟻たちはこの黒いねばっこい臭跡をたどっていって、流出の源に行き着いていた。そしてシャヒードは一つでなく二つの戦争の犠牲になったことに対する憤りを表明した。）

すぐに救助に駆けつけたブッダは、蟻たちをメチャメチャに踏みつけながら、スイッチにひじをぶつけた。ラウドスピーカーの電源が入った。のちに人びとは、一つのモスクが戦争の苦悶を叫んでいたことを決して忘れはしないだろう。

ほどなくして沈黙にかえった。シャヒードは頭をがっくりと垂れた。ブッダはインド軍が到着した時みつかることを恐れて、痰壺をかかえ、街へ降りていった。すでに意識のなくなったシャヒードを蟻たちの講和晩餐会に立ち合わせたまま、私はサム将軍を迎えるために早朝の街へ入っていった。

光塔《ミナレット》のなかで私は痰壺をおずおずと眺めたのだが、その時ブッダの心はうつろではなかった。それは三つの語を反芻《はんすう》しており、シャヒードの上半身も蟻の群れに襲われる時までこの三語をくりかえしていた。それはかつてタマネギの臭いを放つことによって私にアユーバ・バロッチの肩の上に落涙させた――蜂の唸りが聞こえる時まで……あの同じ三語だった。「きたない、仕打ち、だ」とブッダは頭のなかで言い、そして子供のように何度も何度もこの三語をくりかえした。「きたない、仕打ち、だ」

シャヒードは父親の切なる願いをかなえてやって、ついにその名前にふさわしい者となった。ところがブッダはといえば、いまだに自分の名前を思い出せずにいた。

　ブッダが名前を取り戻したいきさつはこうだ。かつて、もうだいぶ昔のことになるが、もう一つの独立の日には、世界はサフラン色と緑色に色づいていた。この日の朝の色は緑と赤と黄金だ。そして街という街には「バングラ万歳《ジョイ・バングラ》！」の叫びが充ちている。女性たちの歌う「わが黄金のベンガル」が、彼女らの心を悦びに狂わせている……都心では、タイガー・ニヤージー将軍が彼の敗北の壇上でマネクショー将軍を待っていた。（伝記的なことを書き添えておくと、サムはパルシー教徒で、ボンベイの出身だった。この日、ボンベイ人には楽しいことが待っていた。）緑と赤と黄金の間で、形もなく名前もない衣を纏ったブッダは群集に押されていた。そしてインド軍がやって来た。サムを先頭に押し立てたインド軍が。

　あれはサム将軍の思いつきだったのか？　それともインディラの？――こういう不毛な問いはさておいて、インドのダッカ侵入が単なる軍事パレードではなかったということだけを記しておこう。勝利にふさわしいように、それはサイドショーを伴っていた。インド空軍の特別輸送機が一機ダッカに飛んで、インドきっての優れた芸人・手品師を百一人運んできた。デリーの有名なマジシャンたちのゲットーからやって来たのだ。その多くはこの日のためにインド軍《ファウジ》を彷彿とさせる制服に身を固めていた。そんなわけで多くのダッカ市民は、インドの勝利ははじめから決まっていたのだ、だって、制服の兵士たちまでが最上級の魔術師ときているではないか、と考えてしまった。手品師をはじめとする芸人たちは舞台のわきを行進して、群集を楽しませた。白い去勢牛にひかせた動く車の上で人間ピラミッドを築いている軽業師たちがいた。自分の足を膝まで呑み込むことのできる驚くべき女曲芸師がいた。重力の法則を振り切って操れるジャグラーたちが、同時に四百二十個ものオモチャの手榴弾を空中に浮かせて群集から感嘆の声をあげさせた。女たちの耳からチリヤー（カードのクラブ。原義は鳥）のクイーン（鳥の帝王、クラブの女帝）を引き出すことのできるトランプ奇術師がいた。偉大なダンサー、アナールカリーがいた。この名前は「ザクロの芽」という意味で、彼女がロバのひく車の上で跳ねたり、ツイストしたり、旋回したりすると、右の鼻孔に通した大型の銀の鼻飾りがジャラジャラと鳴った。シタール弾きのマスター・ヴィクラムがいた。彼のシタールは聴衆の心のなかのどんな微かな情緒にも感応し、それを増幅してみせることができたために、ある時彼は聴衆の前で不機嫌な弾き方をして彼らの不快な気分を高めてしまった。タブラ奏者が途中で彼の旋法《ラーガ》をやめさせなかったとしたら、彼らは音楽の力によって殺し合いを始め、講堂を打ち壊しにかかったろう(という噂だ)……この日、マスター・ヴィクラムの音楽は人びとの祝賀気分を熱狂的なまでに高めていた。いわばそれは、彼らの心を悦びに狂わせたのだ。

そしてピクチャー・シンその人がいた。身長七フィート、体重二百四十ポンドの巨漢で、蛇つかい《スネーク・チャーマー》としての無比の腕前のために世界一の魅惑的な蛇つかい《ザ・モスト・チャーミング・マン・イン・ザ・ワールド》の異名を持つ人だ。ベンガルの伝説的な花火師《トゥーブリ・ワーラー》たちでさえも彼の才能にはかなわなかった。毒袋のついたままのコブラやマンバやクライトを頭から足までいっぱいに絡みつかせて、彼はうれしそうに叫んでいる群集をかき分けて歩いた……ピクチャー・シン、私の父親になりたがった男たちの最後に来る人……そして彼のすぐ後ろに魔女パールヴァティがいた。

魔女パールヴァティは蓋つきの大きな柳細工の籠の助けをかりて、群集を楽しませた。気のいい有志たちが籠に入ると、パールヴァティによって完全に消されてしまい、彼女が戻したいと思う時まで戻ってこられなかった。真夜中によって真の魔法の天分を授けられたパールヴァティは、この有志たちをしがない魔術のなりわいに奉仕させていた。だから彼女は、「どうしてあんなことができるのだ」「さあ、美人さん、種明かしをしてくれ、いいじゃないか?」としじゅう訊ねられた——パールヴァティはにっこり笑って魔法の籠を転がしながら、解放軍と並んでこちらへ近づいてきた。

インド陸軍が市内へ入ってきた。マジシャンたちのあとに続いて英雄たちがやってきた。後で分かったことだが、このたびの戦争の勇士、必殺の膝を持った鼠顔の大佐も、このなかに交じっていた……だがそれよりも、奇術師たちがまだほかにもいたのだ。つまり、この街の生き残った手品師たちが隠れ家から出てきて、来演中の魔術師たちの芸をことごとく打ち負かそうとして、見事な腕比べを始めたのだ。この陽気な魔術の氾濫のなかで、この街の苦痛は押し流され、和らげられた。その時のことだ。魔女パールヴァティが私を見つけ、私に名前を取り戻してくれたのだ。

「サリーム！　あーらサリーム、サリーム・シナイじゃないのよ」

ブッダは操り人形のようにぴくっと動いた。群集の目が注視した。パールヴァティは人波をかきわけて近寄ってきた。「ねえ、あなたでしょう！」彼女はひじを掴まえた。大きく見開いた目を青白く光らせて見つめる。「ほーら、その鼻よ。ケチをつけてるわけじゃないのよ。でも、あなたよね、もちろん！　ほら、あたしよ、パールヴァティよ！　ああ、サリーム、どうしたの、バカねえ、さあさあ……！」

「それだ」とブッダは言う。「サリームか、それだ」

「まあ、何てことかしら、ほんとに！」と彼女は叫ぶ。「ねえ、サリーム、覚えてるわね——例の子供たちのことをよ。ああ、ほんとにうれしいわ！　なぜそんな深刻そうな顔をしてるのよ？　あたしの方はあなたを抱きしめてモミクチャにしたいくらいなのに。あたしは長い間、このなかでしかあなたに会えなかったのよ」そう言って女は額を叩いてみせた、「なのにあなたったら魚みたいな顔をしちゃって。ほら、サリーム！　せめてこんにちはくらい言ってよ」

一九七一年十二月十五日、タイガー・ニヤージーはサム・マネクショーに投降した。タイガーと九万三千のパキスタン軍は捕虜になった。私はといえば、喜んでインドの魔術師たちのとりこになった。パールヴァティが「とうとう見つけたんだから、もう放さないわよ」と言って、私を行列のなかに引き込んでしまったのだ。

その晩サムとタイガーは酒杯《チョータ・ペッグ》を傾けながら、懐かしい英国陸軍時代の思い出を語り合った。「タイガー君」とサム・マネクショーは言った、「君は投降することによって立派に威厳を保ったよ」タイガーはそれに答えて、「サム、君の戦いっぷりはすごかった」サム将軍の顔を小さな雲がかすめた。「ところでね、君、実に恐ろしいデマを耳にしてるんだ。殺戮の噂だよ、集団墓地もあるとか、クティアとか何とかいう特別班がいっぱい作られて、その目的というのは反対派を皆殺しにすることだったとかね……根も葉もないデタラメだとぼくは思うけど」タイガーは答えて、「クティア、追跡情報活動のための犬小隊だって？　聞いてないね。そりゃ君、何かの間違いさ。どっちの軍にも悪質な情報部員《ワーラー》がいるんだよ。そうさ、それは馬鹿げている。こう言っちゃ何だが、馬鹿げているよ」「そうだろうと思ったよ」とサム将軍は言った、「とにかくタイガー、お前さんに会えて何よりだよ、まったくな！」答えてタイガーが、「何年になるかな、ええ、サム？　実に久し振りだな」

……旧友たちが将校食堂で「オールド・ラング・サイン」（スコットランド民謡、日本では「蛍の光」として知られる）を歌っている間に、私はバングラデシュから、私のパキスタン時代から、逃げようとしていた。「あなたを逃がしてあげるわ」私の説明を聞いたあとでパールヴァティはそう言った。「内緒内緒にしたいでしょ？」

私はうなずいた。「内緒内緒」

この市の別の地域では九万三千の兵士たちを捕虜収容所へ運ぶ準備がなされていたが、魔女パールヴァティはぴったり蓋のしまる柳細工の籠に私を入れてくれた。サム・マネクショーは旧友タイガーを保護管理下に置かなければならなかったのに、魔女パールヴァティは「こうすれば絶対つかまらないわ」と私に保証してくれた。

魔術師たちがデリーへの帰途につくのを待っていた兵舎の後ろで、世界一の魅惑的蛇つかいピクチャー・シンは歩哨に立っていた。私が透明人間の籠にとびこんだのは、その晩のことだ。私たちは何気なくぶらつき、安葉巻《ビリー》を吸って、兵士の姿が一つもなくなるまで待った。ピクチャー・シンは自分の名前のことを私に話してくれた。二十年前のこと、イーストマン・コダック社のカメラマンが、彼のポートレートを撮った——笑顔と蛇を強調したこの写真《ピクチャー》は、その後インド中のコダックの広告と店内ディスプレイの半分に使われた。この時以来、この蛇つかいは現在の名前を用いることにしている。

「どう思うかね、大将?」と彼はうちとけて大声で訊ねた。「いい名前でしょう? 大将、わしはもうずっと前から、かつてどんな名前を使っていたか思い出せないんだ、どうしたらいいのかね、親のつけてくれた名前をですよ! まったく馬鹿だよね、大将」だがピクチャー・シンは馬鹿どころではなかった。しかも彼には魅力《チャーム》どころか、それ以上のものがあった。突然、彼の声から何気ない、眠たげな陽気さが消えた。彼はささやいた。「さあさあ! 大将、はやく《エーク・ダム》、大急ぎで!」パールヴァティが籠の蓋を取った。私は彼女の秘密の籠のなかへ頭からとびこんだ。蓋がかけられ、一日の最後の光が遮られた。

ピクチャー・シンがささやいた。「オーケー、大将——うまくいったぞ!」パールヴァティが私の間近に身をかがめてきた。籠の外側に唇を押し当てていたにちがいない。柳細工を透して声が聞こえてきた。

「ねえ、サリーム、思えば、あなたとあたしは——真夜中の子供たちなのよね、あなた《ヤール》！　これは大したことよ、違うかしら？」

これは大したことだとも……柳細工の闇に閉じこめられて、サリームは何年も昔の真夜中のことを、目的も意味もあった子供時代のレスリングの試合のことを思い出した。ノスタルジアで心がいっぱいになって、その大したこととは何のことか、私はまだ分からずにいた。するとパールヴァティが何か別の言葉をささやいた。透明人間の籠の中で、ゆるい匿名の衣をまとった私サリーム・シナイは、まるごと、一瞬にして、跡形もなく消えた。「消えた？　どうやって消えたの、何が消えたの？」パドマの頭がひょいとあがる。パドマの目は当惑したように私をにらむ。私は肩をすくめ、ただくりかえす。消えたんだ、さっき言ったようにさ。いなくなったんだ。ＳＦ流に言えば非実体化したわけだ。妖魔《ジン》みたいに。パッとね。

「それじゃ」とパドマは食いさがった。「その女の人は、ホントに掛値なしに魔女というわけ？」

　ホントに掛値なしにさ。私は籠のなかにいたが、同時にいなかった。ピクチャー・シンはその籠を片手で持ち上げて、軍用トラックの荷台に放り込んだ。ピクチャー・シン自身とパールヴァティほか九十九名を、陸軍飛行場で待機中の飛行機まで運んでいくトラックにである。私は籠ごと放り込まれたのだが、同時に、放り込まれたのではなかった。のちにピクチャー・シンは言った、「いや、大将、あなたの体重はまったく感じませんでしたよ」と。それに私の方も、ゴツンとかドサッとかドシンというような衝撃を感じなかった。百一名の芸術家がインドの首都からインド空軍の輸送機でやってきたが、百二名が帰途についたわけだ。とはいえ、そのうち一名は、そこにいて同時にいなかった。さよう、魔法は時としてうまくいくものなのだ。だがまた失敗もする。私の父アフマド・シナイは、雑種の牝犬シェリーに呪いをかけることに成功しなかった。

　パスポートも許可証も持たずに、透明人間のマントを羽織って、私は故国に帰った。信じられるかどうかは別として、懐疑主義者といえども、私がここにいる以上、何か説明を添えておかなければなるまい。（昔のお伽話のなかの）カリフ、ハルーン・アル・ラシドも、マントを羽織って姿もなく名前もない透明人間としてバグダッドの街をさまよったではないか？　ハルーンがバグダッドの街でやってのけたことを、魔女パールヴァティは、一行が亜大陸の空路を飛んでいる時に私のために可能にしてくれた。彼女が何もかもやってくれて、私は透明人間になった。これで十分《バス》だろう。

　透明になった時の思い出といえば、こんなことだ。籠のなかで私は、死ぬとはどういうことであるか、ありうるかを知った。幽霊というものの特徴をつかんだ！　それは、ここにありながら実体がない、現実なのに存在感がなく重さもない……ということなのだ。私は籠のなかで、幽霊は世界をどう見ているのかを発見した。ほのかに、かすんで、かすかに……世界は私のまわりにあるが、ただそれだけなのだ。私は不在の領域に吊られていて、その周辺にはかすかな映像のように柳細工の幻が見える。死者は死に、徐々に忘れられていく。時間が癒しを行い、死者は消えていく――だがパールヴァティの籠のなかで、私はその逆もまた真実であることを知った。つまり、幽霊の側も忘れはじめるのだ。死者は生者たちの記憶を失い、ついに、生命から切り離される時、消えていくのだ――要するに、死ぬことは死後もしばらくは続くのだ。のちにパールヴァティが教えてくれた、「こんなことは黙っていたかったんだけど――あんなに長いこと透明人間のままで放っておくのはよくなかったのよ――危険だったのよ。でもほかにどうしようもなかったの」

パールヴァティの魔法にとらえられて、私はこの世への手がかりが失われていくように感じた。二度と帰ってこないということ――この雲のような空虚のなかを漂うこと、微風に乗って吹かれてゆく花粉のように遠くへ、遠くへ、遠くへと漂ってゆくことは、何とたやすく、何とのどかなことか！――要するに私は死の危険にさらされていたのだ。

この霊的な時空のなかで私がしがみついていたものがあった。それは銀の痰壺だった。

パールヴァティのささやいた言葉によって私自身と同じく変身したこの痰壺は、それでもなお外界を思い出させるものではあった……その無名の闇のなかでもチラチラ光る精巧な細工の銀器を握りしめながら、私は生きながらえることを得た。私は頭から爪先まで無感覚になっていたが、おそらくこの大切な形見の発する微光によって救われたのだ。
いや——痰壺だけのせいではなかった。今はもう誰の目にも明らかなように、わが主人公は限られた空間に閉じこめられたことから大きな影響をうけたのだ。閉ざされた闇のなかに、さまざまな変身が現われてくる。（母のものではなかったが）秘められた子宮のなかの胎児であった彼は、八月十五日の新しい神話の権化、秒読みの子供として育たなかったろうか——祝福《ムバラク》された子供として生まれて来なかったろうか？　窮屈な産湯室のなかで、名札が取り換えられなかったろうか。ひとり洗濯物入れのなかに身をひそめて、片方の鼻孔にパジャマのひもの入った状態で、黒マンゴーを一瞥しなかったろうか。そして激しく鼻をすすったために、彼が、そして彼のキュウリの上端が、超自然的なハム無線機に変わりはしなかったろうか？　医者と看護師と麻酔マスクに囲まれて、彼は数に屈服し、上半身の排水という苦しみを経たあと、第二の段階、つまり鼻の哲学者にして（のちには）無比の追跡者という段階に突入しなかったろうか？　小さな無人の小屋で、アユーバ・バロッチの体の下に押し潰されそうになって、「きれい」と「きたない」の意味を学び知らなかったろうか？　さてそれから――透明人間の籠のオカルト的スリルを味わいながら、私は痰壺の微光だけでなくもう一つの変身によっても救われた。その恐ろしい肉体から離れた、墓場の臭いのする孤独のなかで、私は怒りを発見したのだ。

サリームのなかで何かが消えうせ、何かが生まれようとしていた。消えうせようとしていたのは赤ん坊のスナップ写真であり、額入りのネルーの手紙であった。予言された歴史的役割をすすんで引き受けるという古い決意であった。両親も他人も当然彼を醜さゆえに軽蔑し、あるいは追放するだろうということを考慮し、理解しようとする意志であった。切断された指と修道士のような禿頭は、もはや彼、即ち私が受けてきたあしらいの口実としては十分ではなかった。私の怒りの対象は実のところ、私がそれまで盲目的に受け入れてきたすべてのものであった。私に投資したものを、立派になることによって返してもらいたいという両親の願望、魔法のショールのような才能、それに関係様式そのものが私のなかに盲目的な、猛烈な怒りを吹き込んだ。なぜ私が？　誕生の予言などの偶然によって、なぜ私は言語暴動とかネルー以後の後継問題とか、胡椒入れ革命とか、わが一族を絶滅させた爆弾とかに、責任を持たなければならないのか？　なぜこの私、サリーム、洟たれ君、クンクン、インド地図、月のかけらが、パキスタン軍がダッカで「やらなかったこと」の責めを負わなければならないのか……なぜ五億を超える国民のなかで、私ひとりが歴史の重荷を背負わなければならないのか？

きたない仕打ち（タマネギの臭いがする）の発見に始まったことを、透明人間の怒りが充実させた。怒りは私に透明人間の籠という柔らかな妖《あや》しい誘惑を生き延びることを教えてくれた。金曜モスクの影のなかで消えることから救われたのだから、これからは自分の、運命に左右されない未来を選ぶようにしようと、怒りは私に決心させてくれた。そして墓場の臭いのする孤独のなかで、私ははるか昔の娘時代のメアリー・ペレイラが歌っている声を聞いた。

なりたいものに　あなたはなれる
どんなものでも　思いのままに

今夜、あの時の怒りを思い起こしながら、私はまったく平静なままだ。〈未亡人〉が他のすべてのものと一緒に怒りを洗い流してしまったのだ。籠のなかで生まれた、透明性に対する反抗を思い出しながら、私はついもの分かりよく苦笑してしまう。「少年はしょせん少年だ」と、私は歳月を隔てて二十四歳のサリームに寛大につぶやく。〈未亡人たちのホステル〉では、〈脱出不能〉の教訓をむごたらしい仕方でみっちりと教えられた。今、アングルポイズの光のなかで前かがみになって原稿用紙に向かいながら、私はあるがままの自分以外の何にもなりたいとは思わない。あるがままの自分とは？　私の答えはこうだ。私は私の前に過ぎ去ったすべてのもの、私が在り、見て、行なったすべてのもの、私に対してなされたすべてのものの総計である。この世に在ることによって私に影響を与え、かつ私から影響をうけた、すべての人、すべての物、それがすなわち私である。私は私が去ったあとに起こる、しかも私が来なかったら起こらなかったであろうすべてのものである。この点で私は特別例外的なものではない。それぞれの「私」、現在の六億余の私たちの各々が、同様な多数のものを含んでいる。最後にもう一度くりかえしておく。私を理解するためには、一つの世界を呑み込まなければならない。

今、私のなかにあったものの流出が終りに近づき、内部に割れ目が広がるにつれ――ビリッ、バリバリッ、ガリッという音が聞こえ、感じられる――私はどんどん痩せ細り、ほとんど透明になりかけている。もう私の姿はあまり残っていない。まもなく、すっかりなくなるだろう。六億粒の砂もまたガラスのように透明で不可視ときている……

だがその時の私は、怒っていた。柳細工の壺《アンフォラ》のなかで腺の活動が過剰になり、エクリン腺とアポクリン腺が汗と臭いを発散した。あたかも私は毛穴から自分の運命を吐き出していたかのようだ。私は自分の怒りを弁護して書いておくなら、瞬間的にはそれをなしとげたのだ——そして透明人間の籠からモスクの影に転がり出た時、私は反抗によって麻痺したような放心状態から救われたのだ。銀の痰壺を手に持ってマジシャンたちのゲットーの地面の上に落ちた時、私は感覚が戻ってきたことを悟った。

　ある種の病いは少なくとも、克服することができるのだ。

モスクの影

疑いの余地はない。加速が起こっているのだ。裂け、砕け、割れる――猛暑のなかで道路の表面がひび割れている間に、私もまた崩壊に向かって突き進んでいる。骨を喰らうものも、(身近にいたあまりに多くの女たちにいつも説明しなければならなかったことだが、これは呪医の力では見分けることも、治療することもできない)いつまでも拒んでいることはできまい。まだ語ることがたくさん残っている……ムスタファ叔父が私のなかで大きくなる、魔女パールヴァティのふくれっ面も同様だ。英雄の一房の髪の毛が出番を待っている。十三日間の労働も、首相の髪形の相似物としての歴史も。裏切り、無賃乗車、そしてフライパンのなかで何かが焼かれる臭い(それは未亡人たちの泣き声と共にそよ風にのって重く漂ってゆく)があるはずだ……こんなにあるのだから、私も加速しなければならない。最後の一行に向かって、しゃにむに突進しなければならない。

記憶がひび割れて修復不能になってしまう前に、ゴールテープを切らなければならない。(もうすでに薄れたり、欠損したりした個所があるのだ。時には即興で書くことも必要だろう。)

二十六個のピクルスの壜が棚の上にどっしりと立っている。二十六種の特製ブレンド。それぞれにおなじみの文句がきちんと書かれた識別用ラベルが貼ってある。たとえば〈胡椒入れの動き〉とか〈アルファとオメガ〉とか〈サバルマティ海軍中佐の指揮棒〉とか。ローカル列車が黄色と褐色の帯をなして通過する時、二十六個の壜がガタガタと鳴る。机の上では六個の空き壜が気ぜわしく光り、私に未完成の仕事のことを思い出させる。だから今、私は空のピクルス壜のところで立ち停まってはいられない。夜は言葉のためにとってあるのだ。グリーン・チャツネはしばらく待たせておこう。

……パドマはうらめしそうな顔をする。「ねえ、八月のカシミールって素敵なんでしょう。ここでは唐辛子みたいに暑いけど!」ふっくらしているが筋肉質の伴侶を、私はたしなめなければならない。注意が散漫でいけないと。辛抱づよく、寛容で、慰めになるパドマ・ビビが、ありきたりのインドの女房と同じことをしはじめるのを見るのは辛い。(ところで、よそよそしく構えて自分の仕事に熱中している私は、亭主らしいだろうか?)最近、割れ目が広がることについてのストイックな運命論にもかかわらず、私はパドマの息に、より好ましい(だが不可能な)未来の夢を嗅ぎとっていた。内部亀裂という冷厳な宿命を無視して、彼女は結婚への希望というほろ苦い香りを吐きはじめているのだ。前腕にびっしりうぶ毛のはえている女性従業員たちが、口もとに嘲笑を浮かべながら投げつけてくるからかいを長い間、馬耳東風と聞き流し、私との同棲を世間体の埒外《らちがい》に位置づけていた私の糞蓮姫は、どうやら妻の座を確保したいという欲望に屈服したらしいのだ……要するに、彼女はこのことをひとことも言ってはいないが、私が正式に結婚してくれるのを待っているのだ。悲しい期待の香りが彼女のごくたわいもない気遣いの言葉にもしみこんでいる——今この瞬間にも彼女はこんなことを言っている、「ねえ、いいじゃないの——書くのはいい加減に切り上げて、休息をとったら。カシミールへ行って、しばらくじっと坐っていなさいよ——パドマも連れて行ってくれるわね？　めんどう見てあげられるもの……」カシミールの休日の夢(それはかつてのムガル皇帝ジャハンギールの夢、忘れ去られた哀れな女イルゼ・ルービンの夢、そしてもしかしたらキリストその人の夢でもあった)が芽生えかけているわけだが、私はその背後にもう一つの夢の存在を嗅ぎつけている。しかしどちらの夢も実現することはできない。そのわけは、割れ目、割れ目、いつも割れ目が、私の未来を唯一の不可避な終止符に向けて絞りつづけているからだ。パドマといえども、私が最後まで語り終えるためには、出しゃばらずにいてくれなければならないのだ。

今日、新聞はインディラ・ガンディー夫人の政治的再生の噂を伝えている。だが私が柳細工の籠のなかに隠れてインドに帰った時は、「マダム」はまさしく栄光の只中にあった。今日、私たちはおそらく、わざと陰湿な健忘症の雲のなかへ沈み込んで、早くも忘れかけているのだ。だが私は覚えているし、書くつもりだ。どんなふうに私が――いや彼女が――いや事件が――いや、うまく言えない。ちゃんと順序を追って話していき、暴露する以外にどうしようもないというところへ持ち込まなくてはならない……一九七一年十二月十六日、私は籠のなかからインドへ転がり出た。するとそこではガンディー夫人の新会議派が、議会において三分の二以上の多数を占めていた。

透明人間の籠のなかで、不当だという気持が怒りに変わった。そして他の何かにも――怒りによって変身した私は、祖国に対する共感という苦悶にみちた感情にも圧倒された。この国は私の双子のかたわれとして生まれたばかりでなく、(いわば)尻のところで私に結合されているので、私たちのどちらかに起こったことは、私たち両者に起こったことなのだ。洟たれ君、あざのある顔、その他その他の私が辛い思いをしていた時は、私の双子の姉妹である亜大陸も同じ思いをしていた。私は、よりよい未来を選ぶ権利を自分に与えたのだから、国家も同じ権利を持つべきだと思うようになった。埃と影と楽しげな歓声のなかに転げ落ちた時、私はすでに国を救う決心をしていたのだと思う。

（しかし割れ目や裂け目がある……その頃までに私は、ジャミラ・シンガーに対する愛はある意味で間違いだったと気づきはじめていたのだろうか？　私はすでに分かっていたのだろうか。今では単に、国家に対する誇大な、すべてを包んでしまう愛であったことが分かっている憧憬の念を、彼女の上に転移していただけなのだということが。私の真の近親相姦的感情は真の双生児であるインド自体に対するものであって、まるで蛇が脱皮するようにあっさりと私を捨て、軍隊といういわば屑かごのなかへ放り込んだ、あのあばずれ歌手に対するものではない、ということに気づいたのはいつのことだっただろう。いつだ、いつだ、いつだ？……これればかりは敗北を認めて、はっきり思い出せない、と記録するほかない。）

……サリームはモスクの影の埃のなかに瞬きしながら坐った。一人の巨人が彼を見おろして立ち、破顔一笑して訊ねた、「どうだね大将《アッチャ》、道中、辛かったかね？」そしてパールヴァティは大きないきいきした目を見開いて、彼のひび割れた、塩を含んだ口に水壺《ロータ》から水を注いでくれた……感触がある！　素焼の土器《スラーヒー》のなかで低温に保たれた水のような水の感触、かさかさに乾ききってひりひり痛む唇、手にしっかり握りしめたラピスラズリをちりばめた銀器……「感じられるぞ！」とサリームは気さくな群集に向かって叫んだ。

午後のチャーヤと呼ばれる時間で、高く聳える赤煉瓦と大理石の金曜モスクが、その足元に蝟集するスラム街のゴチャゴチャと並ぶ小屋の上に影を落としていた。スラムの崩れ落ちそうなトタン屋根の下には焼けるような暑さがこもっていたので、チャーヤの時と夜間以外は、この粗末な小屋のなかにいることは耐えがたかった……だが今、手品師や曲芸師や奇術師や行者がひっそりとした給水塔のまわりにゾロゾロと集まってきて、新来者たちを迎えた。「感じられるぞ！」と私は叫んだ。するとピクチャー・シンが、「そうかね大将、どんな感じがするもんだね——パールヴァティの籠から赤ん坊のように落ちてきて生まれ変わるというのは？」私はピクチャー・シンの上に驚きを嗅ぎとることができた。彼は明らかにパールヴァティの奇術に仰天していた。しかし本当のプロらしく、どうしてそんな真似ができるのか訊ねてみようとは夢にも思わなかった。そんなわけで、私を神隠しにして安全なところへ運んできてくれた魔女パールヴァティの無限というほかない能力は、発覚を免れた。あとで分かったことだが、ゲットー中のマジシャンたちが奇術を職業とする者の絶対的確信をもって、魔法の可能性を否定していたという事情も、このことに与《あず》かっていた。だからピクチャー・シンは驚いて、「きっと大将は——あのなかで赤ん坊のように軽かったんでしょう！」と言ったけれども、彼は私の無重量をトリック以上のものとは夢にも思わなかったのだ。

「いいかね、赤ちゃん《ベビー・サヒブ》」とピクチャー・シンは叫んだ、「どうなんだい、赤んぼ大将。肩の上にかつぎ上げて、げっぷをさせてやろうかな」——パールヴァティはこれを鷹揚に受けとめて、「この父っちゃん《バーバ》はね、いつも冗談《ジョーク》を商談《ショーク》にしてしまうのよ」彼女は目に入る皆に誰彼かまわずにっこり微笑みかけた……ところが続いて一つの不吉な出来事が起こった。マジシャンたちの群れの背後に女の泣き声が上がったのだ。「アイ・オ・アイ・オ、アイ・オー！」群集は驚いてぱっと二つに分かれた。一人の老女がそこを突っきってサリームめがけて駆け寄った。私は振りかざされたフライパンから身を守らなければならなかった。ピクチャー・シンもびっくりして、フライパンを振り回している腕をつかまえ、「おい、ばあちゃん、何を騒いでる？」と叫んだ。老女は相変わらず、「アイ・オ・アイ・オ！」

「レーシャム・ビビ」とパールヴァティは不機嫌になって言った、「頭のなかに蟻でも入ってるんじゃないの？」ピクチャー・シンが言った、「お客さんが来てるんだよ、ばあちゃん——あんたがわめいたら、お客さんはどうする。ほら、静かにするんだ、レーシャム。この大将はパールヴァティの友だちなんだから。この人の前に泣きながら出て来たりするなよ」

「アイ・オ・アイ・オ！　悪運が来た。あんたら、外国へ行って、そいつをここへ、連れて来たんだ。アイ・オオオオ！」

マジシャンたちの困った顔はレーシャム・ビビから私の方に向けられた――彼らは超自然的なものを否定する種族ではあっても、芸人であり、そしてすべての芸人がそうであるように、運、幸運、悪運、一般に運というものに、暗黙の信仰を寄せていたのだ……「お前さんが自分で言ったじゃろう」とレーシャム・ビビは泣きじゃくった、「この男は二度生まれたって。しかも女から生まれたのじゃないって！　さあ、不幸と疫病と死がやって来る。わたしゃ、だてに年をとってるんじゃない。そういうことが分かるんだ。ほら《アレー》、あんた《バーバ》」と彼女は私に向かって哀願した、「お願いだから、出て行って下され――さあ、とっとと行った行った」するとささやき声が起こった――「本当だ。レーシャム・ビビは昔のお話をよく知ってるからね」――だがピクチャー・シンが怒り出した。「大将はわしの大切なお客だ。この方にはわしの小屋に、長かろうが短かろうが、ともかく好きなだけ滞在してもらうんだ。いったいお前たちは何を言っとる。ここでお伽話なんかしないでくれ」

サリーム・シナイのマジシャンたちのゲットーでの最初の滞在は、ほんの数日だけ続いた。しかしその短期間にアイ・オ・アイ・オによって掻きたてられた恐怖を静めてくれるようなことが次々と起こった。ありのまま飾らずに言って、真実はこうだったのだ。その頃、ゲットーの手品師たち、およびその他の芸人たちは彼らの芸の新しいピークを極めていた――ジャグラーたちは千と一個のボールを一時に空中に舞わせ、行者のまだ訓練されていない女弟子が真っ赤に焼けた石炭の上にさまよい出て、まるで師匠の才能がひとりでに染み込んだかのように、平然とその上を歩いた。綱渡りが成功だったのだと私は教えられた。それに、警察がゲットーに対する月例の手入れを控えていた。これは人びとの記憶にない異例のことであった。キャンプにはいつもぞろぞろと客が来た。金持の使用人たちだ。そこここの祝賀晩餐会の余興にプロの芸人たちに出演してもらうべく、依頼に来たわけである……あたかもレーシャム・ビビがとんだ思い違いをしたかのようで、事実、私はあっという間にゲットーの人気者になった。私はサリーム・キスミティ、即ちラッキー・サリームと呼ばれた。パールヴァティは私をスラムに連れてきたことで喜ばれた。とうとうピクチャー・シンはレーシャム・ビビを連れて謝りに来た。

「ごめんなさい」レーシャムは歯のない口でそう言って、逃げて行った。ピクチャー・シンはこうつけ加えた、「年寄りは仕方ないんだ。頭がいかれちまって、物ごとを逆さまに覚えるんだからね。大将、ここの連中はあなたがわれわれの幸運だと言ってるんだ。それなのに、すぐに行ってしまうのかね?」――パールヴァティは口もきけずにまん丸く見開いた目で見つめた。その目はだめ、だめ、だめと哀願していた。だが私はそうなのだと答えるほかなかった。

きょう、サリームはたしかに「そうなのだ」と答えた。たしかにその同じ朝、不恰好な衣服をまとったまま、銀の痰壺をかかえたまま、彼は歩み去り、涙を浮かべて非難しながら後を追ってくる女を振り返ってみようともしなかった。たしかに彼は急ぎ足で歩いていた。奇術をなりわいとする人たちの横を過ぎ、鼻孔をラスグラの誘惑でいっぱいにする甘い菓子の露店を越え、十パイサでひげを剃ってくれる床屋を越え、しわくちゃ婆さんのだらだらととりとめもない長話と、それに判で押したように紺のスーツを着て、おべっかつかいでいたずら好きのガイドたちの手で不似合いなサフラン色のターバンを頭に巻いてもらっている、バス一台分の日本人ツーリスト、その彼らにまとわりついている靴磨き少年たちの、アメリカ訛りのわめき声を越え、金曜モスクに登るための聳え立つ階段を越え、数々の小間物と香水《イトル》のエッセンス、クトゥブの塔《ミナール》(デリー南郊の名所。奴隷王朝のクトゥブッディーン・アイバクがデリー征服を記念して一一九九年に建造を開始、後継者によって完成された)の焼き石膏の模型、色を塗ったおもちゃの馬、バタバタあばれる生きた雛鳥などの売子を越え、闘鶏と、とろんとした目をした男たちのカードゲームへの誘いを越え、彼は魔術師たちのゲットーを出て、ファイズ・バザールの前に立つ。向かい側には果てしなく伸びるレッド・フォートの壁がある。この城壁《ランパート》からかつて首相が独立を宣言し、この城壁の影でかつて一人の女が「デリーをごらん《ディリー・デーコホー》」と呼びかける覗きめがね《ピープショウ》の男と落ち合い、彼の案内でせばまりゆく道を通って、マングースと禿鷹と、腕に木の葉の繃帯を巻いた、怪我をした男たちの間で、生まれてくる息子の未来を占ってもらうために出かけたのだった。簡単に言えば、彼は右に曲がって旧市街から、遠い昔、ピンクの肌をした征服者たちの立てたバラ色の宮殿の方に歩いて行ったのだ。命の恩人たちを見捨てて、徒歩でニューデリーへ出かけたわけだ。

なぜだろう？　なぜ魔女パールヴァティのノスタルジックな悲しみを恩知らずにも振り捨て、古いものに背を向け、新しいもののなかへ入って行ったのか。長年にわたって、頭の中の夜ごとの会議において彼女を最も心強い盟友と考えてきたのに、なぜ私は今朝あんなに易々と彼女を置き去りにしてしまったのか。悪戦苦闘して亀裂の入った空白をのりこえると、二つの理由を思い出すことができる。だがどちらが主な理由かは分からないし、もし第三の……いや、まず第一の理由からいこう。私はいろいろな場合を想定していたのだ。自分の前途を分析してみて、サリームはお先真っ暗としか言いようがなかった。まずパスポートがなかった。法的には不法入国者だった(かつては合法的出国者だったのに)。捕虜収容所が至る所で私を待ちかまえていた。逃亡敗残兵という立場を解消し得たとしても、いろいろとまずいことがあった。私は資金も着換えも持たず、資格も持たなかった――教育も終えていなかったし、受けた教育においても特別すぐれていたわけではない。どうして国を救うなどという大それた計画に首をつっこむことができようか、寝る所もなく、保護し養い助けるべき家族もないというのに……そこで、いやそれは違うぞという考えが閃いた。この街には親戚がいるじゃないか――単に親戚というだけでなく、有力者でもあるぞ！　叔父のムスタファ・アジズ、彼は上級官僚だ。いつぞやの噂では、所属の部局でナンバー・ツーの地位にあるとか。私のメシア的野心にとってこれにまさるパトロンがいようか。叔父のところで新しい衣類ももらえようし、コネも出来よう。叔父の援助で政府関係の職に抜擢してもらおう。政治の現実を学ぶうちに、きっと国家救済の鍵も見つかろう。大臣たちに話を聞いてもらうこともできよう。もしかしたら高官たちとファーストネームで付き合うようになるかもしれない……！こんな壮大な空想のとりこになって、私は魔女パールヴァティに言ったのだ、「ぼくは行かなければならない。重大なことが起こってるんだ！」と。そして彼女が突然ふくらませた頰に苦痛の色が浮かんでいるのを見て、こう慰めてやった。「しょっちゅう会いに来る。しょっちゅうね」だが彼女の機嫌は直らなかった……だから高邁さが恩人たちを捨てる一つの動機であったわけだ。しかしもっと卑しい、低劣な、個人的な動機もあったのではないか？　それはあった。ある時パールヴァティは、ひそかに私をブリキと木枠の板で出来た小屋の後ろに引っぱって行ったのだ。ゴキブリが卵を産み、鼠が交尾し、蠅が野良犬の糞をむさぼっている所で、彼女は私の手首をつかまえ、目を光らせ、シーッと言った。ゲットーの腐臭を放つ下腹のなかに隠れて彼女が告白したところによれば、彼女の出会った真夜中の子供は私一人ではないということだった！　話はダッカの行列のことに及んだ。マジシャンたちは英雄たちの脇を歩んだ。そこでパールヴァティは一台の戦車を見上げた。彼女の目は二本の巨大な、握力の強い膝に釘づけになった……糊とプレスのきいた制服のなかから誇らかに突き出ている膝。パールヴァティは泣き出した。「ああ、あなたなのね。あなたは……」口にできない名前、私の罪の名前、産院での犯罪がなかったら私自身の生涯を送るはずであった男の名前がとびだした。パールヴァティとシヴァ、シヴァとパールヴァティ、名前の神聖な運命によって出会うべき宿命にあったこの二人（ヒンドゥー神話においてシヴァとパールヴァティは夫婦である）は、勝利の時に結ばれたのだ。「あの人は英雄よ！」と彼女は小屋の後ろで誇らしげにささやいた。「彼は立派な将校になるわ」そして彼女のボロボロの衣装のひだから何がとり出されたろう？　かつて一人の英雄の頭の上に誇らかに生えていたものが、今、女魔術師の胸にすり寄せられている。それは何か。「あたしが頼むと、彼、くれたのよ」と魔女パールヴァティは言って、彼の一房の髪の毛を見せた。

私はあの宿命の髪の毛から逃げたのだろうか？　サリームはずいぶん前に夜の〈会議〉から締め出した分身との再会を恐れて、家族のふところへ逃げ帰ってきたのか、戦争英雄に対しては与えられなかった家族の慰めを得るために？　高邁さなのか罪悪感なのか？　もはや私には何とも言えない。私はただ覚えていることだけを記しておこう。魔女パールヴァティが、「たぶんあの人は暇があれば来てくれるわ。そうすれば三人になるじゃない！」と言ったことを。そして、「真夜中の子供たちよ、あなた《ヤール》……素敵じゃない、ちがう？」という何度もくりかえされた言葉を。魔女パールヴァティは、私が念頭から追い払おうとしたものを思い出させた。そこで私は彼女のもとを去り、ムスタファ・アジズの家へやって来たわけだ。

よその家に身を寄せていやな思いをした、この最後のみじめな経験については、断片しか覚えていない。しかしこれもすべて記しておいて後でピクルスにしたいので、一つの物語につなぎ合わせてみよう……まず、ムスタファ叔父は、ラッチェンス（イギリスの建築家。一八六九―一九四四年。一九一二―三〇年に、ニューデリーの都市計画を担当した）の造った街の中心にある王の道《ラージ・パトゥ》（大統領官邸とインド門の間を東西に貫く大通り。なお、これと直角に交差する「民の道（ジャン・パトゥ）」がある）からちょっと離れたところに住居を持っていた。それは整然とした

〈官舎エリア〉のなかに散らばっている、広壮ながら目立たないバンガローの一つだった。私はかつての王の道《キングズウェイ》を歩きながら、この通りの無数の匂いを吸い込んだ。各州手作り品の販売所《エンポリア》やオート・リキシャの排気パイプから漂ってくる匂い。ベンガル菩提樹とヒマラヤ杉の匂いにまじった昔の総督と手袋をはめた奥方《メンサヒブ》の幽霊のような香り。豪華に着飾った金持の婦人と娼婦のもっときつい体臭もまじっている。大きな選挙速報板がある。このまわりに（インディラとモラルジー・デサイの最初の権力闘争の間）群集が結果を知ろうと群がっていて、真剣に訊ねたものだ、「男かい、女かい」と……古いものと新しいものの間で、インド門と中央政庁の間で、私の思考のなかでは消え去った（ムガルならびに大英）帝国が、そして私自身の歴史がひしめいていた――何といってもここは公表の街であり、多頭の怪物の街、そして空から人の手が降って来る街なのだ――私は決意して進んだ、目に入るすべてのものと同じく、自分の臭いを天に届くほど発散させながら。そしてついにドゥプレクス・ロードの方へ左折して、低い塀と生け垣のある目立たない庭に着いた。その隅にはそよ風にゆれている立札があった。かつてメスワルド屋敷にも立札が立ち並んでいたが、今度の立札は過去の谺《こだま》ではあっても、別の物語を語っていた。三つの不吉な母音と四つの宿命的な子音を持った〈For Sale（売家）〉ではなかった。叔父の庭の木造の花は〈Mr Mustapha Aziz and Fly（ムスタファ・アジズ氏と蝿)〉という不思議な言葉をつぶやいていた。

この最後の一語が、胸に迫るような情緒性をおびた名詞 family の無味乾燥な省略形として、叔父が習慣的に使っているものであるとは知らずに、私は風にゆれる立札を見てとまどってしまった。しかしこの家に身を寄せるようになってまもなく、この立札はまったくふさわしいものに思えてきた。何しろムスタファ・アジズ一家ときたら、奇想天外な短縮語 Fly と同様、叩きつぶされた、蝿みたいな、つまらない人たちなのだ。

新しい生活を始めたいという希望を抱いて、いささか神経質になって、ドアのベルを押した時、私はどんな言葉で迎えられたか？　金網を張った外扉の奥からどんな顔が現われて、怒気と驚きのこもったしかめ面をしたか？　パドマよ、私はムスタファ叔父の妻に迎えられたのだ。すなわち頭のおかしいソニア叔母に。「ムウ！　まあちょっと《アッラー》、臭《くさ》いわね！」と開口一番やられたよ。

私はご機嫌をとるように、「こんにちは、ソニア叔母さん」と言って、金網の向こうの叔母の皺のできかけたイラン風の美貌を見てはずかしそうに微笑んでみせたのだが、相手はずけずけとまくしたてた、「サリームなの？　覚えていますとも。汚ならしい坊主だったからね。あんたは大きくなったら何になるんだろうと、いつも考えていたわよ。そういや、ばっかみたいな手紙があったわね。首相の補佐官の十五番目の秘書がくれたにちがいないやつよ！」このあしらい方から、私は自分の計画が挫折することを予見できてしかるべきだったのだ。頭のおかしな叔母から、世間的地位を得ようという私の企ての裏をかく、官僚的ジェラシーの執念深い臭いを嗅ぎとってしかるべきだったのだ。私は手紙をもらった。彼女はもらわなかった。それで私たちは生涯の敵同士になったのだ。しかし一つのドアがあり、それが開いた。清潔な衣類とシャワー・バスの匂いがあった。そして小さな恩に感謝するあまり、叔母の毒を含んだ匂いを調べてみることを怠ってしまった。

叔父ムスタファ・アジズの、かつては誇らかに蠟《ろう》で固められていた口ひげは、メスワルド屋敷を解体する時の砂塵を浴びて以来、麻痺したように垂れ下がったままになっていた。彼は部局の長となる人事において四十七回、見送りの憂き目に遭った。その結果、自分の無能を慰めるために子供たちを叩き、自分は明らかに反ムスリム的偏見の犠牲なのだと夜ごとどなるようになった。しかも矛盾した、しかし絶対的な忠誠を時の政権に対して払った。彼は家系図にとり憑かれた。これは彼の唯一の趣味で、その打ち込み方たるや、アフマド・シナイの、自分がムガル皇帝の子孫であることを証明したいという昔の願望にも劣らぬものであった。そして第一の慰め法においては、彼はすすんで妻の参加を認めた。ところでこの半分イラン人の血が入っている自称社交界の花、ソニア

(旧姓コスロヴァーニ)は、次々と現われるナンバー・ワンたちの四十七人の妻に対して「チャムチャ」(文字通りにはスプーンの意味だが、慣用的にはおべっかつかい)を演じることを求められる生活のなかで、誰の目にも明白なように狂ってしまったのだ。何しろソニアは、かつてナンバー・スリー夫人であった頃の彼女たちに、その非常に恩着せがましい態度によって、ひどく疎んじられていたのである。さて叔父と叔母、二人がかりの暴力によって、私のいとこたちはこの頃すでに徹底的にぶちのめされて紙屑のようになっていたので、私は彼らの数も、性別も、体の大きさも特徴も思い出すことができない。彼らの人格に至っては、いうまでもなくとうの昔に存在しなくなっていた。ムスタファ叔父の家で私は黙ったまま、粉々になったいとこたちの間に坐って、叔父の夜ごとの独り言を聞いていた。それは常に自己矛盾したくりごとで、昇進できなかったことに対する腹いせと、首相の一挙手一投足に対する愛玩用の小犬めいた崇拝の間をはげしく往復していた。もしインディラ・ガンディーに自殺しろと命じられたら、ムスタファ・アジズはそれを反ムスリム的頑迷さのせいにしたであろうし、同時に、そんな要求を突きつけた政治力を誉め、当然、異議を唱えようとはせずに(それどころか唱えたいとさえ思わず)、その任務を遂行しただろう。

家系図はといえば、ムスタファ叔父は暇さえあれば巨大な業務日誌に蜘蛛の巣のような系図を描き込み、この国の最も由緒ある諸家の奇妙な家系を飽きもせずにたどり直し、不滅化していた。しかし私の滞在中のある日のこと、ソニア叔母はハルドワール（ガンジス河上流の都市。インド七聖域の一つ）の仙人《リシ》の話を聞いてきた。この人は三百九十五歳で、この国のすべてのバラモン家系の系図を暗記していると言われていたのだ。「系図のことでも、あなたはナンバー・ツーにしかなれないのね！」と彼女は叔父に向かって金切声をあげた。ハルドワールの仙人《リシ》の存在を知って、彼女はすっかり狂気の世界にのめり込んでしまい、子供たちへの暴力も凶暴の度を加えて、私たちは毎日、殺人が起こるのではとはらはらしながら暮らした。とうとうムスタファ叔父は妻を閉じ込めざるを得なくなった。彼女の行きすぎのせいで、仕事ができなくなったからである。

　私がやって来たのはこんな家庭であった。デリーの街にこの一家が存在すること自体が、私の目には、私の過去を冒瀆するものに思えた。私にとって若いアフマドとアミナの霊が永遠に住みついているこの街の神聖な土の上を、この恐ろしい蠅どもが這いずりまわっているのだ。

　しかし、これは立証するわけにはいかないことなのだが、何年か先になって、叔父の家系図に対する妄想は、次第に権力と占星術という二重の呪縛にとらえられてゆく政府によって役立てられることになるだろう。だから、〈未亡人たちのホステル〉で起こったことは、彼の助力なしには起こらなかったろうと言えるのだ……だがしかし、私も裏切者だったから責めはしない。言いたいのはこういうことだ。私はある時、家系図を書き込んだ叔父の業務日誌の間に、〈極秘〉のラベルが貼られ〈プロジェクトMCC〉と題のついた黒い革の紙ばさみを見つけたのだ。

終末は近い。それからいつまでも逃げているわけにはいかない。しかしインディラの政府《サルカール》が、彼女の父親の政権がしたように、日々オカルト学者たちに相談している間、またベナレスの予言者《シーア》たちがインドの歴史の形成のために力を貸している間に、私は苦しい個人的回想に脱線しなければならない。というのは、ほかでもないムスタファ叔父の家で、私は自分の一家が六五年の戦争で死に、また私の到着の数日前に有名なパキスタンの歌手ジャミラ・シンガーが行方不明になったことを確認したのである。

……私が戦争で敵側についていたことを知ると、狂ったソニア叔母は私に食べさせまいとし(ちょうど夕食時だった)、金切声を上げげた、「まあ、何て図々しい、分かってるの？　それくらい考える頭ないの？　あんたは上級官僚の家に来てるのよ——それなのに、脱走した戦争犯罪者だなんて、まったく《アッラー》。叔父さんの職を奪いたいの？　あたしたち皆を路頭に迷わせたいの？　よくもしゃあしゃあと聞いていられるわね。出てお行き——さあ、とっとと、出てってよ。それともたった今、警察を呼んで、つかまえてもらおうか？　さあ出て行って。捕虜にでも何にでもなるといいわ。あたしたちが庇《かば》いだてする義理はないわよ。あんたは、死んだお姉さんの本当の子供でさえないんだもの……」

次々と雷の矢を投げつけられて、サリームは身の危険を覚え、また母の死を逃れ得ない真実として知る。また同時に自分の立場が思っていたよりも弱いことも知る。この親戚の家では私は受け入れられなかったのだ。ソニアはメアリー・ペレイラの告白したことを知っている。何をしでかすか分かりはしない！……私は弱々しく訊ねる、「母が？　死んだんですか？」すると叔父は、おそらく妻が言いすぎたと感じて、しぶしぶと言う、「気にするな、サリーム、もちろん君はいていいんだ——そうだろう、ソニア。ほかにどうしようもないもの。かわいそうに、この子はどうしていいか……」

その時、二人は話してくれたのだ。

狂った蝿一族に囲まれて、私は思った、死者たちのためにたくさんの喪に服さなければならないと。母と父、アリアとピアとエメラルドの三人の叔母、いとこのザファルと彼のキーフ藩国の姫、修道院長と遠縁のゾホラおよびその夫、これらの親族全部の死を知ったあと、私は次の四百日間、喪に服することを決意した。四十日ずつ十人のための喪だ。それから、それから、ジャミラ・シンガーの問題があった……

彼女はバングラデシュでの戦争のドサクサのなかで私が消息を断ったことを聞き及んだのだ。いつもあまりに遅くなってから愛を示した彼女は、このニュースを聞いていささか気が動転したのだろう。ジャミラ、パキスタンの声、信仰のブルブルは、頭部を切り取られ、虫食い状態となり、戦争で分裂したパキスタンの、新しい為政者たちを批判していた。ブット氏が国連安全保障理事会で、「われわれは新しいパキスタンを創ります！　よりよいパキスタンを！　わが国民は私の言うことに耳を傾けてくれます！」と演説している時、妹は公然と彼を罵った。清浄者のなかの清浄者、愛国者のなかの愛国者であった彼女は、私の死のことを聞き及んで、反逆者になったのだ。(少なくとも私はそう見ている。私が叔父から聞き出したことはありのままの事実ばかりで、彼はそれを、心理的解釈を避ける外交ルートを通じて聞き知ったのだ。) 妹は戦争遂行者たちの悪口を言ってから二日後に、この地上から姿を消した。ムスタファ叔父はいたわりながら話そうとしてくれた。「とても悪いことが向こうで起こっているんだよ、サリーム。人びとがしじゅう消息を断っている。最悪のことを恐れなければならないな」

いやいや、違うよ！　パドマ。叔父は間違っていたのさ！　ジャミラは官憲に捕えられて姿を消したのではない。というのは私はまさにその晩、夢を見たのだが、ジャミラは夜陰に乗じて質素なベールに身を隠し、パフスおじさんの作ったすぐそれと分かる金欄の覆いではなく、普通の黒いブルカだったが、飛行機で首都から脱出したのさ。カラチに着くと、訊問されることも逮捕されることもなく自由に、タクシーに乗って都心に入った。さてそこに、かんぬきのかかった扉とくぐり戸のついた高い壁がある。ずいぶん前のことになるが、かつて私はこのくぐり戸からパンを、妹の大好物の酵母を使ったパンを受け取った。そこへ着くと彼女は入れて下さいと頼む。保護を求めて叫ぶ彼女の声を聞いて修道女たちは扉を開ける。そう、彼女はそこにいる。彼女が安全になかに入ると、ドアはまた閉まり、かんぬきが掛けられる。一つの不可視性をもう一つの不可視性と交換したわけだ。それにここにはもう一人の修道院長がいる。かつてブラス・モンキーと呼ばれていたジャミラ・シンガーがキリスト教とたわむれていた頃、サンタ・イグナシアという隠れ教団のなかに身の安全と隠れ家と平和を見出したように……そう、彼女はそこにいる。無事に、消えることなく。蹴ったり、叩いたり、飢えさせたりする警察に捕えられているのではなく、ゆっくり休養をとっている。それもインダス河のほとりの目印さえない墓地で休養をとっているのではなく、生きていて、パンを焼き、秘密の修道女たちに美しい歌を歌ってあげている。私にはちゃんと分かっている。どうして分かるのかというなら、兄には分かるのだ。それだけだ。

責任がまたふりかかってきた。逃げようがない――ジャミラの失脚は、また例によって、私のせいなのだ。

私はムスタファ・アジズ氏の家で四百二十日間暮らした……サリームは死者たちのために遅ればせながら喪に服したわけだ。しかし私の耳が塞がっていたと思ってはならない！　叔父と叔母の間でくりかえし喧嘩がもちあがったのを（叔父が叔母を精神病院に預ける決意をした理由はここにあるかもしれない）、聞いていなかったわけがない。ソニア・アジズが叫ぶ、「あの掃除夫《バンギー》——あの汚ない男は、あなたの甥でさえないんでしょう。あなたはいったい何を考えているのよ。すぐにでも追い出すべきよ！」するとムスタファがのろくさく答える、「かわいそうに、あの子は悲しみに打ちのめされているんだよ。どうしてそんなことができる。見てみろ、あの子は頭が正常じゃない。いろんな苦難に遭っているからね」頭が正常じゃない、とおいでなすった！　ひどいことを言うものだ。この一家に比べたら奇声を発する人食い人種たちだっておとなしく上品に見えることだろう。なぜこんなことを我慢しているのか？　私が夢を持った男だからだ。だが四百二十日間は、それは実現されない夢であった。

垂れた口ひげをし、上背はあっても猫背で、永遠のナンバー・ツーであるムスタファ叔父は、ハーニフ叔父とは違っていた。今や彼は一族のなかで、一九六五年のホロコーストを生き延びた唯一の家庭の長であった。だが彼は私に何の援助も与えてくれなかった……あるひどく寒い晩、私は家系図に埋まった叔父の書斎で彼にさからい、国を運命から救うという歴史的使命について——しかるべき荘重さと、謙虚ながら断固とした身振りで——説明した。しかし彼は深い溜息をついて言った。「いいかね、サリーム、君はぼくに何をさせたいんだ。ぼくは君をわが家に置いてあげている。君はわが家のパンを食べ、何もしないわけだ——まあ、それはいい、君は死んだ姉の家の子だからね、ぼくがめんどうを見るのは当り前だ——だから、いてくれ、休養して、元気になってくれ。それからさてと、君は事務員のような職が欲しい。それも何とかなるだろう。だけど、そのわけの分からない夢はひっこめてくれよ。この国にはしっかりした体制が出来上がっているんだ。すでにインディラさん《ジー》は思い切った改革をやっている——土地改革、税制改革、教育改革、産児制限——すべて彼女と彼女の政府《サルカール》にまかせていればいいんだよ」偉そうなことを言うと思わないか、パドマ！　こっちはまるで馬鹿な子供みたいに扱われたよ！　恥ずかしい。あんなウスノロなんかに見下されて。あさましい、恥ずかしい！

　私は至る所で妨げられてしまう。まるで荒野の預言者だ。マスラマのような、またイブン・シーナーのような！　いかに努力しても砂漠は私に向いた土地ではなかった。おべっかつかいの叔父というものの箸にも棒にもかからない冷淡さ、ナンバー・ツーの地位にしがみついているお追従ばかりの縁者が野心に対して加えてくる束縛！　私の登用嘆願を叔父が拒否したことは、一つの重大な結果をもたらした。彼がインディラを誉めれば誉めるほど、私はますます彼女を嫌うようになった。彼は実は準備していたのだ、私がマジシャンたちのゲットーに帰るように、そして、彼女……〈未亡人〉のために。

嫉妬。まさに嫉妬だった。狂った叔母ソニアのものすごい嫉妬が叔父の耳に毒液のように滴り落ちて、それがもとで私は自分の選んだ仕事につくために何ひとつ手助けしてもらえなかったのだ。偉人たちは永遠にちっぽけな男たちの、そしてまたちっぽけな狂女たちの、意のままになっているのだ。

私の滞在の四百十八日目に、狂った家の雰囲気に変化が起こった。誰かが夕食にやって来た。腹のでっぷりした、とがった頭に油をつけて髪をカールさせた、大陰唇のような厚い唇をした男。新聞に載った写真を見たことがあるように思った。私は興味をそそられて、性別も年齢も顔つきもさだかでない私のいとこの一人に訊いてみた、「あの人は、サンジャイ・ガンディーじゃない？」だが粉末人間となっていたこの子供は人格がすっかりなくなっていて、とても答えることはできなかった……そうであったのか、なかったのか？　これから書くことを、その時点では私は知らずにいた。つまり、あの異常な政府の若干の高官たち(そしてまた首相たちの選挙で選ばれたわけでもない息子たち)が自己複製能力を手に入れたということを……そして数年後、インド中にサンジャイ・ギャングが登場するであろうということを! こうなっては、この信じがたい王朝が自分たち以外の国民に産児制限を押しつけてくるのも当然だ……こんなわけで、あれはサンジャイであったかもしれないし、なかったかもしれない。ところがその誰かはムスタファ・アジズと共に叔父の書斎に消えた。そしてその晩――〈極秘〉〈プロジェクトMCC〉と書かれた、鍵のかかった黒い革の紙ばさみを――私はこっそり盗み見たのだ。翌朝、叔父は別人のような目つきで、ほとんど恐怖をこめて、あるいは官僚が役所で人望のなくなった同僚のために取っておく、あの特別な嫌悪の表情で、私を見たのだった。私はその時点で何が自分を待っているのか知るべきだった。とはいえ何事も後から振返ってみれば、単純なのだ。あと知恵はあまりに遅くなってから生まれた。私が歴史の周縁にゆだねられ、私の生と国家の生との関係が永久に断絶したあとになってから……叔父の不可解な視線を避けようとして、私は庭に出た。そして魔女パールヴァティに出会った。

彼女は舗道で、透明人間の籠のかたわらにしゃがみこんでいた。私を見る彼女の目は非難の輝きにみちていた。「あなたは来ると言いながら、来なかった。だからあたしが来たわ」と彼女は口ごもりながら言った。私は頭を垂れた。「喪に服していたんだ」と私がへたな言い訳をすると、彼女は言った、「それでも来ることはできたでしょう——サリーム、あなたは知らないでしょうけど、あたしたちのコロニーでは、あたしは自分の本物の魔法のことは誰にも言えないの。お父さんのようなピクチャー・シンにもよ。あたしはそれを内緒にしておかなければならないの。だって彼らは本物の魔法というのを信じないいんだもの。だからあたし思ったのよ、サリームが来る、とうとう友だちができた、話をしたり、一緒にいたりすることができるって。あたしたちは一緒にいて、知り合ったのに、そう、何て言ったらいいかしら。サリーム、あなたは何とも思っていない。欲しいものが手に入ると、あんなふうに行ってしまった。あなたには、あたしなんかどうだっていいのね、分かってるわ……」

その晩、狂った叔母のソニアは数日前に拘束服を脱いだばかりだった(この監禁のことは、中面の隠れた小さな記事ではあったが、新聞種になり、叔父の役所は困ったにちがいない)。叔母は重症精神病者の凄まじい霊感がひらめいて、寝室のなかへ飛び込んで行った。三十分前に大きなまん丸い目をした誰かが、一階の窓から入ってここへ登ってきていた。叔母は、私がパールヴァティと一緒にベッドに入っているところを見つけてしまった。その時からムスタファ叔父は私を匿《かくま》うことに興味を失い、「君は掃除夫《バンギー》の生まれなんだから、一生いやしい階級に留まっているといい」と言った。ここへ来て四百二十日目に私は叔父の家を出て、家族の絆を失い、ついに貧乏と欠乏という本来の遺産を引き受けることになった。メアリー・ペレイラの犯罪のおかげで、私は長い間そこから遠ざけられていたのだった。魔女パールヴァティは舗道の上で私を待っていてくれた。彼女には言わずにおいたが、ある意味で邪魔が入ったのがありがたかった。というのは淫靡《いんび》な真夜中の闇のなかでキスしているうちに、彼女の顔が変わり、禁断の愛の顔になるのが見えたのだ。女魔術師の目鼻立ちが幽霊のようなジャミラ・シンガーの目鼻立ちに変わったのだ。カラチの修道院に安全に隠されている(それは私ももう知っている！)ジャミラが、突然ここに現われたのだ。ただし暗い変容を蒙っていた。彼女は腐りはじめていた。禁じられた愛の恐ろしい膿疱と潰瘍が顔中に広がっていた。ちょうどかつてジョー・ドゥコスタの幽霊が罪によるオカルト的ハンセン病にかかって腐ったように、今、近親相姦の腐臭を放つ花が妹の幻の顔の上に咲いていた。私は行為ができなくなった。あの耐えがたい幽霊のような顔が相手では、キスすることも、触れることも、正視することもできなくなった。私は強い郷愁と恥ずかしさを覚え、叫びながら逃げ出したくなった。ちょうどそこへソニア・アジズが入って来て、電灯を点け、金切声をあげたのだ。

ムスタファはといえば、彼の目には、私のパールヴァティとの不謹慎な行状も、私を追い出すための恰好な口実としか映らなかったかもしれない。だがこれには疑念が残る。というのは例の黒い紙ばさみには鍵がかかっていたし――根拠になるものといえば彼の目の表情、恐怖の臭い、ラベルに書かれた三つの頭文字しかないのだ――すべてが終ったあと、失脚した女性政治家と陰唇のような唇をした息子は、二日間を閉めきった部屋のなかで過ごし、書類を焼いたのだ。その書類の一つに〈MCC〉というラベルが貼ってあったかどうかは、知るよしもない。

私はいずれにしろこれ以上とどまりたくなかった。親戚という観念は過大評価されている。私が悲しかったとは思うなかれ。私に開かれた最後のありがたい家庭から追放されて、くやしくてたまらなかったなどとは、ゆめ思うなかれ。はっきり言って――立ち去る時は愉快な気分だった……きっと私には不自然なところがあり、情緒的反応が基本的に欠けているのだろう。しかし私の思想はいつも高きを目指していた。ここに私の弾力の源がある。私を打つがいい。私ははね返す。(だがひび割れに対しては抵抗も役立たずだ。)

要約してみよう。官僚にとりたててもらおうという、かつてのナイーヴな望みを捨てて、私はマジシャンたちのスラムへ、金曜モスクの影《チャーヤ》へ戻って来た。最初の真のブッダ、ゴータマのように、私は自分の生活と安楽を捨てて、乞食のように世間に出て行った。時は一九七三年二月二十三日。炭坑と小麦市場が国有化され、石油の値段がうなぎのぼりに上昇し、一年後には四倍になった。インド共産党の内部ではダンゲーの率いるモスクワ派とナンブーディリパドの率いるＣＰＩ（Ｍ）（自主派共産党）との間の決裂は修復不能になっていた。そして私、サリーム・シナイは、インドと同じく二十五歳六ヵ月と八日の年齢に達していた。

マジシャンたちはほとんど一人残らずコミュニストだった。そう、赤なのだ！　謀反人にして、公衆の脅威にして、社会の屑――神の家の影のなかで、瀆神の思想を抱いて生きる、神なき者たちの共同体！　おまけに恥知らずときている。緋色に染まりながら無邪気ときている。魂に血の痕をつけて生まれた輩だ！　同時に断わっておくが、このことに気づくや否や、いわば実業主義というインドのもう一つのれっきとした信仰のなかで育ちながら、その信仰者たちを捨てまた捨てられるということに相成った私は、ここでたちまち寛ぐことができた。実業主義の背教者である私はたちまち熱烈に赤くなり、そしてかつて父が蒼白になったのと同じくらい、それこそ真っ赤になった。すると私の救国の使命は新しい相のもとに見えてきた。いっそう革命的な方法論が浮かんできた。

打倒、情報を内偵して売ることを商売にしている叔父たちと、その敬愛する指導者たち！　大衆との直接対話の思想でいっぱいの私は、マジシャンたちのコロニーに腰を落ち着け、内外の観光客相手の商売で生計を立てることにした。商売というのは、すばらしくよく利く鼻によって、観光客のちょっとした秘密を嗅ぎ当てて楽しませるという、ただそれだけのことだった。ピクチャー・シンは自分の部屋へ来いと言ってくれた。私は蛇がシューシュー這っているいくつもの籠の間にぼろぼろの麻布を敷いて寝た。それで平気だったし、飢えと渇きと蚊と（当初の）デリーの冬の厳しい寒さにも耐えることができた。世界一の魅惑的蛇つかいピクチャー・シンは、明らかにこのゲットーの頭《かしら》だった。喧嘩やもめごとは彼のあまねく尊敬を集めている巨大な黒い傘のもとで解決された。臭いを嗅げるだけでなく読み書きもできる私は、この偉大な男の副官のような存在になった。何しろ彼は蛇つかいのショーの合間に必ず社会主義の講義をはさみ、蛇つかいの技以外のことでも街の大通りや横町で高名な人物であった。断言するが、ピクチャー・シンこそは私がこれまでに出会った最も偉大な男であった。

ある日の午後、影《チャーヤ》の時間に、ムスタファ叔父の家で見かけた陰唇のような唇をした青年のそっくりさんが訪ねて来た。彼はモスクの踏み段の上に立って一つの旗を広げ、二人の助手がそれを掲げた。〈貧困廃絶〉とそこには書かれていて、子牛に乳を飲ませている牝牛を図案化したインディラの国民会議派のマークがついていた。彼の顔は太った子牛の顔によく似ていた。話しながら彼は猛烈な口臭の嵐を吐いた。「兄弟たちよ、姉妹たちよ！　国民会議派が諸君に言いたいことは何でありましょう。こういうことです。人は生まれながらに平等である！」彼はそれだけしか言わなかった。群集は暑い陽に照りつけられた牛糞の臭いのする彼の口臭から、顔をそむけた。そこでピクチャー・シンはゲラゲラ笑い出した。「ハハー、大将、結構な話ですな」陰唇型唇氏は馬鹿まるだしに、「そうさ兄弟、このジョークを共に分かち合おうじゃないか？」ピクチャー・シンは首を振り、彼の脇腹をつかんだ。「なるほど、ご立派な演説だよ、大将！　ありがたくて涙が出ちまいそうな演説だね」彼の傘の下から笑いが転がり出て群集に伝染し、とうとう私たちはみな地面にひっくり返って笑いころげ、蟻を踏みつぶし、埃をかぶった。半狂乱の国民会議派のとんまな声が上がった。「何てことだ？　この男は、われわれが生まれながらに平等だとは考えないというのか。この男はつまり、見くびっているわけだろうな——」だがピクチャー・シンは傘を振りかざして、小屋の方へ歩いてゆく。陰唇型唇氏はほっとして演説をつづけた……しかしすぐやめる。ピクチャーが戻って来たからである。左の小脇には小さな丸い蓋つきの籠、右の小脇には木製の笛をかかえている。彼は踏み段の上の国民会議派氏の足のかたわらに籠を置く。蓋を取り、笛を口に持っていく。再び起こった哄笑のなかで、若い政治屋は、キングコブラがその住み処から眠そうに頭を振り上げると、驚いて十九インチもとびあがった……陰唇型唇氏は叫んだ、「何してるんだ。ぼくを殺そうってのか?」ピクチャー・シンは相手を無視して傘を広げ、ますます熱を入れて吹きつづけた。蛇はとぐろを解く。ピクチャー・シンは吹きつづけ、ついに笛の音がスラムのすみずみまで響きわたり、モスクの壁面を這いのぼって行きそうな勢いだ。ついに大蛇は宙に浮き上がり、音曲の魅惑だけに支えられて、籠の外に九フィートも乗り出し、ぴんと伸ばした尾で立って踊っている……ピクチャー・シンはこのへんで勢いをゆるめることにする。蛇の王《ナーガラージ》はするすると引っ込んで、とぐろを巻く。世界一の魅惑的蛇つかいは笛を国民会議派の若造に渡す。「どうだい、大将」とピクチャー・シンは愛想よく言った、「吹いてみるかな?」しかし陰唇型唇氏は、「君、ぼくが吹けないことは分かってるくせに!」これを聞いてピクチャー・シンはコブラの首のすぐ下のところを摑まえて、口を大きく大きく開かせ、見事なまでに砕かれた歯と歯ぐきを見せる。国民会議派の若造に向かって左目をぱちくりして、蛇のひらひらする舌の先を彼のみっともなく開いた口のなかに入れる!　たっぷり一分間楽しませてから、ピクチャー・シンはコブラを籠に入れた。彼はとてもやさしく若造に言ってきかせる。「いいですか、大将。その問題においては、真実はこういうところにありますねえ。生まれながらに優れた人もいるし、劣った人もいる。いずれにせよあなたは、考え方を変えた方がよろしいですね」

この情景を見ながらサリーム・シナイは、ピクチャー・シンとマジシャンたちが現実把握の完璧な人たちであることを知った。彼らは現実をしっかりと摑んでいるので、それを自分の芸に役立つようにどのようにでも撓《たわ》めることができるのであり、しかもそれでいて現実がどういうものかを片時も忘れないのだ。

マジシャンたちのゲットーの問題はインド・コミュニズム運動の問題であった。コロニーの境界内には、この国の党を悩ましている多数の分派と異端が縮図の形で見られた。急いでつけ加えるが、ピクチャー・シンはそのすべてに超然としていた。ゲットーの長老である彼は、傘の影によって派閥抗争を調整することができた。しかし蛇つかいの傘の下に持ち込まれてくる紛争は、ますます激烈なものになっていった。奇術師、帽子から兎を取り出す連中は、ダンゲー氏の率いるモスクワ派の公式インド共産党――これは非常事態の期間中ガンディー夫人を支持したのだが――の系列に入った。しかし曲芸師たちはもっと左に寄って、複雑な中国派の方に傾いて行った。火食い師と刀呑み師の一群はナクサライト(極左政党。一九六七年、西ベンガルのナクサルバリにおいて闘争を開始した)運動のゲリラ戦術に声援を送った。他方、催眠術師たちと火渡り師たちはナンブーディリパドの宣言(モスクワ派的でも北京派的でもない)を採択し、ナクサライトの暴力を慨嘆した。トランプ手品師たちの間にはトロツキー的傾向があり、腹話術師たちの穏健派は選挙によるコミュニズムという運動を展開していた。私が住みついた環境にあっては、宗教的・地域主義的頑迷さこそ皆無だったが、分裂繁殖の古い民族的才能が新しい捌け口を見出していた。ピクチャー・シンが悲しげに話してくれたところでは、一九七一年の総選挙の際に、ナクサライトの火食い師とモスクワ派の奇術師の間の喧嘩から、奇妙な殺人が起こった。奇術師が火食い師の意見にかっとなって、マジック・ハットからピストルを取り出そうとした。ところが奇術師が武器を取り出すやいなや、ホー・チ・ミン支持派の男が相手をものすごい火焔で焼き殺してしまったのだ。

傘の下でピクチャー・シンは、外国からの借り物ではない社会主義について語った。「まあ、聞けよ、大将たち」と彼は喧嘩中の腹話術師たちと人形師たちに言った、「お前さんたちは自分の村へ帰って、スターリンや毛《マオ》の話をするかい？　ビハールやタミルの百姓がトロツキーの殺害のことを心配しているかい？」彼の魔法の傘の影《チャーヤ》は魔法つかいの過激分子を冷ました。そして私に対しては、いろいろなことを納得させてくれるという効能があった。遠くないある日、蛇つかいのピクチャー・シンは昔のミアン・アブドゥラーの轍を踏むであろうということ、彼は伝説的なハミングバードのように意志の力だけで未来を創ろうとしてゲットーを去るであろうということ、だが私の祖父のヒーローとは違って、彼と彼の主張が日の目を見るまでは、あきらめないだろうということを……しかし、しかし。常にしかしだ。起こったことは起こったのだ。私たちはみな、そのことを知っている。

私の私生活の物語に戻る前に知らせておきたいのだが、この国が腐敗して、「黒い」経済が公的な「白い」経済と同じくらい大きくなっているということを教えてくれたのはピクチャー・シンであった。新聞のガンディー夫人の写真を見せながら話してくれたのだ。真ん中で分けられたガンディー夫人の髪は片側が雪のように真っ白で、もう片側が夜のように真っ黒だったので、どちらの横顔を見せるかによって、彼女は黒貂《てん》のようにも白貂のようにも見えた。歴史における真ん中分けの回帰。そしてまた首相のヘアスタイルの相同物《アナローグ》としての経済……こういう大切な物の見方を、私は世界一の魅惑的蛇つかいから学んだ。これもピクチャー・シンが教えてくれたことだが、鉄道相のミシュラも賄賂によって公に任命された大臣であり、ブラック・マネーの最も大口の取引は彼によって認可されたし、また彼はしかるべき大臣や高官への賄賂を工作したのだという。ピクチャー・シンがいなかったら、私はカシミールの州選挙の八百長のことなど知らなかったかもしれない。とはいえ彼は民主主義の愛好者ではなかった。「この選挙というやつはいやだよ、大将」と彼は言った。「選挙のたびに、よくないことが起こるんだ。この国の人間は道化師のように振る舞っているんだ」革命の熱病にかかっていた私は、師匠に異を唱えることはできなかった。

もちろんゲットーのルールには例外があった。一、二の奇術師はヒンドゥー教の信仰を持ちつづけていて、政治的には、ヒンドゥー中心主義のジャン・サング党とか、悪名高い歓喜の道《アーナンダ・マルグ》の極右派を支持していた。手品師のなかにもスワタントラ党（自由党。有産階級に支持基盤を持つ）に投票する人さえいた。政治とは別な話になるが、レーシャム・ビビばあさんは性懲りもない空想家で、（たとえば）女の重みがかかったマンゴーの樹は永久に酸っぱい実をつけるようになるから、女はマンゴーの樹に登ってはいけないという迷信を信じている、この集落でも稀有な人であった……またチシュティ・カーンという行者がいるのだが、この人の顔は滑らかでつるつるときているので、誰も彼が十九歳なのか九十歳なのか分からず、また彼は竹竿とけばけばしい色紙を使った奇想天外な細工で小屋のまわりを囲んでいるので、彼の住まいはまるで、すぐ目と鼻の先にあるレッド・フォートの多色版ミニチュアのように見えた。城郭風の門をくぐったあとではじめて、竹と色紙の銃眼つき胸壁と半月堡《はんげつほ》の凝りに凝った正面のすぐ後ろには、他の小屋と変わらないトタンと段ボールのあばら屋が隠れているのだと分かった。チシュティ・カーンは幻術師の技巧を実生活にまで持ち込むという極端なルール違反を犯していた。彼はゲットーのなかで人気がなかった。マジシャンたちは彼の夢に感染しないために、距離を保っていた。

だから、読者は、真の不可思議な能力の持主である魔女パールヴァティがその能力をずっとひた隠しにしてきたわけがお分かりだろう。彼女の真夜中に授けられた才能の秘密は、そうした可能性を常に否定しているこの集落が容易に許すようなものではなかったのだ。

金曜モスクの裏手にはマジシャンたちの姿は見えず、気がかりな人間といえば、屑をあさり、捨てられた木枠を捜し、波形トタンを拾う人たちくらいのものだ……魔女パールヴァティはここで彼女にできる芸を熱心に披露してくれた。十人分ほどのぼろの衣類から作った粗末なサルワール・カミーズ（南アジアの民族衣装。ゆるやかな長ズボンと丈の長いシャツの組合せ）をまとったこの真夜中の女妖術師は、私のために子供のような活気と熱気で演じてくれた。大きく見開いたまん丸の目、ロープのようなポニーテール、美しい真っ赤な唇で……もしもあの顔、病んで腐敗しかけた目、鼻、唇がなかったら、私はこんなに長く彼女を拒みつづけることができなかったろう……はじめパールヴァティの能力には限界がないように思えた。

（だが限界はあった。）なるほど、それでは悪魔を呼び出すことができたのか？　妖魔《ジン》が現われて、財宝を与えてくれたり、空飛ぶ絨毯に乗って海外旅行をさせてくれたりしたろうか？　蛙が王子に、石が宝石に変えられたろうか？　魂が売られたり、死者が甦ったりしたろうか？　そんなことはまったくなかった。魔女パールヴァティが私のために演じてくれた魔術――そもそも彼女がやろうとした魔術――は、「白魔術」として知られるものであった。あたかもバラモン司祭の「秘本」である『アタルヴァ・ヴェーダ』が、その秘密のすべてを彼女に明かしたかのようであった。彼女は病気を治すことができ、解毒することができた（これを証明するために、彼女は蛇に自分の体を咬ませたあと、奇妙な儀式によって蛇毒と闘った。蛇神タクシャサに祈りをささげ、クリムカ樹の滋養と古着を煮出した汁を混ぜて飲み、「鷲《ガルダマンド》は毒を飲んだが、それは効かなかった。同様に私も、あたかも矢を逸《そ》らすように毒の力を逸らした」という呪文を唱えるのだ）――彼女は痛みを癒したり、お守りを浄めたりすることができた――彼女はスラクティヤのまじないと木のまじないを知っていた。彼女はこれらすべてをモスクの壁の下で、夜の特別のショーとして私に見せてくれた――だがそれでも、彼女は幸福ではなかった。

　例によって私は責任を引き受けなければならない。魔女パールヴァティのまわりに垂れこめている悲しみの臭いは私の創り出したものなのだ。というのは、彼女は二十五歳であったし、どうやら私に求めていたものは、単に真剣に彼女の演技を見ることだけではなさそうであった。どうした風の吹き回しか、彼女は私と同衾したいと望んでいた――もっと正確に言えば、掘立小屋のなかでベッドの代わりになっている細長い粗布の上に一緒に寝ることを望んでいたのだ。しかもその粗布にはケーララ州から出て来た曲芸師三人娘も一緒に寝ていたのだった。三人ともパールヴァティと――そして私と同様、みなし子だった。

彼女が私にしてくれたのは次のようなことだった。彼女の魔術のおかげで、ザガロ先生に引き抜かれて以来、一本も生えていなかった禿の部分に髪の毛が生えはじめた。顔に薬草のパップ剤を貼ると、彼女の魔法の力であざが消えた。彼女のおかげでガニマタさえもだいぶ直ってしまった。（しかし私のわるい方の耳に対しては彼女にもどうすることもできなかった。親ゆずりのものを抹殺できるほど強力な魔法はこの世に存在しないのだ。）しかし何をしてもらっても、私には彼女の一番望んでいることをかなえてやることができなかった。二人はモスクの窓のない側の壁の下に身を横たえはしたが、月明りのなかで、彼女の夜の顔はいつも、私の遠くへ消え去った妹の顔に……いや妹ではない……ジャミラ・シンガーの腐った、傷だらけにされた顔に変わってしまうのだ。パールヴァティはエロスのまじないを染み込ませた膏油《こうゆ》を体に塗っていたし、催淫効果のある鹿の骨で出来た櫛でひっきりなしに髪をとかしていた。おまけに（疑いもなく）私の不在のところで、ありとあらゆる愛の妖術を試みていたにちがいないのだが、それでもなお私は昔の呪縛にとらわれていて、どうしてもそこから自由になれなかったのだ。宿命によって、女に愛されると、その女の顔が必ず……それが誰の腐乱した顔に変わって、その腐臭が私の鼻孔を襲ってくるのか、いちいち断わらなくても読者はお分かりだろう。「かわいそうな娘《こ》ね」とパドマが溜息をつき、私も相槌を打った。だが〈未亡人〉が私から過去・現在・未来をすっかり吸収してしまう時まで、私はモンキーの呪縛のもとにいたのだ。

　魔女パールヴァティがついに失敗を認めた時、彼女の顔は一夜にして驚くべき、正真正銘のふくれっ面に変わっていた。彼女はみなし子の曲芸師たちの小屋で眠りにつき、目が覚めた時は唇をすっかりとがらせていて、その表情には言いしれぬほどの不機嫌さが表われていた。みなし子の三人娘は当惑して笑いながら、その顔はどうしたの、と言った。彼女は力いっぱい顔をもとに戻そうとしたが、筋肉も魔術も彼女をもとの姿に戻すことはできなかった。パールヴァティがついにこの不幸を受け入れると、レーシャム・ビビは誰彼かまわず聞く耳を持つ人に向かって、こう言った。「かわいそうに——あの子は、顔をしかめている時に、何かの神様に息を吹きかけられたんだよ」

（その年にはたまたま、都市のおしゃれな女性たちはこぞって、エロティックな効果を期待して、ちょうどこんな表情をしていた。エレガンツァ'73ファッション・ショーのとりすましたモデルたちは、張り出し舞台を歩く時、唇をとがらせていた。マジシャンたちのスラムの恐るべき貧困のなかにあって、ふくれっ面の魔女パールヴァティは、表情のファッションの最先端を行っていたのだ。）

マジシャンたちはパールヴァティをもう一度笑わせようとして、多大なエネルギーを費した。仕事の時間をけずり、強風で倒壊したトタンと段ボールの小屋を作り直したり鼠を殺したりというつまらない雑用からも時間をけずり、彼らは彼女を喜ばせるためにきわめて困難なトリックをいろいろと試みた。だがふくれっ面は消えなかった。レーシャム・ビビは樟脳の匂いのする緑茶をいれて、無理やりパールヴァティの喉に流し込んだ。このお茶のせいで彼女は完全に便秘してしまい、彼女が小屋の後ろで排便している姿は九週間も見られなくなった。二人の若い奇術師たちは、彼女が死んだ父親のことをまたあらためて悲しみはじめたのではないかと想像して、古い防水帆布の上に彼の肖像を描くことに打ち込み、出来上がった作品を彼女の粗布の布団の上に掛けた。三人娘はジョークを言い、ピクチャー・シンは非常に悩んでコブラを玉結びにした。しかし何ひとつ効き目はなかった。パールヴァティの報いられぬ愛が自分の力で治せないとすれば、他人の力でどうなるというものでもなかった。パールヴァティのふくれっ面の力がゲットーのなかに名状しがたい不安をかもしだし、マジシャンたち全員の未知のものに対する敵意をもってしても、それを追い払うことはできなかった。

そこでレーシャム・ビビがあることを思いついた。「わたしたちの目は何て節穴だったんだろう」と彼女はピクチャー・シンに言った、「すぐ目の前にあるものが見えないなんて。かわいそうに、あの子は二十五歳だよ、あなた《バーバ》——娘ざかりどころか、おばあさんといってもいい年だよ。結婚相手が欲しくて悩んでいるのさ！」ピクチャー・シンは感心した。「レーシャム・ビビ、あんたの頭はまだなまっちゃおらんな」と彼は誉めた。

それからというもの、ピクチャー・シンはパールヴァティにふさわしい青年を見つけてやる仕事に打ち込んだ。ゲットーのなかの若い男たちをなだめたり、すかしたり、脅したりしてみた。何人か婿候補が揃った。しかしパールヴァティはその男たちを全部はねつけた。コロニー一番の火食い師ビスミラー・カーンに向かって彼女が、そのほかほか唐辛子くさい口臭と一緒に誰か別の女のところへ行ったらと言った時には、さすがのピクチャー・シンも困りはてた。その晩、彼は私に「大将、あの娘はわしにとって悩みのタネであり、心配のタネだ。彼女はあんたのいい友だちなんだから、何かいい考えはないかね」と言った。そしてそこで一つの考えを思い浮かべた。これは、よくよく困るまで口には出せずにいた思いつきだった。そのわけは、ピクチャー・シンは階級問題にこだわっていて――私がどうやら「良家」の出なので、パールヴァティには「良すぎる」と自動的に考えてしまったからなのだ。そんなわけでこの初老のコミュニストはもしかしてこの私が……ということはこの時まで考えていなかったのだ。「一つ教えてくれ、大将」とピクチャー・シンは恥ずかしそうに訊ねた、「あんたは、いつかは結婚しようと考えているかね?」

サリーム・シナイは当惑のあまり返答に窮した。

「まあ聞けよ、大将、あんたはあの子が好きかね」――私は否定することはできないので、「もちろん」と答えた。するとピクチャー・シンは満面に笑みを浮かべ、おかげで籠のなかの蛇までがシューシューと言った。「とても好きなのか、大将。非常にとても、かい?」だが私は夜のジャミラの顔を思い浮かべた。そして絶望的な決意をした。

「ピクチャーさん《ジー》、ぼくはパールヴァティと結婚することはできないよ」すると彼は渋面をつくって、「あんたはもう結婚してるのかね、大将。どこかに妻子が待っているのかね?」これにはまいった。私は静かに、恥ずかしそうに答えた、「ぼくは誰とも結婚できないんだ、ピクチャーさん《ジー》。子供をつくれない体なのでね」

小屋のしじまが、シューシューいう蛇と夜の闇のなかで吠えている野犬によって破られた。

「本当かい、大将。医学的事実なのかね?」

「そうだよ」

「こういうことでは、人間、嘘をついてはいけないので念を押すんだがね。男の能力のことで嘘をつくと悪運を呼び寄せることになるんだ。何が起こるか分からないぞ、大将」

私はナディル・カーンの呪い、のみならずハーニフ・アジズの呪い、そして凍結とその長い後遺症に悩んでいた頃の、父アフマド・シナイの呪いがわが身にふりかかることを望んで、もっと怒気をこめて嘘をつきたくなり、こう言った。「いいかい、これは本当なんだ。絶対に本当さ」

「そうか、大将」とピクチャージーは悲しそうに言って、手首を額に叩きつけた。「あの娘をどうしたらいいものやら」

結婚式

私は魔女パールヴァティと結婚した。一九七五年二月二十三日、宿なしとしてマジシャンたちのゲットーへ舞い戻った二年後の記念日のことである。

パドマは体を硬直させる。洗濯ひものようにぴんと張りつめた私の糞蓮姫が訊ねる。「結婚したって？　でも昨晩は、結婚はしないと言ってたじゃないの——どうして何日も、何週間も、何ヵ月も、それを言わなかったの？……」私は悲しくなって彼女を見る。そして前にも言った通り、かわいそうなパールヴァティはすでに死に、しかもそれは自然死ではなかったのだと、話してきかせてやった……パドマが次第にこわばりをゆるめるのを見ながら、私は続ける。「ぼくは女によってつくられ、女によって壊されたのさ。修道院長から〈未亡人〉まで、そしてそのあとまで、ぼくはいわゆる（とはいえぼくの見るところ誤った呼び方なのだが）より優しい性《ジェントラー・セックス》によってもてあそばれてきたのさ。

これはおそらく関係づけの問題だ。母なるインド《バーラット・マーター》は普通、女性として考えられているだろう？　君も知っているように、この女性から逃れることはできない」

この物語には私の生まれる前の三十二年があり、またまもなく私は私自身の三十一年を語り終えようとしている。真夜中の前と後の六十三年の間、女たちは彼女らなりに最善を尽した。また同時に最悪のことをやってきたことも言っておかなくてはなるまい。

カシミールのある湖畔の盲目の地主の家で、ナシーム・アジズは私を不可避の穴あきシーツに運命づけた。そして同じ湖の水中でイルゼ・ルービンは歴史のなかへ漏れ出て来た。私は彼女の死の願望を忘れはしない。

ナディル・カーンが地下世界に隠れる前に、私の祖母は修道院長となり、名前を変えるひと連なりの女たち、今日もなお続いている連なりの先駆けとなった——この連なりはナディルにまで漏れ出て、彼はカシムとなり、パイオニア・カフェで手をひらひらさせて坐っていた。ナディルが去った後は、私の母ムムターズ・アジズがアミナ・シナイになった。

年をとって辛辣になり、老嬢の怒りの染み込んだベビー服を私に着せたアリアがいたし、私が胡椒入れを行軍させたテーブルを用意したエメラルドがいた。

ハミングする男に金を自由に使わせたクーチ・ナヒーン女王《ラーニ》は、楽天主義の病いを産み出し、以来この病いが間欠的に流行している。オールドデリーのムスリム地区にはゾホラという遠縁の娘がいて、私の父は彼女といちゃついたおかげで、のちにフェルナンダやフロリーなどの娘に手を出す癖がついてしまった。

舞台はボンベイに移る。ここではウィンキーの女房のヴァニタがウィリアム・メスワルドの真ん中分けの髪に惚れてしまい、アヒルのヌシーはベビー競争に負けた。他方メアリー・ペレイラは愛の名において歴史の赤子たちの名札を取り替え、私の第二の母になった……

女、女、女。トクシー・キャトラックという娘は、あとで真夜中の子供たちを入れるためにドアをそっと開けていた。ビ・アッパーというトクシーの看護師の恐ろしさ。アミナとメアリーの競い合うような愛情。私が洗濯物入れのなかに隠れている時、母が見せてくれたもの。そう、黒マンゴーだ。その結果、私は鼻をすすらざるを得なくなり、そこで大天使ならざるものを解き放った！……エヴリン・リリス・バーンズ。自転車事故の原因をつくり、私を二層の丘から歴史のなかへ押し出した女。

そしてモンキー。モンキーを忘れてはならない。

そうそう、私の指を切断に追い込んだマーシャ・ミオヴィック。私の心を復讐で充たしたピア叔母さん。その大胆な情事のおかげで私が新聞の切り抜きを使って、恐ろしい巧みな復讐をなしとげることになったリラ・サバルマティ。

そしてドゥバシュ夫人。私があげたスーパーマンの漫画本を見つけ出し、それを息子の助けによって主クスロ・クスロヴァンドに創りかえた人。

そして幽霊を見るメアリー。

服従の国、清浄者の本拠パキスタンでは、私はモンキーがシンガーに変身するのを目撃し、パンを運び、恋におちた。私自身についての真実を教えてくれたのはタイ・ビビという女だった。そして内なる闇の只中で私はパフィアたちの方を向き、すんでのところで総金歯の花嫁の脅威からようやく逃れた。

ブッダとして始めから出直すことになり、トイレ掃除の娘と寝てしまい、その恨みを買って電流の通っている便器に放尿するように仕組まれた。東翼では百姓の女房が私を誘惑し、その結果、〈時〉の神が殺害された。ある寺院に天女《フーリ》たちがいて、手遅れになる前にやっと逃げ出した。

モスクの影ではレーシャム・ビビが警告を発した。

そして私は魔女パールヴァティと結婚した。

「もう、あなた」とパドマが叫ぶ。「ずいぶんたくさんの女がいたのね！」

いかにもその通りだ。肝心のパドマがまだ含まれていないのだ。彼女の結婚の夢とカシミールの夢が必然的に私のなかへ漏れ出てきて、おかげで私も、何々でさえあったらと考えるようになり、一度は割れ目を仕方ないとあきらめたのに、今頃になって不満、怒り、恐怖、後悔などに苦しめられることになった。

だが何よりも〈未亡人〉がいた。

「ほんとよ！」と言って、パドマは膝を叩いた、「ずいぶん多いのね、あなた。多すぎるわ」

この多すぎる女という事態をどう理解したらいいのか？　母なるインド《バーラット・マーター》の多数の顔としてか。それともむしろ……幻影《マヤ》の変化してやまない姿として、女性器として表象される宇宙的エネルギーとして、だろうか。

マヤの変化してやまない姿はシャクティ（女性の力）と呼ばれる。ヒンドゥーの神々にあっては一つの神の活動的な力が彼の妃のなかに包含されるのは、おそらく偶然ではない！　マヤ＝シャクティは意識を産み出すばかりでなく、「意識を夢の織物のなかに包み込む」のだ。多すぎる女、それは女神《デヴィ》のさまざまな姿なのか――つまりシャクティ、水牛の魔神を殺した者、怪物マヒシャを退治した者、カーリー、ドゥルガ、チャンディ、チャムンダ、ウーマ、サティ、パールヴァティ（すべてシヴァ神の配偶神）なのか……力をふるう時には赤に染まるのか？

「そんなこと訊かれても、あたしには分からないけど」とパドマが私を地上に引き降ろす、「みんなただ女なのよ、それだけでしょう」

天翔ける空想から降りてきて、スピードの大切さを思い出す。切れ、裂け、割れつづける事態に促されて、私は反省を捨て、また始める。

事の次第はこうだ。パールヴァティは自らの運命を自分の手に握った。私の口から出た嘘が彼女を自暴自棄にし、その状態のなかで彼女はある晩、みすぼらしい衣類から英雄の髪の一房を取り出し、朗々と呪文をとなえはじめた。サリームにはねつけられて、パールヴァティは彼の一番の敵は誰だったかを思い出したのだ。片方の端に手製の金属の鉤《かぎ》をつけた、七つの節《ふし》のある竹の棒を持って、彼女は自分の小屋に胡座をかいて、朗唱した。右手にはインドラの鉤、左手には一房の髪を持って、彼女は彼を呼び出した。パールヴァティはシヴァに呼びかけたのだ。信じてもらえるかどうか分からないが、ともかくシヴァがやって来たのだ。

そもそもの発端から膝と鼻、鼻と膝があった。しかしこの物語を通じて私は彼を、宿敵のあいつを、背景に追いやっていた(ちょうどかつて〈子供たちの会議〉から彼を締め出していたように)。だがもはや彼を隠すことはできなくなった。というのは一九七四年五月のある朝のこと——私の記憶違いだろうか、それともあれはやはりあの十八日の、ラージャスターン砂漠がインド最初の核爆発によってゆるがされた、まさにあの瞬間のことだったろうか？　シヴァが私の生活のなかへ突入したのは本当に、インドが予告なしに核時代に突入したのと同時刻なのだろうか——ともかく彼はマジシャンたちのスラムにやって来た。勲章と肩章をつけた軍服姿で、今や少佐のシヴァは陸軍のオートバイから降り立った。軍服の薄いカーキ色のズボンの上からも、恐ろしい膝の二つの見事なふくらみが容易に見てとれた……インド最高の勲章に飾られたこの戦争英雄は、かつては暴れん坊のガキどもを引きつれてボンベイの裏街をのし歩いていた。かつて、彼が戦争という正当な暴力を発見する前には、売春婦たちが絞め殺されて、溝《どぶ》に投げ捨てられていたのだ（私には分かっていた、分かっていたのだ——証拠こそなかったが）。今でこそシヴァ少佐、しかしもともとウィー・ウィリー・ウィンキーの息子でもある彼は、長らく聞かずにいた歌を今も覚えていた。〈グッドナイト・レディーズ〉という歌は今なお彼の耳に折にふれて谺《こだま》してきたのだ。

ここにはアイロニーがあり、それを見落としてはならない。つまり、サリームの没落と共にシヴァは上昇したのではないか？　今スラムに住んでいるのは誰だろう。高い所から命令を下しているのは誰だろう。人生を作りかえるのに戦争ほど素晴らしいものはない……記憶違いでなければ五月十八日に、いずれにせよシヴァ少佐はマジシャンたちのゲットーへやって来て、スラムの悲惨な街路を闊歩した。顔には奇妙な表情を浮かべていて、それは成り上がり者特有の、貧乏人に対する限りない侮蔑と共に、当惑らしきものを物語っていた。何しろシヴァ少佐は魔女パールヴァティの呪文によってわれわれの粗末な住み処へ引き寄せられてきたのだが、本人には何の力に引っぱられてきたのか、知るよしもないわけだ。

以下はシヴァ少佐の最近の経歴をまとめたものである。結婚後にパールヴァティから聞いた話を私がつなぎ合わせたものだ。私の最大の敵は手柄話を彼女にするのが好きだったと見える。この種の自慢話には歪曲もつきものなので、その点、割引して聞いてもらいたい。とはいうものの、彼がパールヴァティに語り、彼女が私にくりかえし語ったことが、真実から遠くへだたったものであると信じなければならない理由はなさそうだ。

東翼での戦争が終ると、シヴァの素晴らしい武勲の伝説が都市という都市の街々に広まり、新聞雑誌に書きたてられ、金持のサロンに入り込み、蠅の大群のような唸り声をあげて国じゅうの奥方たちの鼓膜にまで届いた。おかげでシヴァは陸軍の階級ばかりか社会的地位も上昇し、千と一つのさまざまな集会——晩餐会、音楽の夕べ《ソワレ》、ブリッジ・パーティ、外交官のレセプション、党の政治的会合、大きな祭り《メーラー》、地方の小さな祭り《フェート》、学校の体育祭、社交舞踏会――に招かれて、この国最高の貴人たちや美女たちの喝采を浴び、ちやほやされた。この人びとすべてに対して彼の武勲の伝説は蠅のようにまといつき、眼球の上までのし歩いていたので、彼らはこの若者を伝説の霧を透して見ていた。伝説は彼らの指先まで覆い尽していて、彼らは神話という魔法の膜を透して彼に触れていた。それは彼らの舌の上にまで降りてきていて、彼らは普通の人間と話すように彼と話すことはできなかった。当時、経費削減の提案を政治力によってはねのけようとしていたインド陸軍は、この願ってもないカリスマ性をもった大使の価値を理解した。そしてこの英雄に、有力な崇拝者たちの間を巡り歩くことを許した。シヴァは新しい生活を意欲的に受け入れた。

彼は豊かな口ひげをはやした。そのひげに従卒が毎日コリアンダーを混ぜた亜麻仁油《あまに》のポマードをつけてくれた。優雅に着飾った彼は、いつもお偉方の客間で政治的な雑談に加わり、ガンディー夫人のゆるぎない崇拝者であることを誓った。その理由は何よりも彼女の政敵モラルジー・デサイに対する憎悪のためだった。何しろデサイは鼻持ちならない年寄りで、自分の尿を飲み、ライスペーパーのようにカサカサ鳴る肌をして、おまけに、かつてボンベイ州首相時代に酒類を禁止し、若いゴロツキ《グーンダ》たち、即ち与太者あるいはならず者、言い換えればガキの頃のシヴァ自身を迫害した責任者なのだ……しかしこのような怠惰なお喋りは彼の思想のほんの小さな一部を占めるだけで、他の部分はすっかり女性たちによって占められていた。シヴァは一方では放蕩三昧に明け暮れていたのだ。軍事的勝利のあとのあの浮き浮きした時期に、(彼がパールヴァティに自慢したところによれば)彼の秘密の名声は、たちまち公的な広く知られた名声に勝るとも劣らぬものとなった――「黒い」伝説が「白い」伝説と肩を並べるに至ったのだ。この国の女性たちの会合、カナスタ(カードゲームの一種)の会などでささやかれたことは何か? きらびやかな女性たちが二、三人集まると必ず忍び笑いと共にひそひそ声で取沙汰されたことは何か? こういうことだ。シヴァ少佐という人物は今や名うての誘惑者よ、女好きよ、有閑マダムの遊び相手よ、要するに色魔よ。

どこへ行っても女がいた――彼はパールヴァティに語った。彼女らのしなやかな曲線を描く鳥のような体は宝石と欲情の重みの下でふるえ、彼女らの目は彼の伝説によって霞んでいた。彼が拒もうとしても、拒むことは難しかったろう。だがシヴァ少佐は、拒むつもりなど毛頭なかった。彼は小さな悲劇――主人が不能なんです、殴るんです、思いやりがないんです――に、その他、かわいい女たちが口にするあらゆる口実に、同情をこめて耳を傾けた。私の祖母が給油所でしたように(しかしもっとよこしまな動機から)、彼は女たちの悲しい身の上話を辛抱強く聞いた。燦然とシャンデリアの輝く舞踏室でウィスキーをすすりながら、彼は女たちが瞬きをし、うめき声を上げつつ、悩ましげな息をするのを眺めた。女たちは最後にきまって、わざとハンドバッグを落としたり、飲み物をこぼしたり、彼の短いステッキを突っついて落としたりした。そこで彼は身をかがめて落ちたものを床から拾い上げなければならなかった。その時、女のサンダルにはさまれた走り書きの付け文が、赤く塗った足指の下からなまめかしく頭を出しているのが見えるのだった。当時(少佐の言を信じるなら)インドの美しい浮気女たちはひどく不器用になっていて、革サンダル《チャパル》のはき方ひとつから、真夜中のランデヴーとか、寝室の窓の外のブーゲンビリアの棚とか、夫が船の進水式で、あるいは茶の輸出のため、あるいはスウェーデン人からボールベアリングを買いつけるため、都合よく外泊している事情とかが透けて見えてしまうのだった。これら不運な男たちの留守中に彼らの一番大切な財産を盗むために、少佐は彼らの家へ足を運んだわけである。女たちは彼の腕のなかに飛び込んできた。(少佐の自慢を話半分として聞いても)女漁りの最盛期には千を下らぬ数の女たちが彼に恋をしていたという。

そしてもちろん子供も出来た。真夜中の不倫の落とし子たちがうじゃうじゃ生まれてきたのだ。美しい元気な子供たちは金持の揺り籠のなかで育てられた。インド中に私生児がばらまかれた。戦争英雄は同じことを続けていった。しかし(これも彼がパールヴァティに語ったことであるが）彼は妊娠した女には見向きもしなくなるという奇妙な手ぬかりを犯した。いかに美人だろうと、感度がよかろうと、愛情こまやかだろうと、彼の子供を産んだ女の寝室には近寄ろうとしなかった。かわいい女たちは目の縁を真っ赤にして、寝とられた夫たちを言いくるめなければならなかった。そうよ、もちろんあなたの子よ、あなたにそっくりじゃないの、もちろん悲しんでなんかいないわ、どうしてよ、これはうれし泣きよ。

鉄鋼王Ｓ・Ｐ・シェティの幼な妻ロシャナラは、シヴァの子供を産んだあとで捨てられた女の一人だった。ボンベイのマハラキシミ競馬場で、彼女はシヴァ少佐の大きな風船のように膨らんだプライドを傷つけた。彼は下見所のまわりを散歩しながら、数ヤードおきに腰をかがめては女性たちのショールやパラソルを拾って返していた。これらの品物はあたかも独自の生命を持っていて、彼とすれ違う時に持主の手から飛び降りるかのように見えた。ロシャナラ・シェティはここで彼と対決した。道の真ん中に立ちはだかり、動こうとしなかった。十七歳の目は子供の凶暴な怒りに燃えていた。彼は軍帽に手を触れて冷やかに挨拶し、通り過ぎようとした。だが彼女は針のように鋭い爪を彼の腕に突き立て、氷のような危険な笑みを浮かべ、彼と並んで歩き出した。歩きながら彼女は彼の耳に子供の持つ毒を注ぎ込んだ。かつて恋人だった男に対する憎しみと恨みから、彼女は自分の言うことを相手に信じさせる術を鍛え上げていた。彼女は容赦なくこうささやいた。あなたが雄鶏よろしく上流社会をのし歩いている恰好ときたら、おかしいのなんのって、その間ずっとご婦人方は陰であなたを嘲笑しているのよ。本当よ、少佐殿、みっともない真似はいい加減になさい、上流のご婦人方はいつも動物や百姓や野蛮人とオネンネするのを楽しんできたのよ。あたしたちはあなたをそういう人種として扱ってきたのよ。あなたが肉汁を顎にたらしながら食事をする恰好を見ると、まったくヘドが出るわ。お茶を飲むにもあなたはカップの把手を持たないということを、あたしが見ていないとでも思ってるの？　あなたがオクビを出したり、おならをしたりする音が聞こえないとでも思ってるの？　あなたはあたしたちの飼ってる猿なのよ、少佐殿。とても役に立ちはするけど、結局、道化なのよ。

ロシャナラ・シェティの襲撃に遭ったあと、若い戦争英雄の世界を見る目は変わった。今や彼はどこへ行っても女たちが扇子の陰で嘲笑っているような気がするのだった。以前には見たことのない、奇妙な、楽しげな目くばせに気づくようになった。彼は行儀作法を改善しようと努力してみたが駄目で、努力すればするほど不器用になった。料理が皿から豪華なキリム絨毯の上に飛んだ。列車がトンネルから出る時のような轟音を伴って喉からオクビが出たし、台風のように凄まじく放屁した。輝かしい新生活であったはずのものが、日々の屈辱に変わった。今や彼は美女たちが接近してくると、まったく別の角度からそれを解釈した。足指の下に付け文をはさむわけは、彼を足元に卑屈な恰好でひざまずかせることにあると理解した……男は、あらゆる男性的美点を持っていたとしても、スプーンの持ち方を心得ないがために軽蔑されるのだということを知るに及んで、彼は昔の粗暴さ、上流人士とその権力に対する憎しみが甦ってくるのを感じた。だからこそ、と私は確信している――いや、知っている――のだが、非常事態下で膝のシヴァが権力掌握のチャンスを与えられた時、彼は二つ返事で引き受けたのだ。

一九七四年五月十五日、シヴァ少佐はデリーの連隊に戻った。彼の言うところによれば、その三日後、彼は突然に昔、〈真夜中の子供たち会議〉ではじめて出会った大きな丸い目をした美人にもう一度会いたいという願望にとらえられた。ダッカで、一房の髪の毛をもらいたいと言ってきたあのポニーテールの妖婦だ。自分がマジシャンたちのゲットーへやって来たのは、インド上流社会の金持のあばずれたちと手を切るためだ、あなたのとがらせた唇を見たとたんに好きになった、一緒に逃げようと頼む理由はそれだけだ、とシヴァ少佐はパールヴァティに宣言した。だが私はシヴァ少佐に甘くしすぎたようだ――この私自身がつくりあげた歴史のなかで、彼の話に多くのスペースをさきすぎた。だから力説しておきたいのだが、いかつい膝の少佐が何を考えていたにせよ、彼をゲットーのなかに引き込んだものは、簡明直截に魔女パールヴァティの魔術であったのだ。

シヴァ少佐がオートバイでやって来た時、サリームはゲットーにいなかった。砂漠の表面下の見えない所で核爆発がラージャスターンの荒野をゆるがせている時、私の生活を変える爆発もまた、私に見えない所で起こっていた。シヴァがパールヴァティの手首を摑んだ時、私は市の多くの赤色細胞が集う緊急会議にピクチャー・シンと共に出ていて、国有鉄道ストの詳細を議論していた。パールヴァティが躊躇なく英雄のホンダ・バイクの後部座席に乗っかった時、私は政府の組合指導者逮捕を糾弾するのに忙しかった。要するに私が政治と国民救済の夢に専念している時、パールヴァティの魔法の力が、ヘナで染めた手のひら、歌、契約の署名によって終結する陰謀に着手していたのだ。

……私はやむをえず他人の証言に頼らなければならない。シヴァの身にふりかかったことを語ることができたのはシヴァだけだ。私が帰った時、「かわいそうに、あの娘《こ》も。行かせてあげなさい。長いことさびしい思いをしてたんだもの。誰もあの娘を責めることはできやしないよ」と、パールヴァティの出立のことを話してくれたのはレーシャム・ビビだった。そしてパールヴァティの不在の間に彼女の身に起こったことを説明できたのは、パールヴァティ自身にほかならなかった。

戦争英雄という国民的な地位のゆえに、少佐は軍規に関して多少の自由を許されていた。だから誰にも、女人禁制の場所に女人を連れ込んだことで彼を叱ることはできなかった。この人生の大きな転機をもたらしたものが何なのかを知らなかった彼は、求められるままに籐の椅子に腰をおろした。すると彼女は彼のブーツを脱がせ、足をもみ、絞りたてのライムを入れた水を運んできて、従卒をさがらせ、口ひげに油をつけ、膝をさすり、夕食にビリャーニをつくってくれた。それがとてもおいしいので、彼は自分に何が起こっているのか考えるのをやめ、逆にそれを楽しみはじめていた。魔女パールヴァティはこの簡素な兵舎を宮殿に、シヴァ神の住み処であるカイラーサ山に変えた。シヴァ少佐は魔の淵のような彼女の目に溺れ、彼女の挑発的にとがらせた唇によって激しく欲情をかきたてられ、とうとうまる四ヵ月というもの一心不乱に彼女を愛しつづけた。より正確に言えば百七十夜である。しかし九月十二日に事態は変わった。パールヴァティが彼の足元にひざまずいて、こういうことについての彼の考え方は百も承知の上で、子供が出来たと告げたのだ。

シヴァとパールヴァティの情事は今や、殴ったり、皿を投げたりという物騒な関係に変わった。いわば、ヒマラヤのカイラーサ山のてっぺんでシヴァ神と妃パールヴァティが続けていると言われる、神界の永遠の夫婦間闘争の地上版といったところだった……

この頃にはシヴァ少佐は酒を飲み、娼婦を買う癖がついていた。インドの首都で戦争英雄が娼家を歴訪しているさまは、カラチの街をサリーム・シナイがランブレッタ・スクーターで走り回っているさまに酷似していた。ロシャナラ・シェティに毒づかれて以来、金持階級の女性が相手では欲望を覚えなくなっていたシヴァ少佐は、代価を払って快楽を買う習慣を身につけていた。彼の繁殖力たるや驚嘆すべきもので(彼はパールヴァティを殴りながら語ったのだが)、あまたの娼婦に子供を産ませることによってその女たちの仕事を台なしにした。その女たちは子供がかわいくて捨てることができなかったのだ。シヴァは首都中の大勢の浮浪児たちの父親になった。その数は、シャンデリアに照らされたサロンの貴婦人たちに産ませた私生児の大群に匹敵した。

政治の天空にも黒雲が湧いていた。ビハール州では腐敗とインフレと飢えと文盲と土地のない悩みが人びとの生活を支配していて、ジャヤ＝プラカシュ・ナラヤンが、与党であるインディラの会議派に対抗する学生と労働者の合体した運動を指導していた。グジャラート州では暴動が起こり、列車が焼かれ、モラルジー・デサイが(チマンバイ・パテルに率いられた)会議派の腐敗した政府を倒すために、あの旱魃《かんばつ》に支配された州において死を賭した断食を始めた……言うまでもなく彼は成功し、死なずにすんだ。要するに、シヴァの心に怒りが煮えたぎっていた時、国もまた怒り狂っていたのだ。パールヴァティの胎内で何かが育っていた頃、いったい何が生まれようとしていたのか。答えは読者もご存じだろう。一九七四年も押しつまった頃、J・P・ナラヤンとモラルジー・デサイはジャナタ・モルチャ、即ち人民戦線として知られる野党を結成した。シヴァ少佐が娼婦から娼婦へとよろめいていた頃、インディラの会議派もよろめいていたのだ。

ついにパールヴァティが彼を呪縛から解放してやる日が来た。（こうとしか説明のしようがないのだ。魔法にかかっていたのでないとしたら、妊娠のことを告げられた時、なぜ彼はいつもの伝で彼女を捨てなかったのか。また呪縛が解かれたのでないとしたら、どうして彼は彼女を捨てることができたのか？）夢から覚めたように頭を振って、シヴァ少佐はおなかの膨れあがったスラムの娘と一緒に暮らしている自分に気づいた。今やこの娘は自分の最も恐れているすべてのものを代表しているように見えた――彼女は幼年期を過ごしたスラムそのものになった。彼はかつてそこから脱出してきたのに、今ふたたび彼女を通じて、彼女の呪うべき子供を通じて、スラムが彼を下へ下へと引きずり降ろそうとしていたのだ……彼は彼女の髪をひっつかまえて、オートバイに引きずりあげた。そしてあっというまに彼女はマジシャンたちのゲットーのはずれに放り出された。古巣に舞い戻った彼女は、出かける時には持っていなかったものを一つだけ持っていた。

それは柳細工の籠のなかの透明人間のように彼女のなかに隠れていて、彼女が計画した通り、どんどんどんどん育っていた。

なぜ私はこんなことを言うのか？——それが間違いなく真実であるからだ。本当に、本当に起こったことだからだ。魔女パールヴァティは、私が彼女と結婚しないですむ唯一の口実を無効にするために妊娠したのだ。しかし私は単に叙述するにとどめ、分析は後世にまかせたい。

一月のある寒い日、金曜モスクの一番高い光塔《ミナレット》から呼びかける勤行時報係《ムエジン》の声が、彼の口から吐き出されたとたんに凍りついて、聖なる雪のように街に降ってきた時、パールヴァティは戻ってきた。彼女は体の状態に疑問の余地がなくなるまで待ったのだ。シヴァの、今は消えてしまった愛の清潔な新しい衣がはち切れるほど、彼女の内部の籠が膨れあがっていた。彼女は来たるべき勝利を確信して、魅惑的なとんがり唇をやめていた。できるだけ大勢の人に自分の変化した姿を見てもらおうとして金曜モスクの踏み段の上に立った時、彼女の大きなまん丸の目には満足そうな銀色の光がひそんでいた。私がピクチャー・シンと共にモスクの影《チャーヤ》に戻って来た時、目にした彼女の姿は、そういうものであった。私は気が滅入った。踏み段の上に立ち、膨らんだ腹の上にそっと両手をのせ、長いロープのような髪を冷たい空気のなかに軽くなびかせている魔女パールヴァティの姿を見て、私の気分は晴れなかった。

ピクチャー氏《ジー》と私は、中央郵便局裏の先細りの長屋横町へ入って行った。占い師、覗きめがね屋《ピープショウ》、信仰治療家らの思い出が、そよ風にのってやって来た。ピクチャー・シンはここで、日に日に政治色の濃くなる芸を披露していた。今や伝説にまでなった彼の名人芸は大勢の善良な人びとをひきつけた。紡ぎだす笛の音に合わせて、蛇に彼の主張を演じさせるのだ。私が見習い弟子の役割として用意してきた口上を読み上げると、蛇は私の言葉を劇化してみせた。私は富の配分のひどすぎる不公平について話した。二匹のコブラは金持が乞食に施しを与えようとしないことをマイムで演じた。警察のいやがらせ、飢え、病気、文盲について語ると、蛇がそれを舞った。ピクチャー・シンは彼の演技の結びとして赤色革命の本質について語りはじめ、人びとの心をすばらしい約束で充たしはじめた。ところが郵便局の裏口から警官隊が出て来て棍棒と催涙ガスで集会を粉砕しにかかる前に、観客のなかにある種の動揺が現われて、世界一の蛇つかいにいらだちを与えていた。蛇の曖昧なマイムには納得しかねるし、劇の内容もどうもいささか分かりにくいと考えたらしく、一人の若者が叫んだ。「あのー、ピクチャーさん《ジー》、あんたに政権をとってもらいたいな。国母《インディラマーター》インディラも、あんたほど素晴らしい約束はしてくれないもの！」

その時、催涙ガスが撃ち込まれ、私たちは咳をし、唾を吐き、目が見えなくなって、まるで犯罪者よろしく暴徒と警官から逃げなければならなかった。私たちは泣く恰好をしながら走った。（それは昔のジャリアーンワーラー庭園《バーグ》の惨劇を思い出させるものであった——ただ今回は少なくとも銃弾だけは飛んで来なかった。）涙は催涙ガスの涙だったけれども、ピクチャー・シンは妨害者のあざけりによってひどく憂鬱な気分になった。そのあざけりはピクチャー・シンが何よりも誇りにしていた現実把握力に疑問を投げかけたわけだ。催涙ガスと警棒のあと、私も気が滅入った。突然、胃のなかに不安の虫が蠢《うごめ》くのを感じ、金持の性懲りもない悪辣さをスネークダンスによって描くピクチャー氏のやり方に反発めいたものを覚えたのだ。私はこんなふうに考えていた、「何事にも良い面と悪い面があるんだ——ぼくはその両面に育てられ、世話になってきたんだよ、ピクチャーさん！」そこに思い至ってみると、私には見えてきた。メアリー・ペレイラの犯罪は一つでなく二つの世界から私を引き離したのだ。叔父の家から追い出された私はピクチャー・シン的な世界にも入りきれたわけではなく、それに私の救国の夢なるものは実のところ鏡と煙の所産であり、実体のない、馬鹿者のたわごとであったということが。

そしてパールヴァティがいた。冬の日の厳しい透明さのなかで、顔つきまで変わっている。

それは恐怖の一日だった——それとも私の勘違いだろうか？ いずれにせよ私は先を急がなければならない。事物はいつも私の手からすり抜けていく。その日だった——私が間違えてさえいなければ。私たちは、レーシャム・ビビが寒さのために死んで、彼女が自分の手でダルダ印のバナスパチ油(バター代用の植物油)の荷箱から造った小屋に横たわっているのを発見した。彼女は鮮やかな青い色に変わり果てていた。クリシュナの青、イエスのような青、カシミールの空の青、時として目に染み出てくる青だ。私たちは彼女をジャムナー河の岸辺の泥と水牛の間で荼毗に付した。彼女には結婚式に出てもらえなくなり、残念でならなかった。老婆がつねにそうであるように、彼女は結婚式が好きだったのだ。かつては、結婚式の前のヘナ染め式にいそいそと参加して、花嫁の友人たちが新郎とその家族をけなしてみせるお約束の合唱をリードしたものだ。ある時などはそのけなし方があまりに鮮やかで、演出効果満点だったために、新郎が腹を立て、結婚を破棄してしまった。レーシャムはそれでもひるまず、今どきの若者が意気地なしで、移り気であるとしても、それは別にわたしの責任じゃありません、と言った。

パールヴァティが去った時私は留守にしていたが、彼女が戻って来た時も私は不在だった。もう一つ奇妙な事実がある……私が忘れているのでなければ、日を間違えているのでなければ……ともかく、パールヴァティの戻った日に、列車に乗っていたインドの閣僚の一人がサマスティプルで爆破に遭い、歴史の本のなかへと吹き飛ばされたようだ。原爆実験の最中に去ったパールヴァティは、鉄道と賄賂専門の大臣――L・N・ミシュラ氏が永久にこの世を去った時に戻って来た。予兆に次ぐ予兆の連続だ……おそらくボンベイでは、死んだマナガツオが腹を上に向けて浜に打ち上げられたことだろう。

一月二十六日、つまり建国記念日《リパブリック・デー》は魔術師たちにとってありがたい日だった。大勢の人びとが象と花火を見に集まってくるので、この街の手品師たちは稼ぎに出かけるのだ。しかし私にとってはこの日は別の意味を持っている。この建国記念日に私は結婚からの逃げ道を塞がれたのだ。

パールヴァティが帰ってくると、ゲットーの老女たちは彼女と出くわすたびに耳をふさいで歩くのが習慣になった。ところが何の恥じらいもなく私生児を産んだパールヴァティは、無邪気に笑って通り過ぎて行った。だが建国記念日の朝、目が覚めてみると、ドアの上にぼろぼろの靴がロープで吊るされているのを見て、彼女は恐ろしくなって、泣いてしまった。この最大の侮辱を前にして、これまでの落ち着きがどっと崩れてしまったのだ。ピクチャー・シンと私は蛇の籠が積まれている小屋を出たところで、（計算された？　純粋な？）不幸の只中にあるパールヴァティに出くわした。ピクチャー・シンは決然とした態度で歯を嚙みしめた。「小屋に戻ろう、大将」と世界一の蛇つかいは言った。「話をしなきゃ」

小屋に入ると、「ごめん、大将、喋らせてくれ。一生、子供なしで通すのは男にとって辛いことだと思うんだ。息子がないということはだな、大将、お前さんにとっても悲しいことだろう？」こうして不能者という嘘によって罠にかかってしまった私は、ピクチャー氏《ジー》が、パールヴァティの名誉を救ってくれると同時に、私が告白した子種《こだね》がないという問題をも解決してくれる結婚を薦めている間、黙って聞いていた。パールヴァティの顔の上に重なって見えるジャミラ・シンガーの顔を見ると私は気が狂いそうになるので、見るのが怖かったけれども、もはや断わるわけにはいかなかった。

パールヴァティは——計画通りとしか言いようがないが——直ちに私を受け入れ、かつてノーと言った時と同じ無造作な態度で、また何度もくりかえして、イエスと言った。それからというもの、建国記念日の祝祭は特別に私たちのために準備されたかのような有様となった。だが私の念頭にあったのは、またしても運命が、不可避性が、選択とは正反対のものが、私の人生を支配するようになったということ、またしても父親でない父親に子供が生まれようとしているということ、しかし恐るべきアイロニーによって、その子は父親の両親にとっては正真正銘の孫であるということ、であった。このもつれた系図の網にとらえられていた私は、始源とは何か、終末とは何か、もう一つの秒読みがひそかに進行しているのか、子供と共に何が生まれて来るのか、と考えていたのかもしれない。

レーシャム・ビビの不在にもかかわらず、結婚式はきわめて順調に運んだ。パールヴァティが正式にイスラムに改宗するための儀式(これはピクチャー・シンをいらだたせたが、私はいつのまにかさらにもう一世代前まで先祖返りして、これに強くこだわったのだ)は、赤ひげのハッジによって執り行われたが、大勢の厄介な、気に障る不信心者を前にして、このハッジはいかにも当惑気味だった。大きなひげぼうぼうのタマネギのような顔をしたこの男の落ち着かない視線の下で、彼女は、神のほかに神はない、そしてムハンマドはその預言者である、という信仰を唱えた。彼女は私が夢の貯蔵庫のなかから選び出してやった名前を持つことになった。即ち、ライラになった。夜という意味である。かくして彼女もまた、私の歴史の反復的循環のなかに捕えられ、名前を変えなければならなかった他のすべての人びとの例になったのだ……私の母アミナ・シナイのように、魔女パールヴァティは子供を産むために新しい人格になったのだ。

ヘナ染め式に際しては、マジシャンたちの半数が私の「家族」の役割を果すことによって、私を養子にした。他の半数はパールヴァティの側につき、深夜まで陽気な悪口を歌いつづけた。その間、彼女の手のひらや足の裏にヘナの複雑な網目模様が描き込まれた。レーシャム・ビビの不在のため痛烈な悪口は聞けなかったが、その事実が一同から非常に残念がられたというわけでもない。ニカー即ち結婚式そのものの間、幸福なカップルは、レーシャムの取り壊された小屋のダルダ印の空箱から大急ぎで造られた台座の上に坐り、マジシャンたちはかしこまって私たち二人の前をぞろぞろ歩き、二人の膝の上に小額のコインを落として行った。新しいライラ・シナイが失神すると、一同満足そうに笑った。というのは、すべての良き花嫁は結婚式において失神することになっているのだ。彼女はつわりのために、それともおなかの籠のなかの子供が足をばたつかせた苦しさのために、失神したのかもしれないぞ、などと意地のわるい詮索をする者は一人もいなかった。その晩マジシャンたちは実に素晴らしいショーをやったので、その噂が旧市街中に伝わり、群集が見にやって来た。かつて公表がなされた近所のムスリム居住区《モハラ》から来たムスリムの実業家、チャンドニー・チョウクから来た銀細工師とミルクセーキ売り、夕方の散歩者たちと、吐き出した黴菌《ばいきん》を私たちにうつさないようにという心遣いから(この日は)揃って外科医用のマスクを着用している日本人ツーリストたち。

それに日本人とカメラのレンズのことで議論しているピンクの肌のヨーロッパ人がいたし、シャッターのカチャリという音、フラッシュ・バルブのポンという音があった。観光客の一人がこんなことを言った。インドは多くのすぐれた伝統を持っていて素晴らしい国だ、三度三度インド食を食べなくてすめば、それこそ言うことないんだけど、と。そしてヴァリマ即ち初夜のあとの披露目式においては（穴あきのものであろうとなかろうと、血染めのシーツを掲げて見せることはしなかった。何しろジャミラ・シンガーの耐えがたい顔の亡霊が暗闇のなかに現われるのを恐れて、私は目をつぶって妻から体を離したまま初夜を過ごしたのだ）、マジシャンたちは結婚式の晩以上にはしゃぎまくった。

お祭騒ぎがすべて終った時、私は（良い方の耳と悪い方の耳で）未来の容赦ない足音がカチカチと、次第に高まりつつ忍び寄ってくるのを聞いた。そしてついにサリーム・シナイの――そしてまた赤ん坊の父親の――誕生が六月二十五日の夜の出来事のなかに映し出されるのだ。

謎の暗殺者たちが政府高官を殺し、ガンディー夫人がお手盛りで選んだ首席判事A・N・ライを惜しくも消しそこねていた時、マジシャンたちのゲットーではもう一つの謎、即ち魔女パールヴァティの膨れ上がった籠のことで人びとが気をもんでいた。

人民戦線《ジャナタ・モルチャ》はあらゆる珍妙な方向に発展していき、やがて毛沢東派コミュニスト（例のゴムのような体をした三人娘を含む曲芸師たちはここに属していた――パールヴァティは結婚前はこの三人娘と一緒に暮らしていたが、結婚後、私たち二人は、レーシャムの小屋のあった所にゲットーの人たちが結婚祝いに建ててくれた、自分たちの小屋へ移り住んだ）や、歓喜の道《アーナンダ・マルグ》の極右たちまで呑み込むことになった。また左派社会主義者や保守的なスワタントラ党のメンバーも戦列に加わってきた……人民戦線《ピープルズ・フロント》がグロテスクな仕方で拡大している時、私サリームは、妻の拡大する前面《フロンテジ》の背後で成長しているのはいったい何だろうとしきりに思っていた。

インディラの会議派に対する大衆の不満は政府を蝿のように押しつぶさんばかりに高まったが、以前にもまして目の大きくなった新婚ほやほやのライラ・シナイは、石のように静かに坐り込んだまま、骨が粉々に砕けてしまうのではないかと思えるほどの胎児の重みに耐えていた。ピクチャー・シンは以前と変わらぬ無邪気な調子で言った、「おい、大将、どんどん大きくなるぞ！　こいつは十人分の赤ん坊だわい！」

そして六月十二日のこと。

歴史の本、新聞、ラジオ番組が報じている通り、六月十二日午後二時、インディラ・

ガンディー首相はアラハバードの高等裁判所のジャグ・モハン・ラル・シンハ判事から、一九七一年の選挙運動中の選挙違反に関する二訴因について有罪の判決を受けた。今はじめて明らかにしておくが、魔女パールヴァティ（改名してライラ・シナイ）が陣痛の始まったことを知ったのも、これまた正確に午後二時のことだった。

パールヴァティ＝ライラの陣痛は十三日間つづいた。その初日に、首相は辞めるつもりはないと言っていたが、彼女の有罪判決には、六年間公職につくことを禁ずるという厳しい罰が伴っていた。他方、魔女パールヴァティの子宮頸部は非常な痛みに耐えて収縮したままでいて、頑固にも拡大しようとしなかった。サリーム・シナイとピクチャー・シンは、産婆役を務める曲芸師三人娘によって彼女の分娩小屋から締め出されていたけれども、彼女の空しい叫びに耳を傾けないわけにはいかなかった。やがて火食い師、トランプ手品師、石炭歩き《コール・ウォーカー》がぞろぞろとやって来て、二人の背中を叩き、猥褻な冗談を言った。私の耳のなかでだけ、カチカチという音が響いていた……得体の知れないもののための秒読みだ。私はとうとう怖くなって、ピクチャー・シンに言った、「彼女からどういうものが出て来るのか分からないが、どうもよいものではなさそうだ……」するとピクチャー氏は安心させようとして言った、「心配するな、大将！　万事うまく行くさ！　十人分もでかい赤ん坊だよ、きっと！」パールヴァティは金切声をあげつづけ、夜が明けて昼になり、二日目には、グジャラート州でガンディー夫人傘下の選挙候補者たちが人民戦線派《ジャナタ・モルチャ》に大敗し、私のパールヴァティはといえば激しい痛みに襲われて、鋼鉄のように体をこわばらせ、そして私は、赤ん坊が生まれてしまうまでは、あるいは起こるべきものが起こってしまうまでは、ものを食うことができなくなった。私は彼女が苦しんでいる小屋の外に胡座をかいて坐り、暑さのなかで恐怖にふるえながら、結婚生活数ヵ月の間一度も夫婦のいとなみを持たなかった相手のために、死なないでくれ、死なないでくれ、と祈りつづけた。ジャミラ・シンガーの亡霊の恐怖にもかかわらず、私は祈り、かつ断食した。ピクチャー・シンから、「頼むよ、大将」と言われても、私はやめなかった。そして九日目に入るとゲットーは恐ろしい沈黙に包まれた。モスクの勤行時報係《ムエジン》の呼び声さえも破りえないほどの絶対のしじまであり、大統領官邸ラシュトラパティ・バヴァンの外での人民戦線《ジャナタ・モルチャ》のデモのどよめきを締め出してしまうほどの凄い力を持った無音であった。アーグラの祖父の家の上にたちこめていた大きな沈黙と同様に、恐ろしい包み込むような魔力を持った、恐怖に打ちひしがれた無音であった。そんなわけで九日目には、モラルジー・デサイがアフマド大統領に、失態を演じた首相を解任せよと求めた声も、私たちには聞こえなかった。世界中で聞こえる唯一の音といえば、子宮頸部の収縮をのしかかってくる山のように重く感じている、パールヴァティ＝

ライラの押し殺されたうめき声だった。彼女はあたかも痛みという長いトンネルの向こう端から呼びかけているようだった。私は自分の頭のなかだけで刻まれる秒読みの音なき音と共に進行する彼女の苦悶によって、切りさいなまれながら、胡座をかいていた。小屋のなかでは曲芸師三人娘がパールヴァティの体に水をかけて、泉のように湧き出る水分を補充してやり、舌を嚙まないように歯の間に棒きれをはさみ、目の上に瞼を引きおろしてやっていた。眼球が驚くほど迫《せ》り出していたので、転げ落ちて汚れてしまうのではないか、と三人娘は恐れたわけである。そして十二日目になった。私は飢えのために、なかば死人のようになっていた。他方、市の別の場所では、最高裁判所がガンディー夫人に、上告審判決が出るまでは辞任しなくてもよいが、下院《ローク・サバー》の票決に加わることも、俸給を受け取ることもまかりならぬ、と通告して来た。そして首相が部分的勝利に小躍りして、漁師《コーリー》の女房お得意の言葉で政敵を罵りはじめていた頃、陣痛に苦しむ私のパールヴァティは消耗しきっていながらも、腐った臭いのする悪態を血の気の失せた唇から吐きつづけるだけの力はある、という段階に突入した。おかげで猥褻な言葉と共に吐き出される汚水溜めの臭いが私たちの鼻孔を充たし、私たちは吐き気を催した。三人の曲芸師たちは小屋から飛び出して来て、あの人はものすごく突っ張っちゃって、ものすごく色が薄れちゃって、透けて見えるくらいよ、今すぐ赤ちゃんが出て来なければ、きっと死んでしまうわ、と叫んだ。そして私の耳にはカチカチという音、激しさを加えたカチカチが響いてきて、私は確信した、もうすぐだ、すぐだ、すぐだ、と。十三日目の晩、三人娘は彼女のベッドのかたわらへ行って叫んだ。そうよ、そうよ、息《いき》みはじめたわ、さあパールヴァティ、がんばって、がんばって。パールヴァティがゲットーで息んでいる時、J・P・ナラヤンとモラルジー・デサイはインディラ・ガンディーを窮地に追いつめていた。三人娘ががんばって、がんばって、がんばってと叫んでいる時、人民戦線《ジャナタ・モルチャ》の指導者たちは警察と軍隊に向かって、資格のない首相の不法な命令には背くようにと呼びかけていた。つまり彼らはある意味で、ガンディー夫人に息むようにと促していたわけだ。夜が更けて真夜中が近づくにつれて、他の時刻には何か起こったためしがないゆえに、三人娘はもうすぐ、すぐ、すぐ、と金切声を上げはじめた。別の場所では首相が彼女自身の子供を出産しようとしていた……ゲットーでは、私がその外で餓死しかけていた掘立小屋のなかで、私の息子が今にも、今にも生まれ出ようとしていた。頭が出て来たわ、と三人娘が叫んだ。中央警察予備隊が大変な高齢の、ほとんど神話的な人物であるモラルジー・デサイとJ・P・ナラヤンまで含めた人民戦線《ジャナタ・モルチャ》の首脳部を逮捕した。グイグイグイ、そして秒読みの音が私の耳に鳴り響いている最中に、おそろしい真夜中の中心に、子供は生まれて来た。まちがいなく十人分もある大きな赤ん坊だ。最終段階ではいとも容易にぽいと出て来てしまったので、それまでの苦しみが信じられないほどだった。パールヴァティが最後の哀れな小声をあげたとたんに、彼はひょいと出て来たのだ。その頃インドじゅうで警官たちが人びとを逮捕していた。親ソ的コミュニスト以外のすべての野党指導者、学校教師、弁護士、詩人、新聞人、労働組合主義者、マダムの演説中にくしゃみをするという過ちを犯した、事実上すべての人を。三人の曲芸師が赤ん坊を洗って古物のサリーにくるみ、父親のところへ見せに行った時、そのちょうど同じ瞬間に、非常事態という言葉がはじめて発せられた。続いて、公民権の停止、新聞検閲、特別警戒武装部隊、そして破壊分子の逮捕といった言葉がとびだした。何かが終り、何かが始まろうとしていた。新しいインドの誕生の時、そして二年の長きにわたって続く真夜中の始まりの時に、まさにその瞬間に、私の息子、新たな秒読みの子供はこの世に生まれて来た。

まだある。あの果てしなく引き延ばされた真夜中の暗鬱な薄明のなかで、サリーム・シナイがはじめて息子を見た時、彼は力なく笑い出した。飢えのために、そして容赦ない運命がまた一つグロテスクないたずらをしかけてきたという認識のために、頭は駄目になっていた。体が衰弱していてまるで女学生のようにしか笑えない私の笑い方を見て気をわるくしたピクチャー・シンは、「さあ大将！　もう馬鹿なことはやめろ！　男の子だよ、大将、喜べよ！」とくりかえし叫んだけれども、サリーム・シナイは運命に向かってヒステリックな忍び笑いをもらすことによって、誕生に感謝しつづけた。ともかく男の子、男の赤ん坊、わが息子アーダム、アーダム・シナイは五体満足だった――とはいえ、耳だけは別だった。頭の両側にはまるで帆のようにとびだした耳がパタパタゆれていた。すごく巨大な耳で、のちの三人娘の証言によれば、この頭が出て来る時、三人は一瞬、これは小象の頭だ、と思ったほどだった。

……「大将、サリーム大将」とピクチャー・シンが哀願した、「やさしくしてあげなよ！　耳なんか、目くじら立てるほどのことじゃないって！」

彼の生まれはオールドデリー……昔々ある時のこと。いやそれじゃだめだ。日付からは逃れられない。では改めて、アーダム・シナイは一九七五年六月二十五日、夜の闇に閉ざされたスラムに生まれた。時刻は？　時刻も重要なのだ。前にも述べた通り、夜だ。いやもっと正確に……実は真夜中きっかりだった。時計の針が合掌した瞬間に。ほう、もっと詳しく。インドの非常事態《エマージェンシー》突入の瞬間に、彼は生まれて来《エマージド》たわけだ。あえぎ声のなかで。そして国中が沈黙と恐怖に包まれていた。真夜中の時間の及ぼすオカルト的な力によって、彼は不思議にも歴史と手錠でつながれ、彼の運命は祖国の運命にしっかりと結びつけられてしまったのだ。予言されることもなく、祝福されることもなく、彼はやって来た。手紙をくれる首相もなかった。だがそれでもやはり、私の歴史につながれた時代が終りに近づくにつれて、彼のそれが始まった。彼はもちろんこの問題に関してまったく一言の文句も言えなかった。何といっても、その頃の彼は、自分で洟をかむことさえできなかったのだ。

彼は父ならぬ父の子供だった。だが同時に修復不能なまでに現実を破壊した時代の子供でもあった。

彼は彼の曽祖父の真の曽孫だった。だが象皮病は鼻ではなく耳を襲った――それというのも彼はシヴァとパールヴァティの真の息子だったから。つまり彼は象頭のガネーシャだった。

彼は長くて広いパタパタ動く耳を持って生まれてきた。その耳はビハール州の撃ち合いやボンベイの警棒で叩かれる港湾労働者の叫びを聞いたにちがいない……あまりに多くを聞き、その結果、決して口をきかず、音声に飽食して沈黙していたのだ。というわけでその時から今に至るまで、スラムからピクルス工場に来るまで、私はついぞ彼が言葉を発するのを聞いたことがない。

彼はへこまずにとびだすことを選んだ、へその持主だった。ピクチャー・シンは青くなって叫んだ。「この子のへそ《ビンビ》ときたら、大将！　このへそ《ビンビ》をごらんよ！」そんなわけで彼は最初から私たちの畏敬の対象になった。

何しろ威厳たっぷりの子供で、泣くどころかうんともすんとも声を出さないので、養父は感心してしまった。彼はグロテスクな耳を見てくすくす笑うのをやめて、黙っている子供を腕に抱いてゆさぶりはじめた。

子供は抱かれて歌を聞いている。暇を出されることになった子守女《アーヤ》が歴史的な訛りで歌っていた歌を——「なりたいものに、あなたはなれる。どんなものでも、思いのままに」

耳の大きな、だんまりの息子が生まれた今——もう一つの同時的誕生について、答えられなければならない問いがいくつかある。次のような、つまらない、不様な問いだ。国を救うというサリームの夢が、歴史の滲透組織を通じて首相その人の意識のなかへ染み込んで行ったのだろうか？　国家と私自身は相等しいという私の生来の信念が「マダム」の心のなかで変質して、かの当時の有名な文句「インディアはインディラ、インディラはインディア」になったのか？　彼女と私は中心の地位を競い合ったのか——彼女もまた私と同様、深い意味を求める欲望にとり憑かれたのか——そしてそれは、それはなぜなのか……？

歴史の歩みに対するヘアスタイルの影響。これもまた厄介な問題だ。もしウィリアム・メスワルドが真ん中分けの髪をしていなかったら、私はきょうここにいなかったかもしれない。もし国母が一様な色の髪をしていたら、彼女の発動した非常事態宣言は暗黒面を持たなかったかもしれない。だが彼女は片側に白髪を、もう片側に黒髪を持っていた。非常事態もまた、白い部分――公的な、可視的な、記録された部分、歴史家の問題――と、黒い部分――秘密に、不気味に、語られぬまま保たれた、われわれにとっての問題とならなければならない部分――とを持っている。

インディラ・ガンディー夫人は一九一七年十一月、カマラとジャワハルラルのネルー夫妻の娘として生まれた。彼女のミドルネームはプリヤダルシニ。彼女は「マハトマ」M・K・ガンディーとは関係がない。彼女の姓は一九四二年にフェローズ・ガンディーという男性との結婚によって与えられたものである。この夫君は「民族の婿養子」と呼ばれるようになった。夫妻は二人の息子、ラジヴとサンジャイを持ったが、一九四九年、インディラは父の家に戻って、父の「公式のホステス」になった。フェローズは一度はそこに住もうとしてみたが、うまくいかなかった。彼はネルー政権の激烈な批判者となり、ムンドラ・スキャンダル（実業家ムンドラが自社の不良株券を売りつけるために、財務相まで巻き込んだとされる事件）を暴露し、時の財務相T・T・クリシュナマチャリ――かの「T・T・K」である――を辞任に追い込んだ。

フェローズ・ガンディー氏は一九六〇年に四十七歳で心臓発作のため死亡した。サンジャイ・ガンディーと彼のモデルあがりの妻メナカは、非常事態期間中に頭角を現わした。サンジャイの青年会議派の運動は断種キャンペーンにおいて特に効果をあげた。

このいわば初歩的な歴史の要約をここに挿入したわけは、読者がもしかして、インド首相が一九七五年には十五年間も未亡人のままであったことを忘れているといけないと思ったからである。いや(彼女の場合、大文字の存在として)、〈未亡人〉と呼ぶのがふさわしかろう。

そうだよ、パドマ。国母インディラは私を目のかたきにしていたのだ。

真夜中

いやだ！――でも話さなくては。

それだけは話したくない！――だがすべてを話すと誓ったのだ。――いや、放棄する、そうじゃない、きっとある種のことだけは残しておいた方がいいんじゃないか……？――だからといって消えてしまうわけじゃないんだ。どうにもならぬものは耐えるしかない！――そうはいっても、ささやく壁とか裏切りとか、そしてあのチョキン、チョキン、そして打ち傷だらけの胸をした女たちのことなどは？――そういうことこそ特に話さねば。――でもどうしてできよう、私を見てくれ、私は自分を引き裂いている、自分と折り合いをつけることさえできない、狂った男のように喋ったり議論したりしている、ひび割れ、記憶は衰え、そうだ、記憶は割れ目に沈む、暗闇に呑まれる、破片のみが残る、そのどれ一つとして意味をなすものはないんだ！――だが私は判断を下してしまおうとしてはならない、ただ終《しま》いまで続けなければならないのだ（ひとたび始めたからには）。意味と無意味の区別はもはや私にとってどうでもよい（たぶんこれまでもそうだった）。――だがその恐ろしさ。私にはできない、するつもりもない、すべきでもない。つもりもないし、できもしない！――こんな話はやめよう。始めるのだ。――いやだ！――さあ。

それなら夢については？　夢としてなら語ることができそうだ。そう、おそらく悪夢として。緑と黒、〈未亡人〉の髪、つかまえる手、子供たち、ムムフフ、小さなボール、一つ一つ、二つに裂ける、小さなボールは飛んでゆく飛んでゆく。緑と黒、彼女の手は緑、爪は真っ黒。――夢ではないのだ。そんな時でも所でもないのだ。事実なのだ、記憶されたままの。最善を尽して。あるがままに。始めるぞ。――選択の余地はないのか？――あるものか、あったためしがあるかい？　あるのは至上命令、論理的帰結、必然性、回帰性だ。誰かの身に起こったこと、偶然、運命の仕打ち。選択なんていつあったか？　オプションなんて？　これとかあれとか、あるいはさらに別のものとかになるという、自由な決定なんて？　選択は存在しない。さあ、始めるぞ。――分かった。

聞いてほしい。

果てしない夜、陽の差さない、あるいはむしろ（正確に言うことが大切なので）小川の水ですすいだ皿のような冷たい太陽、狂気《ルーナティック》の真夜中の光を送ってくる太陽のもとでの、幾日、幾週、幾月。私は一九七五年から七六年にかけての冬のことを話しているのだ。冬、闇。そして結核。

かつて海を見晴らす青い部屋で、漁師の人差指の下で、私はチフスと闘い、蛇毒に助けられた。今は、私が息子として認知したことで、回帰する系図の網に引っかかったわれらのアーダム・シナイが、病気という見えない蛇と闘いながら生後初の数ヵ月を過ごさなければならなかった。結核という蛇は彼の首にからみつき、彼は空気を求めてあえいだ……しかし彼は耳と沈黙の子供だった。唾をとばしても音が出ず、あえいでも喉からしゃがれ声が出て来るわけではなかった。要するに息子は病気になったのだ。彼の母パールヴァティ改めライラが彼女の魔法の贈物である薬草を捜しに行き、それを煎じて飲ませたのだが、生霊のような結核の虫はどうにも退治できなかった。この病気は何やら暗い隠喩をになっているぞ、と私ははじめから思っていた――私の歴史への関与期間が息子のそれと重なるあの真夜中の何ヵ月かの間、私たちの私的非常事態も大きなマクロコスモス的病気と無関係ではありえず、この大宇宙的病気に感染して太陽も息子のように青白く病気になったのだ、と私は信じていた。当時のパールヴァティは(今のパドマと同様)こんな抽象的な物思いを排斥し、私の光へのいやます執着を単なる愚かしさとして攻撃した。私はどうしても光が欲しくて、息子が病気で寝ている掘立小屋に小さなディヤーランプをいくつも点けて、小屋のなかを真昼の蠟燭の炎でいっぱいにした……それでも私は自分の診断の正確さを主張する。「いいかね」とその頃私は言った、「非常事態が続いている間、彼は決してよくはならないだろう」

少しも泣かない、落ち着きはらった子供を治すことができなくて気が動転したパールヴァティ＝ライラは、私の悲観的な理屈を信じようとはしなかった。だが彼女は他のすべての馬鹿げた観念には弱かった。マジシャンたちのコロニーの年上の女の一人が――レーシャム・ビビとそっくりな口調で――子供が口をきかない間は病気は抜けないと言うと、パールヴァティはさもありなんと思ってしまったようだ。「病気は体の悲しみなのよ」と彼女は私に言った、「それは涙とうめき声で追い出さなければならないものなの」その晩、彼女は新聞紙にくるんで薄いピンク色のひもで結《ゆわ》えた緑の粉の包みを小屋に持ち帰ってきて、これは石にも声を出させる力を持った薬なのよ、と言った。この薬を飲ませると、あたかも口いっぱいに食べ物を詰め込まれたかのように子供の頰は膨らみはじめた。乳児期の間ずっと抑え込まれていた音が唇の背後に溢れ出て来ようとした。だがその時、彼は怒って口を閉じてしまった。緑の粉が目覚めさせた、密閉されていた音の凄まじい嘔吐を飲み込もうとして、明らかに赤ん坊は窒息寸前の状態に立ち至った。

その時はじめて気がついたのだが、目の前にいる子供は世にも強固な意志の持主だった。息子がはじめサフラン色に、それからサフラン色と緑色に、最後に枯草色に変わるのを一時間ほど見守ったあとで、私はこらえきれなくなって、どなった、「おい君、子供が黙っていたいと望んでるなら、そのために死なせてしまうわけにはいかないよ!」私はアーダムを抱き上げてゆさぶった。小さな体は固くなり、外に出ない音声の押しとどめられたざわめきが膝の関節や肘や首にみなぎっていた。とうとうパールヴァティも妥協して、息を殺して不思議な呪文を唱えながら、ブリキのボウルのなかでクズウコンとカミツレをつぶして解毒剤をつくった。その後は誰もアーダム・シナイがいやがることをさせようとはしなくなった。私たちは彼が結核と闘うのを見守り、こんな鋼鉄のような意志の子供はきっといかなる病気にも負けはしないだろうと考えて、安心した。

この最後の日々に、妻のライラまたの名パールヴァティは絶望という内なる虫にも食われていた。というのは、夫婦だけで寝る時間に、慰めとぬくもりを求めて彼女が私の方に寄って来る時、私はいまだに彼女の顔の上にジャミラ・シンガーの恐ろしく蝕まれた骨相を二重映しに見てしまうのだった。私は彼女に幽霊の秘密を打ち明け、現在の衰え具合からみて、遠からずそれは完全に崩れ去るだろうと言って慰めてやったけれども、彼女は、痰壺と戦争のおかげであなたの脳はふやけてしまったのよと悲しそうに言い、いつになっても床入りにまではかどることのない結婚に絶望していた。次第しだいに彼女は悲しみから唇を不吉にとがらせるようになった……だがどうすることができよう？　どんな慰めが与えられよう――私サリーム洟たれ君は、家族の保護を失って貧窮し、自分の天性の嗅覚能力をもとでに生活することを選んだのであり（もし選択と言えるならだが）、人びとが前日の夕食に何を食べたか、誰が恋をしているか、といったことを嗅ぎ当てて日にわずか数パイサを稼ぐ身の上だというのに。すでにあの長びく真夜中の冷たい手に摑まれて、あたりに終末を嗅ぐことができる状態にあるというのに、その私にどんな慰めを与える力があろうか。

　サリームの鼻は（読者もご記憶のはずだが）馬糞よりも奇異な臭いを嗅ぐことができた。情念や観念の臭い、事態の臭い。こんなものもすべて容易に嗅いでしまうのだ。憲法が改正されて、首相がほとんど絶対的な権力を手に入れた時、私はあたりに古《いにしえ》の帝国の亡霊たちの臭いを嗅いだ……奴隷王たち（宮廷奴隷の身分からデリーの王になったクトゥブッディーン・アイバクに始まる十三世紀のいわゆる奴隷王朝の王たち）とムガル皇帝たちの亡霊、非情な皇帝アウラングゼーブと最後のピンク色の肌の征服者たちの亡霊がちらついているこの都市で、私は今また独裁の鋭い臭いを嗅いだのだ。それは油の染み込んだぼろ布が燃えるような臭いだった。

　だが一九七五年から七六年にかけての冬、首都に腐臭がたちこめていたことは、嗅覚の駄目な人にも感じとれた。私を驚かせたのはもっと奇異な、もっと個人的な臭いだ。個人的な危険の臭いだ。その臭いのなかに私は油断のならない、復讐心に燃える膝の存在を確認した……恋に狂った処女が名札を取り換えた時に始まる長い抗争は、まもなく裏切りとチョキンチョキンによって終末を迎えるだろうということを、この時はじめて直感したわけだ。

こんな警告を鼻孔でつかまえたのなら、たぶん私は逃げるべきだったのだ——鼻の通報に従って、逃げ出すことができたはずだ。しかしいざとなると、そうも行かない事情があった。早い話が、どこへ逃げればよかったのか？　女房と息子を背負ってどれくらい速く動けたろう。一度は私も逃げたことがある、もちろん忘れちゃいない。逃げた先はスンダルバン、この幻影と復讐のジャングルからは、命からがら逃げ帰ってきたのだ……ともかく今回は逃げなかった。

結局、逃げても逃げなくても同じだったのだ——あの頑固で油断ならない、私の出生時からの敵シヴァは——しまいには私を見つけ出したろう。何しろ鼻は臭いを嗅ぎ出すという目的のためだけに備わっているものだから、行動ということになると、握力の強い、息の根をも止められる膝にどうしても軍配があがってしまう。

この問題について、究極の逆説的な考察を述べておこう。もし私の信じている通り、私の半生を悩ませてきた目的という問題に対する答えを知った場所があの泣き女たちの家であったとすれば、絶滅の宮殿から自分を救出してしまったことで、私はこの何より大切な発見を役立てなかったことになるだろう。これをもっと哲学的に言い換えれば、黒雲には銀色の裏地がついているということになる。

サリームとシヴァ、鼻と膝……二人は三つのことを共有していた。誕生の瞬間(とその結果)、裏切りの罪、そして息子アーダムという、すべてを聞いてしまう耳を持った、決して笑わない、むっつり顔の綜合《ジンテーゼ》。アーダム・シナイは多くの点でサリームの正反対である。私ははじめ目のくらむような速さで成長した。アーダムは病気という蛇と闘わなければならず、ほとんど育たなかった。サリームははじめから愛想のいい笑みを浮かべていた。アーダムはもっと威厳を持っていて、笑みを抑えていた。サリームは家族と運命の二重の圧制に意志を従わせていたが、アーダムは激しく闘い、緑の粉末の強制にさえ譲歩しなかった。サリームは宇宙を吸収しようと決意してしばらくは瞬きもできないほどだったのに、アーダムは目をじっと閉じていることを選んでいた……とはいえ彼は時おりもったいぶって目を開くことがあり、そんな時、気をつけて目の色を見てみると、それは青だった。氷のような青、回帰してやまぬ青、カシミールの空の運命的な青……いや、このくらいで十分だろう。

私たち、独立と同時に生まれた子供は、一目散に未来に向かって走った。非常事態宣言の時に生まれた彼は、すでにずっと慎重になっていて、潮時を待っているのだ。しかし彼が行動するとなると、これは頑固この上なしのものになるだろう。すでに彼は私よりも強く、固く、しっかりしている。眠ると瞼の下で眼球が動かなくなるのだ。膝と鼻の子供アーダム・シナイは、(私の知るかぎり)夢に屈服することはない。

認識の熱で燃えているように見えることさえあるあの垂れ耳で、どれほど多くのことを聞いたのか？　話ができたとしたら、彼は裏切りとブルドーザーに注意しろと言っただろうか？　無数の音と臭いに支配された国でなら、私たち親子は完全なチームを組めたことだろう。だが私の幼い息子は言葉を拒否していたし、私も自分の鼻の命令に従うことができずにいた。

「ねえ《アレー》、お父さん《バープ》」とパドマが叫ぶ、「何が起こったのか、教えてよ！　赤ん坊が話をしないからって、何がそんなにおかしいの？」

またしても私の内部の裂け目が。できない。――やらなくては。――よかろう。

一九七六年四月になっても、私はまだマジシャンたちのコロニーというかゲットーに住んでいた。息子アーダムはしつこい結核が治らず、どんな治療法もさっぱり効き目がなかった。私はさまざまな予感を覚えた(また脱出のことをあれこれと考えた)。だが私が誰かのためにゲットーに残っていたのだとすれば、ピクチャー・シンのためだった。

パドマよ。サリームがデリーのマジシャンたちと運命を共にしたのは、肌に合っていたからなのだ――遅ればせながらも貧乏の味を知ったのはよいことだったと、自分に鞭打ちながら信じたからなのだ(私が叔父の家からもらって来たものといえば、わずかに、白いシャツ二枚、これまた白のズボン二着、ピンクのギターが描かれたTシャツ一枚、黒い靴一足だった)。私がここへやって来たのは、一つには命の恩人である魔女パールヴァティへの義理のためだった。しかし――字の読める青年として、少なくとも銀行員とか、読み書きを教える夜学の教師くらいにはなれたかもしれないのに――ここに長く留まったわけは、私がこれまでずっと意識的あるいは無意識的に、父を求めていたからなのだ。アフマド・シナイ、ハーニフ・アジズ、シャープスティッカー先生《サヒブ》、ズルフィカル将軍らはみな、不在のウィリアム・メスワルドの代わりをさせられていたのだ。ピクチャー・シンは一連の父親たちの最後に位置する人だった。父親願望と救国願望に二重にとらえられて、たぶん私は彼を誇張した。私が彼を歪め(しかもここに書くことによってあらためて歪め)、私自身の夢の虚構にしてしまったという恐ろしい可能性は存在する……これはまったく本当の話なのだが、「あんたはわれわれをいつ導いてくれるんだい、ピクチャーさん——偉《ジー》大な日はいつ来るんだい?」と訊ねると、彼はいつも、ぎこちなく歩き回りながら答えた、「そんなこと忘れろ、大将。わしはラージャスターンから来た貧乏人で、世界一の蛇つかいさ。わしをほかのものに仕立てようなんて、やめておくれよ」しかし私は彼をせきたてて、「前例があるんだ——ハミングバードのミアン・アブドゥラーがいた……」これに答えてピクチャーは、「大将、あんたは馬鹿げたことを考えている」

　非常事態の最初の何ヵ月かは、ピクチャー・シンは修道院長の偉大な無言(これが私の息子にも染み込んできたのだ……)を思わせるような暗澹たる沈黙(またしても!)にとらえられたままだったし、かつて大いにやろうとしたように新旧両市街の大通りや裏街で観客に政治を語ることもなかった。「今は沈黙する時だ、大将」と彼は言っていたが、それでも私は、いつか、真夜中の終りの黄金時代のはじまりに、ピクチャー・シンが無産者の行列《ジュルー》の先頭に立って、笛を吹き、恐ろしい蛇を体に巻きつけて、私たちを光に向かって引っぱっていくだろうということを、いつまでも信じていた……だがもしかすると、彼は蛇つかい以上のものではなかったのかもしれない。その可能性を否定するわけではない。言えることはただ、私にとって、背が高く、痩せていて、ひげを生やし、髪を後ろになでつけて首の後ろで結んでいる、私の最後の父親は、まさにミアン・アブドゥラーの化身《アヴァタール》のように見えたということである。だがおそらくそれはみな、まったくの意志の力によって自分の歴史の流れに彼を結びつけようという企てから生じた幻影だったのかもしれない。私の生涯には幻影がついて回った。私がその事実に気づかなかったとは思わないでほしい。しかしわれわれは幻影を越えた時点に来ようとしているのだ。ほかに方法がないので、一晩中さけていたクライマックスをいよいよモノトーンで記録しなければならない。

記憶の断片。これはクライマックスを描くのにふさわしい方法ではない。クライマックスはヒマラヤの峰に向かって盛り上がってゆくべきだ。しかし私に残されているのは切れ端ばかりで、私は糸の切れた操り人形よろしく山場に向かってとぎれとぎれに進まなければならない。これは私の意図したことではない。だがおそらく物語というものは、語り終える時には語り始める時とは別物になっているものなのだ。(かつて青い壁の部屋でアフマド・シナイは、本来の結末をとっくに忘れてしまったお伽話の結末を即興で作ってくれた。ブラス・モンキーと私は何年もの間、シンドバッドの旅やハティム・タイの冒険の実にさまざまな異説を聞かされたものだ……もし私がもう一度語り直すとしたら、私もまた、別なところで終るのだろうか?)というわけで、私は切れ端と断片で満足しなければならない。ずいぶん前に書いた通り、物語のコツは、与えられた二、三の手がかりをもとにしてギャップを埋めていくことだ。人生の重大事はたいてい当人不在のところで起こる。私にとって手がかりになるのは、ある時ちらと一瞥しただけの、しかし頭文字が秘密のありかを語っていた書類の記憶、そしてさんざん捜し尽された記憶の貯蔵庫のなかに、あたかも海岸に打ち上げられた壜のかけらのように残っている過去の断片である……そして記憶の断片のように、新聞が静かな真夜中の風に吹かれてマジシャンのコロニーのなかを舞っていた。

風に吹かれた新聞が掘立小屋にたどり着いて、私の叔父ムスタファ・アジズが正体不明の暗殺者たちに血祭りにあげられたことを告げた。私は涙ひとつこぼさなかった。ほかにも断片的情報がいろいろと書かれていた。私はそこから現実を組み立てなければならない。

一枚の(かぶらの臭いのする)新聞が、インド首相はどこへ行くにも専属の占星術師を同伴していると報じていた。この断片から私はかぶらの臭い以上のものを読み取った。不思議なことに私の鼻はまたしても、個人的な危険を嗅ぎとったのだ。この警告的な臭いから私が引き出さなければならないものは何か。予言者たちが私に警告しているということだ。占い師たちはとうとう私の秘密を解明してしまってはいなかったろうか?星に憑かれた〈未亡人〉は占星術師たちから、あのはるか昔の真夜中の一時間に生まれたすべての子供の秘密の可能性を聞き知ってしまっていたのではないか？　またそれこそ家系図の専門家である一人の官僚がたどることを依頼された理由ではないか……そして彼がある朝、妙な顔をして私を見た理由ではないか？　そうだ、分かったろう。断片が合わさりはじめたのだ！　パドマ、これではっきりしたろう。「インディラはインディア、インディアはインディラ」なのだ……しかし彼女は、自分の父親がある一人の真夜中の子供に宛てた手紙を読んでいなかったろうか。あの手紙のなかで、インディラが国の中心だという盛んに宣伝された主張は否定されているのだ。またあのなかでは、民族の鏡という役割はほかならぬこの私に与えられているのだ。いいかね、分かるかい？……まだあるんだよ。もっとはっきりした証拠があるんだ。つまり『タイムズ・オブ・インディア』の切れ端がもう一つあって、そのなかで〈未亡人〉自身の通信社であるサマチャルが「増大している根深くて広汎な陰謀と闘う決意」という彼女の言葉を引用しているのだ。断わっておくが、彼女が暗に指しているのは人民戦線《ジャナタ・モルチャ》ではなかった！　そう、非常事態は白い部分と黒い部分を持っていた。あの窒息的な時代の仮面の下にあまりの長きにわたって隠されていた秘密はここにある。即ち、非常事態宣言の背後の真の深い動機は、真夜中の子供たちを圧殺し、粉砕し、もとに戻らぬように混乱させることにあったのだ。（この会議はもちろん何年も前に解散していた。しかし再統一のわずかな可能性があるだけでも、緊急警戒態勢をとるきっかけとしては十分だった。）
占星術師たちは――私はそう信じている――警報を鳴らした。〈ＭＣＣ〉というラベルの貼られた黒い紙ばさみには、残存する記録からかき集められた名前が収まっていただろう。だが実はそれ以上のものが入っていたのだ。裏切りと告白が入っていたのだ。膝と鼻、鼻と、もちろん膝が入っていたのだ。

切れ端、破片、断片。鼻孔に危険の臭いを感じて目が覚める直前に、私はどうやら自分が眠っている夢を見ていたようだ。このきわめて当惑的な夢のなかで、眠りから覚めてみると、私の掘立小屋のなかに一人の見知らぬ男がいるのに気づいた。長い髪を耳の上まで垂らした、詩人の風貌をした男だ（彼はその上とても痩せていた）。その通り。これから話さなければならないことが起こる前に、最後の夢のなかで、私はナディル・カーンの幽霊の来訪を受けたのだ。彼はラピスラズリの象眼のある銀の痰壺を当惑して眺めながら、馬鹿げた問いを発した、「君はこれを盗んだのか？――つまりだ、盗んだのでないとしたら君は――だがそんなことがあり得ようか？――ぼくのムムターズの子供でなければならないことになるんだが」「そうなんです、ぼくはまさにその子供なんです――」と私が答えると、ナディル＝カシムの夢の幽霊は警告してくれた、「隠れるんだ。時間がない。すぐに隠れるんだ」

私の祖父の絨毯の下に隠れていたナディルが、私に同じことをしろと忠告したわけだ。しかし、遅すぎた。というのは、今度は本当に目覚めて、トランペットのように鳴り響いている危険の臭いを鼻に嗅いだ今……理由も分からずに怖気づいた私は、立ち上がった。これは私の想像だろうか、それともアーダム・シナイが私の目をまともに覗き込もうとして青い目を開いたのだろうか？　私の息子の目も恐怖でいっぱいになっていたのだろうか？　垂れ下がった耳は鼻が嗅いだことを聞いたろうか。父と息子は事が始まる前のあの一瞬に言葉なしの対話を交わしたろうか？　私はいくつもの疑問符を、答えを出さぬままに放っておかなければならない。だが確かなのは、パールヴァティ、妻ライラ・シナイも目を覚まして、「何が起こったの？　なぜそういらだっているの？」と訊ねたことである——私は理由のはっきりせぬまま、こう答えた。「隠れるんだ。ここにいなさい。外へ出てはいけない」

それから私は外に出た。

朝になっていたにちがいない。とはいえ果てしない真夜中の暗さがゲットーの上に霧のように垂れこめていた……非常事態の暗っぽい光のなかで、子供たちがセヴン・タイルズをしているのが見えた。ピクチャー・シンは畳んだ傘を左の脇にはさんで、金曜モスクの壁に向かって立ち小便をしていた。小男で禿頭の幻術師が、十歳の弟子の首にナイフを突き刺す練習をしていた。一人の手品師が早くも観客を見つけて、大きな毛糸玉よ、お客さんの腋の下から降りて来い、と呼びかけていた。そうかと思うと、ゲットーの別の片隅では、楽師のチャンド・サヒブがトランペットの練習をしていた。おんぼろのラッパの磨滅した吹き口を首に当て、喉の筋肉を動かすだけでそれを吹くわけだ……向こうでは曲芸師三人娘が水の入った素焼の壺《スラーヒー》を頭にのせて、このコロニー唯一の給水塔から戻ってくるところだった……要するに何もかも異状なしと見えた。私は夢と鼻の警告のことで自分をたしなめようとしていた。ところがその時、それは始まったのだ。

有蓋トラックとブルドーザーが真っ先に大通りをガタガタと走って来て、マジシャンたちのゲットーの向かい側に停まった。拡声器ががなりたてた。「市内美化計画……サンジャイ青年中央委員会公認の作戦……直ちに新しい敷地へ移動準備……スラムは公衆の目障りであり、これ以上放置することはできない……一人残らずおとなしく命令に従って下さい……」拡声器ががなりたてている間に有蓋車から降りて来る人影があった。たちまちのうちに鮮やかな色のテントが張られ、キャンプ用寝台と外科用具がとりだされた……そして有蓋車から、生まれも育ちも良く外国で教育をうけたらしい身なりの立派な若い女性たちがぞろぞろ出て来て、続いて同じくらい身なりのいい青年たちが現われた。ボランティアたち、サンジャイ青年奉仕隊の連中が、ちょっとした社会奉仕を始めようとしている……だがその時、いや違うぞ、ただのボランティアではないぞ、と私は感じた。というのは、その男たちはみな同じカーリー・ヘアで、陰唇型の唇をしていたし、優雅な娘たちもみなそれぞれ似ていて、新聞で「ほっそり美人」と誉めそやされている、かつては寝巻姿でマットレス会社のモデルをしていたこともあるサンジャイの妻メナカとそっくりの顔をしていたからだ……スラム撤去計画の混乱《カオス》のなかに立って、私は、また新たにインドを支配する王朝が自己複製の方法を考え出したことをまのあたりにした。だがその時は考えている暇はなかった。数知れぬ陰唇型唇たちとほっそり美人たちがマジシャンや年老いた乞食たちをつかまえており、人びとは有蓋トラックの方へ引き立てられて行った。やがて一つの噂がマジシャンたちのコロニーの隅々にまで広まった。「奴らはナスバンディをやっている——断種手術をやっているぞ！」——そして「女と子供たちを救え」という第二の叫びが起こった——暴動が始まっている。たった今までセヴン・タイルズをして遊んでいた子供たちが優雅な侵入者たちに石を投げつけている。ピクチャー・シンは夢中で傘を振り回してマジシャンたちを自分の方に呼び集めていた。かつて調和をつくりだすものであった傘が今や武器に、そしてパタパタと音のするドン・キホーテの槍に変わっていた。マジシャンたちは防衛軍となり、火炎壜が魔法のように造られ、投げられる。手品師のかばんから煉瓦が取り出され、怒号とミサイルが空いっぱいに飛び、優雅な陰唇型唇氏たちとほっそり美人たちは魔術師たちの激しい怒りの前に退却を開始する。ピクチャー・シンが先頭に立って、精管切除《ヴァセクトミー》のためのテントに攻撃をかけていた……パールヴァティ改めライラは命令に背いて、私のそばにいて、「まったく、何よあいつら――」と言っている。そしてちょうどこの時、新たな、もっと恐ろしい攻撃がスラムに対して加えられる。マジシャンたち、女たち、子供たちに対して、軍隊が投入されたのだ。

一度は奇術師、トランプ手品師、人形つかい、催眠術師などが、征服者たちのそばを堂々と行進した。しかしそれもすっかり忘れ去られる。そしてゲットーの住民に対してソ連製の銃の性能が試される。社会主義のライフルを相手に、コミュニストの魔法つかいたちにどんな勝ち目があるというのか。彼ら、いや私たちは今や散りぢりばらばらに逃げはじめる。兵士たちが襲ってきた時、パールヴァティと私は別れ別れになり、また私はピクチャー・シンをも見失う。兵士たちは盛んにライフルの台尻で叩いたり突いたりしている。曲芸師三人娘の一人が銃で叩きのめされて倒れる。人びとは髪をつかまれ、待ちくたびれてあくびをしている有蓋車の方へ引き立てられて行く。遅ればせながら、私も逃げる、肩越しに後ろを見やり、ダルダ印の空き缶や空《から》の木枠や、脅かされた幻術師たちが捨てて行った袋につまずきながら。肩越しに非常事態の暗い夜を覗き込みながら、この騒ぎ全体が実は煙幕であり、陽動作戦であることが見えてくる。というのは、暴動の混乱をかき分けながら、一人の神話的人物、運命と破壊の権化ともいうべき人物が、突進してくるのだ。シヴァ少佐が騒動に加わったのだ。彼が捜しているのは私だけなのだ。逃げる私の背後から、私の宿命である、締めつける膝が追ってくる……

……一つの掘立小屋の情景が思い浮かぶ。私の息子がいる！　息子ばかりでなく、ラピスラズリの象眼を施した銀の痰壺がある！　ゲットーの混乱のなかでどこかに、ひとりの子供が置き去りにされた……どこかに、長い間だいじにされてきたお守りが捨てられた。金曜モスクが無感動に見おろしている。私は傾いた掘立小屋が立ち並ぶなかを、よけたり、くぐったり、走ったりして、垂れ耳と痰壺の方に向かう……しかしあの膝を相手にどんな勝ち目があろうか？　いくら逃げても、戦争英雄の膝はどんどん近づいてくる。私の復讐者の関節が響きをたてながら私に迫っている。彼は飛び上がる。戦争英雄の脚が風を切って飛び、顎《あぎと》のように私の首をくわえこむ。膝が喉を締め上げ、私の息を詰まらせる。私は体をよじって倒れるが、膝はなおもきつく締めつけている。やがて一つの声――変節と裏切りと憎しみの声！――が言う、「さあ、金持の坊っちゃん、また会えたな。こんにちは《サラーム》」いつのまにか膝は私の胸の上に置かれていて、私はスラムの濛々《もうもう》たる砂塵のなかに倒れていた。私はわめき散らした。シヴァは笑みを浮かべた。

裏切者の軍服のボタンがピカピカ光っている！　銀色に瞬き、閃いている……かつてボンベイのスラムで暴れん坊の無法者たちを率いていた彼が、なぜ圧制の軍司令官なぞになったのか？　真夜中の子供がなぜ真夜中の子供たちを裏切り、私を破滅させるのか？　暴力を愛するからか、軍服のボタンの輝きを誇示したいからか？　私に対する昔の憎しみのためか？　それとも――これが最もありそうな話だが――他の仲間に加えられる罰を自分だけ免除してもらうための交換条件としてか……それに違いなさそうだ。生得権を否定する戦争英雄！　一杯のスープで買収されたライバル……いや、このくらいにしよう。それより物語をできるだけ簡潔に話さなければならない。軍隊がマジシャンたちをゲットーから追い出し、逮捕し、引き立てていた時、シヴァ少佐は私一人に集中していた。私もまた有蓋車の方に乱暴に引き立てられて行った。ブルドーザーが次々とスラムの内部に侵入している時、一つのドアがバタンと閉まった……暗闇のなかで私は叫んだ、「息子が！――それにパールヴァティが。パールヴァティはどこだ、ライラは？――ピクチャー・シンは！　ぼくを助けてくれ、ピクチャーさん《ジー》！」――だがブルドーザーが来ている。誰も私の叫びを聞いていない。

魔女パールヴァティは私と結婚することによって、私の一族にかけられた非業の死の呪いの犠牲になった……シヴァは私を真っ暗な有蓋車のなかに閉じこめて彼女を捜しに行ったのか、それとも彼女をブルドーザーの餌食にしたのか、私は知らない……やっと出番の回ってきた破壊機械は嬉々として活動を始め、貧民街の掘立小屋はこの恐ろしい怪獣たちの前にズルズル、ガラガラと滑って行った。小屋は小枝のようにバリバリと壊れ、人形つかいの紙包みや幻術師の魔法の籠はぺしゃんこに押し潰された。街は美化された。二、三人、死者が出たとしても、大きなまん丸い目をして唇を悲しげにとがらせた女が前進するジャガーノートの下敷きになったとしても、それが何だろう。目障りなものが古都から一掃されたのだ……そして噂によれば、マジシャンたちのゲットーの断末魔のなかで、蛇を巻きつけた顎ひげの巨人（これは誇張かもしれない）が瓦礫のなかを——全速力で！——走っていて、迫ってくるブルドーザーの前を狂ったように走っていて、手には修繕不能なまでに破れた傘を摑み、何かを捜していた、この捜索に自分の命がかかっているかのように捜していた、という。

　その日の夕刻までに、金曜モスクの影に蝟集していたスラムは一掃された。だがマジシャンたちは一人残らず捕えられたわけではない。全員がごった煮地区《キチュリプル》と呼ばれる、ジャムナー河の対岸の有刺鉄線で囲われたキャンプへ護送されたわけではない。ピクチャー・シンは決してつかまらなかったし、マジシャンたちのゲットーがブルドーザーで一掃された翌日には、市のど真ん中、ニューデリー駅のすぐ近くに、新しいスラムが出来たとも伝えられた。掘立小屋が並んだという噂の現場へブルドーザーが急行したが、何も見つからなかった。その後、逃げのびた幻術師たちの移動スラムの存在は全市民の知るところとなったが、解体班はそれを発見できなかった。メーラウリ（ニューデリー南郊の一区域。クトゥブ塔に近い）にあるという噂があった。だが精管切除班と軍隊が行ってみると、クトゥブ塔《ミナール》は貧乏人の掘立小屋で汚されてはいなかった。ジャイ・シン二世（ジャイプル藩王）が造営したムガル期の天文台《ジャンタル・マンタル》の庭園（コンノート・プレース南西七百メートル。巨大な日時計がある）にそれが現われたという通報があり、破壊機械が急行したけれども、見つかったのはオウムと日時計だけだった。移動スラムが動きをとめたのは非常事態宣言が解除されたあとのことだ。しかしこれはだいぶ先のことである。今はようやく、ベナレスの〈未亡人たちのホステル〉で囚われの身になっていた私のことを、怒りを抑えて語るべき時なのだ。

かつてレーシャム・ビビは「アイ・オ・アイ・オ！」と泣いた――そして彼女の言う通りだったのだ。私は命の恩人たちのゲットーに破滅をもたらしたのだ。疑いもなく〈未亡人〉の指図で動いていたシヴァ少佐は、私を捕えるためにコロニーへやって来た。他方、〈未亡人〉の息子は首都美化計画と精管切除《ヴァセクトミー》計画によって陽動作戦を展開した。もちろんすべてはこの通り計画されたのだ、しかもきわめて能率的に（敵ながらあっぱれというほかない)。マジシャンの暴動の間になしとげられたことは何かといえば、真夜中の子供たちの一人一人の居場所のカギを握っている唯一の人物を秘密裡に捕えたことであり、これはまさに偉業の名に値する——私は毎夜、彼らの一人一人に波長を合わせなかったろうか？　いつも頭のなかに彼らの名前と住所と顔を入れておかなかったろうか？　答えよう。その通りなのだ。だから私は捕えられた。

そう、もちろんそのように計画されたのだ。魔女パールヴァティは私のライバルのことを何もかも話してくれた。だから彼女が私のことを彼に洗いざらい話さなかったなどということがあり得ようか？　この問いにも答えておこう。そんなことはまったくあり得ない。してみるとこの戦争英雄は、彼の上司たちのいちばん捕まえたがっていた人間が首都のどこに隠れているかをちゃんと知っていたのだ(ムスタファ叔父でさえ、私が去ったあとはどこへ行ったか知らなかったというのに。ところがシヴァは知っていたわけだ！)——そしてこれは疑いようもないことだが、昇進の約束から身の安全までのあらゆるものによって買収されて、ひとたび裏切者になってしまえば、彼にとって女主人、マダム、色分けした髪の〈未亡人〉の手に私を引き渡すことは何でもないことだったはずだ。

シヴァとサリーム、勝者と犠牲者。この二人のライバル関係が理解できれば、あなたの生きる現代という時代が理解できよう。（この陳述の逆もまた真実である。）
　私がその日に失ったものは自由だけではない。ブルドーザーは銀の痰壺も呑み込んだ。今よりもはっきりした、歴史的に証明しうる過去に自分を結びつけてくれる最後の品を奪われた上で、私はベナレスへ運ばれ、自分の内なる、真夜中に与えられた生命の帰結と対面することになった。

　そう、それはそこで起こったのだ。世界最古の都市、ブッダの若かりし頃すでに古都であった街、カーシー（この街のいちばん古い名前）、ベナレス（英語名）、ワーラナシー（正式の都市名）、〈霊的な光の都〉、過去・現在・未来のあらゆる生が記されている、天宮図のなかの天宮図ともいうべき預言書の本拠にある、ガンジス河の畔《ほとり》の未亡人たちの宮殿で。女神ガンガーはシヴァの髪の毛を伝って地上に流れ落ちた……シヴァ神の聖地ベナレス、私は英雄シヴァによってこの街へ運ばれて行き、自分の宿命と対面することになった。私はかつてラムラム・セトが屋上の部屋で予言した通りの日時に、天宮図の本拠に到着した。「兵士たちがこの子を裁くでしょう……圧制者たちがこの子を焼くでしょう！」とかつて占い師は言った。実際は正式な裁きはなかった――シヴァの膝が私の首を包み、それだけのことだった――しかし、ある冬の日、私はフライパンで何かが焼かれている臭いを嗅いだ……

河を遡り、白い腰布をつけた若い体操家が片腕で腕立て伏せをしているシンディア・ガートを越え、炎の番人から聖火を買うことができる火葬場、マニカルニカー・ガートを越え、川面に浮かぶ犬や牛の死体——火を買ってもらえない不幸な者たち——を越え、ダシャーシュヴァメード・ガートの藁の傘の下で祝福を与えているサフラン色の衣をまとった僧侶《バラモン》たちを越えて行く……すると不思議な音が聞こえてくる。遠くで猟犬が吠えているような音だ……その音をどこまでもたどって行くと、やがてそれは正体を明かし、河岸の宮殿、〈未亡人たちのホステル〉の、ブラインドを降ろした窓から聞こえてくる力強い、果てしない泣き声であることが分かってくる。その昔、この宮殿はさるマハラージャの館だった。だが今日のインドは近代国家であり、この種の屋敷は国家によって接収されている。この宮殿は今、夫に先立たれた女性たちの家になっているのだ。この女性たちは自分の真の人生は夫の死と共に終ったことを知りながらも、かといって今では殉死《サティ》に救いを求めることは許されないとあって、この聖都へ赴いて、思う存分泣きじゃくることで無為な日々を過ごしているのだ。この宮殿を住み処とする未亡人たちは癒えることのない傷痕ができるまで力いっぱい胸を叩きつづけ、二度と生えかわることができないほど髪をむしりとり、声が割れてしまうまで悲痛な叫びをあげつづけていた。それは巨大な建物で、上の何階かに迷路のように並んだ小部屋は、一階に並ぶ嘆きの大広間に通じていた。そう、それはここで起こった。〈未亡人〉は私を彼女の恐ろしい帝国の秘密の中心に吸い込み、上階の小部屋に閉じこめた。未亡人たちが監獄食を運んでくれた。訪問客はほかにもいた。戦争英雄が二人の同僚を話し相手によこしたのだ。つまり私は話すことを奨励されたわけだ。この二人はデブとヤセの不釣合いなコンビで、私はアボットとコステロ（一九四〇—五〇年代のアメリカのコメディアン・コンビ）と名付けた。ちっとも笑わせてくれなかったからだ。

　私はここに記憶のなかのありがたい空白のことを記しておく。ユーモアも知性もないあの二人の会話術を思い出すことはどうしてもできないのだ。あの日々を閉じこめた扉の鍵を開けることのできるチャツネもピクルスも存在しない！　そう、彼らがどういう方法で私に秘密を吐かせたのか、私は忘れたし、言えないし、言うつもりもない——だが私は最も恥ずかしいことから逃れることはできない。恥ずかしいこととはつまり、双頭の訊問者がジョークを解さず、おおむね冷たい態度に終始したにもかかわらず、私がたしかに喋ってしまったことである。喋っただけではない。どうしても思い出せないのだが——何か名状しがたい強制力によって、私は極度の饒舌に陥ってしまったのだ。私の口からぺらぺらと流れ出したものは何か（今なら決してそうはしないのに）。名前、住所、身体的特徴だ。そう、私はすべてを喋った。五百七十八名の名前を全部言ってしまった(三名少ない数字になっているのは、彼らが丁重な言葉で教えてくれたのだが、パールヴァティが死んだからであり、シヴァが敵側に回ったからであり、そして五百八十一番目の私がこうして語っている本人だからだ……)――寝返った仲間の罠にはまって、私は真夜中の子供たちを裏切ることになったわけだ。会議の創設者であった私は、その終りをもとりしきることになった。アボットとコステロはにこりともせずに時どき、「ほう、なるほど！　その女のことは知らなかった！」とか、「君はとても協力的だな。今までなかったタイプだよ！」などと大声で言った。

こういうものなのだ。私の逮捕も統計数字のなかに収まってしまうだろう。非常事態下で逮捕された「政治」犯の数については諸説があるけれども、三万ないし二十五万の人びとが確実に自由を剝奪された。〈未亡人〉は言った、「それはインド全人口のなかで小さなパーセンテージを占めるにすぎない」と。およそあらゆることが非常事態の間には起こる。列車が時間通りに走る、黒い金の隠匿者が怖くなって税金を納める、天気までがよくなる、農作物も大豊作だ。くりかえして言うが、黒い部分ばかりでなく白い部分もあるのだ。しかし黒い部分のなかで、私は小部屋に閉じこめられている。ここには家具といえば藁ぶとんがあるきりだ。毎日の食器はゴキブリや蟻と共同使用ときている。

そして真夜中の子供たち――あの是非とも粉砕しなければならない恐ろしい陰謀――占星術に凝った首相が怖くてふるえあがるような、あの命知らずの凶漢たち――近代の民族国家には相手にする暇も余裕もない、インド独立の奇怪な鬼っ子――一、二ヵ月足すか引くかすればみな二十九歳のこの面々は、四月から十二月の間に検挙されて〈未亡人たちのホステル〉に運ばれてきた。彼らのつぶやきが壁のなかに溢れる。私の独房の（紙のように薄い、すぐ剝げる漆喰を塗った、何の装飾もない）壁が、私の悪い耳と良い耳に向かって、私の恥ずかしい告白の結果をささやきはじめる。鉄の棒と輪で拘束されて――歩いたり、ブリキの室内便器を使ったり、胡座をかいたり、眠ったりという――自然な機能さえままならなくされたキュウリ鼻の囚人は、剝げ落ちる漆喰に寄りかかって、壁に向かってささやく。

これでおしまいだ。サリームは悲嘆にくれた。これまでずっと、そしてこの回想の大部分を通じて、私は悲しみを鍵をかけて閉じこめておこうとし、だらしなくセンチメンタルな涙でこの文章を汚すのは避けようとしてきた。だがもうできない。私は収監の理由を聞かされなかった（〈未亡人の手〉が出現するまでは……）。しかし三万ないし二十五万の人びとのうち、理由や根拠を聞かされた者がいるだろうか？　聞かされる必要のあった者がいるだろうか？　壁に囲まれながら、私は真夜中の子供たちの抑えられた声を聞いた。これ以上の証拠は必要なかった。私は剝げ落ちる漆喰に寄りかかって泣いた。一九七六年の四月から十二月の間に、サリームが壁に向かってささやいたのはこんなことだ。

……親愛なる子供たちよ。どう言ったらいいか。何を言ったらいいか。ぼくの罪と恥のことをさ。いろいろと言い訳はできる。シヴァのことはぼくの責任じゃない、というふうにね。だって、あらゆる種類の人間が閉じこめられているんだから、ぼくらだって同じだ。それに罪というのは、なかなか厄介な問題でね。結局、ある意味で皆、一人一人に責任があるんだ——だってぼくらは自分たちにふさわしい指導者を選んでいるんだからね？　誰もこんな言い訳は言わないから、ぼくが言ったのだ。さて子供たちよ。パールヴァティは死んだ。妹のジャミラは消えた。そしてみんなが。消えるというのはぼくの歴史のなかでくりかえし起こる特徴的なことの一つだ。ナディル・カーンは置き手紙をして地下室から消えた。アーダム・アジズも、祖母が起きて鵞鳥に餌をやる前に消えた。メアリー・ペレイラはどこにいる？　籠に入ったこのぼくはドロンと消えた。ところがライラまたの名パールヴァティは魔法の助けも借りずにパーンとはじけ飛んでしまった。そしてぼくらは地表から消えて、ここへ来ているわけだ。子供たちよ、疑いもなく、消滅の呪いが君たちのなかにも染み込んでいるのだ。いや、罪の問題については、大局から見るようなことは決してしたくない。ぼくらは日々の出来事のあまりに間近にいるので、展望を持つことはできないのだ。たぶん後になってから、分析家が、なぜ、どうして、ということを教えてくれるだろう。隠れた経済的動向と政治的展開を解明してくれるだろう。しかし今ぼくらはスクリーンのすぐ間近にいるので、映像が点に分解してしまい、主観的判断しかできはしない。という次第でぼくは、主観的に恥じ入って、頭を垂れているのだ。親愛なる子供たちよ、赦してくれ。いや、君たちに赦してもらえるとは期待していない。

政治というものはだね、子供たちよ、最良の場合でさえ、ひどく汚ない仕事だよ。ぼくらは政治を避けるべきだった。ぼくは目的のことなんか考えなければよかったのだ。プライバシーの方が、一人一人のささやかな私生活の方が、こんな肥大した、マクロコスモス的な活動なんかより大切なのだ、という結論にぼくは至りつつある。しかし遅すぎる。どうにもならない。どうにもならぬものは耐えるしかない。

何に耐えるかだって？　いい質問だ、子供たち。どうしてぼくらは一人また一人とここに集められたのだろう？　どうしてぼくらの首から棒と輪が吊るされているのだろう？　それに監禁の仕方も実に巧妙だ（壁を透してのささやき声を信じるならの話だけど）。空中浮揚の才能を持った仲間は床にとりつけた輪で足首を固定されている。狼人間は口輪をはめられている。鏡をくぐり抜ける仲間は蓋のある缶の穴から水を飲まされている。そうしないと水鏡を通って消えてしまうから、ということのようだ。まなざしで人を殺せる女性は頭に袋をかぶされている。パウドから来た呪縛力を持った美女たちも袋をかぶされている。金属を食べることができる仲間が一人いるんだが、首から上にすっぽり固定器をはめられ、食事の時だけ外してもらっている……ぼくらを待ちうけているものは何なのか？　ともかく良くないことだ、同志たちよ。まだぼくにも分からない。だがそれは間もなくやって来る。子供たちよ、ぼくらは覚悟を決めなければならないよ。

次に進もう。仲間が幾人か逃げた。ぼくは壁を透して不在の臭いを嗅ぐことができる。よいニュースだよ！　奴らはぼくら全員を捕えることはできない。たとえば時間旅行者のスーミトラ――ああ、若い頃のぼくらは何て愚かだったのだろう！　彼を信じなかったなんて！――そのスーミトラは、ここにはいない。おそらくもっと幸福だった時代をさまよっているのだろう。捜索隊の手を永久に逃れているのだ。いや、彼をうらやんではいけない。とはいうものの、ぼくだって時おり、過去へ逃げたいと思うさ。みんなから温かく見守られながら、ウィリアム・メスワルドの宮殿の嬰児《みどりご》として堂々と練り歩いていた頃へね――ああ、知らぬまに郷愁のとりこになっているんだ。歴史がデリーの中央郵便局裏の通りのように行き止まりにたどり着いてしまう前の、もっと大きな可能性をはらんだ時代にね！――だがぼくらは今ここにいるわけだ。こんな回顧は憂鬱のもとだ。仲間の幾人かが自由になっているということを、ただ喜ぶといいのだ！

幾人かの仲間は死んだ。奴らからパールヴァティの死のことは聞いた。彼女の顔の上に最後まである女の幽霊がちらついていた。そう、ぼくらはもう五百八十一人ではない。十二月の寒さにふるえながら、閉じこめられて待っている仲間は何人いるのだろう？ぼくは自分の鼻に訊ねる。鼻は答える、四百二十人だ、これがペテンと詐欺の餌食になった者の数字だ、と。四百二十人が未亡人たちによって閉じこめられている。実はもう一人いて、こいつは長靴の音を響かせてホステルのなかを闊歩している――ぼくは彼が近づきまた遠ざかる臭いを嗅ぐことができる。裏切りの臭いだ――シヴァ少佐、戦争英雄、膝のシヴァが、ぼくら囚人を監視しているのだ。奴らは四百二十という数に満足だろうか。子供たちよ。奴らがどのくらい猶予をくれるのか、見当もつかない。

……いや、からかうのはやめてくれ。冗談はよしてくれ。壁を透して耳打ちされる話に見られる善良さ、気さくさはどこから来るのか、なぜ、どうしてなのか？　そうだ、君たちはぼくを糾弾しなければならないのに。それも今すぐ、仲間に呼びかけたりせずに——みな独房幽閉の身なのだから、陽気な挨拶なんかでぼくを苦しめないでくれ。サラーム、ナマスカール、元気かい、なんて挨拶のできる時でも所でもない——子供たちよ、分からないか、奴らはぼくらに何でもできる、何でもだよ——奴らに何ができるかだって？　どうしてそんな暢気《のんき》なことを言っていられるのだ。いいかね、諸君、鋼鉄の棒は足首に当ると痛い。ライフルの台尻で叩かれると額に傷痕が残る。奴らに何ができるか？　電流の通じた電線を肛門に差し込むことさ。奴らにできるのはそれだけではない。足を縛って逆さ吊りなんてのもある。それに蠟燭さ——甘くロマンティックな蠟燭の火も、燃えたまま肌に当てられると気持がいいなんてものじゃないぞ！　いい加減にしてくれ。こんな友情なんかやめてくれ。怖くないのか！　ぼくを蹴とばし、踏みつけ、木っ端微塵にしたくはないのか？　なぜそういつも思い出話をつぶやいているのだ。昔の喧嘩に、思想や物質をめぐっての争いに、なぜそんなに郷愁を覚えるのだ。なぜそう落ち着き払って、危機に臨んで超然とした態度でいられるんだ、ぼくを嘲っているのか？　子供たちよ、率直に言って、ぼくは当惑している。どうして君たちは二十九歳にして独房に閉じこめられているのに、ふざけ合い、ささやき合っていられるのか？　これは親睦的な集会なんかじゃないぞ！

子供たちよ、すまない。ぼくは近頃、頭がおかしい。それははっきり認める。ぼくはブッダだったし、籠に入った幽霊だったし、そして自称祖国救済者だった……サリームは袋小路に入り込んでしまい、現実感があやしくなってしまった、あのかけらのように一つの痰壺が落ちてきた時から……哀れと思ってくれ。その痰壺もなくしてしまったんだ。また脱線してしまった。哀れみを請うつもりはなかったのに。ぼくの言おうとしたのは、たぶん——起こっていることが分からないのは君たちではなくて、ぼくの方だ、ということだ。信じがたいことだよ、子供たち。五分と喋らないうちに意見の食い違ったぼくらが。幼い頃、喧嘩をし、争い、分裂し、不信を抱き、仲たがいしたぼくらが、突然、また一堂に会しているとはね！　まったく不思議なアイロニーだ。ぼくらを抹殺するために集めた〈未亡人〉が、ぼくらを一つにしたというわけさ！　今、現にこうしてね。暴君たちのパラノイアがみずからの墓穴を掘っているわけだ……だってぼくらがみな同じ陣営に結集し、言語の対立も、宗教的偏見もなくしている時に、いったい奴らがぼくらに何ができるというのか。ところでぼくらは二十九歳になっているのだから、子供たちなんて呼び方はやめるべきだろう……！　そう、ここには楽天主義が病いのようにはびこっているのだ。いつの日か彼女はぼくらを釈放せざるを得なくなるさ、その時こそ、見ていたまえ、きっとぼくらは、何だか知らないが、新しい政党をつくるだろう、そうさ、〈真夜中党〉を。たかが政治なんかに、魚を殖やしたり、卑金属を黄金に変えたりできる人種に対して、勝ち目があるかってんだ？　子供たちよ、何かがここで生まれようとしている。この暗い囚われの時間のなかで。〈未亡人〉に最悪のことをやってもらおうじゃないか。団結は不屈だ！　子供たちよ、ぼくらは勝った！

　なんとも辛い。楽天主義が糞の山に生えたバラのように育っていた。それを思い起こすと私の胸は痛む。もうたくさんだ。あとは忘れよう――だめだ！――そうか、では思い出そう……棒、横棒の足枷《あしかせ》、肌に当てられる蠟燭の炎よりもひどいものは何か？　爪はがしや飢えにまさるものは何か？　〈未亡人〉の最も素晴らしい、洗練されたジョークを紹介しておこう。彼女は拷問にかけるかわりに希望を与えたのだ。つまり彼女はあるものを――いや、あるものどころか一番だいじなものを！――奪うことを思いついたのだ。そしてとうとう私は、彼女がいかにしてそれを切り取ったかを描かなければならないところに来た。

　エクトミー（もとはギリシャ語だと思う）、切除という意味だ。医学はこれに接頭辞を加えて、数々の術語をつくった。虫垂切除《アペンデクトミー》、扁桃腺切除《トンシレクトミー》、乳房切除《マステクトミー》、卵管切除《チューベクトミー》、精管切除《ヴァセクトミー》、睾丸切除《テステクトミー》、子宮切除《ヒステレクトミー》。サリームはこの切除のカタログにもう一項目加えたいと思った。無償で。だがこれは医学にも関係があるとはいえ、本来歴史の分野に属する用語だろう。

スペレクトミー、即ち希望の切除。

元日に来客があった。ドアの軋み、高価なシフォンの衣擦《きぬず》れの音。緑と黒で統一している。眼鏡は緑、靴は真っ黒……新聞記事ではこの女性は、「大きなゆれるヒップをした派手な女性で……福祉の仕事を始める前は宝石店を経営していた……非常事態下で、なかば正式に、断種手術の担当になった」とある。だが私は独自に彼女に名前をつけて、〈未亡人の手〉と呼ぶことにした。その手が一つまた一つ、子供たちはムムフフ、小さなボールを切り取ってコロコロと……緑と黒のいでたちで、彼女は私の独房へ滑るように入って来た。子供たちよ、始まるぞ。覚悟しろ、子供たちよ。われわれは団結している。〈未亡人の手〉に〈未亡人〉の仕事をさせてやろう。だがそのあとは、そのあとは……そのあとのことを考えろ。今はとても考えられない……そして彼女はやさしく理性的にこう宣《のたま》うのだ、「いいですか、基本的にはそれは神の問題なのですよ」

（聞いているかい、子供たちよ、先へ進もう。）

「インド国民は」と〈未亡人の手〉が説明した、「〈レディ〉を神のように崇めています。インド人はただ一つの神しか崇めることができません」

しかし私はボンベイ育ちで、そこではシヴァ、ヴィシュヌー、ガネーシャ、アフラマズダ、アッラー、その他、数かぎりない神々がひしめいていた……「神々の館《パンテオン》はどんな具合でしょう」と私は反論した、「ヒンドゥー教だけでも三億三千万の神々がいるじゃないですか？　それにイスラムもあるし、菩薩《ボディサットヴァ》もある……」彼女はこれに答えて、「いかにもその通り！　何千万、何億の神々がいるということは、まったくお説の通りです！　でもすべては同一のオウムの顕現なのです。あなたはムスリムですが、オウムって何だか、ご存じ？　そうですとも。民衆にとって、〈レディ〉こそはオウムの一つの顕現なのです」

四百二十人の仲間がいる。インド六億の人口のたかだか〇・〇〇〇〇七パーセントだ。統計的には大した意味はない。逮捕された三万人（ないし二十五万人）のなかでのパーセンテージをとっても、われわれは一・四（ないし〇・一六八）パーセントを占めるにすぎない。だが私が〈未亡人の手〉から学び知ったことは、神になろうとする人にとって、他の潜在的な神々ほど怖いものはないということだ。またそれゆえに、ただそれゆえにこそ、われわれ真夜中の不思議な子供たちは、〈未亡人〉によって憎まれ、恐れられ、抹殺されるということだ。何しろ〈未亡人〉こそは、インド首相であるばかりか、最も恐ろしい姿をした母なる女神デヴィ、神々の女性エネルギー《シャクティ》の所有者、真ん中分けの、統合失調的な髪をした、多くの手足を持つ多岐神になろうとしている人だ……こういう次第で私は、傷だらけの胸をした女たちの壊れかけた宮殿に自分が囚われているわけを知った。
　私は誰なのか？　われわれは誰なのか？　われわれは過去、現在、未来を通じて、読者が持ったことのない神々であり続けるだろう。だがまた別のものでもある。そしてそのことを説明するために、私はついに難しい部分を語らなければならないところへ来たわけだ。

　では急ごう。急がないとそれは出て来ないのだ。一九七七年の元日に、ヒップのゆれる派手な女から聞いたのだが、奴らは四百二十人で満足するだろうというのだ。百三十九名の死亡と、ごく一握りの者の逃亡が確認されたところで、いよいよチョキン、チョキンを始めようというのだ。麻酔をかけられて、十まで数える。一、二、三と進んでいく。やらせておけ、われわれが生きて一緒にいる限り、われわれに勝てる者なんてあるものか、と私は壁に向かってつぶやく……われわれを一人一人地下室へ引き連れて行ったのは誰か。わたしたちは野蛮人ではありませんからね、あなた《サー》。そこには冷房装置が備えてあり、ランプの吊り下げられたテーブルがあり、緑と黒に身をかためた医者と看護師が待っていた。衣装は緑で目は黒……私をこの破滅の部屋まで護送してきた、ごつごつした強力無双の膝を持った男は誰か。とはいえ、ご推察の通り、この物語には戦争英雄は一人しかおらず、彼の膝の威力と争うわけにはいかないので、私は彼の命じるがままにどこへでもついて行った……そして私はそこへ到着し、ゆらゆらする大きなヒップをした派手な娘が言った、「結局、あなたは文句はないはずよ。あなたはかつて預言者だと主張したことを否定しないでしょうね?」奴らは何もかも知っていたのさ、パドマ。何もかもだよ。私はテーブルの上に寝かされた。顔にマスクがかけられた。十まで数えられる。七、八、九……

十。

「おやおや、こいつはまだ意識があるぞ。さあ、いい子にしてろよ。二十まで行こう……」

……十八、十九、二じゅ

彼らは優秀な医者たちだった。何一つ偶然にまかせはしなかった。われわれの受けた手術は有象無象の受けた精管・卵管切除とは違っていた。彼らの受けた処置は、元に戻せる可能性を、まあ単なる可能性ではあるが、残していた……ところがわれわれの場合は、復元不能なように切り取られた。睾丸が陰嚢《いんのう》から抜き取られ、子宮が永久に摘出されたのだ。

睾丸や子宮を切除されて、真夜中の子供たちは自己複製の可能性を否定された……だがそれはむしろ二の次の問題だ。彼らは実に非凡な医者たちで、われわれから生殖器官を奪っただけでなく、希望を切り取ったのだ。どんなやり方をしたのかは知らない。何しろ数が進んでいき、ついに数える声が聞こえなくなったのだ。確かなのは、十八日間にわたって一日平均二三・三三人の割合でこのとんでもない手術が行われたあと、私たちは小さなボールやおなかの袋を失ったばかりでなく、ほかのものも失ったということだ。この点では私は他の連中よりはましだった。つまり上半身の排水の時、真夜中に授かったテレパシー能力を失っていたので、もはや失うものがなかったから。鼻の鋭敏さだけは奪われようもないものだった……他の連中はといえば、つまり魔術的才能を持ったまま、泣き叫ぶ未亡人たちの宮殿へやって来たすべての連中のことだが、彼らはみな、麻酔から覚めた時、実に悲惨だった。壁を透してのささやき声によって、彼らの破滅の物語、魔法を失った子供たちの苦悶にみちた泣き声が聞こえてきた。彼女はそれをわれわれから切り取ったのだ。ゆれる大きなヒップを派手に誇示しながら、彼女はわれわれの絶滅のための手術を考案し、そしてわれわれは今、無になってしまった。われわれとは誰か。ただの〇・〇〇〇〇七パーセントだ。もう魚が分裂増殖することも、卑金属が黄金に変わることもない。人間が空を飛んだり、狼に変身したりする可能性、神霊的な真夜中のもともと千と一つあった奇跡の約束は、永遠に去ってしまった。

下半身の排水。それは復元可能な手術ではなかった。

われわれとは誰か？　壊された約束だ。壊されるべくなされた約束。

そして今、私は臭いのことを語らなければならない。

そう、この話はすっかり聞いてもらわなければならない。いかに誇張されていても、いかにボンベイのメロドラマ映画風であっても、これを理解し、見てもらわないと困るのだ！　一九七七年一月十八日の晩、サリームはある臭いを嗅いだ。フライパンで何やら柔らかいものが、ターメリック、コリアンダー、クミン、コロハなどで風味をつけて焼かれている臭いだ……この鼻につんと来る、しつこい臭いは、切り取ったものをトロ火にかけてゆっくりと調理する際に出た煙だった。

四百二十名の切除手術のあと、一人の復讐の女神が、いくつかの切り取った器官をタマネギや緑唐辛子と一緒にカレー炒めにして、ベナレスの野良犬たちにくれてやろうと思いついたのだ。（ところで実は切除手術は四百二十一回行われた。ナラダまたの名マルカンダヤという仲間が、性転換の能力を持っていたために、二度手術をうけなければならなかったのだ。）

いや、私は何も証明することはできない。証拠が煙になってしまったのだ。一部は野良犬に食われてしまったし、三月二十日になって、関係書類は髪を色分けした母親とその最愛の息子の手で焼却されてしまった。

しかしパドマは私が何の機能を失ったか、ちゃんと知っている。パドマは怒ってこう叫んだことがある、「でもあなたは恋人としては役立たずじゃないの？」少なくともこの件だけは証明できる。ピクチャー・シンの掘立小屋で、私は性的不能の嘘によって自分に呪いをかけてしまった。その時にピクチャーから、「何が起こるか分からないぞ、大将」とちゃんと注意されていたのだ。その通りになってしまったのだ。

時どき私は千歳になったような気がする。いや（今なお私は形式を捨てることができないので）正確にいうと、千と一歳になったような、である。

〈未亡人の手〉はゆれるヒップを持ち、かつては宝石店を持っていた。私の存在は宝石の間から始まった。一九一五年、カシミールに血《ルビー》と涙《ダイヤモンド》があった。曽祖父母が宝石店を経営していた。形式――またしても回帰、そしてかたち！――そこから逃れるすべはない。

壁のなかに、ショックをうけた四百十九人の絶望のささやきがあった。四百二十番目がかっとなって——ちょっとどなるくらいは許されたので——次のような質問を発した……声の限りに私は叫んだ。「あいつはどうなったんだ、シヴァ少佐は？　あの裏切者。あいつのことは放っておくのかい？」するとゆれるヒップをした派手な女が答えた、「少佐なら志願して精管切除手術《ヴァセクトミー》をうけました」

そして今、何も見えない独房で、サリームは腹の底から思う存分笑いこけた。私は別にこの宿敵を意地わるく笑ったわけではないし、「志願して」という言葉をシニカルに別の言葉に置きかえてみたわけでもない。そうではなくて、パールヴァティ改めライラが語ってくれた物語、戦争英雄の色道における武勇伝を、貴婦人たちや娼婦たちの未切除の腹のなかに私生児の大群が育っているという話を思い出したのだ。私が笑ったわけは、真夜中の子供たちの破壊者であるシヴァが、彼の名前のなかに隠れているもう一つの役割を全うしていたからである。即ち男根《リンガム》シヴァ、繁殖者シヴァの機能を。まさにこの瞬間にも、この国のあちこちの閨房や掘立小屋で、真夜中の一番暗黒な子供が産ませた新しい世代の子供たちが未来に向かって育っているのだ。〈未亡人〉は、大切なことを忘れるようにできている。

一九七七年三月下旬、私は突然、泣き叫ぶ未亡人たちの宮殿から解放され、何がどういうふうに、なぜ起こったのか、さっぱり分からぬまま、陽光のなかに出た。フクロウのように瞬きしながら佇んでいた。のちに問いを発することを思い出した時に気がついたのだが、一月十八日に(まさにチョキン、チョキンをやめた日、そしてフライパンで何かを焼くのをやめた日だ。われわれ四百二十人こそ〈未亡人〉が一番恐れた相手であるということの、これ以上のどんな証拠が必要だろうか)、誰もが驚いたことに、首相は総選挙を求めたのだ。(われわれのことを知ってもらった今は、〈未亡人〉が自信過剰になるわけが分かるだろう。)だが、彼女が惨敗するだろうことも、書類を焼いていることも、その日にはまったく知らなかった。この国の潰えた希望が、ピスタチオとカシューナッツを食べ、毎日「自分の尿」をコップで一杯飲む、よぼよぼの年寄りの手にゆだねられたことを知ったのは、あとになってからだ。飲尿者たちが政権を握った。人工腎臓をつけた男が指導者の一人になっている人民党《ジャナタ》は、新しい夜明けを代表する党とは(それを聞いた時の)私には思えなかった。とはいえたぶん私は、ついに楽天主義のウイルスを駆除することはできたのだ——ほかの人びとは血液中にこの病気を残していたから、そんなふうには思わなかったろう。ともかく――三月のその日には――私は政治というものがつくづくいやになっていた。

四百二十人はベナレスの路地の陽光とざわめきのなかに瞬きしながら佇んでいた。四百二十人はたがいに相手を見つめ合い、相手の目のなかに去勢手術の記憶を見、それからその姿を見るのが辛いばかりにそっと別れの言葉を告げ、永久に散りぢりになった。群集のなかに混じりこんで、誰からも干渉されない自分を取り戻すために。

シヴァはどうなったか？　シヴァ少佐は新しい体制によって軍の拘束下に置かれた。しかし彼は長くそこに留まらずにすんだ。一人の来客を迎えることを許されたからである。ロシャナラ・シェティは賄賂と色仕掛けによって彼の独房へ入ってきた。ロシャナラ、即ち、マハラキシミ競馬場で彼の耳に毒を注ぎ込んだ女、その後、口をきこうとせず、したくないことは何もしない私生児の息子のせいで気が違ってしまった女である。鉄鋼王の奥方である彼女はハンドバッグから夫の持物であるドイツ製の大型ピストルを取り出して、戦争英雄の心臓に一発撃ち込んだ。即死だったという。

少佐は、サフラン色と緑色の産院で、忘れもしない真夜中の神話的混沌《カオス》のさなかに、ある小柄な乱心した女性の手で新生児の名札を取り替えられたおかげで、生得権を奪われてしまったことを知らぬまま死んだ。彼の生得権とは、富と糊のきいたシーツとありとあらゆるものに恵まれた丘の上の世界――彼が心から手に入れたいと願っていたであろう世界に帰属する権利のことだ。

そしてサリームは？　もはや歴史とのつながりを失い、上半身も下半身も排水されて、私は首都に戻った。はるかな昔の真夜中に始まった一つの時代がひとまず終ったということが、道中、念頭を去らなかった。旅の方法はこうだ。私はベナレスまたの名ワーラナシーの駅のプラットホームのはずれで待っていた。手に持っていたのは入場券だけだった。郵便列車が西に向かって発車した時、私は一等車のステップに飛び乗った。大切な生命にしがみつくとはどういうことなのかを、私はついに学び知った。煤《すす》と塵と灰の粒子が目にとびこんでくる。これではどうしたって、ドアを叩いて、「もしもし、旦那様《マハラージ》、開けて下せえまし！　なかへ入れて下せえまし、旦那様《マハラージ》！」と叫ぶほかないわけだ。車内にはあの懐かしいアナウンスが流れている。「決してドアをお開けにならないで下さい。乗車券をお持ちの方以外はご乗車できません」

デリーに着くと、サリームは訊ねまわる。どこで見かけました？　もしかしてマジシヤンたちのこと、ご存じですか？　ピクチャー・シンを知っていますか？　蛇つかいたちのことをかすかに覚えていた一人の郵便配達夫が北を指差す。しばらくその方向に行ったあと、パーンを噛んでいる一人の男が、黒くなった舌を見せながら、歩いて来た道を引き返せと教えてくれる。それからようやく回り道をやめることができた。大道芸人たちが正しい方角を教えてくれたのだ。覗きめがね《ピープショウ》の箱を引っぱって、「デリー《ディリー》をごらん《デーコホー》」と呼び声をあげている男、おもちゃの船のような紙の帽子をかぶったマングースとコブラつかい、妖術師に弟子入りした子供時代を懐かしんでいる映画館の切符売場の娘……彼らはみな漁師の人差指のように指差してくれる。西へ西へ西へ、そしてサリームはついに首都西郊シャーディープルのバス発着所に到着する。飲まず食わずで体は消耗の極みに達し吐き気がする。ひっきりなしにけたたましく発着所に出入りするバスをふらつく足でよけながら進む——バスはけばけばしく塗られていて、ボンネットには〈神のお恵みがあれば〉と書かれており、また後ろ側には〈神に感謝を！〉と書かれている——彼はコンクリートの鉄橋の下に密集しているぼろぼろのテントの群れにたどり着く。コンクリートの影に蛇つかいの巨人がいる。ボロボロの歯を剥いて、にっこり笑う。ピンクのギターの飾りのついたTシャツを着て、腕には二十一ヵ月くらいの男の子を抱いている。その耳はまるで象の耳で、目はまん丸で大きく、表情は墓場のように暗い。

アブラカダブラ

実をいうと、私はシヴァの死のことで嘘をついた。私としてははじめての純然たる嘘だ——なるほど、非常事態を六百三十五日つづいた真夜中という形で描いたのもあまりにロマンティック過ぎたろうし、気象データをつきあわせるまでもなく、いい加減なやり方ではあった。だがそれでもなお、誰が何といおうと、サリームはそうやすやすと嘘をつきはしない。私は告白しながら恥ずかしくて頭を垂れている……それならなぜ、この場合に限って嘘をついたのか？ （それは実をいうと、取り替え子のライバルが〈未亡人たちのホステル〉の事件のあとどこへ行ったのか皆目分からないからだ。地獄へ堕ちたのかもしれないし、街道沿いの淫売屋にいたのかもしれない。どっちにしても同じことだと私には思えたのだ。）パドマ、努力して理解してくれ。ぼくは今も彼が怖い。われわれ二人の間には未決着の問題が残っていて、私は幾日もふるえながら揣摩《しま》臆測《おくそく》していた。戦争英雄は何らかの方法で自分の出生の秘密を発見したかもしれない——彼は謎解きの鍵となる三つの頭文字の記された書類を見せられたろうか？——取り戻しようもなく失われた過去への憤りから、彼は私を捜しに来るかもしれない、と……こんなふうにして、つまり超人的な無情の両膝によって私の生命が絞りとられるという形で、決着がついてしまうのだろうか？

ともかくこんなわけで私は嘘をついたのだ。私ははじめて、どんな自伝作家もとらわれる誘惑に負けたのだ。過去は記憶と、それを閉じこめておこうと空しく努力する言葉のなかにしか存在しないのだから、過去の出来事は、単にそれが起こったと言うことによって創造しうるものだという幻想に屈したのだ。私の現在の恐怖が、ロシャナラ・シエティの手に拳銃を持たせたのだ。そしてサバルマティ海軍中佐の幽霊のまなざしを肩のあたりに浴びながら、私は、ロシャナラが裏金と媚によって彼の独房に侵入するという筋書をつくることができた……要するに私の最初の犯罪の記憶が、私の最後の犯罪の(虚構の)状況をつくりだしたわけだ。

告白終り。そして今、私は回想の終りに近づいている。夜だ。パドマはいつもの位置にいる。頭上の壁では、一匹のヤモリが一匹の蠅を食べたところだ。脳をピクルスにしてしまうほどの八月の猛暑が私の両耳の間で陽気に沸き立っている。五分前に最終のローカル列車の黄色と褐色の帯が南のチャーチゲート駅に向かって流れて行ったところだ。だからパドマが強い決意をそのなかに包んだ恥じらいをもって言ったことが、私には聞きとれなかった。私は訊き返した。すると彼女のふくらはぎの不信の筋肉がぴくっとふるえた。さて、わが糞蓮姫が結婚を申し込んできたことを急いで記しておかなくてはならない。「世間の目から見て恥ずかしくないように、あたしがめんどう見てあげましょう」というのだ。

恐れた通りになった！　だが、来るべきものが来たというわけだ。いやだと言ったって、パドマは（私には分かる）納得しないだろう。私は恥じらう処女のように逆らった。「そんな、まったく予期していなかったよ！——それに切り取りの一件もある。野良犬に食われてしまったもののことさ。君は気にならないのかい？——それに、パドマ、パドマよ。骨を喰らうもののこともある。結婚なんかすると、君は未亡人になるよ！——ちょっと考えてみるといい。非業の死の呪いというやつがある。パールヴァティのことを考えてみろ。分かってるのかい、分かってるのかい……？」パドマは顎にゆるぎない決意をみなぎらせて、答えた。「まあ聞いてちょうだい——そんなに、でも、でも、ばかり言わないで！　もうそんな空想的な話のことを考えるのはやめて、未来のことを考えましょう」こうなっては、ハネムーンはカシミールということになるだろう。

パドマの決意の焼けるような熱を浴びて、私のなかで次々と妄想が滾《たぎ》りはじめた。なるほどそんなこともありうるかもしれない。彼女は驚嘆すべき意志の力によってこの物語の結末を変えることができるかもしれない。骨身惜しまず世話をやいてくれることによって、亀裂をも――いや死さえをも――克服するかもしれない……「未来のことを考えましょう」と彼女は言ってくれた――もしかすると(この物語を語り始めた時以来、こう考えるのははじめてなのだが)――もしかすると未来というものがあるのかもしれない！　新しい結末の無限の可能性が夏の虫のように私の頭のまわりに群れ飛びはじめる……「結婚しましょうよ、あなた」と彼女は言った。あたかもパドマが何か秘教の呪文《カバラ》を、畏怖すべきアブラカダブラを口にしたかのように、私の腹のなかに蛹《さなぎ》が蠢くような興奮が起こり、私を運命から解き放った――とはいえ現実はなおも私を苦しめていた。愛はすべてに打ち勝つ、というのはボンベイ・トーキーのなかだけのこと。切り裂き、引きちぎり、押し潰す力を、たかが結婚式によって撃退できるわけがない。楽天主義は病気なのだ。

「あなたの誕生日にどうかしら？」と彼女は提案した。「三十一歳といえば、男性も一人前よ。女房くらい持たなくてはね」

どう言おうか？　どう言えようか。その日には別の予定がいろいろとあるのだ。私は神聖な日を台無しにして喜ぶ形式狂的な運命にいつもとらえられているのだ……つまり、どうやって彼女に死の話をしようか？　そんな話などできはしない。だから代わりに私はおとなしく、さも感謝にたえないという顔で、彼女の提案を受け入れる。という次第で、今夜、私は婚約したての男ということに相成った。この最後の空しい、筋の通らない悦びを自分に——そして婚約者の蓮姫に——許したことで、人からあれこれ言われてはかなわない。

パドマは結婚を申し込むことによって、私が自分の過去について話してきたすべてのことを、ただの「空想的な話」として忘れるつもりであることを明らかにした。忘れるといえば、私がデリーに舞い戻って、鉄橋の下ににこにこ顔のピクチャー・シンを見つけた時、マジシャンたちも記憶を失いつつあるということが一目で分かった。移動スラムがあちこち移動している間に、どこかへ記憶力を置き忘れてしまい、その結果、新しい出来事をひき比べるための過去をすっかり忘れ去り、事物を判断するということができなくなっているのだ。非常事態さえもたちまち過去の忘却にゆだねられていた。マジシャンたちはカタツムリのような一徹さで現在の上を這い回るようになった。しかも彼らは自分が変わったことにさえ気づいていなかった。かつてはこうではなかったということを忘れていた。コミュニズムは、彼らの体内から流れ出して、血に飢えたトカゲのように、貪婪《どんらん》な土に吸い込まれた。彼らは飢えと病いと渇きと警察の干渉という〈いつもながらの〉現在という時間を構成する混乱のなかで、自分の芸を忘れかけていた。だが私の目には、かつての仲間たちのこの変わりようは、ほとんど穢《けが》らわしいものに見えた。サリームは記憶喪失を経験していたから、それが底知れぬ背徳を意味することを知っていた。彼の心のなかで過去は日ごとに鮮明になり、現在は〈彼はそこから永久にナイフで断ち切られてしまったので〉無色で、混乱した、脈絡のないものになっていた。看守と外科医の髪の毛の一本一本を思い出すことができた私は、マジシャンたちが後ろを振り返って見るのをいやがっているのを知って、強いショックを受けた。「人間というやつは猫みたいなものさ」と私は息子に言って聞かせた、「人間にものを教えようとしても、それは不可能だ」息子はもっともらしく深刻な顔をしてみせたが、口はつぐんだままだった。

私が幻のような幻術師たちのコロニーを再発見した時、幼児期に息子アーダム・シナイがかかっていた結核はあとかたもなく治っていた。当然ながら私は、あの病気は〈未亡人〉の失脚と共に消えたのだと確信した。ところがピクチャー・シンは、病気が治ったのはドゥルガという名前の洗濯女のおかげだと言った。この女性がアーダムの病気の間じゅう、乳母の役をつとめ、無尽蔵の大きな乳房を毎日与えていたのだという。「あのドゥルガはだな、大将」と老蛇つかいは言った、「大した女だよ！」その声は、彼が老齢にもかかわらずこの洗濯女の蛇のような魅力のとりこになっていることを物語っていた。

彼女は二頭筋のふくれあがった女だった。その超自然的な胸からは、一部隊をも養えるほどの母乳が迸《ほとばし》り出るのだった。子宮を二つ持っているという噂もあった（もっともこの噂の出所はご本人ではないかと私は見ている）彼女は、母乳が多いだけでなく、ゴシップや噂も豊富だった。毎日たくさんの新しい話が彼女の口から吐き出された。この仕事をいとなむすべての女たちに共通した、尽きることのない活力を持っていた。彼女はシャツやサリーを石に叩きつけて、洗濯物から生命を絞りとり、力を蓄えているように見えた。そのせいで衣服はペチャンコになり、ボタンがとれ、くたびれきって死んでしまうかのようだった。彼女は一日が終ると、その日のことをすっかり忘れてしまう怪物だった。非常な嫌悪感を覚えながらも、私は彼女に紹介してもらった。この物語に彼女を登場させるに際してもこの上ない嫌悪感を覚えている。会う前から、彼女の名前には新しいものの臭いがあった。彼女は新奇なもの、始まり、新しい物語と出来事と紛糾の到来を象徴していた。私はもはや新しいものには興味がなくなっていた。しかしピクチャー氏《ジー》が彼女と結婚するつもりだと言った時、私としても彼女を無視することはできなかった。だが彼女に関する記述は、正確さを損なわない限度で、簡略にすませるつもりだ。

　では簡略に。洗濯女ドゥルガはスクブスだった！　人間の姿をした吸血トカゲだった。彼女がピクチャー・シンに与えた影響はシャツを石に叩きつける時の彼女の力に比すべきものがある。一言でいうなら、彼女は彼をペチャンコにしてしまったのだ。一度彼女に会っただけで、私はピクチャー・シンが老け込んでさびしそうになった理由が分かった。人びとが忠告と憩いを求めてその下に集まって来た調和の傘がなくなった今、彼は日ごとに縮んでいくように見えた。彼が第二のハミングバードになる可能性は私の目の前で消えていった。だがドゥルガは元気旺盛だった。彼女のゴシップはいっそう糞便学《スカトロジー》的なものになり、声は高くしわがれたものになり、ついに彼女は年老いてからの修道院長に似てきた。あの頃、修道院長が大きくなるにつれて祖父は縮んでいったものだ。この懐かしくも祖父母を彷彿とさせる一面のみが、男まさりの洗濯女の人となりのうちで、私の興味をそそった。

　とはいえ彼女の乳腺の豊かさは否定すべくもなかった。生後二十一ヵ月になるアーダムはまだ満足して彼女の乳首を吸っていた。はじめ私は子供を離乳させてくれと言うつもりだったが、彼が好きなことしかしない子だということを思い出して、離乳には固執しないことにした（そしてのちに分かったのだが、それでよかったのだ）。二重子宮という風説については、私はその真偽を知りたいとも思わなかったし、問い質してもみなかった。

洗濯女《ドーバン》ドゥルガをここに登場させた主な理由は、ある晩、一粒が二十七グレインもある米のごはんで食事をしている時のこと、彼女がはじめて私の死を予言したからである。私は彼女の絶え間ない噂話とお喋りにうんざりして、こう叫んだ。「ドゥルガさん《ビビ》、あんたの話には誰も興味がないね！」すると彼女は落ち着きはらって、「サリームさん《バーバ》、あなたに親切にして差し上げたわけは、あなたは逮捕されてめちゃめちゃになってしまったにちがいないとピクチャーさん《ジー》が言うからですよ。でも率直に言って、あなたは今では無為に過ごすことにしか関心がないみたいですわね。人間、新しいことに興味を失う時は、〈黒天使〉をお迎えする時だってこと、覚えておくとよろしいわ」

ピクチャー・シンが、「ほら、女将《かみ》さん、大将にそう辛く当るなって」とやんわりたしなめてくれはしたが、洗濯女《ドーバン》ドゥルガの放った矢は的を射た。

排水されて帰った当座は、私は厚いゼラチンの膜に包まれてうつろな日々を送っていた。翌朝ドゥルガは私を言葉で傷つけたことが気になったとみえて、「息子さんに右の乳を吸わせている間に、あなたに左の乳を吸わせてあげましょう、そうすれば元気になるし、まともなことを考えられるようになりますよ」と言ってくれたが、死への直感は私の意識をほぼとりこにしはじめていた。それから私はシャーディープルのバス発着所で「がっかり鏡」を見つけ、自分がこの世から消えていく日の近いことを確信するに至った。

それはバス車庫の入口の上に傾いて掛かっている鏡だった。発着所の前の庭をあてもなくぶらぶらしていた私は、その鏡が陽光を反射しているのに気がついた。もう何ヵ月も、いやおそらく何年も鏡を見ていないことを思い出し、歩み寄ってその下に立った。鏡を見上げると、自分が頭でっかちで尻すぼみの小人に変わっているのが見えた。私はなさけないほど下半身がすぼまっていて、頭の髪の毛は雨雲のような灰色を呈していた。鏡のなかの皺だらけの顔と疲れた目をした小人は、神が見えたと言った日の祖父アーダム・アジズを彷彿とさせた。魔女パールヴァティが治してくれた病いがその頃また〈排水の後遺症で〉すっかりぶり返していた。九本指で、突起したこめかみを持ち、頭に僧侶のような禿があり、あざだらけの顔をし、ガニマタで、キュウリ鼻で、去勢され、年より早く老化した私は、「がっかり鏡」のなかに、もはや歴史にもこれ以上いためつけようのない人間、なかば感覚の失せるまでぶちのめされ続けてきた、決められた運命からやっと解放された男の姿を見た。良い方の耳と悪い方の耳で、私は死の〈黒天使〉の柔らかな足音を聞いた。

鏡のなかの小人の若年寄りの顔は、深い安堵の表情をたたえていた。

だいぶ暗い話になってきた。話題を変えよう……一人のパーン売りの嘲りに挑発されて、ピクチャー・シンがボンベイへ旅立つちょうど二十四時間前に、息子アーダム・シナイは私たち親子も蛇つかいの旅に同行できるような決定をしてくれていた。一夜のうちに何の前触れもなく、洗濯女兼乳母が驚きあきれたことに、彼女は五リットル入りのバナスパチ油の容器のなかへ残った母乳をあけなければならない事態になった。ぺったり垂れた耳をしたアーダムが乳離れして、無言のまま乳首を拒み、(言葉は使わずながら)かゆとか、よく煮たレンズマメとか、ビスケットのような固形食物を欲しがりはじめたのだ。あたかも彼は、私が自分の間近に迫ったゴールラインに到達するのを許すことに決めたかのようなのだ。

二歳に充たない子供の沈黙の独裁。アーダムはおなかがすいたとも、眠いとも、自然の要求を充たしたいとも、言わなかった。彼は私たちが察することを期待していた。この子のために四六時中注意していなければならなかったことが、あらゆる死の前兆にもかかわらず私が生きながらえてこられた理由の一つかもしれない……幽閉から解放された当時はほかに何ひとつできなかったので、息子を見守ることに専念した。「なあ大将、あんたが帰ってきてくれて、よかったよ」とピクチャー・シンは冗談を言った、「さもないとわしらみんな、この子のために子守《アーヤ》にさせられちまったよ」私はアーダムが第二世代の魔法の子供であり、第一世代よりもはるかに逞しく成長し、運命を予言や星に求めたりせず、自分たちの意志という厳しい溶鉱炉のなかでそれを鍛えるだろうことを、あらためて理解した。私の息子ではないと同時に、血を分けた子供にもまして私の相続人であるこの子の目を覗き込んで、私はそのうつろな澄んだ瞳孔のなかに、第二の「がっかり鏡」を見出した。それは、これから先は私が余計者の老人の役割しか、末梢的な役割しか持たず、回顧者、語り部でしかあり得ないことを教えていた……国中でシヴァの私生児たちは哀れな大人たちに同様な暴虐をはたらいているだろうか。恐るべき力を持った子供たちの群れが成長し、耳をすまし、世界が彼らの玩具となる時にそなえて予行演習をしているさまを思い描くのは、これで二度目だった。(将来これらの子供たちを見分けるための特徴はなにかというと、彼らのへそ《ビンビ》がへこんでいなくて突き出ているということである。)

だがそろそろなにかが動かなくては面白くない。嘲り、南へ南へ南へと進む最後の汽車の旅、最後の闘い……アーダムが乳離れした翌日、サリームはピクチャー・シンについてコンノート・プレースへ出かけた。彼の蛇つかいに立ち会うために。洗濯女《ドーバン》のドゥルガは息子を洗濯場《ドービ・ガート》へ連れて行ってくれることになった。アーダムは一日中、富裕階級の衣類から力が叩き出されて、スクブス女によって吸収されるさまを、とっくりと観察した。暖かい陽気が蜂の群れのように街に戻って来たその運命の日に、私はブルドーザーに吸い込まれた痰壺を思い出してたまらない気持になった。ピクチャー・シンは痰壺の代替物としてダルダ印バナスパチ油の空き缶を与えてくれていた。だが、痰壺攻めの妙技によって息子を楽しませるために、私はこの空き缶を使って、マジシャンたちのコロニーの汚ない空気のなかへキンマの汁を遠くまで噴き上げてみたが、心は楽しまなかった。たかがキンマ汁の容器のことで何がそんなに悲しいのかと問われるなら、痰壺を過小評価するなかれというのが私の答えだ。クーチ・ナヒーン女王《ラーニ》のサロンでは、知識人たちに大衆の芸事を実践させる機会を与えていた。地下室のなかできらりと光る痰壺は、ナディル・カーンの地下世界を第二のタージ・マハルに変えた。古いブリキのトランクのなかで埃をかぶりながらも、それは私の歴史の全体を貫いて存在し、洗濯物入れ、幽霊と幻、凍結と解凍、排水、亡命、月のかけらのような空からの降下などの事件をひそかに吸収し、一つの変身を永続化したのだ。ああ、護符のような痰壺よ！　キンマ汁ばかりか記憶をも溜めておくための失われた美しい器。繊細な人なら誰でも、それを失った私の哀惜の念を分かってくれるだろう。

……満員バスの一番後ろの席に私と並んで坐ったピクチャー・シンは、とぐろを巻いた蛇の籠をこともなげに膝の上に抱いていた。往時の神話的なデリーから甦ってくる亡霊たちに充ちた街をガタガタゆられて行きながら、世界一魅惑的な蛇つかいは、絶望は去ったという顔をしていた。遠い暗室での闘いがすでに終ってしまったかのような……ピクチャー氏《ジー》の本当の、声には出さない恐れは、老いていき、力が衰え、まもなく自分には理解できない世界でおろおろし、役立たずになるという恐怖であることを、私が舞い戻って来る時までは誰ひとり理解しなかったのだ。私と同じくピクチャー・シンは、赤ん坊のアーダムの存在にしがみついていた。あたかも子供が長い暗いトンネルのなかの松明《たいまつ》であるかのように。「立派な子供だよ、大将」と彼は言った。「威厳を持った子供だ。あの耳に気づいてないようだね」

しかしその日、息子は一緒ではなかった。

コンノート・プレースでニューデリーの臭いが襲ってきた――J・B・マンガラムの広告のビスケットのような臭い、崩れかけた漆喰のうら悲しい石灰の臭い。ガソリンの高騰で飢餓に瀕して悲観しているオート・リキシャ運転手の悲劇的な臭い。ぐるぐる回る車の流れに囲まれた円形公園からは緑の芝生の臭いが漂ってくる。ほの暗いアーチ道にある闇市場で外国人たちに両替をすすめている詐欺師たちの臭いがそれに混じっている。インディア・コーヒー・ハウスのひさし《マーキー》の下に立つと、ゴシップを語る果てしない人声が聞こえてきて、陰謀や結婚や喧嘩など新しい話のいっそう不快な臭いが漂ってくる。その臭いはお茶やチリ・パコラの匂いと混じり合っている。私がコンノート・プレースで嗅ぎとったこと。それは、かつては美しすぎる赤ん坊スンダリであった顔に傷痕のある娘が、すぐ近くで物乞いをしていること、記憶喪失の話、未来への変化のきざし、実は何ひとつ変わらない、というようなことだった……だが私はこういった嗅覚的直感には背を向けて、(人間の)小便や犬の糞のような、あたりじゅうに漂っているもっと単純な臭いを嗅ぐことにした。

コンノート・プレースのF街区《ブロック》の列柱の下にある路上本屋の隣に、一人のパーン売りが陣取っていた。まるでその場所を護るしがない神像のように、緑のガラスのカウンターの後ろに胡座をかいて坐っている。彼をこの最終章に登場させるわけは、彼が貧乏の臭いを漂わせながらも、実は財産家であり、一台のリンカーン・コンチネンタルの所有者であるからだ。その車はコンノート・サーカス内の、ある見えない場所に駐めてある。禁制品の輸入タバコとトランジスター・ラジオを売って稼いだ金で、この車を買ったのだ。毎年二週間だけ休暇のつもりで監獄暮らしをし、他の時には幾人かの警官たちにたっぷり給料を払っている。獄中では王者のような待遇を受けていたが、緑のガラスのカウンターの後ろでは、いとも無害な、当り前な男に見えたので、(サリーム・シナイの鼻のような嗅覚器官を用いないかぎり)この男があらゆることについて一から十まで知り尽していて、その途方もない情報網のおかげで秘密情報を何もかも入手しているなどということは容易に分かるものではない……彼はまた、私がカラチでランブレッタを乗り回していた時代に知り合った、似たような人物を思い出させた。これは決して不快なことではなかった。私は昔懐かしい臭いを吸い込むことに忙しかったので、彼が話しかけてきた時は驚いた。

私たちは彼のカウンターの隣で店開きをした。ピクチャー氏《ジー》が笛を磨いたり、巨大なサフラン色のターバンを巻いたりしている間に、私は客引きを務めた。「いらっしゃい、いらっしゃい――こんな機会は一生に一度しかないよ――ご婦人方、お若いの、さあ、寄った、寄った、寄った！　誰がいるのかって？　そんじょそこいらの掃除夫《バンギー》なんかとはわけが違うんだ。通りっぱたで野宿するイカサマ師なんかじゃあないよ。皆の衆、ご婦人方と旦那方よ、このご仁は世界一の蛇つかいというわけよ！　そうともさ。さあ、寄った、寄った。この人のかの写真はイーストマン・コダック社の撮影だ！　さあ、ずーっと近くに寄って。取って食いはしないよ――ピ、ク、チ、ャ、ー・シ、ン、をごろうじろ！」

……とまあこんなタワゴトを並べているうちに、パーン売りが話しかけてきたのだ。

「わしはもっと凄い芸を見てるぞ。この人はナンバー・ワンとは言えないな。絶対ちがうとも。ボンベイにな、もっと凄い奴がいるんだ」

こんないきさつで、ピクチャー・シンはライバルの存在を知った。またこんないきさつからその日のショーをやる計画を一切やめて、にこにこ笑っているパーン売りに歩み寄り、自分の奥深くに眠っていたどすの利いた声を揺り起こして言った、「大将、そのイカサマ師のことを詳しく聞かせてもらおうじゃないか。さもないとお前さんの歯を呑み込ませて、そいつで胃袋を噛み切らせてくれるぞ」するとパーン売りは、まさかの時はサラリー確保のためにいつでもすばやく出動できる態勢にある三人の警官が隠れていることを知っているので、少しも恐れることなく、全知の彼が知り得ている秘密を小声で明かし、その男が誰であり、いつどこで会うことができるかを教えた。そこでピクチャー・シンはしっかりした、しかし恐怖を隠し持った声で、言った、「じゃあ、こっちから出向いて行って、そのボンベイ野郎に、誰が一番かを教えてやろうじゃないか。大将、世界一の蛇つかいは二人もいらないよな」

キンマの実の珍味を売っている男は、かすかに肩をすくめて、私たちの足元に唾を吐いた。

パーン売りの嘲りはまるで魔法のように、サリームが生まれた故郷、胸底のノスタルジアの本拠に帰る扉を開いた。まさに開けごま《オープン・セサミ》であった。鉄橋下のぼろぼろのテントへ戻ると、ピクチャー・シンは土を掘り返して、ハンカチに包んだ虎の子を取り出した。この土で褪色した布のなかに老後のための蓄えが入っていたのだ。洗濯女のドゥルガが同行を拒んで、「何を考えているの、ピクチャーさん、あたしは大金持《ジークロールパティー》なんだから、休暇くらいとらなくちゃあね？」と言うと、彼は目に哀願の色を浮かべて私に同行を求めた。老齢の身に応える辛い闘いに単身で旅立つのは心許ないから、というのであった……私がいいともと答えると、アーダムはその声を聞いていた。垂れた耳で魔法のリズムを聞いたのだ。私が同意すると、彼の目はぱっと明るくなった。私たちはさっそく三等客車に乗り込んで、南へ南へ南へと走った。車輪の立てる五音節の単調さのなかに私は秘密の言葉を聞いた。私たちをボンベイへ運びながら、車輪は歌っていた。アブ・ラ・カ・ダ・ブラ、アブ・ラ・カ・ダ・ブラ、アブ・ラ・カ・ダ・ブラと。

そう、私はマジシャンたちのコロニーを永久にあとにした。そしてアブラカダブラ、アブラカダブラとノスタルジアの中心へ向かって走っていた。その街は私にこの本を書くのに十分なだけ（そしてそれに相当する数のピクルスをつくるのに十分なだけ）生きながらえさせてくれるだろう。三等車に詰め込まれたアーダムとサリームとピクチャー・シンは、ひもで結《ゆわ》えた籠をいくつも抱えていた。その籠からたえず漏れてくるシューという音に、超満員の乗客たちは驚いた。蛇の脅威をさけるために周囲の人びとがじわじわと後ずさってくれたおかげで、私たちはゆったりと快適に旅をすることができた。車輪はアーダムのぶらぶらゆれる耳に向かってアブラカダブラと歌いつづけていた。

私たちがボンベイに向かう間、ピクチャー・シンの悲観主義は膨脹して、ついに彼の全存在を領するに至り、老蛇つかいは悲観主義のかたまりそのもののように見えてきた。マトゥラーで、顎に膿疱のできた、頭を卵のようにつるつるに剃髪したアメリカ人青年が私たちの車両に乗り込んできて、陶器の動物やカップ入りのチャルー・チャイなどを売る行商人たちの仲間に加わった。彼が孔雀の羽根の扇子であおいだので、孔雀の羽根のわざわいがピクチャー・シンを想像を絶するほど憂鬱にした。インド・ガンジス平野の限りない平坦さが窓の外に広がり、狂ったように暑い午後の熱風《ルー》が窓から入って来て私たちを苦しめている時、つるつる頭のアメリカ人が、同じ車両の乗客たちに向かってヒンドゥー教のややこしい話をし、くるみ材で出来た物乞いの鉢を差し出しながらマントラの講釈を始めた。ピクチャー・シンはこの目を見はる光景に見向きもしなかったばかりか、車輪の歌うアブラカダブラにも耳を貸さなかった。「駄目だよ、大将」と彼は悲しげに打ち明けた、「そのボンベイ野郎は若くて強い奴なんじゃないかな。わしはこれからは二番目の蛇つかいでしかなくなるだろうよ」コタ駅に着く頃までには、孔雀の羽根の扇子が吐き出す不幸の臭いがピクチャージーを完全にとりこにし、すっかり蝕んでしまい、乗客たちが一人残らずプラットホームから離れた側に下車して、列車の横腹に向かって立ち小便をしたのに、彼はまったくその必要がないような顔をしていた。ラトラム分岐点に着く頃には、私の興奮は高まっていたが、彼は呆然自失の状態に陥っていた。それは眠りではなく悲観主義が高じたあげくの麻痺だった。「こんな調子では、彼はライバルに挑戦することはできない」と私は考えた。バローダーを過ぎた。乗り換えはなかった。スーラト、つまり昔のジョン・カンパニー（東インド会社）の駅で、私はすぐに何とかしなければならないと感じた。アブラカダブラが一分ごとに私たちをボンベイ・セントラル駅に近づけていたからだ。私はピクチャー・シンの古い木の笛をつまみ上げた。それをひどくぶざまなやりかたで吹くと、蛇たちはもがき苦しみ、アメリカ人青年はふるえ上がって黙り込んだ。こうして耳障りな音をたてたおかげで、バセイン・ロード、クルラ、マヒムを過ぎたことに誰一人気づかず、私は孔雀の羽根の毒気を克服した。とうとうピクチャー・シンは薄笑いを浮かべながら鬱気分をふり払って、こう言った。

「やめとけよ、大将。そいつはわしが吹こう。でないと、苦しくて死ぬ人が出る」

蛇たちは籠のなかで静かになった。そして車輪も歌うのをやめ、私たちは到着した。ボンベイ！　私はアーダムを激しく抱きしめた。そしてたまらなくなって、昔の叫び声をあげた。「ボンベイに帰ったぞ《バック・トゥ・ボム》！」私がこうしてはしゃいでいると、アメリカ人青年はこんなマントラは聞いたこともないとばかり、きょとんとした顔をした。私は何度も「バック！　バック・トゥ・ボム！」と叫んだ。

バスでベラシス・ロードを下り、タルデオの円形交差点に向かい、目の落ちくぼんだパルシー教徒や自転車修理店やイラニ・カフェを越えて行った。するとホーンビー通り《ヴェラード》が右手に見えてくる――かつて散歩者たちが、雑種の牝犬シェリーが腸を引きずり出しているのをただ眺めていたところだ。そこではレスラーたちの紙人形が今なおヴァラブバイ・パテル・スタジアムの入口の上高くそびえていた！――日除帽をかぶった交通警官の横をガタガタ、バンバンと音をたてながら過ぎ、マハラキシミ寺院を越え――そしてウォーデン・ロードに入った！　ブリーチ・キャンディ・スイミング・プール！　そして懐かしい店々……だが名前が変わっている。スーパーマンの漫画本が山積みされていたリーダーズ・パラダイスはどこだろう？　バンド・ボックス洗濯店はどこだろう。一ヤードチョコレートを売っていたボンベリは？　そして何ということだ、かつてウィリアム・メスワルドの宮殿群がブーゲンビリアにからまれて立ち、誇らかに海を見おろしていた二層の丘の上に、巨大な醜怪なビルが建っている……ナルリカル族の女たちのバラ色のオベリスク型摩天楼だ。こいつが立ちはだかったおかげで、子供時代のサーカスリングは取り払われてしまった……そう、これは私のボンベイであり、と同時に私のものではなかった。ケンプス・コーナーに着いてみても、インド航空の藩王《ラージャ》やコリノス・キッドの広告板はなくなっていた。永久に消えていた。トマス・ケンプ商会そのものが跡かたもなく消えていた……昔、薬が調合され、葉緑素《クロロフィル》色の帽子をかぶった妖精がにこにこして車の流れに微笑みかけていたあたりが、立体交差点になっていた。失われたものを惜しみながら、私は小声でつぶやいた。「歯を清潔に、歯をピカピカに！　歯をコリノスで真っ白に！」しかしこの呪文を唱えてみても過去が帰ってくるはずもなかった。私たちはギブズ・ロードをガタガタ下り、チョウパティ・ビーチの近くで下車した。

チョウパティは少なくともあまり変わっていなかった。スリと散歩者、そしてホット・チャナ・チャナ・ホット、クルフィ、ベール・プーリー、チャッター・ムッターなどの売子がうようよしている、汚ならしい砂浜だ。ずっと向こうのマリーン・ドライヴには、テトラポッドの成果が見えた。ナルリカル協会が海を埋立てて造った土地に、異様な外国風の名前を持った巨大な怪物たちが空にそびえていた。〈オベロイ・シェラトン〉のネオンが遠くからギラギラ光っていた。ジープのネオンサインはどこだろう……「さあ、ピクチャーさん《ジー》」と私はとうとう、アーダムを抱きしめながら言った、「目的地へ行こう。それだけでいい。街は変わってしまったよ」

〈真夜中秘密《ミッドナイト・コンフィデンシャル》クラブ〉については何が言えようか？　その所在地は地下で秘密だ（といっても全知のパーン売りには知られている）ということ、入口には何の表示もないということ、その顧客はインド社交界の花形たちだということとくらいか。ほかに何がある？　ああ、そうだ、経営者はアナンド・「アンディ」・シュロフという実業家兼プレイボーイであり、彼はたいていの日はジュフー・ビーチの陽砂《サヌンサンド》ホテルで映画スターや元貴族の令嬢たちに囲まれて日光浴をしている。インド人が日光浴だって？　だが明らかにこれは普通のことなのだ。プレイボーイ界の国際ルールは厳守されなければならないものであるが、そのなかにはきっと、毎日お天道《てんとう》様を拝むという一項も入っているのだろう。

私はなんて無邪気なのだろう（なのに私は鉗子のくぼみのついたソニーこそ無邪気だと考えていたのだ！）――〈真夜中秘密クラブ〉のような所があるなどと考えてみたこともなかった！　だがもちろんそれはあった。笛と蛇籠を持って、私たち三人はその扉を叩いた。

鉄の、目の高さについた小さな格子窓から、なかの動きが見えた。低い甘美な女の声が私たちの用向きを訊ねた。ピクチャー・シンがこう答えた。「わしは世界一の蛇つかいだ。こちらで余興用の蛇つかいを雇っておられるだろう。わしはそのご仁に挑戦して自分の優位を証明したい。謝礼はいらない。お嬢さん、これは名誉の問題だ」

日暮時だった。アナンド・「アンディ」・シュロフ氏は幸運にもこの敷地内にいた。手短かに言えば、ピクチャー・シンの挑戦は受け入れられ、私たちはその店に入った。私はその名称にはいささか度肝を抜かれていた。何しろ「真夜中《ミッドナイト》」という一語が入っていたし、頭文字には私の昔の世界が隠れていた。ＭＣＣはかつてのメトロ・カブ・クラブの略語でもあり、また〈真夜中の子供たち会議《ミッドナイト・チルドレンズ・カンファレンス》〉の略語でもあった。それが今、秘密のナイト・スポットによって横取りされている。一言でいえば、侵害された、と私は感じた。

ボンベイの垢ぬけしたコスモポリタンな若者たちのかかえている問題は二つあって、一つは禁酒州でアルコールを飲むにはどうしたらよいかであり、もう一つは、娘たちを連れ出してどんちゃん騒ぎをしながら、秘密だけはちゃんと保って、スキャンダルというまさに東洋的な恥さらしは避け、最良の西欧的伝統に従って恋を楽しむにはどうしたらよいか、であった。〈真夜中秘密クラブ〉はこの街の金ぴかの青年たちの悩みに対するシュロフ氏の解決策だった。この淫蕩な地下世界に、彼は真っ暗な、地獄のように暗い世界を創出していた。真夜中の闇の秘密のなかで、この街の恋人たちは会い、輸入品の酒を飲み、恋にふけった。閉ざされた人造の夜のなかで、彼らは安全を保証された上でいちゃつきあった。地獄とは局外者たちの描く幻想である。すべての物語《サガ》は少なくとも一度は冥界《ジャハンナム》に堕ちる話を必要とする。私は赤ん坊を抱いて、ピクチャー・シンのあとについてクラブの墨を流したような闇のなかへ入って行った。

私たちは豪華な黒い絨毯──その黒さは真夜中のような、嘘のような、烏のような、怒りのような、「よう、黒人さん《ブラック・マン》！」と言う時のような黒である──の上を、うっとりするような性的魅力を持った案内嬢のあとについて歩いて行った。彼女はエロティックにサリーをヒップまで下げて着ていて、へそにはジャスミンの花を飾っている。闇のなかに降りていく時、彼女は振り向いてにっこり笑って安心させてくれた。ふと見ると、彼女の目は閉じていて、瞼の上に不気味に明るい目が描かれている。私はとっさに、「どうして……」と訊ねてしまった。それに対して彼女はあっさりこう答えた。「私は盲人です。それに、ここへ来る人はみな、見られたくないんです。ここは顔も名前もない世界です。人びとはここでは記憶も家族も過去も持ちません。ここは今だけのためにあり、今のためにしかありません」

そして闇が私たちを呑み込んだ。彼女に導かれて私たちは光が手枷足枷をはめられているあの悪夢の落とし穴、あの時間の外の場所、あの歴史が否定されている空間をくぐって行った……「ここにお坐りなさい」と彼女は言った。「相手の蛇つかいが来ます。時間が来ると、あなたにライトが当てられます。そうしたら試合を始めなさい」

私たちはそこに坐っていた——何分、何時間、何週間？——盲目の女たちの赤く光る目が、姿の見えない客たちを席に案内していた。暗がりのなかで私はようやく、にこ毛のハツカネズミの交尾のような、低い、なまめかしいささやきに囲まれていることに気づいた。たがいに組んだ腕に持つグラスの当る音、唇のやさしい触れあい。良い方の耳と悪い方の耳で、私は淫靡な情事の音が真夜中の闇に充ちているのを聞いた……だが何が起こっているのか知りたいとは思わなかった。クラブのささやきに充ちた沈黙のなかに、あらゆる種類の新たな恋や出会い、異国風の禁断の愛、ささいな気づかれない行きちがい、はめを外し過ぎている連中、ほとんどありとあらゆる色事を、私の鼻は嗅ぎとることができたが、私はすべて無視することにした。これは私とは無縁な新しい世界だったのだ。しかし息子アーダムはうっとりと耳を傾けて、私のかたわらに坐っていた。闇のなかで聞きながら目を輝かせ、記憶し、学び……その時、明りが点いた。

一条の光が〈真夜中秘密クラブ〉のフロアにこぼれ落ちた。明るくなったところの向こう側の暗がりから、アーダムと私は、ピクチャー・シンが、ブリルクリームで髪をなでつけたハンサムな若者の隣に、固くなって、胡座をかいているのを見た。二人はそれぞれ商売道具の楽器と閉じた籠に囲まれていた。拡声器が世界一の蛇つかいのタイトルを競う伝説的な試合の開始を宣言した。だが誰が聞いているのだろう？　誰か見ている人がいるだろうか。それともみな、唇や舌や手を這わせることに忙しすぎるのだろうか？ピクチャー氏《ジー》の敵手の名前はクーチ・ナヒーン大王《マハラージャ》と言った。

（どういうことかは知らない。称号を名のるのはたやすいことだ。しかしもしかしたら彼は本当に、かつて、はるかな昔、アジズ医師の友人だった老女王《ラーニ》の孫であるかもしれない。もしかしたらハミングバードの支持者の末裔が皮肉にも、第二のミアン・アブドゥラーになったかもしれない男と取り組まされていたのだ！　こういうことはいつだって、起こりうるのだ。多くのマハラージャたちは、〈未亡人〉に文官待遇の俸給を取り上げられた時から貧乏になっていたから。）

この陽の差さないほら穴のなかで二人はどのくらい競っていたろうか。何ヵ月、何年、何世紀？　私には分からない。二人が想像しうるあらゆる種類の蛇を手なずけ、ボンベイの蛇飼育場（かつてシャープシュテーケル博士が……）からさまざまな珍種を届けさせては相手を負かそうと奮闘するさまを、私はすっかり魅了されて見守った。マハラージャとピクチャー・シンは蛇と蛇で対戦し、ともに獲物を絞め殺す大蛇《コンストリクター》を手なずけることに成功した。以前だと、こんな芸ができるのはピクチャー氏《ジー》だけだった。クラブ経営者の黒好みのもう一つの現われである地獄のような暗闇(彼の黒への執着は病い膏肓《こうこう》に入るといった感じで、彼は毎日、陽砂《サヌンサンド》ホテルでこれでもかこれでもかと肌を黒く焼いていた)のなかで、二人の名人は蛇たちを叱咤して信じがたいような曲芸をさせ、飾り結びや蝶結びに自分を縛りあげさせ、あるいはワイングラスから水を飲ませ、火の輪をくぐらせた……ピクチャー・シンは疲労にも空腹にも老齢にもめげず、一世一代のショーを演じていた(しかし誰が見ているのか、誰か一人でも?)——そしてついに若い方の男がまず疲れてきたことが明らかになった。彼の蛇は笛の音に合わせて踊るのをやめた。そしてついに何が起こったのか分からぬような手先の早業で、ピクチャー・シンはマハラージャの首にキングコブラを巻きつけた。

ピクチャー・シンは言った。「敗北を認めるんだな、大将。でないと、こいつにお前さんを咬ませるぞ」

これで試合終了となった。恥をかかされた大王はクラブを去り、その後タクシーのなかで拳銃自殺をとげたと伝えられた。最後の戦場でピクチャー・シンは倒れるベンガル菩提樹のように卒倒し……私は盲目の案内嬢たち（その一人にアーダムを預けて）の手助けをかりて、彼を戦場から運び出した。

しかし〈真夜中秘密クラブ〉は一つのいたずらを隠し持っていた。一晩に一度だけ――ちょっとした刺激を添えるために――移動するスポットライトが情事に耽っている一組のカップルを捜し出して、闇にかくれた仲間たちの目の前にさらけ出すのだった。これには光を使ったロシアン・ルーレットの趣きがあり、明らかに街の若いコスモポリタンたちにスリルを与えていた……その晩、生贄に選ばれたのは誰だろう？　角のようなこめかみをし、あざだらけの顔をし、キュウリの鼻をして、恥さらしの光のなかに溺れたのは誰だろう？　電球の覗き見《ヴォワユーリズム》によって案内嬢のように盲目にされ、意識を失っている友の脚をもう少しで落としそうになったのは、誰だろう？

サリームは故郷の街に帰ったその日に、地下室で、暗がりのなかのボンベイ人たちから嘲笑を浴びせられながら、照らし出されていた。

さて急ごう。結末に到達したのだ。光が許されている奥の部屋で、ピクチャー・シンが気絶の発作から回復したことを記しておこう。アーダムがぐっすり眠っている間に、盲目のウェートレスがお祝いのご馳走を運んで来た。勝利の平皿《ターリ》の上には、サモサ、パコラ、ライス、ダール、プーリー、それにグリーン・チャツネがあった。小さなアルミニウムの椀に入ったチャツネ、しかもありがたいことに緑だ、バッタのような緑……そしてまもなくプーリーが私の手のなかにあった。プーリーにチャツネをつける。それを味わう。そしてもう少しでピクチャー・シンの卒倒を真似るところだった。というのもその時、私は九本指になって病院から出て来て、ハーニフ・アジズの家で亡命生活に入り、世界一おいしいチャツネを与えられた日に連れ戻されたからだ……このチャツネの味はあの昔の味の単なる名残りではなくて——昔の味そのもの、全く同じものなのだ。それは過去を取り戻す力を持っていて、過去はまるで消え去らなかったかのようだ……異常な興奮を覚えて私は盲目のウェートレスの腕をつかまえ、こらえきれずに口走った、「このチャツネは、誰がつくったんだい？」私は叫んでいたのだろう。ピクチャーにこうたしなめられた、「落ち着いて、大将。子供を起こしちゃうよ……それにどうしたってんだよ？　親の仇の幽霊でも見たような顔をして！」盲目のウェートレスはいささか冷やかに言った、「このチャツネがお気に召しませんか？」私は思い切り大声を出したいのを抑えなければならなかった。「いや、好きなんだ」と私は努力して蚊の鳴くような声で言った、「好きなんだよ——だからどこでつくったか聞きたいんだ」すると彼女は驚き、逃げようとしながら言った、「ブラガンサ・ピクルスです。どなたもご存じの通り、ボンベイ最高のピクルス・メーカーです」

私は壜を持って来させた。ラベルに社名と住所が記されていた。門の上にサフラン色と緑色のネオンの女神が瞬いている建物、ローカル列車が黄色と褐色の帯をなして通過する間もネオンのムンバデヴィ女神に見張られている工場、都心から延び広がった北郊に位置するブラガンサ・ピクルス(私営)会社。

またしてもアブラカダブラ、開けごま《オープン・セサミ》。チャツネの壜に記された言葉が私の人生の最後の扉を開いてくれた……私はこの信じがたい記憶のチャツネの製造元をつきとめたいという抗しがたい決意にとらえられて、言った。「ピクチャーさん、ぼくは行かなくちゃならない……」

ピクチャー・シンの物語の結末は知らない。彼は私の探求に同行することは拒んだ。彼の目のなかに読みとれたことは、彼の苦闘が彼の内部の何かを壊してしまったということ、彼の勝利が実は敗北であったということである。しかし彼が今もボンベイにいるかどうか(もしかしてシュロフ氏のところで働いているかもしれないのだが)、洗濯女のところへ戻ったのか、まだ生きているかどうか、私には何も分からない……「あなたと別れるわけにはいかない」と私は執拗にくいさがったが、彼は答えた、「馬鹿なことを言っちゃいけないよ、大将《ジー》。あんたにはしなければならないことがある。それならあんたは行くほかないさ。さあ、行った行った。わしにゃ、あんたを引きとめる筋合はないんだ。レーシャムばあさんの言ったようにさ、さあ、行った行った、だよ。さっさと行きな！」

アーダムを連れて、私は去った。


旅の終り。盲目のウェートレスたちの地下世界から、私は息子を抱いて北へ北へ北へと歩いた。そしてついに蠅がヤモリに食われており、桶が泡立ち、屈強な腕の女たちが卑猥な冗談を言い合っている所へたどり着いた。円錐形の乳房をして口先をとがらせた監督たちがいて、壜詰め作業場からピクルス壜のぶつかりあう音があたりじゅうに響きわたっているこの世界へ……そして旅路の果てで、腰に手を当て、汗ばんだ前腕の毛を光らせながら、私の前に立ちはだかったのは誰だろう？　まことに直截に、「旦那さん、ご用は何でしょう？」と問いかけたのは誰だろう。

「あたしよ！」とパドマが叫ぶ。あの時の記憶に興奮し、いささか当惑してもいる。「もちろんよ、ほかの誰だというの？　あたし、あたし、あたし！」

「こんにちは、奥さん《ベーガム》」と私は言った。（「ほんとにあなたって──いつも礼儀正しかったものね！」とパドマが叫ぶ。）「こんにちは。ところで経営者の方にお目にかかりたいのですが?」

その時のパドマの不愛想で、警戒心をむきだしにした、頑固な態度といったら!

「駄目です。経営者の奥様《ベーガム》は忙しい方ですから。アポイントメントがなくてはね。あとでいらして下さい。きょうはお引きとりになって」

聞くがいい。私は留まって、口説き、おどし、腕力を用いてでもパドマの通せんぼをはねのけて進んだかもしれないのだ。ところが高架通路の方から叫び声があがった——ほらオフィスの外のこの通路だよ、パドマ——そこから、今までわざと名前を伏せておいた人が、大きなピクルスの桶ときらきら光るチャツネの向こうから見おろしていたのさ——その人が金属製の階段をガタガタと降りて来て、声を限りに叫んだのだ。

「あーら《オー・マイ・ゴッド》、あーら、ほんとにまあ《ジーザス》、坊っちゃん《バーバ》、坊や、夢みたい、坊っちゃん、わたしが分からない? とても痩せたのね、さあさあ、キスさせてね、お菓子をあげましょう!」

思った通り、ブラガンサ・ピクルス(私営)会社の経営者にして、ブラガンサ夫人と名のるこの女性は、もちろん私の昔の子守女《アーヤ》、真夜中の犯罪者、ミス・メアリー・ペレイラ、この世に生き残っていた私の唯一の母親であった。

真夜中、もしくはその時分。畳んだ(そしておろしたての)黒い傘を持った男が鉄道線路の方から歩いて来て、窓の外で立ちどまり、しゃがみこみ、脱糞する。そして光を背にうけてシルエットになった私を見て、覗かれたことを怒るかわりに、「これを見ろ！」と叫ぶ。そしてかつて見たこともないほど長い糞をひりつづける。「十五インチだ！」と彼は言う。「あんたはどれくらいのを出せるかね?」もっと元気だった頃なら、私は彼の生涯の物語を語りたくなったことだろう。その時刻と、傘を持っているという事実だけで、彼は私の物語のなかに織り込まれるための条件を十分に備えていると言えそうだ。事情が許せばきっと私は、私の生涯と闇の時代を理解したいと思う人にとって、彼の存在が不可欠であることを証明して終ることができたであろう。しかし今、私は電源を切られ、プラグをはずされて、墓碑銘を書くことだけが残された人間だ。だから、脱糞選手権保持者に手を振りながら、「調子のいい日は七インチだ」と答えて、彼のことは忘れることにした。

明日、それとも明後日。割れ目は八月十五日を待っているだろう。まだ少し時間がある。明日、終えるとしよう。

きょうは休んでメアリーを訪ねた。暑さと埃のなかを長時間バスにゆられて行った。

独立記念日を前にして、街々には活気がみなぎっている。だが私は別の、もっと薄汚れた臭いを嗅ぐ。幻滅、打算、冷笑……まもなく三十一歳になる自由の神話は、もはやもとのままではない。新しい神話が必要だ。しかしそれは私の関知するところではない。

　今はブラガンサ夫人と称しているメアリー・ペレイラは、妹のアリス、現在のフェルナンデス夫人と共に、二層の丘のナルリカル族の女たちのピンク色のオベリスクのなかの一つのアパートに暮らしている。かつては同じ場所の、今は取り壊された宮殿内の使用人のマットの上に彼女は寝ていたのだ。彼女の寝室は、漁師の人差指が少年の両眼を水平線の方に誘っていたのとほぼ同じ位置の空間を占めている。チーク材の揺り椅子に坐って、メアリーは〈夕陽に赤い帆〉を歌いながら、私の息子をそっと揺する。真っ赤なダウ船の帆が遠い空を背にして張られている。

　しきりと昔が偲ばれる、ある楽しい日のこと。昔のサボテン園がナルリカル族の女たちの革命を生きのびたことに気がついて、植木屋《マーリ》から鋤を借りてきて、久しく埋まっていた世界を掘り起こした。即ち、カリダス・グプタなるカメラマンの撮影になる、黄変し蟻に食われた大きな赤ん坊の写真と、首相からの手紙が入った、ブリキの地球儀を。それから日は経って、私たちがメアリー・ペレイラの運命の変転についてお喋りするのはこれで十二回目だ。メアリーの現在の境遇に関しては妹のアリスに負うところが大きかった。彼女の夫フェルナンデス氏は気の毒にも、色盲のせいで命を落としたのだった。古いフォード・プリフェクトを運転中に、当時ボンベイにはまだ少なかった交通信号のところで、混乱して、事故を起こしたのだ。アリスは彼女の雇い主である恐ろしく企業精神に富んだナルリカル族の女たちが、テトラポッドで稼いだ金をピクルス会社に投資したがっているという朗報をたずさえて、ゴアに逃避中の姉を訪ねた。「あたし、メアリーのように漬物《アチャール》とチャツネの作れる人はどこにもいないって、あの人たちに言ったのよ」とアリスはありのままを報告した、「姉は何しろそのなかに自分の感情を入れちゃうんですから、とね」アリスは結局、気だてのやさしい娘だったわけだ。ところで、坊っちゃん《バーバ》、どう思います。世界中の人がわたしのへたなピクルスを食べて下さっていて、イギリスでも食べられているなんて、どうして信じられましょう。それに、あなたの懐かしい家のあったところに、私は今こうして坐っていますが、その間にあなたがいろいろな目に遭われて、長らく乞食《バーブ・レ》のような暮らしをして来られたなんて、誰に分かります。何という世界でしょう。驚いた！

　そしてほろ苦い嘆き。何てお気の毒なご両親！　あの立派な奥さんが亡くなってしまったなんて！　それにかわいそうな旦那様。誰から愛されているのかも、どうやって人を愛するのかも、ご存じない方だったけれど！　それにモンキーまでもね……だが私はさえぎって言う、いや、亡くなってはいないよ。それは嘘だ。亡くなってはいない。修道院で、ひっそりと暮らしているんだよ。

この地の島々をイギリス人に婚資として貢いだ王妃キャサリンの名前（ポルトガルの王家名ブラガンサを指す）を盗用しているメアリーが、ピクルス作りの秘訣を教えてくれた。（キッチンに立っていた私を相手に、グリーンのチャツネに罪を混ぜ込みながら始めてくれた教育を、メアリーはまさにこの同じ空間で終了することになった。）今や白髪の老齢に達して引退し、家に引っ込みながら、もう一度赤ん坊をあずけられて子守女《アーヤ》としての幸福を味わうことになった。「ようやく本を書く仕事も終ったのだから、坊っちゃん《バーバ》、坊やのためにもっと時間を使うべきですよ」と彼女は言う。でもメアリー、私はこの子のために書いたのだ。すると彼女は話題を変えてしまった。この頃では彼女の話は飛躍が多くなった。「あら、坊っちゃん、どうしたの、その顔は。すっかりおじいさんになってしまったのね！」

金持のメアリーは金持になろうなどとは夢にも思ったことがないので、今なおベッドに寝ることができない。だがコカ・コーラは日に十六本も飲んでいる。歯の心配はなかった。一本残らず抜け落ちていたから。飛躍して、こんなことを言う。「ずいぶん突然、結婚するのね、なぜ？」パドマが望んでいるからさ。とはいえ、彼女は急を要する体になったわけではない。なにしろ私はこんな体になってしまって、彼女をそうさせたくても、できはしない。「分かったわ、坊っちゃん。ただ、訊いてみただけですよ」

その、時間の終末に近い薄明の一日は、何事もなく暮れそうに思えた。ところが今、アーダム・シナイが三歳と一ヵ月二週間にして、ようやく声をだしたのだ。「アブ……」あら、驚いたのなんの、聞いてよ、坊っちゃん、この子、何か言ってますよ！ するとアーダムが注意深く言った、「アッバ……」つまりお父さん《アッバ》と言ったのだ。彼は私を父と呼んでいる。だが、言葉はまだ終っていなかったのだ。顔面が緊張し、ついに息子は、父の私が先に死んでいかなければならないこの世界で、うまく身を処して行くにはマジシャンにでもなるほかあるまいこの世界で、恐ろしい最初の一語を完結する。「……カダッバ」

アブラカダブラ！ しかし何も起こりはしない。私たちがヒキガエルになるわけでも、天使が窓から飛び込んで来るわけでもない。子供はただ筋肉をぴくっと動かしているだけだ。私は彼の奇跡を見ることはあるまい……メアリーがアーダムの偉業を祝福している間に、私はパドマのいる工場に戻る。息子の謎のような言語への突入は、私の鼻孔にやっかいな臭いを残した。

アブラカダブラ。全くインドの言葉ではない。バシレイデス（一四〇年頃没のアレクサンドリアの神学者）派のグノーシス主義の最高神の名に由来するカバラ的な決まり文句である。一年の日の数、天国の数、アブラクサス神から発出する聖霊の数である365という数を含んだ言葉だ。「いったいこの子は、自分を誰だと思っているのだろう？」私がこう問うのはもう何度目かである。

私の特製ブレンド。私はそれを蓄えてきた。ピクルス製造の象徴的な価値。それは、インドの人口を産み出した六億の卵子ぜんぶが、ただ一本の標準サイズのピクルス壜のなかに収まってしまうことだ。六億の精子はスプーン一つにすくいあげられてしまう。すべてのピクルス壜は（しばらくの間、誇張したもの言いを許してほしい）それゆえ、この上なく高い可能性、歴史のチャツネ化の可能性、時間のピクルス化の希望を含んでいる！　だが私はすでに、いくつもの章をピクルスにした。今夜、〈特別調理法ナンバー30「アブラカダブラ」〉というラベルの貼られた壜にしっかりと蓋をしめることによって、私は長たらしい自伝の結末に到達する。言葉とピクルスによって私は記憶を不滅化した。もっともどちらの方法によっても、歪みは避けられない。残念ながら、われわれは不完全性の影と共に生きなければならない。

近頃、私はメアリーの代わりに工場の経営をやっている。アリス――「フェルナンデス夫人」――が財政面をとりしきっている。私の責任はこの仕事の創造的な面に関してである。（もちろん私はメアリーの罪をゆるした。私は父たちのみならず母たちをも必要とする。そして母たる者を責めるわけにはいかない。）ブラガンサ・ピクルスの完全に女ばかりの働き手の間で、ネオンに飾られたムンバデヴィのサフラン色と緑色の瞬きの下で、明け方に女たちが頭にのせた籠で運んでくるマンゴー、トマト、ライムを選り分ける。「男」というものに昔から憎悪を抱いているメアリーは、私以外の男を、彼女の新しい快適な世界のなかに入れようとはしない……私と私の息子以外は。ところでアリスは今も時どきちょっとした情事を楽しんでいるようだ。パドマは最初から私に惚れ込んでいた。抑えられてはち切れんばかりに溜まっていた世話女房気質の捌け口を私に見出したわけだ。私はほかの女のことまで考えることはできないが、ナルリカル族の女たちの恐るべき有能さは、この工場のフロアの上で桶をかきまわす女たちの強い腕の献身のなかに反映している。

チャツネ化に必要なものは何か？　もちろん原料が必要だ――果実、野菜、魚類、ヴィネガー、スパイス。サリーを脚の間にたくし上げた漁師の女房たちが毎日来てくれること。キュウリ、ナス、ミント。それに目、氷のように青い、果実の表面的な魅力に騙されない、柑橘《かんきつ》類の皮の下の腐敗を見破ることができる目。そして指、ほんのかすかにふれただけで緑のトマトの秘密の変わりやすい中心を探り当てられる指。そしてとりわけ鼻、ピクルスにしなければならないものの隠れた言葉、そのユーモアとメッセージと情緒を嗅ぎ分けられる鼻……ブラガンサ・ピクルスで、私はメアリーの伝説的調理法にもとづく製造を監督する。だが私の特別ブレンドもある。排水後に得た鼻孔の能力のおかげで、私はそのブレンドのなかに記憶や夢や思想を含め込むことができたので、それがひとたび大量生産過程に入ると、それを消費した人はみな、胡椒入れがパキスタンで何をしたかを、またスンダルバンへ行くとどんな気分がするかを、知ることができるのだ……信じてもらえるかどうか知らないが、これは本当なのだ。三十本の壜が棚の上に光っていて、健忘症にかかった国民の上にぶちまけられるのを待っている。

（そのかたわらで一本の壜が空のままだ。）

たえず、果てしなく推敲していかなければならない。これまで語ってきたことに私が満足しているとは思うなかれ！　私の不満な点は次の通りだ。父の思い出の入っている壜の中身に、あまりにも辛い味を出しすぎた。「ジャミラ・シンガー」（特別製法ナンバー22）の愛の味が何とも曖昧だと感じる鈍い人は、私が近親相姦的な愛を正当化するために取り替え子の話をでっちあげたと考えるかもしれない。「洗濯物入れのなかの出来事」というラベルの貼ってある壜の中身は何となくありそうもない、本当らしさに欠けるという印象だ——このピクルスは、たとえば、サリームは何故に能力を得るために事故を必要とし、他の子供たちの多くは必要としなかったか、という十分に答えきれない問いを提起する……あるいはまた、「全インド放送」その他では、味のオーケストラのなかに一つの不協和音が入っている。つまり、メアリーの告白は真のテレパシー能力者にとって果してショックだったろうか？　ピクルス版の歴史のなかで、時としてサリームの知識が少なすぎるように見え、また時として多すぎるように見える……そう、本当なら私は推敲に推敲を重ね、練りに練るべきところなのだ。しかし時間もエネルギーもない。私には、そのような成り行きだったのだから、そのような成り行きなのだ、と頑固を通すほかない。

スパイスのベースの問題もある。ターメリックとクミンの複雑な風味、コロハの微妙さ、いつ大きな(そしていつ小さな)カルダモンを使うか。ガーリック、ガラム・マサラ、棒シナモン、コリアンダー、ジンジャーなどの千変万化の効果……時おり、微量の土を入れて風味をつけることはいうまでもない。(サリームはもはや清浄さのとりこになってはいない。)スパイスのベースに関しては、私はどうしてもピクルスにすること、それは結局、不滅性を付与する避けがたい歪みを許さざるを得ない。ピクルス製造過程における避けがたい歪みを許さざるを得ない。魚、野菜、果実はスパイスとヴィネガーのなかに防腐化されて浮かぶ。

ある種の変容、かすかな味の強化くらいたいした問題ではあるまい？　この技術は味の種類ではなく度合を変えることにある。特に（私の三十と一本の壜のなかでは）それに姿と形を――すなわち意味を――与えることにあるのだ。（不条理性の恐怖のことはすでに述べた。）

　ある日もしかして、世界は歴史のピクルスの味がしてくるかもしれない。それはある人たちの舌には強すぎるかもしれないし、臭いがきつくて涙が出るかもしれない。それでも私はそれが本物の真理の味を持っていることを願う……それがともかくも愛の祈りであることを。

　一本の空き壜……どう終えようか？　メアリーがチーク材の揺り椅子に坐っていて、息子が話しはじめるというハッピー・エンドではどうだろうか？　調理法と、章の名前のついた三十本の壜の素描によってではどうか？　憂鬱な気分でジャミラとパールヴァティ、そしてエヴィ・バーンズの思い出にのめり込んでゆくところではどうか？　それとも魔法の子供たちの話ではどうか……だがその場合、ある者たちが逃げたことを喜ぶべきなのか、それとも排水の潰滅的影響の悲劇的結末をもって終えるべきなのか。（というのはひび割れの起源もこの排水にあるのだから。上半身も下半身も排水された、不幸な、こなごなになった体は、枯渇したがゆえに割れはじめたのだ。かちかちに干からびて、ついに生涯にわたってうちのめされてきたことの影響に屈した。そして今、切れ目や裂け目ができ、砕けていく。亀裂から悪臭が出ていて、これは死臭にちがいない。制御力。できるだけ長く制御力を保たなければならない。）

それとも問いで終えようか。現に今、手の甲に割れ目が見える、生え際に、足指の間に割れ目が見えるというのに、なぜ血が出ないのか？　すでにそれほどまでに空《から》になり、乾燥し、ピクルス化されているのか？　すでに自分自身のミイラになっているのか？

それとも夢で。というのは昨夜、修道院長の幽霊が出てきて、穴のあいた雲の穴から下界を覗き、四十日間の喪の涙を雨と降らすことができるように、私が早く死ぬのを待っていたのだ……そして私は自分の肉体から流れ出して行き、自分の先細りした姿を見おろしていた。そしてかつて鏡のなかで安堵の顔をしていた灰色の髪の小人を見た。

いや、それはだめだ。私は過去を書いてきたように未来を書かなければならない。預言者の絶対的確実性をもって、未来を記さなければならない。しかし未来は壜詰めにはできない。一つの壜は空にしておかなければならない……以下のことはまだ起こっていないがゆえに、ピクルスにすることはできないが、きょうは私の三十一歳の誕生日で、まちがいなく結婚式が執り行われるだろう、パドマは手のひらと足の裏にヘナの網目模様を描き、新しい名前、おそらくはこちらを見張っている修道院長の幽霊に敬意を表してナシームという名前を持つことになるだろう、窓の外には花火と人混みがあるだろう、独立記念日なので街には群集という多頭の怪物が繰り出す、それにカシミールも待っていよう、私は列車の切符をポケットに持っているだろう、かつてパイオニア・カフェで、映画スターになることを夢見ていた、田舎出の若者の運転するタクシーがあるだろう、私たちはざわめく群集の中心に向かって南へ南へ南へと走るだろう、群集はおたがいどうし、そして閉め切ったタクシーの窓に向かって絵の具入りの風船を投げるだろう、まるでホーリー祭（春分の頃の祭りで、無礼講が許され、人びとは黄、赤、青などの色水や粉をかけあう）の絵の具祭りのようだろう。一匹の犬が見殺しにされたあのホーンビー通り《ヴェラード》では、群集、混雑した群集、境界のない群集が全世界を充たさんばかりにふくれあがり、前進を不可能にしてしまうので、私たちはタクシーを捨て、運転手の夢を捨て、ひしめく群集のなかを歩きながら、そう、私はパドマとはぐれてしまう、わが糞蓮姫は荒れ狂う海のかなたから私に向かって腕を伸ばす、ついに彼女は群集のなかに没し、私は莫大な数字のなかで一人になる、数字が一、二、三と進んでいく、私は右に左にもまれ、切れ目、裂け目、割れ目は極みに達して、私の体は悲鳴をあげ、もはやこの種の扱いを受け入れることができない、だが今、私は群集のなかに馴染みぶかい顔を見る、彼らはみなここに来ている、祖父アーダムとその妻ナシーム、アリアとムスタファとハーニフとエメラルド、ムムターズのちの名アミナ、ナディルのちの名カシム、ピアと夜尿症のザファルとズルフィカル将軍、彼らはみな私のまわりに集まってきて、押したり、突いたり、もみくちゃにしたりし、割れ目は広がり、私の体の破片がこぼれおちる、この最後の日に立ち会うために修道院を脱け出して来たジャミラの姿も見える。夜のとばりが降り、とっぷりと暮れる、真夜中に向かってティクタクと秒読みが始まる、花火と星、ボール紙を切り抜いたレスラーたちがある、カシミールに到達することはあるまい、ムガル皇帝ジャハンギールのように、人びとが生を楽しむために、あるいは生を終えるために、あるいはその両方のために赴く悦びの谷間を見ることがかなわぬまま、カシミールとつぶやきながら私は絶命するだろう。群集のなかに他の人びとが見える、必殺の膝をもつ戦争英雄の凄みのきいた姿、私に生得権をだましとられたことを嗅ぎつけて、彼は人混みをかきわけて私に近づいてくる、群集は今や、馴染みの顔ぶればかりになる、リキシャ・ボーイのラシドがクーチ・ナヒーン女王《ラーニ》と腕を組んでいる、アユーバ、シャヒード、ファルークの三人組が美男のムタシムと一緒にいる、そして別の方角、ハッジ・アリの墓の方角からは一つの神話的な亡霊が近づいてくるのが見える、〈黒天使〉だ、ただし私に近づくと、顔は緑、目は黒、真ん中分けの髪の左半分は緑、右半分は黒、目は〈未亡人〉の目になっている。シヴァと〈天使〉は間近に迫っている、嘘八百が夜の闇のなかで言われているのが聞こえる、なりたいものに、あなたはなれる、というのはなかでも最大の嘘だ、いよいよ割れ始める、サリームの分裂、私はボンベイの爆弾《ボム》だ、私が爆発するところを見てくれ、群集のものすごい圧力の下で骨が砕け、折れる、骨の詰まった袋が崩れていく崩れていく崩れていく、ジャリアーンワーラー庭園《バーグ》の虐殺みたいだ。しかしきょうはダイヤー将軍は来ていないようだ、マーキュロクロムもない、ただこわれた生き物が自分の断片を路上にこぼしているのみだ、私はとても多くの、あまりに多くの人間であった、人生は統語法《シンタックス》とは違って、一が多になることを許す、そしてついにどこかで時計がなる、十二のチャイム、発射。

そう、彼らは私を足で踏みつけ、数が一、二、三、四億五億六億と進んでゆく、そして私を声なき土くれにしてしまう、そのうちに同様に数は私の息子ならざる息子、そのまた息子ならざる息子、そのまた息子ならざる息子を踏みつけにするだろう、そして千と一番目の世代まで同じことがくりかえされるだろう、そしてついに千と一つの真夜中がその恐ろしい贈物を与え、千と一人の子供たちが死ぬだろう、自分の時代の主人でもあり同時に犠牲者でもあること、私生活を捨てて群集という絶滅に向かう渦のなかに呑み込まれること、そして平和に生きかつ死ぬことができないということは、真夜中の子供たちの特権でもあり呪いでもあるのだから。

作者自序

一九七五年、私は最初の小説『グリマス』を出版し、手に入った七百ポンドの前払い金でインドを旅行することにした。できるだけ長く旅を続けられるように安上がりを心がけ、十五時間続けてバスに揺られ、粗末な宿を泊まり歩いたこの旅から、『真夜中の子供たち』は生まれた。それはインドが核保有国になり、マーガレット・サッチャーが保守党の党首に選ばれ、バングラデシュの創始者シェイク・ムジブが殺された年、バーダー・マインホフの一味がシュツットガルトで裁判にかけられ、ビル・クリントンがヒラリー・ローダムと結婚し、サイゴンから最後のアメリカ兵が撤退し、フランコ総統が死んだ年であった。カンボジアではクメール・ルージュの血腥《ちなまぐさ》いゼロ年だった。その年E・L・ドクトロウは『ラグタイム』を出版し、デイヴィッド・マメットは『アメリカン・バッファロー』を書き、エウジェニオ・モンターレはノーベル賞を受賞した。そして私がインドから帰った直後、インディラ・ガンディー夫人は選挙違反で有罪となり、私の二十八歳の誕生日の一週間後に彼女は非常事態宣言を出し、独裁権力を獲得した。それは一九七七年まで続く長い暗黒時代の幕あきだった。私はほとんど立ちどころに理解した、どうやらG夫人は、私のまだ手探りの文学的プランの中枢部に踏み込んできたのだ、と。

私はしばらく前から少年時代についての小説を、自分のボンベイでの幼少期の記憶から甦ってくるような小説を書いてみようと考えていた。さらにインドという井戸の深いところから汲み上げた水をたらふく飲んでからは、いっそう野心的な構想を持つようになった。ここで私はサリーム・シナイという、インド独立の真夜中の瞬間に生まれたマイナー・キャラクターのことを思い出した。もともとは『敵対者』という未完の小説の草稿のなかに登場する人物である。このサリームを新しい構想の中心に位置づけてみると、どうしてもその特異な出生時刻のせいで、カンバスのサイズをとてつもなく拡大せざるをえないことが分かった。サリームとインドが対《つい》になるとすれば、双子の両者の物語を語ることが必要になるだろう。とすれば、何にでも意味を求めたがるサリームが私に示すことは、現代インド史の全体は彼ゆえにそのように生起したということであり、歴史、つまり彼の片割れである国家の営みは、ある意味ですべて彼の、仕業である、ということなのだ。この大それた主張を掲げたところで、この作品特有の語り《ボイス》のトーンが決まった。喜劇的なまでに自己主張が強く、性懲りもなく多弁なものが出来上がったが、語り手のしだいに悲劇的になっていく大見得のなかに、募りゆくペーソスが生まれていると感じていただけたらありがたいと思う。しかも私は少年と国家を一卵性双生児に仕立てたのだった。サディスティックな地理教師エミール・ザガロが生徒たちに「人文地理」の講義をしながら、サリームの鼻をデカン半島にたとえた時、そのジョークの残酷さもまた私の残酷さにほかならないことは明らかである。

このやり方は多くの問題をはらんでいた。ほとんどは文学上の問題だったが、差し迫った実際的な問題もいくつかあった。インドから帰った時、私は一文無しだった。念頭にあった小説はまちがいなく長い奇妙なものになりそうで、書くのにかなりの時間がかかると思われた一方、私は金に窮していた。結局、私は広告業界に戻るしかなかった。その後一年ほど、オグルヴィ&メイザー社のロンドン支局でコピーライターとして働いていた。同社の創始者デイヴィッド・オグルヴィは「消費者は馬鹿ではない。あなたの奥さんだ」という不変の訓示を垂れていたし、クリエイティヴ・ディレクター(私のボスでもあった)はダン・エリントンという、噂ではルーマニア生まれの人で、ある種の英語の使い手だった。彼のコピーは何というか、エキセントリックなしろもので、社内の語り草になっているところでは、彼はかつて、有名な「一日一杯、一パイントの牛乳」というコピーの後継として、驚くべき、そして明らかにルーマニアらしい宣伝文句、「牛乳を飲めばあっという間にお腹スッキリ」的なものを牛乳販売局に提出しようとして、止められたことがあるらしい。こうしたさほど世知辛くなかった時代、オグルヴィ社はつむじ曲がりの作家志望の人間を二、三人、パートタイムで雇うことにやぶさかではなかったので、私は同社を説得して、その種の幸せな面々の一人として再雇用してほしいとなんとか頼み込むことに成功した。私は週に二、三日働いた。だが何のことはない、もう一人のパートタイマーで作家のジョナサン・ゲイソン・ハーディ、すなわち『英国の乳母《うば》興亡史』の著者とのジョブ・シェアリングだった。金曜日の夜はウォータールー・ブリッジ近くのオフィスからケンティッシュ・タウンの自宅に帰り、熱い風呂に入って一週間の商業活動の垢を洗い流し、一人の小説家として出てくる――まあ、そんなふうに自分に言い聞かせていた。振り返ってみて、我ながら若干誇りに思うのは、若い自分の文学への献身的態度で、そのおかげで前途の邪魔をする者たちの甘言に負けまいとする力強い決意を保てたのだった。広告業界の美女《サイレン》たちは甘く誘惑的な声でさそってきたが、私はオデュッセウスが船の帆柱に身を打ちつけて凌いだことを思い出して、どうにか自分の目標に向かいつづけた。

　それでも広告業界は私によい訓練の場を与えてくれた。うまく生きてゆくには、どんな仕事であれうまくこなしてゆく術を身につけることがどうしても必要だったし、あの頃からずっと、私は自分の書く仕事を単になすべき仕事として扱い、芸術家気質のすべての（まあ、大半の）贅沢を自分に禁じてきた。そういえば、他ならぬオグルヴィ社のデスクに向かいながら、自分の新しい小説の題名をどうするか考えていなかったことが気になりだしたのを思い出す。そこで私は、新発売のクリームケーキ（「ヤバい、でもウマい《ノーティー・バット・ナイス》」）、エアロ・チョコレートバー（「やめられないフワフワ感《イレジスティバブル》」）、そして『デイリー・ミラー』紙（「明日の『鏡《ミラー》』を覗き込もう――きっと素敵なものが見えるはず」）のキャンペーンに間に合わせるべき大事な仕事から、数時間をかすめ取って、この問題の解決のために当てたのだった。最後に Midnight's Children と Children of Midnight という二つの案が残り、どちらを選ぶべきか苦慮した。両者をくりかえしタイプしてみたあと突然、比較するまでもないこと、Children of Midnight は凡庸なもので、Midnight's Children こそが良い題名であることが分かった。題名が決まることは小説をよりよく理解することにつながったし、そのあとは書くことが容易に、いささか容易になった。

　別のところで私は、インドの伝統である口承文芸の恩恵について、書いたり話したりしてきた。またインドの偉大な作家たちに加えて、ジェイン・オースティンやチャールズ・ディケンズの恩恵についても。オースティンが恩恵を与えてくれたのは、その時代の社会的慣習に閉じ込められた傑出した女性たち――インドにもよく似た境遇の女性がたくさんいることを私は知っているが――の肖像を描いたことによって。ディケンズの場合は、ボンベイとよく似た、腐敗した大都市を描いたこと、原寸大より一回り大きな人物たちとシュールレアリスト的なイメジャリを、鋭い観察眼に裏打ちされた、ほとんどハイパーリアリスティックな背景のうちに根づかせてみせたことによってである。彼の作品の喜劇的で幻想的な要素は、現実世界からの逃走によってではなく逆にそれを濃密化することによって、この背景から自然に湧き出てくるものらしいのだ。私は独自の文学言語を創ることへの関心についても、これまで十分に語ってきたと思う。これはインドの諸言語のリズムと思考様式に、「ヒングリッシュ」や「ボンベイヤ語」の特異性、つまりボンベイの多言語的《ポリグロット》なストリート・スラングが溶け合うことを許すものなのである。記憶の間違いや歪曲に対するこの小説の関心もまた、読者には十分に明らかだと思われる。だが、そろそろ私の架空の人物たちを生み出した大元の人びとに謝意を述べるのにふさわしい時かもしれない。つまり私の家族、私の子守女《アーヤ》ミス・メアリー・メネゼス、それに私の子供時代の友人たちに。

私の父は「アフマド・シナイ」という人物像にとても腹を立てていて、何ヵ月も私と口をきくのを拒んでいた。のちに私を「許して」くれはしたが、今度はそのことが私をたいへん苦しめて、何ヵ月もの間、今度は私が父と話すことを拒んだ。この本に対する母の反応についてはいっそう悩まされたが、母はすぐに、これが「ただのお話で――サリームはあなたではなく、アミナはわたしではないし、二人ともただの作中人物ということね」と理解してくれた。こうして、父がケンブリッジ大学で受けた英文学教育よりもはるかに、母の冷静な頭脳のほうが有用なことが証明された。妹サミーンの少女時代の通称は実際に「ブラス・モンキー」だったのだが、私が生《なま》の素材を利用したことに、彼女は満足してくれた。わが少年期の友人たち、学校友だちのうち、アリフ・タヤバリ、ダラブとフドリのタリヤルカン兄弟、キース・スティーヴンソン、パーシー・カランジーアの反応については、自信がない。しかしソニー・イブラヒム、片目、ヘアオイル、でぶ《ファット》のパース、甲状腺《グランディ》キースといった人物の創造に対して彼らが（最高のではないにせよ）何某かの貢献をしてくれたことに私は感謝している。エヴィ・バーンズはオーストラリア娘ベヴァリー・バーンズから生まれたのだが、彼女は私の初めてのキスの相手だった。だが実際のベヴァリーは自転車のクイーンではなかったし、彼女がオーストラリアへ帰ってしまった後は縁が切れてしまった。平泳ぎチャンピオン、マーシャ・ミオヴィックの人物像は、実在するアレンカ・ミオヴィックに負っているところがあるのだが、二年前、私はセルビアにいるアレンカの父親から『真夜中の子供たち』に関する手紙をもらった。その中で彼はばっさりと、娘はボンベイで過ごした子供時代に私に会ったことがあるという記憶をまったく持っていないと述べている。こんな次第だ。崇拝される者と崇拝する者の間には常に影が差しているわけだ。

さて、わが第二の母にして、実際には革命に参画する助産院職員を愛したこともなければ、生まれたばかりの赤ん坊を取り替えたこともなく、百歳まで生きながら一度も結婚せず、いつも私を息子と呼んでくれたメアリー・メネゼスはどうかというと、彼女は七つか八つの言語を話せたが読み書きは出来ず、それゆえ私の本は読まなかったけれども、一九八二年のある日の午後ボンベイで、この本の成功をとても誇らしく思っていると私に語ってくれた。彼女は自分とおぼしき登場人物の作中での描かれ方に違和感があったとしても、それをいちいち口に出す人ではなかった。

一九七九年のなかばに『真夜中の子供たち』を書き終え、ジョナサン・ケープ社の編集者をしていた友人リズ・コールダーに原稿を送った。のちに知ったことだが、最初の査読者《リーダー》の報告は短く、けんもほろろなものだったという。「この作者は長篇小説の書き方を身につけるために、まずみっちり短篇で修業する必要がある」というものだった。リズは次の査読者に感想を求めた。今回は幸運だったようで、二番目の査読者スザンナ・クラップは絶賛してくれた。さらに彼女のあとにもう一人、出版界の著名人で、編集者のキャサリン・カーヴァーも同様だった。リズは作品を買い取ってくれ、アルフレッド・クノップ社のボブ・ゴットリープもすぐそれに続いた。私はパートタイムのコピーライターの仕事をやめた。（じつはこの時すでに、オグルヴィ＆メイザー社から別の代理店エイヤー・バーカー・ヘーゲマン社に移っていた。）「おお」私が辞表を出すとクリエイティヴ・ディレクターは言った。「給料を上げてほしいのかね？」いや、と私は答えた。私はただ、フルタイムの作家になるために辞めるので、お知らせするまでだと説明した。「分かった」彼は言った、「相当な額の昇給をしろということだな」しかし『真夜中の子供たち』がブッカー賞に決まった夜、彼は祝電を送ってくれた。「うちの社員がでかしたぞ！」と書いてあった。

リズ・コールダーの編集は少なくとも二つの間違いから私を救ってくれた。最初に提出した草稿には、二番目の「聞き手《オーディエンス》」となる登場人物がいたのだ。サリームは「屈強なピクルス工場の女」パドマに向かって自らの一代記を語り聞かせているわけだが、実は場外《オフステージ》の女性ジャーナリスト宛てにも、彼は同じ話を書き送っているという設定だった。この登場人物は余計だ、ということでケープ社の査読者たちは意見が一致していたし、彼らの忠告を受け入れて本当によかったと思っている。リズはまた時系列のもつれを解く手助けもしてくれた。提出した草稿では物語は一九六五年のインド－パキスタン戦争から一気にバングラデシュ戦争の終結まで飛んでいて、それから一巡して、紛争におけるサリームの役割の物語へと戻っていき、パキスタン軍の降伏時にたどり着き、本筋に帰るという具合になっている。これでは時系列の転換が多すぎて、読者の集中力を殺《そ》いでしまう、とリズは感じていた。私は物語を時系列的に再構成することに同意し、これもまたそうしてよかったと思っている。編集者の絶大な功績は編集者自身の謙虚さのためにしばしば消されてしまうものである。だがリズ・コールダーがいなかったら『真夜中の子供たち』は、彼女の助けによって成ったものよりも、矮小なものになっていたに違いない。

　この小説の出版は一連の産業ストのために遅れたのだが、一九八一年四月はじめについに刊行され、四月六日、私は最初の妻クラリッサ・ルアードと一緒に、コヴェント・ガーデンのラングリー・コートにあった友人トニー・ストークスのこぢんまりしたアート・ギャラリーへ、出版記念のパーティに出かけていった。私は自分の小説の初版本に挟みこまれていた招待状を今も持っており、あの時は何よりもホッとした気分だったことを覚えている。本を書き終えた時、自分はようやく良い本を書いたのではないかという気がしたが、他の人も同じように感じてくれるだろうという確信は持てず、もしこの本が皆に嫌われるとしたら、それは私が良い本とはどういうものかを知らないということなのだから、自分は本を書こうなどとして時間を浪費することはやめるべきだ、と自分に言い聞かせた。そんなわけで、この小説の反響について賭けがなされたが、幸いにして書評は好意的なものだった。おかげで、コヴェント・ガーデンのお祭り気分《ハイ・スピリット》と相成ったのである。

西洋では『真夜中の子供たち』はファンタジーとして受け取られることが多かったが、インドではこの本はもっぱら現実を描いたものとして、ほとんど歴史の本のように読まれた。(「あなたの小説は私が書いたとしてもおかしくない」と、一九八二年にインドを講演して回っている時、ある読者が私に言った。「あの話は全部知ってますよ」)ともかくそれはほぼ至る所で驚くほど好意的に迎えられ、作者の人生を変えることになった。しかし、好感を持たなかった読者の一人がインディラ・ガンディー夫人であり、彼女は出版から三年後の一九八四年に——その頃までに彼女は再び首相になっていた——この小説に対して訴訟を起こした。たった一行《いちぎょう》の文章によって名誉を毀損されたというのである。「結婚式」と題する第二十八章の最後から二番目のパラグラフにその一行は出てくる。ガンディー夫人の生涯についてサリームが短く叙述するくだりである。それはこうなっている。「巷間に言われてきたことだが、ガンディー夫人の下の息子のサンジャイは、母には父を放置して死なせた責任があると母親を非難している、そしてそのために彼女は息子に対して頭が上がらず、何ひとつ拒むことができないのだ。」つまらない話だとあなたは思うだろう。普通なら、この程度のことを書いたからといって面の皮の厚い政治家が小説家を訴えるような問題ではないし、もっといえば、非常事態下の多くの犯罪行為のことでインディラを責めたてる小説の中にあっては、これを〈開戦の口実《カースス・ベリー》〉とするのも奇妙な選択であった。結局それは当時インドでしょっちゅう言われていたことであるし、しばしば活字にもなっていたことであり、彼女が名誉毀損の訴訟を起こしてからは、実際にインドの新聞紙上においてでかでかと喧伝された（「ガンディー夫人が恐れていた一行」と一面の見出しに書かれた）。しかし彼女は他には誰をも訴えなかったのである。

本の刊行前にケープ社の弁護士たちは、ガンディー夫人に対する私の批判のことを心配していて、私が行なった非難が正当なものであることを書面で保証してくれないかと言ってきた。この書面で私は、自分の書いた文章が正しいものであることを彼らの納得のゆくように説明した。ただし先に述べたその一行を、裏づけることは難しかった。それは三人の人物に関係することだったが、そのうち二人は死者であり、三人目はまさにわれわれを訴えている当人であったから。しかしながらすでに述べたように、私はこの事案をはっきりとゴシップとして扱っていたので、またそれはすでに印刷されて流布していたことなので、問題はないはずだ、と私は主張した。弁護士たちは同意してくれた。そして三年ののち、この一行こそこの小説のアキレス腱、まさにガンディー夫人がどうにか息の根を止めようとしていた一行であることが明らかになった。私の見るところ、これは偶然の一致ではなかった。

この事案は裁判にはかからなかった。名誉毀損法は高度に専門的なものであり、名誉毀損の損害をくりかえし訴えることは自ら当の名誉毀損を犯すことになり、法的に言えば非は自分の方にあることになる。ガンディー夫人は損害賠償金は求めず、本の未来の版から問題の一節が削除されることのみを求めた。われわれにできる唯一の防御はリスクの高い方法だった。つまり、非常事態期間中の彼女の行動はきわめて悪辣なものであり、彼女はもはや清廉な人格者とは考えられず、従って名誉を毀損されるなどありえないという論陣をわれわれは張らざるを得なかった。言いかえれば、われわれは早い話、彼女を悪行のために裁判にかけることになっただろう。しかし結局、英国の裁判所がインド首相は清廉な人格者ではないと認めることを拒めば、その時われわれは、ありていに言えば、ひどく不利な立場に置かれるということになる。案の定、これはケープ社の採ろうとした戦略ではなかった――そしてこの本に対する不満はこれだけだと彼女が認める意思であることが明らかになった時、私は決着をつけることに同意した。『真夜中の子供たち』の非常事態の章がどのようなものであるかを考えてみれば、結局彼女が驚くべき妥協をしていたことは明らかであった。彼女がこのような妥協をすすんでしたことは、私には、作中の非常事態の時代の描かれ方に対する特別なお墨付きであるように感じられた。この妥結に対するインドでの反応は首相にとって好ましいものではなかった。それから二、三週間ののち、驚いたことに、彼女は亡くなったのだ。一九八四年十月三十一日、彼女はシク教徒の護衛官に暗殺された。「インドを愛するわれわれはみな」とある新聞の追悼文に私は書いた。「きょう喪に服している」と。意見の相違はあったが、まったくの本心だった。

　これは今となっては昔話である。ここに改めて持ち出すわけは、ひとつには、小説の中に一時的に「ホット」な同時代の材料を持ち込むことはリスク含みであると、はじめから心配していたからである。ただし、このリスクは文学的リスクであり、法的リスクではない。私には分かっていた、いつの日か、ガンディー夫人と非常事態の話題は古びてしまい、何人《なんぴと》にもさしたる興味を与えず、その時点で私の小説はつまらなくなる——なぜなら話題性を失うから——それともより面白くなる——なぜなら話題性が薄れれば、小説の文学的な構造が浮き出てきて、よりよく理解されるだろうから、と。当然私は後者を望んだのだが、もちろん確信はもてなかった。『真夜中の子供たち』が初版以来二十五年を経て今なお関心を持たれているという事実は、それゆえ、心強いことである。

一九八一年、マーガレット・サッチャーが英国首相であり、イランのアメリカ人人質が解放され、レーガン大統領が銃撃されて負傷し、英国じゅうに人種暴動が起こり、ローマ教皇が銃撃されて負傷し、ピカソの『ゲルニカ』がスペインに戻され、エジプトのサダト大統領が暗殺された。それはV・S・ナイポールの『信者たちの間で』（邦訳『イスラム紀行』）とロバート・ストーンの『日の出を迎える旗』とジョン・アップダイクの『金持になったウサギ』の年であった。すべての小説と同様、『真夜中の子供たち』は歴史のなかの一時期の産物であり、作者には全容を知るようすがもないかたちで、時代に影響され、形づくられている。あの頃と大きく異なる今の時代に、この本がなお読む価値があると見えることを嬉しく思う。次の一、二世代の試練を乗り切れば、それは永く持ちこたえるかもしれない。私は生きてそれを見届けることはあるまい。しかし最初のハードルを越えたらしいのを見て、幸福だ。

サルマン・ラシュディ、二〇〇五年十二月二十五日、ロンドン

（訳者付記――この作者による自序は、*Midnight's Children*, Vintage, 2008 に収録されているものである。原書では冒頭におかれているが、作品読了後の方が理解しやすい内容と思われるため、本文庫では作品の後に掲載した。）

解説

小沢自然

『真夜中の子供たち』(*Midnight's Children*)は、二十世紀後半の英語圏文学の——いや、現代の世界文学の——傑作のひとつに数えられている作品である。とはいえ、文庫本換算で総計千ページ以上という長さのために、読みはじめるのを思わずためらう人や、話の舞台が二十世紀初頭から一九七〇年代終盤までのインド亜大陸であることに、文化的、時間的な距離を感じて多少の困惑を覚える人も、もしかしたらいるかもしれない。けれどそうした理由で、独特の魅力と迫力にあふれるこの作品が読まれないのであれば、あまりにももったいない。そこで、読者の皆さんが物語を味わう楽しみを損なわないことを祈りつつ、『真夜中の子供たち』の文化的な重要性といくつかの読みどころについて、私なりの紹介を試みたい。

サルマン・ラシュディ（Salman Rushdie）は、ヒンドゥー文化とイスラム文化、それに植民地化によってもたらされたヨーロッパ文化とが共存していた、ボンベイ（現在のムンバイ）の街に生まれる。インドがイギリスからの独立を遂げる一九四七年のことだ。（この歴史的偶然は『真夜中の子供たち』にうまく利用されているが、主人公サリーム・シナイとはちがって、ラシュディ自身はインド独立の二ヶ月ほど前に誕生している。）裕福でリベラルなムスリムの家庭に生まれた彼は、幼いころから英語で教育を受け、ウルドゥー語と英語のバイリンガルに育つ。一九六一年にイギリスへ送られ、もっとも有名なパブリック・スクールのひとつであるラグビー校で学んでいたが、この間にラシュディ家は、ムスリムのための国家としてインドと同時に分離独立していた、パキスタンに移住してしまう。この時期にイギリスの市民権を獲得したこともあり、ラシュディはある意味で故郷インドを喪失してしまうのだ。その後ケンブリッジ大学で学び、歴史を専攻。卒業後もイギリスにとどまることを選び取り、コピーライターをするかたわら、小説を書きはじめる。デビュー作『グリマス』（*Grimus*, 1975　未訳）はあまり成功せず、ラシュディ文学のなかでは習作のような位置づけをされているが、一九八一年に発表された本作品『真夜中の子供たち』が、英語圏でもっとも名高い文学賞のひとつであるブッカー賞を受賞したことにより、作家としての地位を第二作目にして早々と確立したのだった。

しかし、ラシュディの知名度が世界中で劇的に高まることになったのは、第三作目の『恥』(*Shame*, 1983〔邦訳〕栗原行雄訳、早川書房、一九八九年)の次に発表された、『悪魔の詩』(*The Satanic Verses*, 1988〔邦訳〕五十嵐一訳、新泉社、一九九〇年)が原因だった。この物語では、二人のインド人俳優が一九八〇年代のロンドンでさまざまな経験をしていくのだが、そのあいだに主人公の一人が頻繁に見る夢のセクションは、イスラムの預言者ムハンマドを戯画化しているとも読める。そのため、『悪魔の詩』は冒瀆的であるという批判がなされ、抗議活動がイギリスおよび世界各地で起こり、インドとパキスタンをはじめとする数ヶ国では発禁処分となる。さらに事態を悪化させたのは、当時のイランの宗教的指導者ホメイニ師が、ラシュディに死刑宣告を出したことだった。その結果、ラシュディ本人はもちろんのこと、『悪魔の詩』を販売していた書店、出版社、そして翻訳者までが、世界各地で深刻な危険にさらされることになったのだった。(実に悲劇的なことに、この作品の日本語訳を手がけられた五十嵐一氏は何者かによって殺害されており、おそらくこの事件の衝撃が、日本におけるラシュディ作品の紹介をいくらか遅らせることにもなった。)かくしてラシュディは、イランが死刑宣告を公的に取り下げる一九九八年までの約十年間、(皮肉にも、彼がその帝国主義的性格を強く批判していた)イギリス政府の保護を受けながら、身を隠す生活を続けることを余儀なくされたのだった。自宅にも帰れず、家族と会うのにも細心の注意を要した当時のことは、彼が二〇一二年に出版した回顧録『ジョセフ・アントン』(*Joseph Anton: A Memoir*　未訳)で詳しく語られている。激しい抗議活動を展開したムスリム系移民の文化的異質性が際立ち、社会問題化した点で、このラシュディ事件がイギリス国内に与えた影響は大きかった。また世界的には、終結しようとしていた冷戦の構造に代わって、西洋対イスラム世界という新たな対抗の図式が顕在化することに、図らずもいくらか寄与してしまうことにもなった。そしてラシュディ本人についていえば、特に原理主義的な宗教との関連において、芸術家、作家にどこまで表現の自由が許されるのかという、今日の世界においても暴力的な形でときおり噴出する重要な問題に、一九八〇年代終盤という早い時期に直面してしまったのだった。

　しかし、この実に過酷な体験に負けまいとするかのように、ラシュディは精力的に作品を発表し続ける――特に児童文学『ハルーンとお話の海』(*Haroun and the Sea of Stories*, 1990〔邦訳〕青山南訳、国書刊行会、二〇〇二年)は、彼が身を隠していた時期に執筆されたことを思うと、いろいろ考えさせられる作品だ。二〇〇〇年には生活の拠点をアメリカ合衆国に移すが、執筆意欲はまったく衰えず、同時代世界への鋭い洞察にあふれた第二エッセイ集『この境界線を越えて』(*Step Across This Line: Collected Nonfiction 1992–2002*, 2002　未訳)や、政情不安定なカシミールを背景に、今日の世界における正義と悪の問題を描いた『道化者シャーリマール』(*Shalimar the Clown*, 2005　未訳)などの力作を次々に発表。二〇〇七年には長年にわたる文学への貢献が認められ、「サー」の称号が与えられた。二〇二〇年四月現在、著作は二十冊にのぼっている。

そうした数あるラシュディの作品のなかでも最高傑作との呼び声が高いのが、『真夜中の子供たち』だ。この作品の評判は、これまで三度にわたって行なわれている、歴代のブッカー賞受賞作から最良の作品を選ぶイベントにおいて、その栄誉を二回も獲得したことでさらに高まった。また、同時代および次世代の英語圏の作家たちへ与えた影響も、実に大きかったとされている。それではラシュディの、そして『真夜中の子供たち』の文学的、文化的影響とは、一体どのようなものだったのだろうか?

ひとつには、『真夜中の子供たち』がインドの歴史と文化を「インド人」の立場から正々堂々と描き、世界的な大成功を収めたことが挙げられるだろう。古典的な英語文学で描かれたインド像は、ラドヤード・キプリングやE・M・フォースターの作品に典型的に見られるように、植民地支配をイデオロギーのレベルで可能にしていたオリエンタリズム——つまり、西洋と東洋のあいだには絶対的な差異があるという観念——に多かれ少なかれ影響されていた。そのため長いあいだ、インドはエキゾチックであるか、あるいは西洋的な主体を脅かしかねない危険な場所として文学に描かれ、想像されることが多かった。したがって、そうした植民地支配の文化的影響をいかに克服するかが、独立前後期のインド人作家たちの大きな課題となった。しかし、ラシュディの先輩に当たるインド人英語作家アニタ・デサイ（Anita Desai 一九三七年―）によれば、まさにこうした文学と政治の密接な関係のゆえに、新国家が曲がりなりにも軌道に乗った一九五〇年代以降の文学は、目的を見失って停滞気味であったように感じられていたという。ところが『真夜中の子供たち』は、こうした広い意味でのコロニアルな文化的影響をいとも軽々と脱し、インド人の主人公にとってインドとはどういう場所なのかを鮮明に描きだすことで、国のイメージを一新し、新たな文学の時代の到来を華々しく告げたのだった。

しかもラシュディは、そのような色彩豊かなインド像を英語で描いてみせた。植民地の政治的独立が加速していく一九五〇年代以降、もとはといえば植民地支配の結果押しつけられた英語で、自分たち固有の文学を生み出し、真の文化的な脱植民地化を遂げることは果たして可能なのだろうかという問題は、世界各地の英語作家たちを大いに悩ませていた。エリートの言語である英語で書いたのでは、本来の読者であるべき一般民衆には届かないという理由で、英語を放棄してギクユ語で書くことを選び取った、ケニアの作家グギ・ワ・ジオンゴ（Ngũgĩ wa Thiong'o 一九三八年―）の例はあまりにも有名である。この問題に対するラシュディの見解を、『真夜中の子供たち』の作者解題としての側面も持つ、彼のエッセイ「想像の故郷」("Imaginary Homelands")に見てみよう――ちなみに、この「想像の故郷」が収録された同名の第一エッセイ集(*Imaginary Homelands: Essays and Criticism 1981-1991*, 1991　未訳)も、若き日のラシュディの人間味がにじみ出ている秀作だ。英語を用いることには大いに賛成だが、ただし、イギリス人が使うようにではなく、自分たちの目的に合うように作り変えたうえで使わなくてはいけない、というのが彼の立場である。そして『真夜中の子供たち』は、では英語を作り変えるとは具体的にはどういうことなのか、そこにどのような可能性があるのかを、実に見事に示したのだった。物語の第一章の「穴あきシーツ」を見ただけでも、「シカラ」「イーサー」「妖魔《ジン》」、敬称の「ジー」、それに重量の単位「トーラ」「マウンド」「シーア」といった、いわゆる標準的なイギリス英語ではほとんど見ることのない現地の言葉が頻出し、インドの文化を色鮮やかに描き出すのに貢献していることに気がつくだろう。またラシュディは、ときには標準的な句読点のルールを意図的に逸脱することで、そこにインド的な要素を忍びこませ、サリームのエネルギッシュな語りを効果的に再現している。(ラシュディの一筋縄ではいかない原文を、サリームらしさがよく伝わってくる日本語に寺門泰彦氏は訳しきっておられるが、そのご苦労は並大抵ではなかったにちがいない。)実は、このように英語を実験的に使って作品を書いたのはラシュディがはじめてというわけではなく、モダニズムの影響を受けつつ、一九五〇年代のイギリスで作品を発表しはじめていたカリブ海出身の作家たちに、その重要な先行例が見られはする。しかし『真夜中の子供たち』は、標準英語の呪縛から解放された、地域固有の文化的な状況を反映した英語を作り上げ、見事に駆使し、しかもそれを多くの読者に受け入れさせたことで、世界各地の英語文学に新たな境地を切り開いたのだった。

また、『真夜中の子供たち』を執筆していたときに、ラシュディがイギリスに身を置いていたことも重要だ。先にも述べたように、ラシュディはある意味で故郷を喪失した作家である。故郷を離れているからこそ、その失われた故郷を作品を通じて取り戻したいという欲求は強くなる。しかし、地理的にも時間的にも隔たっているがゆえに、文学を通じて回復されたそうした故郷はある意味で不完全なものであり、「想像の故郷」でしかない。祖国を離れている人間の文化的アイデンティティは、必然的に断片化してしまうのだ。エッセイ「想像の故郷」のなかで、ラシュディはそう主張する。しかし、割れた鏡の破片が鏡の役割を十分果たせるのと同様に、断片化の作用は文学的想像力の質の低下を決して意味しない。それどころか、こうした断片化したアイデンティティにこそ、地理的、文化的な個別性から解放された新たな文学の可能性が秘められている、と彼は自信たっぷりに論じたのだった。国境を越えたヒトの移動がますます盛んになっていた一九八〇年代初頭にあって、離れた場所から祖国、故郷を見つめ直して文学に表現するという、ポストコロニアル文学、ディアスポラ文学のひとつの典型的なパターンを確立したことも、『真夜中の子供たち』が世界各地の作家たちに与えた影響のひとつなのだ。いずれも日本を舞台にした『遠い山なみの光』(*A Pale View of Hills*, 1982)と『浮世の画家』(*An Artist of the Floating World*, 1986)から出発した、ノーベル文学賞作家カズオ・イシグロ(Kazuo Ishiguro　一九五四年―)も、これら初期作品の成功は先駆者ラシュディによるところが大きいという趣旨のことを語っている。

しかもラシュディにとっては、断片化した文化的アイデンティティとは、まさに断片化しているがゆえに、ほかの文化に開かれ、多層化、複数化する可能性をはらむことになる。『真夜中の子供たち』についていえば、舞台は独立前後のインドでありながら、ほかの文化の文学作品から影響を受けているところが多々あることに気がつかれただろうか？　以下、物語の筋を最低限明かしてしまうことをお許しいただきたいのだが、話がサリームの祖父から始まり、親の代の話に移り、前半四分の一ほどに達してからようやく主人公が誕生するという構造は、イギリス文学の奇書のひとつに数えられる、ローレンス・スターンの『トリストラム・シャンディ』を思わせるし、物語の冒頭は、チャールズ・ディケンズの代表作『デイヴィッド・コパーフィールド』のそれのパロディのようにも見える。サリームが聞き手パドマに向かって語りを続けるという設定は、もとの「真夜中の子供たち」の数が千一人であったことと同じく、『千夜一夜物語』へのオマージュだと読めるだろう。ラシュディが言うように、世界各地の文学から自由にインスピレーションを得ることは文学的移民者の特権なのだとすれば、『真夜中の子供たち』はその特権を思う存分駆使して書かれた作品ということになる。

　ラシュディの文学がくりかえし探求することになる、文化的混淆の可能性というこのテーマは、『真夜中の子供たち』が描きだすインド像を決定づけてもいる。そもそも主人公のサリーム自身が、大道芸人の歌い手を夫に持つ下層階級のインド人女性と、インドを去ろうとするイギリス人地主の密通によって生まれた存在だ。サリームは裕福なムスリムの家庭に育つが、彼の大きくていびつな形の鼻——ときにグロテスク、あるいは下品なまでに身体性が強調されるのも、この作品の特徴のひとつである——はヒンドゥー教の神ガネーシャをどことなく想起させる。サリームのライバルとなる乱暴者のシヴァは、破壊と創造を司るヒンドゥー神話の神と同じ名前を持っている。サリームの子守女《アーヤ》となるメアリーはカトリック教徒だ。このように、物語内部にさまざまな文化的、宗教的、階級的要素が並存していることで、インド社会の複数性、多層性が強烈に印象づけられるわけだ。また、サリームはシヴァと産院で取り替えられた結果、シナイ家で育つことになるわけだが――このメロドラマ的な設定に、ボリウッド映画の影響を見てとることもできるだろう――、にもかかわらず、血のつながっていないアーダム・アジズを「祖父」と呼び続け、さらには「息子」アーダムを愛し、育てる。このようにして物語は、文化的な純血性、純粋性を徹底的に否定し、異種混淆性を積極的に肯定する。だからこそサリームは、「私を、私ひとりの生涯を知りたければ、同時に多数の人の生涯を呑み込まなければならない」（上巻、一三ページ）と宣言し、かなりの数の人物について饒舌に語り続けるのだ。

しかし、『真夜中の子供たち』を根底で支えているこの文化的哲学は、サリーム個人の歴史と独立後のインドの歴史が分かちがたく絡まりあっているという、物語の中心的な構造とある種の緊張関係にあるようにも思われる。インド独立のまさにその瞬間に生まれたサリームは、「もの静かに合掌する時計のオカルト的な力によって、私は不思議にも歴史と手錠でつながれ、私の運命は祖国の運命にしっかりと結びつけられてしまった」（上巻、一二ページ）と主張する。「貴君は年老いた、しかし永遠に若くあり続けるインドという国を担ういちばん新しい顔なのです」（上巻、二七四ページ）という、初代インド首相ジャワハルラル・ネルーのお祝いの言葉に影響されすぎてしまったのか、自分の人生は国の歴史の鏡なのだとすっかり信じこんでいるのだ。けれど、自分の歴史と国の歴史をどこまでも重ねあわせて理解しようとするサリームは、なんだか大げさで滑稽だ。たとえば、パキスタンの一九五八年のクーデターのいきさつが語られる「胡椒入れの動き」の章では、自分こそが政府を倒したのだとサリームは言うが、彼が実際にしたことは、クーデターのシミュレーションが行なわれているときに、ズルフィカル叔父に言われるがままに胡椒入れを動かしただけではないのか？　インドの鏡としてのサリームというモチーフが、ときとして彼自身の語りによって裏切られているようにも見えるのは、ひとりの人間が国を象徴する単一的なモデルと、異種混淆的で複数的なヴィジョンとが、根本的に両立しえないことが一因なのかもしれない。

とはいえ、サリームを単なる誇大妄想者として片づけられないところが、この作品の大きな魅力でもある。というのも、比喩のレベルで見れば、サリームの自分史はインドの国の歴史とかなり呼応しているように思えるからだ。たとえば、赤ん坊のサリームが成長する超人的な速さは、独立直後のインドの急速な経済成長と対応している、といった具合に。（先に述べた語りの信頼できないところに注意しながら、という条件つきではあるが、このようにサリームの個人史がインドの歴史の何を示しているのかを想像していくのも、この物語のひとつの楽しみ方ではあるだろう。）そして、もっとも明確に個人の歴史と国の歴史が重なりあうのが、もちろん、小説のタイトルともなっている「真夜中の子供たち」の存在だ。インドの独立後一時間以内に生まれた子供たちは、みなそれぞれ別個の超能力を持っていることになっている。しかも、誕生した瞬間が独立の時刻に近ければ近いほどその能力も高くなるため、サリームは特殊な読心術(!)を備えているだけでなく、ほかの真夜中の子供たちとテレパシーでコミュニケーション(!!)できるのだ。かくしてサリームは、実に多彩な真夜中の子供たちを彼の「頭という下院《ローク・サバー》」(上巻、五一三ページ)のなかでまとめ上げ、なにか素晴らしいことを成し遂げようと試みる……。

このように要約してしまうと、物語はいかにも荒唐無稽に聞こえてしまう。にもかかわらず、ここにはラシュディの真剣な意図を見出すことができるだろう。「あたかも歴史は、最も意義深く約束にみちた時点に到達したその時、未来の種を蒔くことを選んだかのようなのだ。これまで見たこともなかったような未来の種を」(上巻、四四六ページ)とサリームは言う。つまり、植民地支配のあとに生まれてきた「真夜中の子供たち」は、独立を遂げたばかりのインドの国民が抱いたであろう、植民地時代の負の遺産ときっぱり決別し、希望に満ちたまったく新しい社会を築きたいという熱い夢を象徴しているのだ。

一見リアリスティックな世界に超自然的な要素が混入し、しかもその両者がお互いを打ち消さない物語はマジック・リアリズム小説と呼ばれるが、いまや『真夜中の子供たち』はこのジャンルを代表する作品のひとつになったといっていい。マジック・リアリズムの作品を読む楽しみのひとつは、超自然的なものの存在によって、私たちがふだん自明のものとしている「現実」への理解が、多かれ少なかれ揺さぶられることにある。真夜中の子供たちの超能力も、インドの歴史と社会についての通常の認識を再考するようにうながす効果を持っている。もっと言えば、真夜中の子供たちの存在は、歴史上ありえたかもしれない、よりよいインドのありようを想像してみるようにと私たちに誘いかけてくるのだ。

にもかかわらず、サリームが彼の脳内で主催する〈真夜中の子供たち会議〉は、議論が紛糾するだけで大した効果を生むことはない。おまけにサリームは、自分と同じく独立の瞬間に生まれているシヴァにもリーダーになる権利があることを知っているために、やがて彼を排除してしまう。つまり、真夜中の子供たちの指導者としての自分の地位に固執するあまり、サリームはライバルを抑圧してしまうのだ。このことは、特定の宗教や民族を特権視することなく、真に多元的で平等な社会を構築しようとした独立当初のインドの国家的理想が、いかに実現困難なものであったかを示しているといえるだろう。

こうした理想を決定的なまでに打ち砕くのが、最後から二つめの章「真夜中」で語られる非常事態だ。一九六六年から首相の地位に就いていたインディラ・ガンディーは、東パキスタンの独立運動をめぐって起こったパキスタンとの軍事衝突に勝利し（この歴史的経緯は、「ブッダ」「スンダルバンにて」「サムとタイガー」の章の背景をなしている）、高揚するナショナリズムのもとで絶大な人気を誇っていた。しかし、その後に起きたオイルショックによって経済、財政上の危機が表面化すると、厳しい世論の批判にさらされるようになる。さらに、一九七五年に結審した裁判で、選挙違反のかどで有罪判決を受け、下院議員の地位を無効にされてしまう。追い詰められたインディラ・ガンディーは、非常事態を宣言して強権を発動することで、徹底的に批判勢力を押さえこんだのだった。この時期に実際に行なわれた、人口増加を抑制するための半強制的な断種手術を題材として、インドが独立当初に掲げていた自由と寛容を目指す民主主義的な精神が、非常事態によっていかに裏切られ、破壊されたかを、ラシュディは実にパワフルに描いていく。先に紹介したエッセイ「想像の故郷」で、「小説とは、政治家が言うところの公的な真実を否定するひとつの手段」なのだと彼は主張する。非常事態下の政策の違法性について、インディラ・ガンディーが一九八四年に暗殺されるまで否定し続けていたことを考えれば、ラシュディは文学を通じて、政治について真剣な異議申し立てを行なっていたといえるだろう。

しかし、『真夜中の子供たち』のすごさは、非常事態の責任をインディラ・ガンディーという政治家一人だけには帰していないことにある。というのも、独立後のインドの歴史を体現すると自任するサリームと、「インディアはインディラ、インディラはインディア」(下巻、四一八ページ)というスローガンを掲げたインディラ・ガンディーは、国の唯一の中心的、象徴的存在になりたいという危険な欲望を共有しているからだ。その意味で、インディラ・ガンディーはサリームの陰画とでも呼ぶべき存在だろう。それにくわえて、真夜中の子供たちの一人であるシヴァが体制の側についていることも重要だ。真夜中の子供たちは、いわば身内の裏切りによって崩壊するのである。しかし、シヴァがそのような行動を取った遠因は、先に述べたように、サリームがシヴァを〈真夜中の子供たち会議〉から意図的に退けたことにある。だとすれば、非常事態の責任の一端は、本来であれば独立後のインドの新しい希望と可能性を担うべきであった、サリームとシヴァに代表される真夜中の子供たち自身に、そしてさらにはインド国民一人ひとりにもあることになる。政治や社会の問題の責任は、当の社会の構成員に他ならない自分たちにもある、そう自省的に考えることがどれだけ難しいかは、私たち自身の日々の生活をふりかえればすぐに分かるだろう。その意味で、荒唐無稽な側面、上品とはとても言いがたい側面を持ちつつも、『真夜中の子供たち』はきわめて倫理的な小説でもある。

「真夜中」の章の重たさは、意表を突く物語の結末とあいまって、作品に悲劇的な色彩を与えてはいる。しかしサリームは、独立後の社会の雰囲気に影響されて楽天的だった真夜中の子供たちと比べて、非常事態の経験を通じて、より現実的なヴィジョンとより強固な意思を持つにいたったアーダムの世代が、インドを立て直してくれることを強く信じている。また物語全体が、記憶というフィルターを通して「チャツネ化」(下巻、五〇七ページ)された歴史の産物であることには、サリームの――そして作者ラシュディの――「故郷」インドへの深い愛情がうかがえるだろう。その意味では、『真夜中の子供たち』は悲観的な小説では決してない。話の最後に空のまま残される一本のピクルス壜は、物語が幕を閉じた後のインドだけではなく、私たち一人ひとりの作品の味わい方もまた、さまざまな可能性に向かって大きく開かれていることを教えてくれている。そして実際に、発表から四十年近くが経ったいまでも、『真夜中の子供たち』は世界中でさかんに論じられ、そして楽しまれ続けている。今回装いも新たに岩波文庫に収録されたのをきっかけに、不思議な魅力に満ちたこのエネルギッシュな物語が、日本でより広く読まれるようになることを心から願っている。

（編集付記）

本書は寺門泰彦訳『真夜中の子供たち』（上下巻、早川書房、一九八九年刊）を底本とする。文庫化にあたっては *Midnight's Children* (Vintage, 2008) により、訳者による訳文全体の見直しと必要な修正を行なった。本書下巻収録の原作者による「自序（Introduction）」は二〇〇五年十二月に書かれたもので（上記 Vintage 版に収録されている）、今回が初訳である。なお、訳者の希望により底本の「訳者あとがき」を割愛し、下巻に小沢自然氏による解説を新たに加えた。

本文中のコーランの章句については、井筒俊彦訳『コーラン』（上中下巻、岩波文庫、一九五七―五八年刊）より引用した。

（岩波文庫編集部）

真夜中《まよなか》の子供《こども》たち（下）〔全２冊〕
サルマン・ラシュディ作

2020年 6月16日　第1刷発行
2022年12月15日　第2刷発行

訳　者　寺門泰彦《てらかどやすひこ》

発行者　坂本政謙

発行所　株式会社 岩波書店
〒101-8002 東京都千代田区一ツ橋 2-5-5

案内 03-5210-4000　営業部 03-5210-4111
文庫編集部 03-5210-4051
https://www.iwanami.co.jp/

印刷・三秀舎　カバー・精興社　製本・中永製本

ISBN 978-4-00-372515-3　　Printed in Japan

読書子に寄す

——岩波文庫発刊に際して——

岩波茂雄

真理は万人によって求められることを自ら欲し、芸術は万人によって愛されることを自ら望む。かつては民を愚昧ならしめるために学芸が最も狭き堂宇に閉鎖されたことがあった。今や知識と美とを特権階級の独占より奪い返すことはつねに進取的なる民衆の切実なる要求である。岩波文庫はこの要求に応じそれに励まされて生まれた。それは生命ある不朽の書を少数者の書斎と研究室とより解放して街頭にくまなく立たしめ民衆に伍せしめるであろう。近時大量生産予約出版の流行を見る。その広告宣伝の狂態はしばらくおくも、後代にのこすと誇称する全集がその編集に万全の用意をなしたるか。千古の典籍の翻訳企図に敬虔の態度を欠かざりしか。さらに分売を許さず読者を繋縛して数十冊を強うるがごとき、はたしてその揚言する学芸解放のゆえんなりや。吾人は天下の名士の声に和してこれを推挙するに躊躇するものである。このときにあたって、岩波書店は自己の責務のいよいよ重大なるを思い、従来の方針の徹底を期するため、すでに十数年以前より志して来た計画を慎重審議この際断然実行することにした。吾人は範をかのレクラム文庫にとり、古今東西にわたって文芸・哲学・社会科学・自然科学等種類のいかんを問わず、いやしくも万人の必読すべき真に古典的価値ある書をきわめて簡易なる形式において逐次刊行し、あらゆる人間に須要なる生活向上の資料、生活批判の原理を提供せんと欲する。この文庫は予約出版の方法を排したるがゆえに、読者は自己の欲する時に自己の欲する書物を各個に自由に選択することができる。携帯に便にして価格の低きを最主とするがゆえに、外観を顧みざるも内容に至っては厳選最も力を尽くし、従来の岩波出版物の特色をますます発揮せしめようとする。この計画たるや世間の一時の投機的なるものと異なり、永遠の事業として吾人は微力を傾倒し、あらゆる犠牲を忍んで今後永久に継続発展せしめ、もって文庫の使命を遺憾なく果たさしめることを期する。芸術を愛し知識を求むる士の自ら進んでこの挙に参加し、希望と忠言とを寄せられることは吾人の熱望するところである。その性質上経済的には最も困難多きこの事業にあえて当たらんとする吾人の志を諒として、その達成のため世の読書子とのうるわしき共同を期待する。

昭和二年七月

《イギリス文学》〔赤〕

- ユートピア　トマス・モア　平井正穂訳
- 完訳カンタベリー物語　全三冊　チョーサー　桝井迪夫訳
- ヴェニスの商人　シェイクスピア　中野好夫訳
- 十二夜　シェイクスピア　小津次郎訳
- ハムレット　シェイクスピア　野島秀勝訳
- オセロウ　シェイクスピア　菅泰男訳
- リア王　シェイクスピア　野島秀勝訳
- マクベス　シェイクスピア　木下順二訳
- ソネット集　シェイクスピア　高松雄一訳
- ロミオとジューリエット　シェイクスピア　平井正穂訳
- リチャード三世　シェイクスピア　木下順二訳
- 対訳シェイクスピア詩集 —イギリス詩人選(1)　柴田稔彦編
- から騒ぎ　シェイクスピア　喜志哲雄訳
- 言論・出版の自由 他一篇 —アレオパジティカ　ミルトン　原田純訳
- 失楽園　全二冊　ミルトン　平井正穂訳
- ロビンソン・クルーソー　全二冊　デフォー　平井正穂訳

- 奴婢訓 他一篇　スウィフト　深町弘三訳
- ガリヴァー旅行記　スウィフト　平井正穂訳
- ジョウゼフ・アンドルーズ　全二冊　フィールディング　朱牟田夏雄訳
- トリストラム・シャンディ　全三冊　ロレンス・スターン　朱牟田夏雄訳
- ウェイクフィールドの牧師 —むだばなし　ゴールドスミス　小野寺健訳
- 幸福の探求 —アビシニアの王子ラセラスの物語　サミュエル・ジョンソン　朱牟田夏雄訳
- 対訳ブレイク詩集 —イギリス詩人選(4)　松島正一編
- 対訳ワーズワス詩集 —イギリス詩人選(3)　山内久明編
- 湖の麗人　スコット　入江直祐訳
- キプリング短篇集　橋本槙矩編訳
- 高慢と偏見　全二冊　ジェーン・オースティン　富田彬訳
- ジェイン・オースティンの手紙　新井潤美編訳
- マンスフィールド・パーク　全二冊　ジェイン・オースティン　新井潤美・宮丸裕二訳
- シェイクスピア物語　全二冊　チャールズ・ラム　メアリー・ラム　安藤貞雄訳
- デイヴィッド・コパフィールド　全五冊　ディケンズ　石塚裕子訳
- 炉辺のこほろぎ　ディケンズ　本多顕彰訳
- ボズのスケッチ 短篇小説篇　全二冊　ディケンズ　藤岡啓介訳

- アメリカ紀行　全二冊　ディケンズ　伊藤弘之・下笠徳次・隈元貞広訳
- イタリアのおもかげ　ディケンズ　伊藤弘之・下笠徳次・隈元貞広訳
- 大いなる遺産　全二冊　ディケンズ　石塚裕子訳
- 荒涼館　全四冊　ディケンズ　佐々木徹訳
- 鎖を解かれたプロメテウス　シェリー　石川重俊訳
- ジェイン・エア　全二冊　シャーロット・ブロンテ　河島弘美訳
- 嵐が丘　全二冊　エミリー・ブロンテ　河島弘美訳
- アルプス登攀記　全二冊　ウィンパー　浦松佐美太郎訳
- アンデス登攀記　全二冊　ウィンパー　大貫良夫訳
- ハーディ テス　全二冊　井上宗次・石田英二訳
- 緑の木蔭 和蘭派田園画　トマス・ハーディ　阿部知二訳
- ジーキル博士とハイド氏　スティーヴンスン　海保眞夫訳
- 南海千一夜物語　スティーヴンスン　中村徳三郎訳
- 若い人々のために 他十一篇　スティーヴンスン　岩田良吉訳
- 怪談 —不思議なことの物語と研究　ラフカディオ・ハーン　平井呈一訳
- ドリアン・グレイの肖像　オスカー・ワイルド　富士川義之訳
- サロメ　ワイルド　福田恆存訳

嘘から出た誠　ワイルド　岸本一郎訳
童話集 幸福な王子 他八篇　オスカー・ワイルド　富士川義之訳
分らぬもんですよ　バアナード・ショウ　市川又彦訳
ヘンリ・ライクロフトの私記　ギッシング　平井正穂訳
南イタリア周遊記　ギッシング　小池滋訳
闇の奥　コンラッド　中野好夫訳
密偵　コンラッド　土岐恒二訳
対訳 イエイツ詩集　高松雄一編
月と六ペンス　モーム　行方昭夫訳
人間の絆 全三冊　モーム　行方昭夫訳
サミング・アップ　モーム　行方昭夫訳
モーム短篇選 全二冊　行方昭夫編訳
アシェンデン ―英国情報部員のファイル　モーム　中島賢二 岡田久雄訳
お菓子とビール　モーム　行方昭夫訳
ダブリンの市民　ジョイス　結城英雄訳
荒地　T・S・エリオット　岩崎宗治訳
悪口学校　シェリダン　菅泰男訳

オーウェル評論集　小野寺健編訳
パリ・ロンドン放浪記　ジョージ・オーウェル　小野寺健訳
動物農場 ―おとぎばなし　ジョージ・オーウェル　川端康雄訳
対訳 キーツ詩集 ―イギリス詩人選(10)　宮崎雄行編
キーツ詩集　中村健二訳
阿片常用者の告白　ド・クインシー　野島秀勝訳
オルノーコ 美しい浮気女　アフラ・ベイン　土井治訳
イギリス名詩選　平井正穂編
タイム・マシン 他九篇　H・G・ウエルズ　橋本槇矩訳
解放された世界　H・G・ウェルズ　浜野輝訳
大転落　イヴリン・ウォー　富山太佳夫訳
回想のブライズヘッド 全二冊　イーヴリン・ウォー　小野寺健訳
愛されたもの　イーヴリン・ウォー　中村健二 出淵博訳
対訳 ジョン・ダン詩集 ―イギリス詩人選(2)　湯浅信之編
フォースター評論集　小野寺健編訳
白衣の女 全三冊　ウィルキー・コリンズ　中島賢二訳
アイルランド短篇選　橋本槇矩編訳

対訳 ブラウニング詩集 ―イギリス詩人選(6)　富士川義之編
灯台へ　ヴァージニア・ウルフ　御輿哲也訳
船出 全二冊　ヴァージニア・ウルフ　川西進訳
フランク・オコナー短篇集　阿部公彦訳
たいした問題じゃないが ―イギリス・コラム傑作選　行方昭夫編訳
英国ルネサンス恋愛ソネット集　岩崎宗治編訳
文学とは何か ―現代批評理論への招待 全二冊　テリー・イーグルトン　大橋洋一訳
D・G・ロセッティ作品集　南條竹則 松村伸一編訳
真夜中の子供たち 全二冊　サルマン・ラシュディ　寺門泰彦訳

《アメリカ文学》〔赤〕

- ギリシア・ローマ神話 付インド・北欧神話 — ブルフィンチ 野上弥生子訳
- 中世騎士物語 — ブルフィンチ 野上弥生子訳
- フランクリン自伝 — 松本慎一 西川正身訳
- フランクリンの手紙 — 蕗沢忠枝編訳
- スケッチ・ブック 全二冊 — アーヴィング 齊藤昇訳
- アルハンブラ物語 全二冊 — アーヴィング 平沼孝之訳
- ウォルター・スコット邸訪問記 — アーヴィング 齊藤昇訳
- エマソン論文集 全二冊 — 酒本雅之訳
- 完訳 緋文字 — ホーソーン 八木敏雄訳
- 哀詩 エヴァンジェリン — ロングフェロー 斎藤悦子訳
- 黒猫・モルグ街の殺人事件 他五篇 — ポオ 中野好夫訳
- 対訳 ポー詩集 —アメリカ詩人選(1) — 加島祥造編
- ユリイカ — ポオ 八木敏雄訳
- ポオ評論集 — 八木敏雄編訳
- 森の生活 (ウォールデン) 全二冊 — ソロー 飯田実訳
- 市民の反抗 他五篇 — H・D・ソロー 飯田実訳
- 白鯨 全三冊 — メルヴィル 八木敏雄訳
- ビリー・バッド — メルヴィル 坂下昇訳
- ホイットマン自選日記 全二冊 — 杉木喬訳
- 対訳 ホイットマン詩集 —アメリカ詩人選(2) — 木島始編
- 対訳 ディキンソン詩集 —アメリカ詩人選(3) — 亀井俊介編
- 不思議な少年 — マーク・トウェイン 中野好夫訳
- 王子と乞食 — マーク・トウェーン 村岡花子訳
- 人間とは何か — マーク・トウェイン 中野好夫訳
- ハックルベリー・フィンの冒険 全二冊 — マーク・トウェイン 西田実訳
- いのちの半ばに — ビアス 西川正身訳
- 新編 悪魔の辞典 — ビアス 西川正身編訳
- ねじの回転 デイジー・ミラー — ヘンリー・ジェイムズ 行方昭夫訳
- あしながおじさん — ジーン・ウェブスター 遠藤寿子訳
- 荒野の呼び声 — ジャック・ロンドン 海保眞夫訳
- ノリス 死の谷 マクティーグ 全二冊 — 石田英二 井上宗次訳
- 響きと怒り 全二冊 — フォークナー 平石貴樹 新納卓也訳
- アブサロム、アブサロム! 全二冊 — フォークナー 藤平育子訳
- 八月の光 全二冊 — フォークナー 諏訪部浩一訳
- 武器よさらば 全二冊 — ヘミングウェイ 谷口陸男訳
- オー・ヘンリー傑作選 — 大津栄一郎訳
- 黒人のたましい — W・E・B・デュボイス 木島始 鮫島重俊 黄寅秀訳
- フィッツジェラルド短篇集 — 佐伯泰樹編訳
- アメリカ名詩選 — 亀井俊介 川本皓嗣編
- 青白い炎 — ナボコフ 富士川義之訳
- 風と共に去りぬ 全六冊 — マーガレット・ミッチェル 荒このみ訳
- 対訳 フロスト詩集 —アメリカ詩人選(4) — 川本皓嗣編
- とんがりモミの木の郷 他五篇 — セアラ・オーン・ジュエット 河島弘美訳

《東洋文学》〔赤〕

- 楚辞 — 小南一郎訳注
- 杜甫詩選 — 黒川洋一編
- 李白詩選 — 松浦友久編訳
- 唐詩選 全三冊 — 前野直彬注解
- 完訳 三国志 全八冊 — 小川環樹・金田純一郎訳
- 西遊記 全十冊 — 中野美代子訳
- 菜根譚 — 洪自誠／今井宇三郎訳注
- 浮生六記 —浮生夢のごとし — 沈復／松枝茂夫訳
- 阿Q正伝・狂人日記 他十二篇（吶喊） — 魯迅／竹内好訳
- 魯迅評論集 — 竹内好編訳
- 家 全二冊 — 巴金／飯塚朗訳
- 新編 中国名詩選 全三冊 — 川合康三編訳
- 遊仙窟 — 張文成／今村与志雄訳
- 唐宋伝奇集 全二冊 — 今村与志雄訳
- 聊斎志異 全二冊 — 蒲松齢／立間祥介編訳
- 白楽天詩選 全二冊 — 川合康三訳注
- 文選 全六冊 — 川合康三・富永一登・釜谷武志・和田英信・浅見洋二・緑川英樹訳注
- 曹操・曹丕・曹植詩文選 — 川合康三編訳
- ケサル王物語 —チベットの英雄叙事詩 — アレクサンドラ・ダヴィッド＝ネール／アプル・ユンテン／富樫瓔子訳
- バガヴァッド・ギーター — 上村勝彦訳
- 朝鮮民謡選 — 金素雲訳編
- 尹東柱詩集 空と風と星と詩 — 金時鐘編訳
- アイヌ神謡集 — 知里幸惠編訳
- アイヌ民譚集 付 えぞおばけ列伝 — 知里真志保編訳

《ギリシア・ラテン文学》〔赤〕

- ホメロス イリアス 全二冊 — 松平千秋訳
- ホメロス オデュッセイア 全二冊 — 松平千秋訳
- イソップ寓話集 — 中務哲郎訳
- アイスキュロス アガメムノーン — 久保正彰訳
- アイスキュロス 縛られたプロメーテウス — 呉茂一訳
- アンティゴネー — ソポクレース／中務哲郎訳
- ソポクレス オイディプス王 — 藤沢令夫訳
- ソポクレス コロノスのオイディプス — ソポクレス／高津春繁訳
- バッカイ —バッコスに憑かれた女たち — エウリーピデース／逸身喜一郎訳
- ヘシオドス 神統記 — 廣川洋一訳
- ヘーシオドス 仕事と日 — 松平千秋訳
- 女の議会 — アリストパネース／村川堅太郎訳
- アポロドーロス ギリシア神話 — 高津春繁訳
- ギリシア・ローマ抒情詩選 —花冠 — 呉茂一訳
- 黄金の驢馬 — アープレーイユス／呉茂一・国原吉之助訳
- オウィディウス 変身物語 全二冊 — 中村善也訳
- ギリシア・ローマ神話 付 インド・北欧神話 — ブルフィンチ／野上弥生子訳
- ギリシア・ローマ名言集 — 柳沼重剛編
- ローマ諷刺詩集 — ペルシウス／ユウェナーリス／国原吉之助訳

《南北ヨーロッパ他文学》〔赤〕

ダンテ 新生　山川丙三郎訳
珈琲店・恋人たち　ゴルドーニ 平川祐弘訳
夢のなかの夢　タブッキ 和田忠彦訳
カヴァレリーア・ルスティカーナ 他十一篇　G・ヴェルガ 河島英昭訳
カルヴィーノ イタリア民話集 全二冊　河島英昭編訳
むずかしい愛　カルヴィーノ 和田忠彦訳
パロマー　カルヴィーノ 和田忠彦訳
カルヴィーノ アメリカ講義 ―新たな千年紀のための六つのメモ　米川良夫 和田忠彦訳
まっぷたつの子爵　カルヴィーノ 河島英昭訳
魔法の庭・空を見上げる部族 他十四篇　カルヴィーノ 和田忠彦訳
ペトラルカ ルネサンス書簡集　近藤恒一編訳
ペトラルカ 無知について　近藤恒一訳
美しい夏　パヴェーゼ 河島英昭訳
流刑　パヴェーゼ 河島英昭訳
祭の夜　パヴェーゼ 河島英昭訳
月と篝火　パヴェーゼ 河島英昭訳

休戦　プリーモ・レーヴィ 竹山博英訳
ウンベルト・エーコ 小説の森散策　和田忠彦訳
バウドリーノ 全二冊　ウンベルト・エーコ 堤康徳訳
タタール人の砂漠　ブッツァーティ 脇功訳
七人の使者・神を見た犬 他十三篇　ブッツァーティ 脇功訳
ラサリーリョ・デ・トルメスの生涯　会田由訳
ドン・キホーテ前篇 全三冊　セルバンテス 牛島信明訳
ドン・キホーテ後篇 全三冊　セルバンテス 牛島信明訳
娘たちの空返事 他一篇　モラティン 佐竹謙一訳
プラテーロとわたし　J・R・ヒメーネス 長南実訳
オルメードの騎士　ロペ・デ・ベガ 長南実訳
セビーリャの色事師と石の招客 他一篇　ティルソ・デ・モリーナ 佐竹謙一訳
ティラン・ロ・ブラン 全四冊　J・マルトゥレイ M・J・ダ・ガルバ 田澤耕訳
ダイヤモンド広場　マルセー・ルドゥレダ 田澤耕訳
完訳 アンデルセン童話集 全七冊　大畑末吉訳
即興詩人 全二冊　アンデルセン 大畑末吉訳
アンデルセン自伝　大畑末吉訳

ここに薔薇ありせば 他五篇　ヤコブセン 矢崎源九郎訳
フィンランド叙事詩 カレワラ 全二冊　リョンロット編 小泉保訳
王の没落　イェンセン 長島要一訳
イプセン 人形の家　原千代海訳
イプセン 野鴨　原千代海訳
令嬢ユリェ　ストリントベルク 茅野蕭々訳
ポルトガリヤの皇帝さん　ラーゲルレーヴ イシガ オサム訳
アミエルの日記 全四冊　河野与一訳
クオ・ワディス 全三冊　シェンキェーヴィチ 木村彰一訳
山椒魚戦争　カレル・チャペック 栗栖継訳
ロボット (R・U・R)　チャペック 千野栄一訳
白い病　カレル・チャペック 阿部賢一訳
灰とダイヤモンド 全二冊　アンジェイェフスキ 川上洸訳
牛乳屋テヴィエ　ショレム・アレイヘム 西成彦訳
完訳 千一夜物語 全十三冊　豊島与志雄 渡辺一夫 佐藤正彰 岡部正孝訳
ルバイヤート　オマル・ハイヤーム 小川亮作訳
ゴレスターン　サァディー 沢英三訳

アブー・ヌワース アラブ飲酒詩選　塙治夫編訳
王書 古代ペルシャの神話・伝説　フェルドウスィー 岡田恵美子訳
中世騎士物語　ブルフィンチ 野上弥生子訳
コルタサル短篇集 悪魔の涎・追い求める男 他八篇　木村榮一訳
遊戯の終わり　コルタサル 木村榮一訳
秘密の武器　コルタサル 木村榮一訳
ペドロ・パラモ　ファン・ルルフォ 杉山晃・増田義郎訳
燃える平原　ファン・ルルフォ 杉山晃訳
伝奇集　J.L.ボルヘス 鼓直訳
創造者　J.L.ボルヘス 鼓直訳
続審問　J.L.ボルヘス 中村健二訳
七つの夜　J.L.ボルヘス 野谷文昭訳
詩という仕事について　J.L.ボルヘス 鼓直訳
汚辱の世界史　J.L.ボルヘス 中村健二訳
ブロディーの報告書　J.L.ボルヘス 鼓直訳
アレフ　J.L.ボルヘス 鼓直訳
語るボルヘス —書物・不死性・時間ほか　J.L.ボルヘス 木村榮一訳

20世紀ラテンアメリカ短篇選　野谷文昭編訳
フエンテス短篇集 アウラ・純な魂 他四篇　木村榮一訳
アルテミオ・クルスの死　フエンテス 木村榮一訳
グアテマラ伝説集　M.A.アストゥリアス 牛島信明訳
緑の家 全二冊　バルガス＝リョサ 木村榮一訳
密林の語り部　バルガス＝リョサ 西村英一郎訳
ラ・カテドラルでの対話　バルガス＝リョサ 旦敬介訳
弓と竪琴　オクタビオ・パス 牛島信明訳
失われた足跡　カルペンティエル 牛島信明訳
ラテンアメリカ民話集　三原幸久編訳
やし酒飲み　エイモス・チュツオーラ 土屋哲訳
薬草まじない　エイモス・チュツオーラ 土屋哲訳
マイケル・K　J.M.クッツェー くぼたのぞみ訳
ミゲル・ストリート　V・S・ナイポール 小沢自然・小野正嗣訳
キリストはエボリで止まった　カルロ・レーヴィ 竹山博英訳
クァジーモド全詩集　河島英昭訳
ウンガレッティ全詩集　河島英昭訳

クオーレ　デ・アミーチス 和田忠彦訳
ゼーノの意識 全二冊　ズヴェーヴォ 堤康徳訳
冗談　ミラン・クンデラ 西永良成訳
小説の技法　ミラン・クンデラ 西永良成訳
世界イディッシュ短篇選　西成彦編訳

岩波文庫の最新刊

藤井悦子編訳
シェフチェンコ詩集
理不尽な民族的抑圧への怒りと嘆きをうたい、ウクライナの国民的詩人と呼ばれるタラス・シェフチェンコ(一八一四―六一)。流刑の原因となった詩集から十篇を精選。
〔赤N七七二―一〕　定価八五八円

チャールズ・ラム著／南條竹則編訳
エリア随筆抄
英国随筆の古典的名品と謳われるラム(一七七五―一八三四)の『エリア随筆』。その正・続篇から十八篇を厳選し、詳しい訳註を付した。(解題・訳註・解説＝藤巻明)
〔赤二二三―四〕　定価一〇一二円

ヴィンケルマン著／田邊玲子訳
ギリシア芸術模倣論
芸術の真髄を「高貴なる単純と静謐なる偉大」に見出し、精神的なものの表現に重きを置いた。近代思想に多大な影響を与えた名著。
〔青五八六―一〕　定価一三二〇円

岸本尚毅編
室生犀星俳句集
室生犀星(一八八九―一九六二)の俳句は、自然への細やかな情愛、人情の機微に満ちている。気鋭の編者が八百数十句を精選した。犀星の俳論、室生朝子の随想も収載。
〔緑六六―五〕　定価七〇四円

……今月の重版再開……

原卓也訳
プラトーノフ作品集
〔赤六四六―一〕　定価一〇一二円

A・ハミルトン、J・ジェイ、J・マディソン著／斎藤眞、中野勝郎訳
ザ・フェデラリスト
〔白二四―一〕　定価一一七七円

岩波文庫の最新刊

石母田正著／髙橋昌明編
平家物語 他六篇

「見《み》べき程の事は見つ、今は自害せん」。魅力的な知盛像や「年代記」を原点に成長してゆく平家物語と時代の心性を自在に論じ、歴史家の透徹した眼差しを伝える。
〔青四三六-三〕 定価九九〇円

廣重徹著／西尾成子編
相対性理論の起原 他四篇

日本で本格的な科学史研究の道を切り拓いた廣重徹。本書ではとくに名高い、相対性理論の発見に関わる一連の論文を収録する。
〔青九五三-一〕 定価八五八円

ヤン・ポトツキ作／畑浩一郎訳
サラゴサ手稿 (中)

ポーランドの鬼才の幻の長篇、初の全訳。族長の半生、公爵夫人の秘密、神に見棄てられた男の悲劇など、物語は次の物語を生み、六十一日間語り続けられる。（全三冊）〔赤N五一九-二〕 定価一一七七円

……今月の重版再開……

パストゥール著／山口清三郎訳
自然発生説の検討

定価七九二円
〔青九一五-一〕

岩槻邦男・須原準平訳
メンデル 雑種植物の研究

定価五七二円
〔青九三二-一〕

定価は消費税 10％ 込です　2022. 11